서브 남주가
파업하면 생기는 일
7

숙임 장편소설

서브 남주가 파업하면 생기는 일

문학수첩

목차

DEA SPES NOSTRA
EMPIRE DE RIESTER

1. 랑부예 카라반과 침입자들

엉망진창이었던 주신 강림 대축일로부터 이틀이 지났다.

'그러니 태자님을 데리고 중립 지대에 다녀오겠습니다…'

-빠스락!

단정한 필체로 쓰인 서신이 사정없이 구겨졌다. 널따란 황제궁 거실에 불려 온 이들이 어깨를 움츠렸다. 금장과 성화聖畫로 꾸민 천장은 꼭 그들을 짓누르는 것만 같았다. 제국에서 가장 고귀한 자의 눈동자에, 열불이 붙었다가 꺼지기를 반복했다. 황제는 막 침실에서 나온 듯한 가운 차림이었다.

앉아있는 사람도 그녀뿐이었고, 나머지는 주뼛주뼛하며 서있었다. 좌중은 눈치를 보느라 바빠 누구도 먼저 입을 열지 못했다. 황제의 유일한 고삐인 부티에 추기경이 어쩐 일인지 보이지 않았다. 그러니 더욱 무섭고 어려운 자리였다. 윗전께서 진노하셔도 말릴 사람이 없었으니까.

"흠, 흠."

헤릿을 옆구리에 낀 프랑수아가 작게 헛기침하며 팔꿈치로 동생을 밀었다. 에르베는 당혹스러운 눈빛으로 형님을 내려다보았다. 후작이 열심히 입 모양을 움직였다. 미남은 세 살 어린 동생의 등을 떠밀 만큼 뻔뻔한 구석도 있었다.

'우리 중 폐하께 제일 신임받는 인물은 네가 아니냐. 먼저 사죄해다오.'

"…"

근위대장은 잽싸게 황제의 기색을 살폈다가, 형님을 향해 머리를 저었다. 아무리 봐도 지금 말씀을 올렸다가는 보검 뒤랑달의 오라를 정통으로 맞을 것 같았다. 사내는 책임질 황실 근위대가 있는 사람이었다. 봄을 앞두고 갑자기 운명하는 건 후임인 엘리자베트에게 못 할 짓이었다. 그가 진지하게 입술을 달싹였다.

'형님이 해주시지요. 제국의 후작 아니십니까.'

'나는 걸머져야 할 가문이 있지 않니. 이 아이도 있고.'

으음. 그것도 맞는 말이었다. 형님을 믿고 바지런히 살아가는 영지민들을 생각하면, 함부로 목숨을 걸긴 힘들었다. 게다가 지금 그는 꼬마 헤인스의 보호자 노릇을 하고 있었다.

그뿐이랴. 눈에 넣어도 안 아플 앙투아네트, 마리아, 테레즈가 스트로다 궁에서 전전긍긍하며 두 오라비를 기다렸다. 지은 죄가 크긴 하지만 형제는 반드시 살아서 귀환해야 했다. 두 남자는 슬쩍 고개를 돌려 한곳을 바라보았다. 염치없는 눈길을 받은 엘리자베트가 와락 인상을 썼다.

'…설마 저보고 검대 메라는 말씀이세요?'

'조르주, 네가 우리의 희망이다.'

프랑수아가 간절하게 벙긋거렸다. 소백작은 어이가 없어 헛숨을 뱉었다. 작금의 사태에 책임감을 느끼는 건 사실이었다. 귀하디귀한 황태자가 한밤중에 적국의 왕자에게 납치를 당했으니 말이다. 하지만 당사자인 세드리크는 이번 작전에 상당히 적극적이었다.

그게 아니고서야 친구들이 녀석을 데리고 그토록 조용히 황궁을 빠져나갔을 리 없었다. 요컨대 이것은 어린 황족의 반항이요, 엄청난 돌발 행동이었다. 여기 모인 이들은 전부 그를 도왔고 말이다. 엘리자베트는 묵묵히 주먹을 쥐었다 폈다. 그래, 정면 돌파하자. 폐하의 화를 부를 것이야 익히 예상하지 않았던가.

"폐…"

그때, 뱅자맹이 점잖은 손짓으로 그녀를 말렸다. 부근위대장은 눈을 동그랗게 떴다. 시종이 잔잔한 미소를 짓고 있었다.

'저의 죄가 가장 큽니다. 제가 하겠습니다.'

뱅자맹 님…! 모두가 찡한 표정으로 그를 바라보았다. 쥘리에트궁 시종 총괄인 그는, 예서 왕자님의 오른팔로서 이번 계획을 처음부터 끝까지 감독했다. 충분히 말릴 수 있는 위치였는데도 그러지 않고 왕자님의 뒤를 지켰다. 게다가 이제는 자기 한 몸 희생하여 폐하의 욕받이, 뒤랑달받이로 나서려 하고 있었다. 어른의 숭고한 정신에 진정으로 감동할 무렵이었다.

'아닙니다.'

또 다른 중년인이 고개를 내저으며 나섰다. 다비드였다!

'다비드 님, 당치 않습니다.'

뱅자맹이 그를 만류했다. 하지만 로메로 궁 시종 총괄은 뜻을 꺾지 않았다. 그의 눈동자가 번쩍번쩍했다.

'제가 한 일을 아시면 그리 말씀하시지 못할 겁니다.'

현묘한 입술이 빠르게 움직였다. 일동은 그의 소리 없는 웅변을 넋 놓고 경청했다.

'저는 왕자님께서 태자 전하의 침실을 찾으시도록 방향을 알려드렸습니다.'

'그때 오실 것도 미리 알고 있었습니다. 다 방법이 있지요.'

'전하께서 침수 드시기 전에 미리 짐을 싸두기도 했습니다. 잘 부탁드린다는 의미로 신수님 간식까지 챙겼습니다.'

'일찍이 침실을 떠나신 것을 알고도, 폐하께서 아드님을 찾으실 때까지 윗전에 고하지 않았습니다.'

'그리고…'

시종의 설명이 조곤조곤 이어졌다. 그에게 집중하던 청중의 안색이 차츰 굳어갔다. 이분은 왜 이렇게 열심히 하신 거야? 그냥 진짜 감옥 가셔야 하는 거 아니야…?

"적당히 해라."

으악! 모두가 혀를 깨물고 경악하며 정자세로 섰다. 프랑수아는 주인과 정면으로 눈이 마주치자마자 후다닥 속눈썹을 내리깔았다. 언뜻 본 은빛 머리카락이 촉촉하게 젖어있었다. 나른한 목소리가 울려 퍼졌다.

"제국의 황위 계승자가 내게 일언반구도 없이 국경을 넘었다. 아직 배워야 할 게 많은 녀석이, 위험하다는 어미의 말을 무시하고 스스로 황제의 책임을 짊어졌지. 에테르에 홀린 건지 사춘기가 늦게 온 건지 모르겠군."

"…"

"한데 그를 말리기는커녕 옆에서 부추기고 방조한 자가 있어. 한 둘이 아니며 아랫자리 놈들도 아니다."

그녀가 한 박자 말을 쉬었다. 엘리자베트 곁에 조용히 붙어있던 베레니스는 숨을 몰아쉬었다. 이렇게 될 줄은 알았지만, 상상만 했던 장면이 현실로 들이닥치니 무섭고 또 무서워서 눈물이 날 것만 같았다. 아무것도 모르는 아빠는 지금쯤 옆방에서 차나 들고 계실 터였다. 멀리서 한숨을 내쉬는 고모님이 보였다. 소백작은 떨리는 공녀의 등을 가만히 쓸어주었다.

"에르베."

"예, 폐하."

황제의 날카로운 시선이 그를 꿰뚫었다. 근위대장은 사냥꾼 앞에서 최후를 예감한 수사슴처럼 눈을 감았다.

"네가 열과 성을 다하여 마차를 수색하였다고 맹세할 수 있느냐?"

"…아닙니다. 죽여주십시오."

그가 차분히 답했다. 자신의 선택을 후회하는 건 아니지만, 충성하는 주군에게 죄를 고하려니 역시 마음이 좋지 않았다.

'허.'

황제가 짧게 헛웃음을 흘렸다. 그녀는 생각할수록 기가 막혀 제대로 화를 내지도 못했다. 처음엔 분명 눈앞이 붉게 물들 만큼 노여웠다. 맹렬한 본능이 앞서 오렐리를 침실에 가두고, 지금껏 한 발짝도 밖으로 나오지 못하게 만들었다. 그간 국정은 오롯이 혼자 돌보았다. 어려운 일은 아니었으나 자꾸만 폐에 헛숨이 차는 건 막을 수 없었다.

"눈물이 쏙 빠지도록 혼을 내야겠군."

티끌 한 점 묻지 않은 진심이었다. 그런데 한편으로는, 추기경까지 한통속으로 황제를 속이고 도운 일이 태자의 가출이라는 사실에 웃음이 터졌다. 자신의 후계자가 벌써 이렇게 세력을 일구었다는 점도 은근히 기꺼웠다.

아들 녀석을 당장 눈앞에 끌어다 놓고 경을 쳐야 한다는 생각과, 대담한 일을 벌인 꾸러기들에게 포상을 내려야 한다는 생각이 충돌했다. 세드리크에게 너무 큰 과업을 맡긴 듯해 불안하면서도, 스물다섯에 이만한 일은 해낼 수 있어야 한다는 판단이 팽팽히 맞섰다. 그러니 적절한 벌을 찾기 어려웠다.

"태형이 좋을까."

"으으…"

지레 겁먹고 똥강아지들처럼 떠는 꼴을 보는 것도 나쁘지 않았다. 이만한 보상은 필요했다. 프레데리크는 짐짓 정색하며 커피잔을 들었다. 다른 손으로 뒤랑달을 쥐자 시종장이 하늘에 기도를 올렸다. 로라도 참 대단한 조카를 두었다.

-저벅

그때, 예상치 못한 인물이 그녀에게 다가왔다. 황제는 드물게 눈을 부릅떴다.

"아…"

프랑수아의 허리춤을 벗어난 하얀 꼬맹이가, 곤란한 얼굴로 그녀를 보고 있었다. 접근을 알아차리지 못한 건 아니었다. 다만 상대는 경계할 만한 투지조차 없는 핏덩이였다. 용감무쌍한 행동엔 놀랄 수밖에 없었다. 대경한 후작이 두 사람 곁으로 종종걸음을 놓았다.

"황공합니다, 폐하. 아이가 아직 법도를 충분히 익히지 못해…"

-퐁

이어 조그마한 얼음 조각이, 프레데리크의 커피잔에 빠졌다. 프랑수아가 눈을 깜빡였다. 헤릿의 손엔 집게가 들려있었다. 그대로 몇 초의 침묵이 흘렀다. 황제는 꼬마가 자신의 혀를 걱정해 움직였음을 깨달았다. 커다란 민트색 눈동자가 순하게 반짝이고 있었다.

"내가 뜨거운 음식에 약하다는 것을 어찌 아느냐?"

"으…"

지엄한 물음에, 헤릿은 어찌할 바를 모르고 사방을 둘러보았다. 그러고는 고사리손으로 탁자 한복판을 가리켰다. 마도구 화병엔 보랏빛 튤립이 곱게 꽂혀있었다.

"왕자가 가르쳐 주었다고?"

끄덕끄덕. 작은 머리가 분주히 움직였다. 그렇듯 순수한 움직임엔 황제도 내성이 없었다. 그녀는 결국 소리 내어 웃었다. 함께 차를 마실 때면, 왕자는 언제나 자신의 잔에 얼음 한 조각을 넣어주곤 했다.

뜨거운 음료에 얼음을 추가하는 건 상상해 본 적 없는 일이었다.

신국에선 이런 식으로 커피를 마시나 싶어 의아하기도 했다. 그러나 시나브로 익숙해졌다. 왕족 신관의 소박한 요령에. 본인에겐 필요도 없는 얼음 그릇을 청하던, 어린것의 맹랑한 배려에.

"요망하군. 가까이 와라."

"…"

황제가 명하자, 꼬마는 머뭇머뭇하면서도 그녀에게 다가섰다. 프레데리크는 드디어 괘씸한 것들에게 내릴 벌을 찾아냈다. 유쾌한 기분이 들었다.

"앞서 말한 죗값으로, 태사의 아들인 헤릿 헤인스가 오늘부터 짐의 차 시중을 들 것이다."

"폐하."

프랑수아의 부름에 웃음기가 섞였다. 아이가 앙실방실하자 프레데리크는 부러 표정을 굳혔다.

"하루 한 시간이면 열 살짜리에겐 중노동이야. 황제의 음료에 얼음을 넣는 것이 쉬운 일인 줄 아느냐?"

"…"

"다과도 빛깔별로 놓아야 할 것이다."

이미 황제궁 시종들이 완벽하게 해주는 일이었다. 그러나 황제와 시종장은 미리 짜기라도 한 것처럼 엄한 낯빛을 해 보였다. 겁먹은 헤릿이 마른침을 꿀떡 삼키며 고개를 주억였다. 후작이 극적인 손동작으로 이마를 짚으며 독백했다.

'아아! 보아라, 엘리자베트. 어린 헤인스가 우리의 죄를 대속하는구나!'

소백작은 죽을힘을 다해 웃음을 참아냈다. 모두가 광대에 달걀을 끼고 버티는 상황에서 베레니스 혼자 어리둥절했다. 목을 울린 황제가 느른하게 머리를 쓸어 넘겼다. 자식 이기는 부모 없다는 말이 사실이었다.

"로라."

"예, 폐하."

"엠마 코를레오네를 불러올리지. 만일에 대비해야겠어."

이어 체리색 눈이 날렵하게 뜨였다. 푸딩처럼 녹던 분위기가 순식간에 얼어붙었다. 시종장은 침착히 허리를 숙였다.

"…명 받들겠습니다."

"또한 블랑케르 공작령을 포함한 접경지대 전역에 전갈을 보내 양해를 구하고, 국경에 제국군 5천을 추가로 투입하여 대기시킨다."

황제는 친애하는 후작을 똑바로 바라보았다. 마주한 연분홍빛 눈동자가 흔들렸다.

"불길한 소식이 들린다면 곧장 사막을 칠 것이니."

결연한 음성이었다.

* * *

그렇게 일주일이 흘러, 우리는 국경을 넘었다.

-*끄르르르!*

-*달그락달그락…*

아니, 진짜로! 무사히 검문소를 지나 미지의 대륙으로 빠져나왔다. 그것도 방금! 막!

"으하하학! 들키는 줄 알고 가슴 철렁했어요!"

"저도요, 크리스텔 경!"

우리의 주인공과 산트가 나란히 수레 바닥에 엎드려 깔깔거렸다. 말이 바닥이지, 푹신하고 두툼한 솜이 깔려있어서 어디로 누워도 배기지 않았다. 조안은 자신의 심장이 멈춘 것 같다며 꽥꽥 소리를 질러댔다.

흥분한 레서판다들이 커다란 원을 그리며 찻간을 빙글빙글 뛰어다녔다. 시끄러운 것을 싫어하는 태자가 미간을 찌푸렸다. 나는 나직이 주의를 준 뒤, 뒤편으로 뻥 뚫린 휘장을 걷고 밖을 살폈다. 잡히지 않았다는 안도와 하마터면 잡힐 뻔했다는 생각이 뒤섞여 가슴이 쿵덕거렸다.

"…"

-다그닥, 다그닥

뒤따르는 수레와 마차 행렬에 가려, 검문소는 이미 보이지 않았다. 괜스레 실웃음이 나왔다. 국경에 다다를 즈음엔 변장이라도 해야 하나 싶어 안절부절못했는데, 랑부예 자작 부부가 걱정하실 것 없다고 했다.

그러고는 우리를 가장 커다란 수레에 태워주었다. 캐노피 달린 침상이 있고, 작은 탁자와 소파까지 갖춘 그럴듯한 공간이었다. 부부 역시 합승했다. 우리는 두 사람의 계획을 짐작조차 하지 못했다. 작전을 알게 된 건, 검문소 기사들을 맞닥뜨릴 무렵이었다.

'마담 랑부예, 이쪽 수레도 보겠습니다.'

'그건 저희 부모님의 안방이랍니다, 기사님. 혹 신입이신지요?'

이자벨이 난감한 목소리로 물었다. 우리는 휘장 뒤에 옹기종기 모여 앉아 입을 떡 벌렸다. 그런 설정으로 간다고?

'그렇다면 안에…'

'네, 자작 부부께서 계십니다. 금실이 참 좋으세요.'

그녀가 부드럽게 웃자 기사들이 어물거렸다. 상대는 어중이떠중이가 아니라 황제의 신임을 받는 랑부예 카라반이었다. 철저한 검문검색은 필수였지만, 명예를 목숨보다 귀히 여기는 땅에서 귀족의 사생활을 들추기는 꺼려질 터였다.

'이자벨, 누가 우릴 찾으시니?'

그 순간 노부인이 벌컥 휘장을 걷고 나섰다. 드레스를 내려 한쪽 어깨를 훤히 드러내고, 머리칼도 잔뜩 흐트러뜨리고, 눈은 반쯤 감은 채였다!

'으아아.'

며칠 전까지 이런 이미지 아니셨잖아요! 나는 식겁해서 이불로 태자 놈의 눈을 가렸다. 그가 불만스레 신음했지만 아랑곳하지 않고, 벌처럼 날아 요한 경과 산트의 눈길도 차단했다. 크리스텔과 조안이 낄낄대는 소리 역시 무차별 이불 공격으로 묻어버렸다. 당황한 건 나뿐만이 아니었다. 수레 밖 기사들도 어쩔 줄 몰라 하는 목소리였다.

'아뇨. 됐습니다, 부인. 안방은 확인하지 않겠습니다.'

'커흠! 으흠.'

그것이… 우리가 무탈히 검문소를 통과하게 된 배경이었다. 만약에 대비해 단추를 풀던 자작은 부인의 매무새를 정돈해 주고, 깊이 존경한다며 손등에 입 맞추었다. 나는 다른 의미로 두 분이 존경스러웠다.

"곧 사막이 시작될 겁니다."

그 말에 화들짝 상념에서 깨어났다. 자작 부인이 나를 보며 은은하게 웃고 있었다. 노인은 주섬주섬 몸을 일으키더니, 수레 구석에 달린 고급스러운 술을 잡아당겼다. 그러자 놀라운 일이 벌어졌다.

-스륵, 스르륵

"우와."

찻간 좌측을 덮고 있던 천이 죽죽 올라가며, 금빛 모래밭이 드러나기 시작했다. 없는 거 빼고 다 있는 랑부예 카라반엔 블라인드도 있었다! 나는 곧장 뒤를 돌아보았다.

"완전 신기해요!"

예상대로 크리스텔이 눈을 빛내며 굴러왔다. 내 시선이 그녀의 어깨 너머 태자에게 가 닿았다. 무의식이 시킨 일이었다. 나는 시원하게 웃으며 입술을 움직였다.

'고마워.'

덕분에 내 생일에 가출해서 여기까지 왔어. 무슨 선물 받은 기분이다, 야.

* * *

랑부예 카라반은 막힘없이 사막으로 나아갔다. 수레 바깥에선 꾸준한 낙타 울음과 일손들의 말소리가 들렸다.

-끄어어어

-덜그럭, 덜그럭…

"신기하네요. 전부 다."

나는 줄곧 창밖을 보며 감탄했다. 빙의한 이래 모든 것이 새로웠지만, 사막 횡단은 그중에서도 손꼽을 만한 경험이었다. 잠든 뚝심이를 쓰다듬던 산트가 나를 보며 함박웃음을 지었다.

굴뚝새의 비단 둥지는 색동저고리처럼 알록달록했다. 예서 왕자의 몸이 더위에 취약이라 걱정이 많았는데, 다행히 자작 부부가 내어준 수레에 냉기 보존 마법이 걸려있었다. 황실 마차만큼 화려하진 않아도 필요한 건 전부 갖춘 알짜배기였다.

작년과 달리 크리스텔과 요한 경의 도움도 받았다. 그래서 내 머리 위엔 굵다란 얼음 고리가 동동 떠다녔다. 뿜어 나오는 냉기가 상당해 목덜미까지 서늘했고, 추기경은 실내의 공기를 순환해 에어컨 효과를 극대화해 주었다. 조안이 이런 호사는 처음이라며 혀를 내둘렀다.

"하늘 진짜 예쁘다."

정은서가 봤다면 사진 50장은 거뜬히 찍었을 만한 경치였다. 구름 한 점 없이 파란 상공이 우리를 맞아주었다. 그늘과 도시가 부재한 땅에서 태양은 온종일 기세등등했다. 네모난 창엔 모래색 돌을 쌓아 만든 집이 뜨문뜨문 담겼다. 인적은 거의 없었고, 삐죽빼죽한 땅딸보 수풀이 곳곳에 앉아있었다. 서부극에서나 보던 회전초가 심심찮게 굴러다녔다. 가끔은 푸른 나무도 보였다.

"우와."

"메스키트mesquite예요, 전하. 땅속 깊은 곳까지 뿌리를 뻗어 물을 빨아들이죠. 장작으로 쓰기 좋고 꼬투리는 먹을 수 있어요."

"모르시는 게 없네요, 요한 경."

"모르더라도 아는 것처럼 답해드릴게요."

"하하하."

한때 교황청 소속이었던 용병 출신 성기사가 친절히 설명해 주었다. 나는 얼마간 밖을 살피다가 창틀 아래로 내려왔다. 눈이 부셔서 오랫동안 구경하긴 힘든 풍경이었다. 그러니…

-척!

"공부해야 합니다."

수레 바닥에 책과 지도를 내려놓으며 선언했다. 좋은 생각이라는 듯 고개를 끄덕하는 산트와 달리, 크리스텔과 조안은 입을 한 자락이나 내밀었다. 둘은 버터 쿠키를 먹으며 신나게 놀던 참이었다.

'아으웅.'

주인공의 다리에 퍼진 티테가 덩달아 서운하다는 양 울었다. 아직 아기인데 저런 것만 배워서 어떡하지.

"왕자님, 샌님 같긴 했는데 진짜 샌님이었어? 누가 여행하면서 공부를 해."

"할머니 할아버지만 믿고 가면 되지 않을까요? 카라반이 동행하니까 어느 때보다 안전할 겁니다. 성기사도 셋이나 있고요."

크리스텔이 살살 꼬드기듯 말했다. 책 읽기 싫어서 어떻게든 요령을 피우려는 기색이었다. 나는 헛웃음을 흘렸다. 국경을 넘기 전까지만 해도 '일단 제국을 벗어나고 생각하자'라며 미루더니, 이젠 아예 금시초문이라는 양 굴고 있었다. 가인 씨의 학창 시절이 눈앞에 그려지는 듯했다.

"자작 부부를 못 믿는 건 아닙니다. 하지만 저희는 중립 지대나 사막에 관해 아는 게 많지 않으니까요. 기왕 두 분이 참고서도 주셨으니 가는 길에 함께 읽으면 좋겠죠."

'곧 숙박소에 묵으면 외국인과도 만나게 될 거예요.'

나는 그렇게 말하며 침상을 올려다보았다. 우리 중 가장 높은 사람답게, 황태자는 고고히 앉아 아래를 오시하고 있었다. 내 의견에 딱히 반대하진 않는지 한쪽 눈썹을 까딱해 보이기도 했다. 곁에선 신수들이 배를 까고 뒹굴뒹굴하는 중이었다. 아까 갈아입은 옷차림도 그렇고, 무슨 레서판다 하렘의 술탄 같네.

"도서만 보기에 지루하시면, 저나 사제님이 이야기를 곁들일 수도 있어요."

요한 경이 말을 보탰다. 그러자 산트가 '저는 교황청 외엔 전혀 모른다'라며 난색을 했다. 나는 눈을 빛내며 성기사를 돌아보았다. 그가 부지런히 쓰던 일기장을 덮고 미소 지었다. 돌아가서 헤릿에게 보여주기 위해 남기는 기록이라고 했다. 그제야 두 말괄량이 아가씨가 호기심을 표했다.

"세 분은 중립 지대가 처음이시죠."

"네. 태자 전하께서도 와 보신 적 없답니다."

선생님의 질문에 크리스텔이 냉큼 답했다. 요한 경의 하얀 머리카락이 우아하게 흘러내렸다.

"이곳은 보이는 그대로 삭막하고 탁 트여있지만, 숨은 존재가 많으니 주의하셔야 해요. 독이 있는 생물도 흔하고요."

듣기 좋은 목소리가 평소보다 낮아졌다. 조안이 꿀꺽 침을 삼켰다. 레서판다 삼총사는 호드득 침상에서 뛰어와 내게 안겼다. 떨리는 꼬리 뭉치를 보니 작게 웃음이 났다. 괴담도 아닌데 뭐가 무서워.

"전설에 따르면, 고대 국가 우니오의 유적이 모래 깊숙이 잠들어 있다고 해요. 그래서 정체를 숨긴 도굴꾼과 도적 떼가 밤낮으로 사막을 돌아다니죠. 보물을 찾으면 큰돈을 만질 수 있으니까요."

"이런 데서 무턱대고 땅을 판다고? 뭐가 나올지 알고! 여기도 마수가 있을 거 아냐?"

천재 화가 조안은 훌륭한 방청객이기도 했다. 자작 부인이 선물했다는 오색의 머릿수건이 흥분으로 마구 흔들렸다. 요한 경은 만족스러운 표정이었다.

"좋은 지적이에요, 남작님. 그렇게 숨이 끊어져 방치된 시신도 많아요."

'마침 저기 한 구 보이네요.'

그가 선선히 바깥을 손짓했다. 우리는 무의식중에 눈길을 돌렸다가 식겁해서 궁둥이로 물러났다. 정말로, 행렬에서 멀지 않은 곳에 사람의 유해 같은 게 보였다! 어떻게 이런 연출이 가능한 건데요!

-끼이이, 끼이이

"보지 마. 저런 거 보지 마."

내가 칭얼거리는 레아를 보듬으며 시선을 내리깔았다. 산트는 사색이 되어 손수건으로 입을 막았다. 크리스텔로 말할 것 같으면, '사파리가 아니었어…' 하고 망연히 종알거리더니 자세를 고쳐 앉았다. 사파리였겠냐고!

"실제로 보물을 찾은 자가 있나 보지?"

세드리크 태자가 날카롭게 질문했다. 추기경은 그린 듯이 고개를 까닥였다.

"네. 고대의 성유물이나 금은보화를 찾아 졸부가 된 이들이 있어요. 열 손가락도 안 되는 경우지만, 후발주자는 자신의 운을 믿고 뛰어드는 거죠."

"그래도 그렇지, 저렇게 목숨을 내걸 정도야?"

'돈에 미친 인간은 어딜 가나 있네.'

젊은 남작이 육포를 뜯으며 혀를 찼다. 요한 경은 내게 양해를 구하더니 수레 한가운데 지도를 펼쳤다. 궁금증 많은 데미가 품에서 코를 쏙 내밀었다. 흉터투성이 손가락이 붉은 길을 따라 움직였다.

"하지만 우리는 중립 지대의 유일한 무역로를 통하고 있어요. 저렇게 험한 꼴은 자주 보지 않아도 될 거예요. 위니테강과 멀지 않으니 식수 보급이 쉽고, 길을 그대로 따르기만 하면 경계의 신전에 바로 닿죠. 길목엔 교황청이 감독하는 대규모의 카라반사라이가 있어서 편한 상거래와 숙박이 가능하고요."

"전문가다, 전문가."

크리스텔이 진심으로 감탄했다. 태자를 제외한 모두가 크게 주억거렸다.

요한 경이 웃으며 농담을 얹었다.

"크리스텔 경이 있으니 샛길로 빠져도 물 걱정은 없겠네요."

"그것도 인정입니다!"

주인공이 환한 얼굴로 머리칼을 찰랑거렸다. 조안은 뺨을 긁적이며 인상을 썼다.

"카라반사라이라는 게, 여관 같은 거지? 그럼 마을도 있어?"

"아까 보니까 주택이 있긴 하던데요."

내가 그녀의 말을 받았다. 요한 경이 부드럽게 긍정했다.

"오아시스나 샘이 가까운 곳엔 소규모의 마을이 형성되기도 해요. 카라반사라이는 관리자가 확실한 만큼 근처에 큰 촌락이 생기죠. 아무래도 안전하니 정기적으로 장이 서기도 하고요."

"재밌겠다."

작게 중얼거린다고 한 건데, 목소리가 너무 컸던지 친구들이 이쪽을 보며 해죽거렸다. 나는 민망해서 괜히 얼음 고리만 문질렀다. 추기경이 눈꼬리를 휘었다.

"대축일 기간이 끝나긴 했지만, 이만한 카라반이 간다면 볼만한 시장이 열리겠네요."

"아…"

그의 말에 우리는 잠깐 멍해졌다. 종아리에서부터 천천히 소름이 올라왔다. 그러고 보니 주신 강림 대축일 기간, 그거 분명히 3월로 넘어가지 않는다고 했잖아. 주신의 대륙 창조를 기념하는 2주간은 전투 지역에서도 평화를 유지한다고. 하지만 다음 달이 되면 상황이 어떻게 바뀔지 모른다고.

"오늘이 며칠이죠?"

"제가 날짜를 제대로 셌다면 3월 1일요."

내가 심각하게 묻자, 크리스텔이 마찬가지로 심각하게 답했다. 조안이 턱을 쩍 벌렸다.

"뭐야, 그럼 국경에서 두 나라가 다시 치고받는 거야? 그동안 결론 난 거 하나도 없다며!"

순도 100% 사실이었다. 나는 스스로의 허술함에 몇 번이나 경악했다. 중립 지대와 경계의 신전으로 가야 한다는 생각에만 사로잡힌 나머지, 날짜가 3월로 넘어간 것도 여태 깨닫지 못하고 있었다. 어떻게 이럴 수가 있냐, 정예서!

"어쩌다가… 아니, 그렇구나."

나는 침착하게 머릿속 계산기를 두드렸다. 모든 계획이 맞아떨어졌다면, 우리는 2월이 지나기 전에 국경을 통과했어야 한다. 한데 사람 일이라는 게 그리 술술 풀리지가 않았다. 황궁에서 나온 뒤로 몇 시간이나 헤맨 것이 그랬고, 동부 광역 포털 검문 때문에 일정이 늦어진 것도 한몫했다.

랑부예 카라반과 합류한 이후에도 속도는 나지 않았다. 일반 마차처럼 질주할 수가 없는 데다, 하필이면 무거운 특산품을 싣고 가느라 행렬이 평소보다 느리게 움직인 탓이었다. 신세 지는 마당에 언감생심 무리한 요구는 꿈도 못 꿨다.

"세상에."

그러다 보니 이렇게 됐다. 현실은 소설과 달랐고, 자로 잰 듯 반듯하게 이루어지는 건 하나도 없었다. 나는 완벽히 어긋나 버린 타임라인에 절망했다. 주인공인 크리스텔하고 태자 녀석이 주도했다면 좀 달랐을까? 우리 망한 건가…?

“예, 예서 왕자님. 괜찮습니다. 심려 놓으십시오.”

우리의 고개가 휙 돌아갔다. 산트는 흠칫하면서도 더듬더듬 말을 이었다.

“폐하께서… 지금쯤이면 당연히 태자 전하와 왕자님의 부재를 눈치채셨을 겁니다. 아마 중립 지대로 향한 것도 아실 텐데, 굳이 국경에서 전투를 벌이실 필요가… 음. 그러니까.”

“저희가 먼 땅에서 곤란에 처할 만한 요인을 만들지 않으실 거란 말이네요.”

요한 경은 달변이었다. 나는 눈을 깜빡였다. 산트가 안색을 밝히며 손뼉을 쳤다.

“맞습니다! 대축일 기간이 끝나서 특유의 온화한 분위긴 없겠지만요.”

“듣고 보니 일리가 있습니다, 왕자님. 기왕 이렇게 됐으니 폐하께서도 응원하시지 않을까요? 설마 저희를 직접 잡으러 오시지는 않을 거잖아요.”

크리스텔이 태자를 보며 말했다. 그러자 사내가 목을 살짝 기울였다. 눈빛이 차분한 것으로 보아 동의한다는 뜻이었다. 절로 머리가 끄덕여졌다.

“하긴, 뤼퍼르트 총대리께서 구체적인 협상 날짜를 제안하신 것도 아니죠. 저희가 귀국하기 전까진 폐하와 오렐리 전하께서 충돌을 막아주실 수도 있겠습니다.”

음, 내가 혼자 너무 오버했나 보다. 그래도 아까는 진짜 철렁했다. 나는 어린 사제를 보며 걱정스레 물었다.

"그럼 산트가 경계의 신전 순례를 하기로 했던 건…"

"흐하하, 저는 괜찮습니다. 아버지 편지는 그걸 구실로 출국하라는 명령이었으니까요. 그리고 순례 자체는 3월 중순까지 이어지거든요. 아쉬우면 신전에 도착해서 아버지 뵙고 난 후에, 느지막이 합류해도 될 것 같습니다."

"다행이네요."

나는 순박하게 웃는 사제를 향해 마주 입꼬리를 올렸다. 요컨대 대축일 기간의 메리트는 없을지라도… 우리가 이곳에 있는 걸 프레데리크 황제가 모를 리 없으니, 유의미한 수확이 있을 때까지는 그녀가 평화를 지켜주리란 뜻이었다.

이쯤 되면 주신의 평화가 아니라 '황제의 평화'였다. 나는 스승님이 주신 성장을 한 손으로 꾹 쥐었다. …실망하게 해드리지 말아야지. 성반을 실제로 보는 것도 중요하지만, 신국 왕실과 제대로 담판 짓고 돌아가자. 엘리서도 꼭 안심시키고.

"그러고 보니 한 가지 중요한 걸 말씀드리지 않았네요."

요한 경이 티테의 이불을 덮어주며 여상하게 말했다. 남자의 옆모습은 어느새 해가 지는 바깥을 향하고 있었다.

"사막에는 망국의 사령邪靈이 떠돌아요. 이건 전설이 아니라 사실이죠."

"엥?"

조안의 입에서 육포가 툭 떨어졌다. 크리스텔은 잽싸게 그것을 다시 그녀에게 물려주었다. 우리는 부지런히 추기경의 시선을 좇았다가, 깜짝 놀라 한라산 토끼 모양이 됐다. 레서판다들도 꼬리를 반짝 들었다.

"주신 맙소사."

"와아…"

집채만 하다는 말론 부족한, 하늘을 찌를 듯 높게 솟은 기둥이 보였다. 과장 좀 보태 성인 스무 명이 에두를 만한 굵기의 석주였다. 언젠가 지붕이 자리했을 자리엔 아무것도 없었다. 모래 깊이 파묻힌 그것은 비스듬히 기울어 있었고, 오랜 세월 닳고 부서진 까닭에 본래의 모습을 상상하기 어려웠다.

바로 뒤편으로는 기둥 하나가 아예 드러누워 있었다. 나는 소설 속 세계의 신비로움과 광대함에 놀라 입을 다물 수가 없었다. 저렇게 거대한 유적은 난생처음 봤다. 마치 인간보다 크고 위대한 존재를 위해 만들어진 것 같은…

-우우우…!

"헉."

움찔! 나는 기겁해서 좌우를 두리번거렸다. 방금 저거 나만 본 거야? 아니면 내가 헛것을 본 거야? 빨간 그림자가 막 걸어 다녔어!

"아뇨. 제대로 보셨어요, 전하."

요한 경이 내 속을 꿰뚫어 본 것처럼 말했다. 크리스텔이 소리 없는 비명을 지르는 동안, 그는 느릿느릿 시선을 들어 상석의 태자를 응시했다. 색색의 휘장 너머, 수풀 속 맹수처럼 가늘게 뜬 노을빛 눈동자가 보였다.

"자신들이 아직도 우니오에 살고 있다고 믿는… 비운의 영혼이에요. 저물녘이 되면 저렇게 유적 근처를 떠돌죠.”

‘사로잡히지 않게 조심하세요.’

추기경이 속삭이듯 경고했다.

‘끼이잉.’

겁보 레아가 다시금 울음을 터뜨렸다. 이번에는 녀석을 빠르게 달랠 수가 없었다. 아무래도 이건, 본격적인 괴담이 맞는 것 같으니까.

* * *

뭐, 그렇다고 우리한테 곧장 별일이 생기는 건 아니었다. 레아에겐 천만다행이었다!

-끼이이잉

“쉬이, 괜찮아. 형 있으니까 걱정할 거 하나도 없어.”

‘아이, 우리 레아 용감하다.’

나는 레서판다를 어허둥둥 어르며 창밖을 바라보았다. 데미와 페리도 녀석을 안아주었다. 사령들의 울부짖음이 희미하게 들렸다.

-우우우…

-아아아아…!

언뜻 붉은 도깨비불 같았다. 사람의 형상을 띤 다리 없는 그림자가, 방황하듯 유적 근처를 맴돌고 있었다. 사막에 오고 나서 처음으로 춥다는 생각이 들었다. 거리가 멀어 얼굴이나 차림새 같은 건 알 수 없었지만, 진짜로 오싹했다.

조안은 이제 아주 우거지상이었다. 재밌어 죽겠다는 건지 무서워 죽겠다는 건지 헷갈렸다. 크리스텔은 명백히 전자였고, 산트는 후자였다. 우리는 순식간에 홍합처럼 다닥다닥 붙어 앉았다. 황태자는 먹잇감을 노리는 야수처럼 홀로 날카로운 표정이었다.

"근데 이쪽으로는 안 오네요. 지박령 같은 건가요?"

"정확해요."

주인공의 물음에 요한 경이 답했다. 이어지는 설명도 귀에 쏙쏙 박혔다.

"우니오의 사령들은 오직 유적에서만 발견돼요. 그곳에 발이 묶여 떠나지 못하는 거죠. 자의로 머무른다는 해석도 있지만요."

"그럼 사악한 영혼이라고 불리는 건…"

"도굴꾼들이 붙인 악명이에요. 저들은 유적에 침입하는 인간을 괴롭히니까요. 평범한 주민에겐 아무런 해가 되지 않아요."

"후우."

나는 불길하게 흔들리는 유령을 보며 한숨을 내쉬었다. 소름 끼치고 겁이 나는 건 여전했지만, 저런 데서만 나타난다니 한편으론 안도감이 들었다. 그러면 사람 사는 마을로는 안 오겠구나. 카라반을 덮칠 일도 없을 테고. 우리는 나쁜 짓 안 하니까. …거기까지 생각하니 문득 궁금증이 피어올랐다.

"요한 경."

"네, 전하."

"신관의 힘으로는 사령을 쫓을 수 없나요? 아니, 쫓는다기보다… 안식에 들도록 도움을 주긴 어렵습니까?"

"그게 묘해요."

요한 경이 고개를 기울였다. 모두의 시선이 그에게 모였다. 와중에도 용기를 낸 레아가 떨리는 산트의 손등을 폭 감싸주었다.

"죽은 이의 영혼일 뿐 마수가 아니니, 물과 불로는 퇴치하지 못해요. 거기까지는 이해해도 에테르조차 영향이 없는 건 기이하죠. 교황청에서 오랫동안 조사했지만 별다른 소득이 없었어요."

"허어. 세상엔 별별 게 다 있구나, 진짜."

조안이 칠색 팔색을 했다. 그러면서도 목탄과 도화지를 꺼내는 걸 보면, 이런 상황에서 영감을 얻기는 한 모양이었다. 한마디로 저들은 세상의 어떤 힘을 써도 지울 수 없는 존재였다. 신관의 에테르, 마법사의 마나, 전사의 무기가 전부 통하지 않는 원혼이었다. 어쩌다 저렇게 한이 맺힌 걸까. …어쩌다 저기서 천 년이란 시간을 보내게 됐을까.

"아이고. 우리 티테 찰떡 아이스 됐네."

-아우

그때, 크리스텔이 후다닥 일어나 블라인드 줄을 찾았다. 인제 보니 그녀가 돌보던 하프물범도 겁을 먹고 차게 식어있었다. 나는 꼬마를 크레이프처럼 둘둘 말아 황급히 세드리크 태자에게 내밀었다. 고상히 앉아있던 그가 '어쩌라고' 하는 반응을 보였지만, 개의치 않고 품에 넣어주었다. 설마 가슴에 눌려서 애가 질식하진 않겠지… 이런 생각 하지 말자.

"감히 누구에게,"

-애우으

"태자님이 따뜻하시니까요. 아기 좀 부탁드립니다."

내가 씩 웃고는 녀석의 어깨를 버튼처럼 두드렸다. 태자가 따끈따끈한 보온을 시작합니다.

"왕자님, 와서 저기 좀 보십시오. 노을이 끝내줍니다!"

창밖을 살피던 크리스텔이 환하게 웃으며 나를 불렀다. 사령이 싫은 조안도 꽃노을은 놓치고 싶지 않은지, 손으로 옆얼굴을 가린 채 바깥을 보고 있었다. 산트가 꿈틀꿈틀 움직여 자리를 내주었다. 나는 후딱 침상을 내려와 애물단지들과 창틀에 매달렸다. 잠깐 비틀거렸더니 뒤에서 태자가 혀를 찼다. 내가 형인데.

"우와…"

이어 대륙에서 가장 멋지고 낭만적인 풍경이 펼쳐졌다. 나는 넋을 잃고 창밖의 하늘을 바라보았다. 지평선의 진한 금빛으로 시작해 주황색, 빨간색, 자주색으로 번진 노을 끝에 진보랏빛 밤 자락이 걸렸다.

다문다문한 청회색 구름은 요람의 흔들개비를 닮아있었다. 이것 보라고, 내게는 이렇게나 많은 빛깔이 있다고 하늘이 우리에게 자랑이라도 하는 것 같았다. 일하다 몰래 접속한 여행사 홈페이지에서나 보던 장면이었다.

자연 풍광에 막 감동하는 성격은 아닌데 이상하게 자꾸 입꼬리가 올라갔다. 멀리서 들려오는 유령들의 곡소리가 조금 아쉬웠고, 은서와 형이 곁에 없다는 점도 섭섭했다. 하지만 이렇게 친구들과 함께하는 것도 감사하고 행복한 일이라는 생각이 들었다. 나는 수레 뒤편을 보기 위해 이마를 창문에 완전히 밀착했다. 데미도 뱃살이 납작해질 만큼 몸통을 기댔다.

-끄르르르…

석양을 짊어진 기나긴 낙타 행렬이, 부지런히 발굽을 놀리고 있었다. 무한한 모래가 바람 앞에 파도처럼 움직였다. 하늘거리는 천으로 온몸을 보호한 일손들은 오래된 명화의 일부처럼 보였다. 나는 입을 헤 벌렸다. 빙의하고 나서 이런 소리 맨날 했는데, 오늘 또 해야지.

“진짜 신기하다. 멋있어.”

-끼이이…

페리가 헤벌레 동의했다. 그때 조안이 불쑥 목청을 높였다.

“어! 저기 우리 숙소 같은데? 카라반 귀싸대기인지 뭔지 그거 아냐?!”

“맞는 것 같습니다, 남작님!”

산트가 신난 목소리로 대답했다. 우리는 우르르 다시 창문 앞쪽으로 몰려갔다. 요한 경이 낮게 웃었다. 카라반사라이가 어디 가는 것도 아닌데, 애물단지들과 나는 근사한 경치를 놓칠세라 몸을 꼭 붙였다.

“여기서 봐도 아름답네요. 창이 신비롭게 생겼습니다.”

작게 감탄하자 크리스텔의 빰이 뽀득뽀득 위아래로 움직였다. 아직 한참을 더 가야 하지만, 분명 땅끝에 아주 크고 이국적인 건물이 서있었다. 나는 슬쩍 태자를 돌아보았다. 침상에 앉은 녀석은, 티테에게 불구슬을 보여주느라 바빠 우리 쪽엔 신경도 쓰지 않았다. 웃음이 터질 듯해서 황급히 입술을 깨물었다.

* * *

해가 넘어간 사막은 제법 쌀쌀했다. 고속도로 휴게소와 모텔을 섞어서 사막에다 만들면, 대충 이런 모습일까. 모텔은 한 번도 안 가봤지만.

"어서 오십시오, 랑부예 자작님. 저희 카라반사라이를 다시 찾아주셔서 진심으로 감사드립니다."

"오랜만일세, 모니카. 신수가 훤하구먼. 신세 지다 가겠네."

"영광입니다. 자작 부인, 먼 길 오느라 고생 많으셨습니다."

"자네들이 고생이지. 우리 아이들 이번에도 잘 부탁함세."

랑부예 자작 부부가 숙박소 지배인과 인사를 나누는 사이, 요한 경은 엉뚱한 곳으로 뛰어가려는 조안을 세 번이나 잡아서 데려왔다. 애물단지들은 만일에 대비해 수레에서 내리지 않고 있었다.

교황청 소속이었던 산트는 상대적으로 침착했지만, 크리스텔과 나는 건축물과 사람을 구경한답시고 목이 아플 때까지 고개를 움직였다. 태자 혼자 태도가 달랐다. 이런 곳은 처음일 텐데도 그는 현지인처럼 차분했다. 정확히는 중립 지대의 황족 같았다. 일관된 놈.

-♬♪♩…!

"와하하하!"

어디선가 음악과 웃음이 새어 나왔다. 딸랑딸랑, 방울 소리도 섞여 들리는 듯했다. 향기, 소음, 빛깔. 피부에 닿는 모든 게 색달라서 나는 피로도 잊을 만큼 들떴다. 머리에 쓴 자줏빛 베일 너머로 열심히 곳곳을 눈에 담았다.

"실은 대축일 기간에 오실 줄 알았습니다."

"오, 여정이 조금 늦어졌네. 우리 일이 늘 그렇지 않은가."

"그렇지요, 부인. 무사히 닿으신 것만으로 주신의 은총…"

우리의 첫 번째 카라반사라이 '차움'은, 가운데가 뻥 뚫린 도넛 모양의 3층짜리 대규모 숙박소였다. 다른 카라반사라이는 어떨지 모르겠지만 아무튼 여기 구조는 그랬다. 간간이 쨍한 하늘색을 칠한 황톳빛 건물은 언뜻 봐도 수백 년 묵은 것 같았다.

문이 꼭 필요한 장소가 아니면 통로 대부분이 시원하게 개방되어 있었고, 입구는 전부 꼭대기가 뾰족한 아치형이었다. 오래된 타일이 박힌 안뜰엔 터키석으로 장식한 분수와 화분도 자리했다.

1층 회랑에는 로비와 식당, 마구간, 전당포, 유실물 보관소 등이 즐비했다. 터번을 쓴 사람들이 바쁘게 이곳저곳을 걸어 다녔다. 유독 차림새가 다른 병사도 몇 명 보였다. 교황청 병력이겠지? 나름 진지한 사명을 띠고 온 건데, 유원지처럼 즐거워서 큰일이다.

"그래도 이맘때 오신 덕에 빈방이 많으니, 여유 있게 묵으실 수 있겠습니다."

"허허허. 그렇지, 다 장단이 있어."

"한데 동행하신 분들은…"

지배인 모니카가 우리를 조심스레 살폈다. 다들 중립 지대풍 옷으로 갈아입었는데, 자작 가족과 함께 다니고 있으니 관계가 궁금할 법했다.

"무용수인지요?"

"…"

잠깐, 내 얘기야? 설마 나보고 무용수냐고 물어보신 거야? 보석 달린 베일 썼다고?

"크흐흐흑."

"이쪽은 내 딸 크리스텔이네. 옆은 아이 친구들이고."

크리스텔이 미간을 잡고 버티는 동안, 이자벨이 부드러운 미소로 정정해 주었다. 조안 혼자 상황 파악을 못 해서 '왕자님, 춤으로도 벌어먹어?' 하고 속닥거렸다. 모니카는 난감한 표정으로 내게 사과했다.

"미처 알아 뵙지 못하고 실례를 범했습니다, 공자님. 친우분들과 사막 여행을 오셨군요."

"예에, 괜찮습니다."

"모쪼록 주신의 눈길 아래 좋은 시간 보내시기를 기도하겠습니다. 귀한 경험이 될 겁니다."

그녀는 서글서글하게 덕담을 건네더니, 능숙한 움직임으로 우리의 숙박부 작성을 도왔다. 그동안 카라반사라이 직원이 잔짐을 내려 방으로 옮겨주었다. 반드시 본명을 쓸 필요는 없다고 해서, 태자가 머리글자만 적는 것을 보고 나도 'J. V.'라고 적었다.

요한 경은 '요한 G.', 산트는 '산트 R.'이었다. 우리 중 누구보다 당당한 조안은 '조안 T. 아스' 옆에 멋들어진 서명까지 남겼다. 그리고 마지막으로…

'크리스텔'.

그게 다였다. 숙박부를 받아 든 이자벨의 낯빛에 깊은 슬픔이 스쳤다. 나는 무슨 말이든 해보려 벙긋대다가, 결국 아무 소리도 꺼내지 못하고 입을 다물었다. 깃펜과 장부는 그렇게 마당을 한 바퀴 돌았다. 우리가 배정받은 방으로 향할 때까지도, 크리스텔의 태도엔 별다른 변화가 없었다.

* * *

왜 성을 적지 않았을까. 그냥 짧게 가려고? 아니면 사르네즈를 쓰기 싫어서? 그러면 어머니의 성을 써도 괜찮았을 텐데. 아직 스스로 랑부예 자작가의 식구가 아니라고 생각하는 걸까. 하지만…

-툭!

"음."

나는 조그맣게 신음하며 잠에서 깼다. 새벽까지 잠을 설쳤더니 눈꺼풀이 빨리 올라가지 않았다. 몸과 마음이 달뜬 데다 잠자리가 낯설었고, 결정적으로 크리스텔의 행동이 내내 마음에 걸렸기 때문이었다. 상처받은 듯한 이자벨의 표정도 쉬이 잊히지 않았다.

내가 뒤척거리자 발치에서 몸을 말고 있던 레서판다들이 느릿느릿 위로 올라왔다. 참고로 티테는 건넛방에서 태자 녀석과 동침했다. 하프물범은 최근까지 그를 일방적으로 조금 무서워했는데, 어제를 기점으로 꽤 가까워진 듯싶었다.

-끼이

"어, 몇 시야?"

-끼싯

"여덟 시? 흐흐흐."

내가 내뱉고도 어이가 없어서 실소가 샜다. 그대로 눈을 감고 있으니 꼬마들이 꼬물꼬물 품을 파고들었다. 나는 애물단지 셋을 쓰다듬으며 한밤의 고민을 이어갔다. 일단, 직접 가서 이유를 묻긴 어려웠다.

나는 이제 크리스텔과 내가 친하다는 사실을 순순히 인정했다. 원죄와 같은 비밀을 제외하면 어지간한 이야기는 전부 터놓는 사이이기도 했다. 하지만 이건 아무리 생각해도 민감한 주제였다. 아니, 어쩌면 별일도 아닌 문제를 내가 민감하게 만드는 것일 수도 있었다. 그날의 재판이 겨우 두 달 지났고, 시몽 드 사르네즈의 이야기가 나오면 모두가 조심하는 판에…

-툭!

"어이, 꼬마야! 손님방에 무슨 짓을 하는 게냐!"

-우당퉁탕!

으음, 숙면은 글렀다. 반쯤 눈을 뜬 채 부스럭부스럭 자리에서 일어났다. 답도 없는 고민을 계속하기보다는, 저 소음의 정체부터 파악하는 게 생산적이었다. 나는 협탁의 비단 둥지에서 쉬고 있는 뚝심이를 한 번 쓸어주고, 시계가 정말로 8시 3분을 가리키고 있는 것에 경악한 뒤("데미, 너 인간 말 배웠어?", "끼웅.", "아니지. 내가 신수 언어를 깨친 건가?"), 뒷머리를 손으로 대충 빗고 거실로 나왔다.

숙소는 스위트룸 형태였다. 남자 멤버 넷이 한방을 썼고 이자벨과 여자 멤버 둘이 한데 묶었다. 자작 부부는 당연히 따로 방을 잡았다. 그나저나 아까부터 어디서 툭툭…

-끼우!

우리의 행동대장께서 오늘도 한 건 하셨다! 데미는 발딱 일어나서 몸집을 부풀리더니, 객실 문틈에 끼어있는 종이를 앞발로 척 짚었다. 목표 과일의 숨통을 단번에 끊는 것은 레서판다의 잔혹한 습성 중 하나였다. 나도 많이 당했다.

“잘했어, 데미. 누가 그걸 두고 가느라 요란했나 보다.”

-끄릇

“고마워.”

나는 모래 묻은 종이를 살살 집어 들었다. 이내 절박한 문장이 눈에 들어왔다. 글씨는 무척 크고 비뚤배뚤했다.

‘열 살 동생 인디아를 찾습니다.

대축일 기간에 차움 유적지로 들어갔다가 돌아오지 않고 있습니다.

제 동생은 도굴꾼이 아닙니다. 도둑도 아닙니다.

보물을 직접 보고 싶어서 어른들을 따라간 훌륭한 고고학자입니다.

인디아를 보신 분은 차움 카라반사라이 전당포에서 신학자 매리언을 찾아주세요.

생김새: 키는 작은데 머리가 길다. 오른쪽 눈 밑에 빨간 점이…’

세상에. 이렇게 위험천만한 허허벌판에서 동생을 잃어버렸나 보다. 아무래도 매리언이라는 아이가 객실마다 이걸 직접 넣고 다닌 듯싶었다. 도움을 줄 수 있으면 좋을 텐데.

“또 일을 꾸미는군.”

“억!”

나는 식겁하며 가슴께를 움켜쥐었다. 이어 질끈 감았던 눈을 부릅뜨고 천천히 뒤를 돌았다. 이놈의 자식, 날 심장 마비로 죽이려고 자꾸 기척 없이 등장하는 게 틀림없다. 메인 남주가 사령보다 무섭습니다. 로판 독자 여러분.

* * *

'태자님.'

나는 황태자에게 종이를 보여주며 솔직하게 이야기했다. 얼굴조차 모르는 아이고, 전단만 봐서는 사정도 확실히 알 수 없지만 그래도 보탬이 되고 싶다고. 그게 어렵다면 사건의 전말이라도 알고 싶다고 말이다.

'어려운 처지에 있는 어린애를 그냥 지나칠 수는 없잖습니까.'

'-끼이'

지극히 당연한 이치였다. 사라졌다는 꼬마는 겨우 열 살이고, 그 애를 찾는 사람도 성인 보호자가 아닌 또래 어린이인 것 같았다. 이런 사건엔 어른의 도움이 필요했다. 비록 우리에게 따로 할 일이 있다고 해도.

세드리크 태자는 불만스러워하면서도 반대를 표하지는 않았다. 그저 모친처럼 혀를 차고는 가운 차림으로 씻으러 가버렸다. 우리 중 가장 늦게 일어난 산트 역시, 종이를 보고서 아이들을 크게 걱정했다. 요한 경은 완벽한 출근 차림으로 객실 밖에서 들어왔는데,

'역시 그걸 들고 계시네요, 전하. 신경 쓰실 줄 알았어요.'

하더니 그림처럼 웃어 보였다. 그새 상황을 전부 파악한 눈치였

다. 헤릿 아버지는 도대체 몇 시에 일어난 거지?

"…이것 참, 딱하게 됐군요."

잠시 후. 아침 식탁에 앉은 클레망 랑부예 자작이 말했다. 그의 오른손엔 숟가락이, 왼손엔 '열 살 고고학자 인디아'의 실종 전단이 들려있었다. 듣자니 노부부의 방에도 어김없이 종이가 들어왔다고 했다.

황실 근위대만큼 철저하진 않아도 호위가 있었는데, 귀빈 객실 앞까지 와서 문틈으로 넣고 달아난 것이다. 아이는 카라반사라이 직원들과 구면인 게 틀림없었다.

"매리언이란 아이는 열한 살이래요, 여보. 인디아의 언니라고 해요. 여기 전당포 노인이 돌본다는데…"

마리즈 랑부예 자작 부인이 근심스레 덧붙였다. 오랫동안 사막을 드나든 부부가 모르는 자매라면, 평소 눈에 띄게 행동하던 아이들도 아닌 것 같았다. 나는 두 분의 대화를 들으며 열심히 배를 채웠다.

자고로 속이 든든해야 무슨 일이든 쉬이 진행할 수 있는 법이었다. 사막의 카라반사라이에서 먹는 첫 끼였다. 정수리 위에선 오늘도 크리스텔의 얼음 고리가 대활약 중이었다. 선선하니 딱 좋다.

"와, 진짜 맛있어."

먼저 펄펄 끓는 닭고기 타진을 세 그릇 뚝딱 비웠다. 푹 익은 살코기가 입안에서 살살 녹았다. 스튜 표면을 덮은 레몬 껍질이 상큼함을 더해주었고, 진한 토마토 국물에선 기막힌 사프란 풍미가 났다. 고수도 조금 들어있는 것 같았다.

'하, 시원하다.'

뜨거운 걸 먹으면서 시원하다고 중얼대니 태자 녀석이 나를 미친놈 보듯 쳐다봤다. 설명할 길이 없어서 모른 척 다음 메뉴를 공략했다.

"오."

"저거."

흡사 볶음밥처럼 생긴 음식을 발견하고, 크리스텔과 내가 동시에 덤벼들었다. 똑같은 생각을 하고 있었던 게 분명해 웃음이 났다. 한 숟갈씩 듬뿍 떠서 그녀와 조안의 접시에 올리고("살다 살다 이런 대접을 다 받아보네."), 다음으로 산트와 내 것도 덜었다("황송합니다, 왕자님!").

태자가 빤히 쳐다보기에 녀석에게도 서비스를 제공했다. 날 때부터 황손이시라는데 어쩌겠는가. 네 살 형님이 식사 시중 도와드려야지.

"음! 이거 쌀이 아니에요, 왕자님. 식감 재밌다."

"그러게요. 좁쌀일까요?"

"'쿠스쿠스'라고 해요, 전하. 밀가루를 좁쌀 형태로 비벼서 만들죠. 이건 쿠스쿠스로 요리한 샐러드고요."

이번에도 척척박사 요한 경이 알려주었다. 우리 예상대로 따뜻한 음식은 아니었지만, 토마토퓌레와 색색의 채소가 섞여 건강하고 신선한 맛을 냈다. 육류 요리에 곁들여 먹어도 좋을 것 같았다. 전반적으로 근사한 아침 식사였다.

사실 환경이 환경인 만큼 큰 기대는 하지 않았는데, 숙박소 바로 옆 '차움' 마을에 오아시스가 있어서 소규모로 농사를 짓는다고 했다. 위니테강에서도 관개하니 물이 부족할 일은 없단다.

오가는 카라반과의 교역 덕분에 물자 보급 또한 어렵지 않다고 들었다. 집집이 가축도 한 마리씩은 있고, 치즈와 햄도 넉넉히 만든다고 했다. 사막이라고 해서 막연히 황량하리라 생각한 내가 어리석었다.

"…그러면 교황청에 서신을 띄우는 김에, 이곳 병사들에게 도움을 청합시다. 필요하면 우리 호위 일부도 유적으로 보내서 수색을 돕지요."

"그래요. 우리와 모르는 사이도 아니니 떠나기 전까지는 손을 빌려봐요. 어차피 하루는 짐 내리고 거래도 해야 하고."

우아하게 식기를 움직이던 노부부가 결론지었다. 분위기를 보아하니, 실종된 인디아를 찾기 위해 두 분이 기꺼이 힘을 써주시려는 것 같았다. 나는 활짝 웃으며 '감사합니다' 했다. 민트 차를 마시던 이자벨이 상냥하게 미소 지었다.

"마땅히 해야 할 일입니다, 왕자님."

"그래도 고맙습니다. 아이가 무사했으면 좋겠네요."

"귀한 분께서 마음을 써주시니 금방 돌아올 겁니다."

그녀가 다정한 말을 돌려주었다. 자작 가족이 좋은 분들이어서 마음이 놓였다. 내가 의욕적으로 코프타를 난에 쌈 싸 먹는 사이, 산트는 저쪽에서 장미 모양 과자 접시를 옆으로 돌렸다.

이자벨이 고운 눈을 접으며 '이건 슈바키아라고 합니다. 제가 특히 좋아하는 후식이랍니다' 하고 설명해 주었다. 달콤한 꿀과 장미 향이 코를 간지럽히는 튀김과자였다. 그녀가 딸의 그릇에도 슈바키아를 내려놓았다.

"전 괜찮아요."

그러자 크리스텔이 바로 사양했다. 이자벨의 표정이 설핏 굳었다가 빠르게 풀렸다. 나는 놀라서 입을 뚝 멈추고 두 사람을 바라보았다. 크리스텔은 미세하게 인상을 쓰며 입맛을 다실 뿐 말을 잇지 않았다.

잽싸게 자작 부부의 눈치를 살폈으나, 두 분은 오늘 진행될 향신료 도매에 관해 얘기하느라 이쪽을 보지 못한 것 같았다. 조안과 산트도 한담을 나누는 중이었다.

"으음."

나는 느릿느릿 다진 고기를 씹어 삼켰다. 진짜 뭐 있는 것 같은데. 말투가 날카롭진 않았지만, 나 촉 좋은 편인데.

-달그락

마침 식사를 끝낸 태자가 포크를 내려놓기에, 후다닥 그와 시선을 맞추었다. 그리고 눈짓콧짓으로 신호를 보냈다. 너도 봤지? 방금 우리 친구랑 친구 어머니랑 분위기 싸하지 않았어?

"..."

녀석은 '드디어 밥 먹다 정신머리까지 삼킨 건가?' 하는 눈빛을 보냈다. 그러고는 도도한 움직임으로 크리스텔과 이자벨을 일별했다. 조각 같은 턱이 보일 듯 말 듯 까닥였다. 내 말 맞잖아!

* * *

"이러, 하!"

"이랴!"

-다그닥, 다그닥…!

나는 창가에 서서, 멀어지는 교황청 기사들과 카라반 호위를 바라보았다. 말굽이 닿는 곳마다 모래 먼지가 연기처럼 피어올랐다.

"다녀오세요, 하자. '인디아 찾아주세요.'"

-끼이

-끼응

-끼웃

애물단지들이 착하게 인사했다. 열 살 소녀 인디아 수색조는 금세 까만 점으로 작아졌다. 나는 꼬마들의 목덜미를 한 번씩 문지르고, 우리 객실이 있는 층에서만 뛰어놀라 신신당부를 한 뒤 품에서 내려주었다.

레서판다들은 기다렸다는 듯 토도독 달려 거실의 친구들에게 엉겨 붙었다. 멀리 갈 생각조차 없었던 것 같아 헛웃음이 흘렀다. 유능한 상인 귀족답게, 자작 부부는 일 처리가 빨랐다. 두 사람은 아침 식사를 마치자마자 차움 카라반사라이의 지배인 모니카를 불렀다. 그녀는 이미 사정을 알고 있었다.

'아침부터 저희 아이가 소란을 일으켜 대단히 송구스럽습니다. 제가 매리언을 꾸중하였으니, 귀빈 여러분께서는 부디 용서하여 주십시오.'

'괜찮습니다, 절박하면 그럴 수 있죠. 너무 혼내지는 말아주십시오.'

내가 마석 안경(그 남자 설계, 그 남자 제작. 나의 눈동자를 '뒤엠 로즈' 색상으로 보이게 해준다)을 쓰고 부탁했다. 모니카는 깊이 머리를 숙이며 그러겠노라 약속했다. 그리고 차분히 자초지종을 밝혔다.

'매리언과 인디아 자매는 전당포 할아버지가 친손주처럼 돌보는 고아들입니다. 어리지만 무척 영리해서, 저희도 일손이 달릴 땐 사환으로 고용하지요. 한데 지난주에…'

사건은 주신 강림 대축일 기간에 발생했다. 차움 카라반사라이는 리에스테르 제국과 가장 가까운 숙박소로서, 도굴꾼이나 건달패의 투숙은 일절 받지 않았다. 드나드는 귀족이 많은 만큼 어느 정도 품위를 지켜야 한다는 이유에서였다.

무덤 침입자들이 있으면 아무래도 업소 분위기가 흐려지고, 차움 마을 주민들도 불안해한다고 했다. 모니카의 강단을 알기에 이곳까지 오는 범법자들도 거의 없었다. 그런데 지난주는 달랐다.

그렇지 않아도 성수기라 정신이 하나도 없는데, 고고학자를 표방한 무리가 우르르 숙박부에 이름을 올린 것이다. 모니카는 일단 그대로 손님을 받았다. 상인이나 곡예단 변장은 흔해도, 학식 있는 계층으로 위장한 도굴꾼은 본 적이 없기 때문이었다.

신국풍 옷차림과 언행도 제법 세련되었다고 했다. 신국 귀족이 예까지 오는 일은 드물었지만, 대축일 기간엔 워낙 다양한 군상이 중립 지대를 드나드니 그러려니 했단다.

'인디아는 고고학자가 꿈인 아이입니다. 저희가 주는 임금과 용돈으로 늘 카라반의 책을 사서 읽지요. 언니인 매리언도 비슷하게 공부했습니다. 그런데 하필이면 고고학자라는 이들이 손님으로 오

는 바람에…'

'따라나선 건가요?'

'그렇습니다. 매리언과 할아버지에게 쪽지를 남기고 새벽같이 떠났습니다. 차움 유적으로 간다고 했습니다.'

내게 대답하는 목소리가 잘게 떨렸다. 걱정과 불안으로 흐린 얼굴이었다. 언니 매리언은 아침 늦게 인디아의 편지를 발견했고, 그제야 못된 손님들이 동생을 길잡이 삼아 떠났다는 사실을 깨달았다. 차움 유적은 마을에서 30분쯤 말을 달리면 나오는 곳이었다. 조랑말을 빌리면 매리언 혼자서도 갈 수 있었다.

하지만 중립 지대의 평범한 이들은 누구도 비무장 상태로 유적에 들어가지 않았다. 이는 그들의 생존 본능과도 같았고, 그래서 매리언 역시 홀로 행동하지 않았다. 아이는 전당포 할아버지에게 또박또박 사정을 알린 뒤, 자신이 아는 가장 힘센 어른인 모니카를 찾았다. 끔찍한 전말을 알게 된 그녀가 교황청 기사에게 인디아를 찾아달라 부탁했지만…

'윗전의 명령 없이는 카라반사라이를 벗어날 수 없네. 고작 평민 아이 하나 때문에 숙박소와 마을 전체의 치안을 해치면 곤란하지 않겠나.'

'모니카, 자네 과실도 커. 새벽에 몰래 나간 손님을 관리 못 한 책임 말이야. 한둘도 아니고.'

그들은 차갑고 원론적인 답변만 내놓았다고 했다. 결국 모니카의 결단으로 카라반사라이 용병 일부가 유적으로 떠났다.

'그래서 어찌 되었나.'

'빈손으로… 돌아왔습니다. 그게 바로 어제그저께 있었던 일입니다. 아무래도 지하로 들어간 것 같다는데, 땅 밑에서 사령 우는 소리가 끔찍하여 차마 내려가 보지 못했다고 합니다.'

'주신 맙소사. 어찌 핏덩이를 앞세워 무덤을 판단 말인가.'

'교황청 기사들은 기사도를 몰라! 여태 그따위로 행동하는군. 어허!'

자작 가족은 사색이 되어 탄식했다. 크리스텔도 '어린애 꾀어내서 이용하는 것들은 다 죽어야 한다'라고 이를 갈았다. 그렇게 지금과 같은 상황이 됐다. 노부부는 전방위로 교황청 병력을 압박했다. 주민의 안전에 이토록 무감한 기사가 어디 있느냐며, 당장 뤼퍼르트 총대리에게 서신을 쓰겠노라 으름장을 놓기도 했다.

'…알겠습니다, 자작님. 저희가 찾아보지요.'

모니카가 온종일 매달려 부탁해도 소용없던 일이, 겨우 10분 만에 해결됐다. 황제의 총애를 받는 귀족의 권위란 대단한 것이었다. 이곳은 제국령도 아닌데 말이다. 그게 놀라우면서도 슬펐다.

"교황청 기사랑 병사들은 첫인상부터 밥맛이네요. '고작 평민 아이 하나'? 주둥이를 아주 꿰매버려야 돼."

크리스텔이 잠든 뚝심이를 쓸어주며 오물오물 성토했다. 한 손엔 아침에 먹지 않았던 슈바키아를 쥔 채였다. 지금은 또 맛있게 흡입하고 있었다. 나는 이번에야말로 무슨 일이 있냐고 물어볼까 하다가, 그냥 마음을 접고 소파에 앉았다. 태자는 내가 어제 공부하자고 했던 중립 지대 참고서를 읽고 있었다. 기특하네. 기특한 소파 모델처럼 보여.

"그래서 자작 할아버지가 결국 교황청에 편지 썼잖아. 아냐? 곧 혼쭐나겠지, 뭐."

"그건 태자 전하와 왕자님이 신전으로 가고 있다는 내용이었어요, 남작님. 총대리가 두 분의 의전을 준비해야 하니까요."

지도를 보던 요한 경이 조안의 말을 부드럽게 정정해 주었다.

'그랬어? 난 그것도 모르고 너희 이제 다 죽었다 놀렸는데.'

도화지에 무덤을 그리던 조안이 머쓱하게 대추야자를 집어 먹었다. 나는 피식하며 옆자리에 퍼진 티테를 쓰다듬었다. 하급이긴 해도 훈련된 마법사와 검사가 수색조를 이루었으니, 이번에야말로 인디아를 찾을 수 있을 것이다. 유적을 건드리지 않으면 공격받을 일은 없을 테고. 아이가 야무지게 간식과 물을 챙겨 갔다니 사흘은 버틸 거다. 지하는 서늘하니까 더욱 견딜 만하겠지.

"…제발 그랬으면 좋겠는,"

-콰아앙!

나는 기겁하며 자리에서 일어났다. 폭음에 가까운 괴성이었다. 목이 삐끗하도록 빠르게 고개를 돌렸을 때, 성기사는 이미 창밖으로 뛰어내리고 있었다!

"요한 경!"

-쿠구구구…!

"아아아악!"

이어 건물이 통째로 진동했다. 안뜰에서는 객들의 비명이 쏟아졌다. 쨍그랑, 쩽그렁-! 밖에서 화분 깨지는 소리가 요란했다. 모든 게 너무나 갑작스러웠다. 조금 전의 굉음이 숙박소 근처에서 터져 나온 건지, 멀리 유적 쪽에서 들린 건지도 알 수 없었다. 나는 신수들을 되는대로 품에 그러모았다. 녀석들도 이젠 익숙히 내게 매달렸다.

"전하, 왕자님과 친구들을 부탁드립니다. 저는 가족들을 지킬게요!"

크리스텔이 다급히 태자를 향해 외쳤다. 사내는 투지 어린 낯으로 즉시 고개를 끄덕였다. 두 남녀의 콧등이 맞닿을 듯했다가 멀어졌다. 나는 달려 나가는 주인공을 보며 아연했다. 산트와 조안이 내 곁에 붙어 몸을 구부렸다.

"이게 도대체,"

-딸랑딸랑, 딸랑딸랑…!

품속에서 종이 울리기 시작했다. 헉, 경악으로 헛숨이 터져 나왔다.

-스릉-!

동시에 흑색의 검을 뽑은 사내가 우리 앞을 가로막고 섰다. 창밖에서 시커먼 구름이 밀려오고 있었다. 윙윙…!

* * *

성기사 요한 헤인스는, 질풍처럼 사막으로 쏘아져 나갔다.

-우우웅!

-파아아아-!

강렬한 파공음이 경주라도 하듯 그의 발치로 따라붙었다. 모래가 커다란 폭죽 모양을 그리며 뿌연 먼지바람을 일으켰다. 하얀 머리칼이 무희의 손끝처럼 흩날리고, 카라반사라이는 순식간에 남자의 배후로 멀어졌다.

오아시스를 닮은 민트색 눈동자가 흘끗 뒤를 돌아보았다. 창가엔 이미 아무도 없었다. 두 제자님은 기특하게도 눈치와 행동이 제법 빨랐다. 마나 감응력도 뛰어났다. 한 박자 느린 그의 주인을 든든히 지켜낼 수 있을 만큼.

-웡웡, 웡웡…!

"…"

추기경의 시선이 다시금 정면을 향했다. 먹물처럼 시커먼 떼구름이 하늘로 치솟고 있었다. 모르는 이에겐 언뜻 비구름대로 비칠 모습이었다. 하지만 그리 반가운 존재였다면 남자가 이곳까지 마중 나오는 일은 없었을 것이다. 숙박소의 창밖으로 몸을 던지는 일도, 목숨 걸고 보호해야 하는 상대와 떨어지는 일도.

-웡웡웡웡!

-위이이잉…!

귀가 따가울 만치 요란한 불협화음이 천지를 진동했다. 상대는 익히 아는 존재였다. 놈들이 지나간 자리에는 언제나 인간과 짐승의 백골만이 남았다. 어릴 때부터 용병으로 신국과 사막을 떠돌았던 요한은, 당연히 저것을 상대해 본 적이 있었다.

어두운 동굴 따위에 조용히 무리 지어 잠들어 있다가, 한순간의 접촉에 들불처럼 일어나 상대를 잡아먹는 괴물. 껍데기가 호박琥珀처럼 단단한 상급 마수. 흑호박벌.

-윙윙! 웅웅웅!

"크하악! 내 귀! 으어억!"

"물가로 뛰어! 빨리!"

"아아아악-!"

이리저리 비산하는 핏방울과 찢어지는 비명. 전방에서 벌떼를 마주친 기사들이 미친 듯이 팔을 내저으며 달려오고 있었다. 열 살 소녀 인디아를 찾아 떠났던 이들이었다.

이동 방향으로 미루어 볼 때 이는 유적에서 발생한 소란이었다. 필시 저들이나 도굴꾼 무리가 마수를 깨우고 노하게 했으리라. 전원이 말을 타고 떠났건만 기마한 것은 둘뿐이었다. 말을 잡아탔다면 지금보다는 덜 위험했을 텐데, 미끼로 던지고 달아나는 쪽을 택한 듯했다.

'히힝! 히히힝!' 멀리 마수 떼의 먹이가 되어 나뒹구는 말들이 보였다. 인간은 위급한 상황에 부닥치면 몹시 비이성적인 판단을 내리곤 했다. 흑호박벌은 이제 철새 무리처럼 일사불란하게 움직이며 몸집을 부풀렸다.

시꺼멓고 거대한 그림자는 흡사 독뱀의 대가리를 닮아있었다. 자신보다 크고 위협적인 맹수를 모방하여 겁주는 것은 놈들의 특기였다. 요한의 눈이 침착하게 빛났다.

"아아악! 어머니-!"

"주신이시여!"

-싸아아아…

지옥 같은 절규 사이로, 기사의 손바닥 안에 백색 바람이 감겨들었다. 교황청 끄나풀 앞에서 힘을 쓰는 게 달갑진 않았으나 도리가 없었다. 창해의 축복, 화성의 혜검과 비렴의 방주. 무려 세 개의 신물이 근처에 있는데 마수가 반응하지 않는 것도 이상했다.

좌우간 여기서 막지 않으면 놈들은 숙박소와 마을을 덮칠 터였다. 그러면 그의 주인은 무력한 이들을 위해 망설임 없이 성지를 개방할 것이다. 교황청에 다다를 때까지는 그분의 정체가 드러나지 않는 게 안전했다. 무엇보다 주군께선 얼굴도 모르는 열 살 아이의 평안을 원했다. 헤릿에게 그리했듯이. 그거면 충분했다.

-휘우우우…

요한은 지그시 눈을 감았다. 기사의 옷자락이 길게 나부꼈다. 살육과 혼란의 도가니에서 홀로 초연한 백합처럼.

"제기랄! 물을 부어!"

"없어! 없다고! 안장에 두고 왔어!"

"흐아아악! 아파! 아파아악-!"

번쩍, 눈꺼풀이 뜨였다. 그의 오른손이 반듯하게 들렸다. 메마른 공기는 즉시 그에게 복종했다.

-휘이이잉!

-우우우웅…!

팔뚝을 감싼 실바람이 빠르게 시계 방향으로 돌기 시작했다. 이내 연풍은 돌풍으로, 잔잔한 옥빛 시선은 어두운 흑풍의 중심으로 변했다.

-콰아아아아!

"으아악!"

매서운 기파가 모랫바닥을 휘젓고 천공으로 치솟았다. 폭발에 가까운 충격으로 생존자들이 사정없이 나가떨어졌다. 사사삭! 유리 파편처럼 날카로운 가루모래가 사방으로 튀었으나, 성기사의 옷깃에는 흔적조차 남기지 못했다.

소용돌이는 거침없이 흑호박벌 떼를 휘감고 천점을 꿰뚫었다. 바람의 벽으로 꽁꽁 가두어 어디로도 날아가지 못하게 막았다. 윙, 위잉, 위이이잉-! 벌들이 거칠게 우짖으며 저항했다. 그러나 오늘은 운이 나빴다.

"먼지로 돌아가라."

쌔애액! 동시에 회오리 중심에 톱니가 섰다. 미성의 속삭임과 끔찍한 소음이 기괴하리만치 자연스레 뒤섞였다.

-파파파파팟!

-콰콰콰콰!

"저게 도대체 무슨…!"

모래에 파묻힌 수색조가 기함했다. 주신의 권능이라고 부르기에는 너무나도 두려운 광경이었다. 악충으로 새카맣게 뒤덮였던 하늘이 개고, 그 자리엔 칠흑의 돌개바람이 불어닥치고 있었다. 감당할 수 없는 이적에 병사 두엇이 끝내 정신을 잃었다. 기사 하나가 벌벌 떨리는 손가락을 들어 올렸다.

"저, 저기! 바람이 벌떼를 죽인다! 칼날처럼 베고 있어!"

"맙소사!"

-파바바밧-!

'끼에에에엑!' 고통에 찬 울음, 광기 어린 바람, 마수의 몸뚱이가 토막 나는 참혹한 소리가 사막에 메아리쳤다. '우웨에엑!' 지켜보던 일부가 공포와 메스꺼움을 이기지 못해 토악질했다.

요한은 마수들이 분쇄되는 꼴을 차분히 바라보다가 눈길을 돌렸다. 시선이 닿은 교황청 기사가 움찔하며 눈을 지릅떴다. 난리통 속에서도 성기사를 알아본 모양이었다. 그는 목구멍에 모래가 들어가는 줄도 모르고 턱을 쩍 벌렸다. 요한을 가리키는 손끝이 쉼 없이 바들거렸다.

"너, 너는 설마… 그 평민 놈 아니냐!"

상대는 마흔 후반에서 쉰 사이로 보였다. 나이도 먹을 만큼 먹었으면서 눈치가 없었다. 하긴, 저 나이에 이런 지역으로 좌천될 정도면 어지간히 무능하다고 봐야 했다. 요한이 타이르듯 말했다.

"입은 다무는 게 좋겠어요."

"맞잖아! '교황청의 청소부', 커헉! 크흐윽-!"

그가 자신의 목울대를 붙잡고 옆으로 쓰러졌다. 이마와 목에 핏대가 팽팽히 서고, 얼굴은 숨이 막혀 시뻘겋게 달아올랐다.

'기사님! 기사님!'

병사들이 꺽꺽거리는 그를 붙들고 악을 썼다. 하얗게 질린 그들을 보면서도 요한은 무덤덤했다. 그에게 살인은 어려운 일이 아니었다. 살아남고자 숱하게 해왔고, 앞으로도 필요하다면 거리낌 없이 저지를 행위였다. 하지만…

"크하아! 콜록콜록! 쿨럭!"

성기사가 힘을 거두었다.

"괜찮으십니까! 이제 숨이 트이십니까?!"

"쿨룩쿨룩! 허어억!"

오늘은 이 정도면 충분했다. 그는 가급적 깨끗한 몸과 마음으로 돌아가고 싶었다. 아직 어린 제자들은 손에 사람의 피를 묻혀 본 적이 없었다. 왕자 전하께서는 자신에게 죽을 뻔했으면서도 여전히 그를 '좋은 사람'이라 믿었다. 제국에 온 뒤로 살이 오른 아들은, 별 이유 없이 온종일 웃고 다녔다. 남자는 모든 기대에 부응하고자 했다.

"컬럭컬럭, 네놈! 평민 주제에 감히 귀족 몸에 손을 대! 우리 어머니가 아시면…"

"저런 꼴이 되고 싶은가요?"

요한이 용올림을 눈짓하며 물었다. 다정한 말투와 달리 내용은 무시무시했다. 살아남은 이들은 한 몸처럼 덜덜거리며 살생의 폭풍을 올려다보았다. 갈기갈기 찢긴 날개와 진흙 같은 마수의 체액이 한데 모여 휘몰아쳤다. 콰콰콰콰…! 휘이이잉…!

-키에에에엑!

"…원하는 게 뭐냐! 역시 돈이냐!?"

"오늘 본 것을 비밀로 간직하세요."

중년인이 침을 튀기며 묻자, 성기사가 담백하게 답했다. 병사들은 순간 넋이 나간 얼굴로 그를 쳐다보았다. 저자는 그게 가능하리라 생각하고 저런 말을 한단 말인가? 이만한 회오리라면 차움 마을은 물론이고 그다음 거주지에서도 보였을 터였다. 돌아가서 보고는 어찌하라고…

"거대한 모래 폭풍이 마수 떼를 덮쳐, 기적적으로 마을을 구했다고 하면 되겠네요."

"허, 허어…"

"제 이야기는 사막 어딜 가서도 하지 마세요. 이른 죽음을 원하는 게 아니라면요."

쌔애애액! 요한의 말이 끝나기 무섭게 바람이 거세졌다. 긴 백발이 경고처럼 흩날리고, 처진 눈꼬리가 재촉하듯 곡선을 그렸다. 어느 고대 석상의 미소처럼 온기라곤 실낱만큼도 없는 표정이었다. 수색조는 즉시 겁에 질렸다. 그래서 모래알을 뒤집어쓴 채 허겁지겁 고개를 주억였다.

* * *

나는 창문 밖을 내다보며 경악했다. 데미, 레아, 페리, 티테도 차례로 조그마한 입을 활짝 벌렸다. 품속의 크리스털 종은 언제 시끄럽게 울었냐는 양 조용했다. 더는 빛을 내뿜지도 않았다.

"이게 뭔…"

-휘이이이!

보고도 믿을 수가 없었다. 무슨 〈미이라〉의 한 장면 같았다. 차움 마을 너머 지평선에서, 산더미만 한 모래 폭풍이 새까만 딱정벌레 떼(확실하지 않지만 영화에서는 그랬다)를 한입에 집어삼키고 물러갔다.

크릴새우 먹는 대왕고래 몬스트로를 육지에서 목격한 기분이었다. 갑작스레 닥친 위기가 그보다 더욱 갑작스럽게 해결됐다. 신기하면서도 얼떨떨했다. 아니, 천만다행이긴 한데… 이게 말이 되는 전개야? 주인공 커플의 안위는 역시 하늘이 돕는다는 거야?

“주신 맙소사. 이거야말로 신의 기적이네! 안 그래?”

조안이 쩌렁쩌렁 외치며 자리에서 벌떡 일어났다. 종이와 목탄을 찾는 레몬색 눈동자가 영감으로 번쩍번쩍했다. 반대로 온몸에 힘이 풀린 산트는 털썩 누워버렸다.

‘끼이이!’

뒤늦게 흥분한 애물단지들이 폴짝폴짝 뛰며 그의 배를 공격했다. 황태자는 천천히 검을 거두고 뒤를 돌았다. 그와 나의 눈길이 단숨에 얽혔다.

“그러게요. 마침 딱 맞춰 바람이, 헉!”

일순 찌릿한 감각이 등골을 타고 올랐다. 나는 화다닥 몸을 일으켜 창틀에 매달렸다. 태자가 의외라는 표정으로 나를 바라보았다. 야, 형님도 기억력은 좋거든!

“인디아요, 태자님. 그 아이가 아직 유적에 있을 겁니다!”

“하.”

놈이 ‘그럼 그렇지’ 하는 표정으로 헛숨을 내뱉었다. 이보세요. 사람 목숨 구하는 게 간단한 일이 아니라니까?

“저기가 유적 방향 아닙니까. 혹시 고대의 무덤을 잘못 건드려서 저주를 받았다거나…”

“그대는 상상력이 지나쳐.”

-와당탕퉁탕! 벌컥!

“무덤 경보 장치가 발동했었나 봐요, 그쵸! 미라의 저주다!”

크리스텔이 황급히 달려와 문을 열고 소리쳤다. 나는 재깍 고개를 끄덕였다. 역시 가인 씨는 뭘 좀 알았다. 세드리크 태자가 끝내 한숨을 지었지만, 녀석은 이런 장르를 전혀 모르니까 저렇게 반응할 수 있는 거다. 〈미이라〉도 〈쥬만지〉도 안 본 놈하고 무슨 얘길 하겠냐고!

"그보다 가족분들은 무사하십니까?"

"네, 다들 멀쩡하세요. 많이 놀라시긴 했지만 멋진 구경 했다고 좋아하셨습니다."

으음, 크리스텔의 가족답다고 해야 할지. 어쨌든 모두 무탈해서 다행이었다. 크리스텔이 우리의 안부를 묻고 조안과 미라니 뭐니 이야기하는 동안, 나는 숙소 상황을 유심히 관찰했다.

한바탕 휩쓸고 간 땅울림 탓에 여기저기 물건이 넘어지고 화분이 깨져있었다. 그래도 다행히 크게 다친 사람은 없는 듯했다. 건물이야 워낙 튼튼해서 금 간 곳도 없었다. 이어 마을 주민으로 보이는 사람들이 우르르 카라반사라이 안으로 들어와 지배인 모니카를 찾았다. 나도 열심히 곳곳을 살폈다. 요한 경은 어디까지 간 거지? 모니카는 저기 있다!

"허어엉, 어어어엉! 내 동생, 끅, 엉엉엉…"

"쉬이. 괜찮아. 매리언, 다 괜찮을 거야."

나는 눈을 크게 떴다. 피가 흐르는 눈썹을 수건으로 대충 지혈한 모니카가, 어린아이를 안아 달래고 있었다. 품 안의 갈래머리 소녀는 탈수가 걱정될 만큼 눈물범벅이었다. 저 아이가 인디아의 언니인 '신학자 매리언'인 듯했다.

동생이 떠나간 유적 쪽에서 무시무시한 기운이 뻗쳐 나왔으니, 누구라도 혈육을 잃은 것처럼 반응할 법했다. 안쓰러운 마음이 밀물처럼 차올랐다. 나는 급히 태자를 돌아보았다.

“모니카만 괜찮다면, 제가 치유력으로 상처를 봐주고 싶습니다. 아이의 진정도 돕고요.”

“…”

저 눈빛은 쉽다. 내 마음대로 하라는 뜻이다.

“고맙습니다.”

나는 생긋 웃으며 다시 밖으로 몸을 내밀었다. 바로 옆에 크리스텔이 와서 찰싹 붙었다.

“모니카! 아이고, 왜 피가 나!”

“괜찮아. 선반에 찍혀서 조금 찢어졌어.”

“의원 불러와! 바느질할 줄 아는 의원! 모니카가 다쳤대!”

“세상에. 매리언, 이리 와. 울지 마라.”

‘네 동생 꼭 찾을 거다, 걱정 마.’

모니카와 매리언을 둥그렇게 감싼 주민들이 진심 어린 위로를 건넸다. 바쁘게 환자를 챙기고 아이의 손에 수통을 쥐여 주었다. 괜히 가슴 한구석이 찌르르해서 코를 찡긋거리는 순간,

“…어?”

꼬마 아가씨와 나의 눈이 마주쳤다. 매리언은 울음을 뚝 그치고 입을 헤 벌렸다. 나는 당황해서 내 얼굴을 바쁘게 더듬었다. 아무것도 잡히지 않았다. 일순 팔뚝에 닭살이 돋았다. 안경이 없다!

“왕자님, 저 아가가 왕자님을 봤나 본데요?”

"예… 아무래도 그런 것 같습니다."

내가 넋 빠진 목소리로 중얼거렸다. 제국의 천재 미남 발명가가 만든 눈알 색 위장 안경(1614 S/S 뒤엠 로즈 한정판)이, 내 콧등에 없었다. 나는 바보같이 방심하고 있다가 보라색 눈동자를 노출한 것이다!

-탁

그때 나타난 요한 경이 매리언에게 손수건을 건네며 시야를 가렸다. 나는 그에게 미안하고 쪽팔려서 후다닥 창문 아래 쭈그리고 앉았다. 헤릿 아버지, 늦었어요. 저번하고 똑같은 패턴으로 또 들켰습니다!

* * *

잠시 후. 나는 마석 안경을 찾아 쓰고-줄이라도 달아야겠다-착석했다. 신수들은 일단 내 방으로 들여보냈다. 손님을 맞기 위해서였다.

"…괜찮아? 바클라바 더 줄까?"

그리고 매리언의 눈치를 보며 물었다. 거실 맞은편 소파에 앉은 열한 살 꼬마는, 많이 운 탓에 눈두덩과 콧방울이 전부 발갛게 부어 있었다. 그래도 씩씩하게 눈물을 그치고 모니카와 함께 등장했다. 그게 기특하고, 진심으로 응원하고 싶어서 자꾸만 이것저것 챙겨주게 됐다. 너무 이러면 아이가 불쾌해할지도 모르는데.

"고맙습니다."

소녀는 고개를 끄덕이더니, 도리어 나를 할끔할끔 훔쳐보며 큼직한 바클라바를 받아 깨물었다. 크리스텔이 입가에 묻은 부스러기를 닦아주자 더욱 맛있게 먹었다. 나에 관해 묻고 싶은 말이 있지만 애써 참는 표정이었다.

나는 작게 웃고서 다시 치유 서클에 집중했다. 푸르른 빛살이 모니카의 몸을 부드럽게 감싸고 있었다. 그녀의 눈썹 부근에 모인 에테르 입자들이 부지런히 치유력을 발휘했다.

-사아아아…

"정말 감사합니다, 공자님. 귀하디귀한 치유 신관께서 저 같은 것에게 힘을 써주시다니요."

"누구에게든 써드립니다. 저 별로 안 비쌉니다."

내가 샐샐하며 답하자, 모니카는 당치 않은 말씀이라며 더욱 고개를 숙였다. 어느새 피가 멎은 상처를 보니 마음이 놓였다. 이러려고 서클을 외웠는데 실제로 꾸준히 쓸 데가 있어 보람찼다.

황태자는 상석에 앉아 묵묵히 우리가 하는 양을 보고만 있었다. 조안과 산트는 각각 매리언의 초상을 그리고 컵에 염소젖을 따라주었다. 아이를 위로하는 일에 모두가 한마음 한뜻이라 흐뭇했다.

"자작 부부와 이자벨은 언제쯤 오실까요?"

"그걸 모르겠습니다. 도매는 빨리 끝날 땐 순식간이지만, 오래 걸리면 온종일 열리기도 한다고 그러셨어요."

'아무래도 우리끼리 이야기를 진행해야 할 것 같습니다.'

크리스텔이 심각하게 덧붙였다. 모래 폭풍과 지진의 여파가 가라앉은 뒤, 차움 카라반사라이는 빠르게 일상으로 돌아왔다. 듣자니 이런 기상 현상 자체는 중립 지대에서 드문 일이 아니라고 했다. 이번 것이 별나게 대규모이긴 했지만, 다행히 숙박소 직원과 마을 주민들은 동요하지 않았다.

모두가 침착히 망가진 비품을 수습했으며, 부서진 곳을 보수하고 낙타와 말들을 진정시켰다. 특산품 거래와 서신 교환 등의 업무도 정상적으로 이루어지기 시작했다. 크리스텔을 제외한 랑부예 가족 역시, 차움 마을 시장의 향신료 도매에 참여하고자 숙박소를 나선 참이었다.

나는 고개를 주억이며 문가에 선 교황청 기사를 바라보았다. 남자는 40대 후반으로 보였는데, 남북이 난 머리에 툭 불거진 광대가 인상적이었다. 그는 나와 눈이 마주치자마자 재깍 묵례했다.

"기사님, 인디아가 향했던 차움 유적에서 마수 떼가 출몰했다고 하셨죠?"

"그렇습니다, 공자님."

"고고학자로 위장한 도굴꾼들이 유적을 잘못 건드린 결과로 보인다고요."

"예. 지금까지 잠잠했던 흑호박벌 무리가 갑자기 들고일어난 것으로 보아… 유적 내부에서 일이 난 듯합니다. 주변에는 벌떼가 숨어 지낼 만한 동굴 지형이 없습니다."

"다시 가보시기는 힘들까요?"

"그것이…"

'예.'

그가 침통한 낯으로 말을 맺었다. 기어들어 가는 목소리였다. 울상 짓는 매리언에게 조안이 그림을 보여주었다. 기사는 목덜미와 얼굴이 흑호박벌에 물어뜯겨 상처투성이였다.

치유력을 써주려 했지만, 그는 내 뒤편을 일별하더니 정중히 사양했다. 배후에 있는 거라곤 창문과 요한 경뿐인데… 자신의 영역에서 마수에게 당한 게 많이 분한 모양이었다.

나는 요한 경을 흘끔 바라보았다. 시선이 닿은 그가 수채화처럼 산뜻하게 웃어 보였다. 실은, 요한 경이 그 무시무시한 회오리바람의 주인이 아닐까 했다. 하지만 헤릿 아버지는 너무 빨리 숙박소로 복귀한 데다, 딱히 에테르가 부족해 보이지도 않았다.

무엇보다 그런 힘을 쓴 걸 내게 숨길 이유가 없었다. 그의 성흔에 당했던 날을 떠올리면 여전히 손이 떨리지만, 정말 괜찮았다. 좀 무섭긴 해도 명색이 추기경이니 이해할 수 있었다. 그런데…

"아까 발생한 모래 폭풍은 단순한 자연재해라고 보고하셨죠."

"맞습니다. 차움 마을과 숙박소가 운이 좋았습니다. 주신의… 은총입니다."

기사가 한 글자 한 글자 씹어 뱉었다. 크리스텔과 세드리크 태자가 동시에 코웃음을 쳤다. 나는 그러지 말라고 두 사람에게 손짓했다. 저분도 이곳을 지키려고 노력하다 오셨는데, 저리 반응하는 건 예의가 아니었다.

내가 '고맙습니다. 가서 푹 쉬십시오' 하자 그는 딱딱하게 경례하고 물러갔다. 군마도 열 마리 가까이 마수 떼에게 잡아먹혔다는 이야기를 들었다. 이래저래 타격이 클 터였다.

-달칵

이내 문이 닫혔다. '신학자' 매리언이 자리에서 벌떡 일어났다. 말라붙은 눈물 자국이 선했지만, 나를 보는 눈빛은 똘똘하기 그지없었다.

"주신의 축복받으신 예서 페네티안 왕자 전하를 뵙습니다."

그리고 엄청난 대사를 내뱉으며 절을 올렸다. 나는 식겁했다. 파란 에테르 알갱이들도 기겁해서 와르르 한데 모였다!

"아, 아니? 뭔가 잘못 알고 있는 것 같아."

삑사리가 났다. 알갱이들마저 나를 딱하게 보는 듯한 기분이 들었다.

"아까 안뜰에서 보았는걸요. 은총받으신 보라색 눈동자가 반짝반짝 예뻤습니다. 예로부터 눈은 영혼의 창이라고 했습니다. 유일신께서 전하를 특별히 아끼시는 게 틀림없습니다."

"그거는, 이제. 빛의 산란으로 착시가 있었던 건 아닐까?"

나는 아무 말이나 주워섬겼다. 이제 보니 아이보다 어휘력도 달리는 것 같았다. 태자가 '애쓴다' 하는 눈빛으로 나를 바라보았다. 나쁜 놈.

"거기다 금발이시고, 소문대로 타락한 천사처럼 고우신데요."

"으음."

양 갈래 소녀는, 코 먹은 목소리로 못 하는 말이 없었다. 동공을 감싼 붉은 홍채는 바깥으로 갈수록 초록빛을 띠었다. 대륙 소수 민족 특유의 이색二色 눈동자였다. 보다 못한 모니카가 매리언의 손을 잡으며 입을 뗐다. 구세주 등장!

"황공합니다, 전하. 아이가 아직 어려 무례하기 이를 데 없습니다. 부디 용서를…"

이분도 알고 계시잖아! 익명 숙박부는 어떻게 된 건데?! 사지에 힘이 풀리며 치유 서클이 탁 꺼졌다. 내가 당황해서 입을 벙긋거리자 여인이 난감하게 미소 지었다. 그러고는 태자 녀석에게 먼저 깊게 절을 올렸다.

조안이 깔깔 웃으며 시나몬 파우더 뿌린 오렌지 조각을 날름 집어 먹었다. 크리스텔은 그녀를 보고 입맛을 다시면서도, 오렌지에 선뜻 손대지는 않았다. 지배인이 조심스레 말을 이었다.

"거상巨商 랑부예 자작가의 공녀인 이자벨 님과, 그분의 따님인 크리스텔 경에 관한 이야기는 이곳에도 널리 알려져 있습니다. 제국의 귀족 손님들께서 자주 언급하시지요. 특히 태자 전하와 왕자 전하를 포함한 세 귀인의 모험담이 주를 이룹니다."

그놈의 '세 귀인'. 난 그냥 둘이 '사귀었으면' 좋겠는데.

"그랬군요…"

"크리스텔 경의 친우라고 하셨을 때는 설마 했으나, 머리글자로 'C. R.'과 'J. V.'를 적으신 것을 보고 귀하신 분들의 존함을 알게 되었습니다. 허나 이를 숨기고자 하시는 듯해 모른 척하였습니다."

젠장. 태자 놈을 따라 하는 게 아니었다. 하지만 가명으로 '가가방'이나 '이감신'을 썼더라도 바보처럼 들키긴 마찬가지였을 테니, 겸허히 현실을 받아들이기로 했다. 자포자기하고 안경을 벗자 매리언의 얼굴이 확 밝아졌다. 절로 웃음이 나왔다.

"안녕."

"우와!"

"매리언, 높으신 분을 그렇게 똑바로 보면 못써."

모니카가 화들짝 아이를 뜯어말렸다. 괜찮다고 만류했지만, 그녀는 기어이 매리언의 자세를 바로잡고 태자와 내게 정식으로 예를 차리게 했다. 꼬맹이는 제국식과 신국식 절을 모두 소화해 냈다. 듣던 대로 똑똑이였다.

"태자 전하를 뵙습니다. 왕자 전하를 뵙습니다. 신학자로서 더없는 영광입니다!"

"나도 만나서 반가워, 매리언."

내가 인사했다. 크리스텔은 아이와 기쁘게 악수했다. 산트가 이렇게 어린 신학자는 처음 본다며 영광이라고 너스레를 떨었다. 매리언이 부끄러운 듯 입술을 감쳐물었다. 나는 친구들을 한 번 둘러보고, 조심스레 말을 꺼냈다.

"저기, 동생이. 인디아가 어른들을 따라서 차움 유적으로 떠났다고 했잖아."

"네…"

아이의 낯빛이 삽시에 어두워졌다. 나는 차분히 말꼬리를 붙였다.

"그게 지난 28일 새벽이라고 들었어."

"…맞아요."

매리언이 덜덜 떨리는 음성으로 말했다. 나는 가만가만 물었다.

"오늘이 사흘째인데, 동생이 식량하고 물은 충분히 챙겨간 거지?"

"네. 인디아는 야무져서 자기 앞가림을 잘해요. 육포, 햄, 치즈, 전날 먹고 남은 바그리르까지 몽땅 가져갔어요. 수통은 두 개나 없어졌어요. 걔는 천 년 된 유적에서 방향 잡는 법도 알고, 마을 아이

중에 미로 찾기도 제일 잘해요. 열다섯 살인 토미보다 잘해요."

아이가 주문을 외우듯 말을 쏟아냈다. 커다란 눈에 거듭 물기가 고이는 것을 보니 못 견디게 안쓰러웠다. 목이 메고 숨이 차서 문장이 뚝뚝 끊기는데도, 매리언은 멈추지 않았다.

"스코티 할아버지가, 그러셨어요. 인디아는 중립 지대, 한가운데 혼자 떨어뜨려 놔도, 차움 마을까지 찾아올 애라고요. 끅."

"그랬구나. 그럼,"

"절대로 저 두고, 멀리 갈 애가 아니에요. 언니가 화나면 세상에서, 제일 무섭다고 그랬어요. 제 말은 잘 들어요. 끅, 진짜예요!"

"알아. 그래서 기사들을 보낸 거였어."

내가 조곤조곤 아이를 달랬다. 이내 말간 눈망울에서 닭똥 같은 눈물이 뚝뚝 떨어지고, 젖살 통통한 볼이 먹구름처럼 와락 구겨졌다. 아이고.

"매리언, 들어봐. 그분들로는 부족하니까…"

"제발요! 제발 포기하지 말아주세요. 제발 제 동생 살려주세요!"

소녀가 납작 엎드려 내 다리에 매달렸다. 나는 깜짝 놀라서 몸을 굽혔다. 어린아이의 감정은 으레 그렇듯 진폭이 컸다. 작은 어깨가 경기하듯 들썩거리고 있었다. 매리언은 엉엉 울며 절박하게 외쳤다.

"인디아는 제 가족이에요. 하나밖에 없어요! 세상에 하나밖에 없어요! 제발 도와주세요!"

"그럴 거야."

"제발, 제발요! 왕자 전하가 이대로 가시면요. 이제 높은 분은 아무도, 허엉, 끅, 허어어엉…!"

"매리언. 우리가 다녀올게. 그러니까 걱정하지 마."

'쉬이.'

내가 조그마한 등을 쓸어주며 바람 소리를 냈다. 아이는 흠칫하더니 천천히 목을 들었다. 딸꾹질이 멈추지 않았다. 두 귀로 들었는데도 믿을 수가 없다는 표정이었다. 동그란 눈매엔 자꾸만 방울열매가 맺혔다. 나는 손수건을 꺼내 아이의 얼굴을 살살 닦고, 코끝에도 가져다주었다.

"세게 흥해, 흥."

"흥."

"전하!"

모니카가 경악하고 다가와 아이를 일으켰다. 크리스텔은 매리언에게 물을 먹여주었다. 내가 샐쭉 입꼬리를 올렸다.

"저도 동생이 있어서 압니다, 모니카. 어린애가 얼마나 힘들겠습니까."

우리에게 급한 용무가 있다는 건 알지만, 이 아이에게 희망이라곤 이제 우리뿐이지 않은가. 어린이의 실종은 최대한 신속히 대응하지 않으면 큰 비극으로 번질 수도 있다.

"고귀한 분들께서 어찌… 그토록 위험한 곳에 몸소 가려 하십니까. 언감생심 이런 부탁을 드려서는 안 된다는 것을 잘 알고 있습니다."

그녀가 딸꾹대는 아이를 품에 안으며 말했다. 사라진 인디아를 걱정하면서도, 우리가 험한 꼴을 볼까 봐 안절부절못하는 표정이었다. 그러자 존경하는 주인공께서 호쾌하게 대꾸하셨다!

"이건 비밀인데, 저희가 조금 전에 다녀온 사람들보다 훨씬 강하거든요. 마음만 먹으면 아까 보신 모래 폭풍 같은 공격도 할 수 있을걸요? 그러니 걱정 붙들어 매셔도 됩니다."

"하지만…"

"모니카가 그랬잖아요. 사막 여행은 귀한 경험이 될 거라고요. 그럼 다 해봐야죠. 길 잃은 아이도 구해보고, 유적에도 들어가 보고. 겸사겸사 보물도 있으면 구경하고?"

"거기, 사장님. 이분들 말로 이기려고 하지 마. 내가 요즈음 같이 다녔는데 건수 하나 물면 놓는 법이 없어. 무조건 끝장을 보더라고. 제국에선 유명해."

'나도 작년에 호되게 당했다니까?'

오렌지를 오물거리던 조안이 손을 내저어 모니카를 말렸다. 매리언의 젖은 눈동자에 새싹 같은 희망이 움텄다. 지배인이 급히 태자를 돌아보았지만…

"거슬리는 일을 남기고 싶진 않군."

무뚝뚝한 대답이 돌아왔다. 대륙에서 가장 고상한 사내 역시 유적으로 가겠다는 뜻이었다. 이곳은 제국령이 아닌데도, 녀석은 과연 프레데리크 리에스테르의 아들답게 행동했다. 아이가 슬며시 모니카를 올려다보자 그녀는 못 이기겠다는 듯 한숨지었다. 흐름을 지켜보던 산트가 안색을 환히 밝혔다.

"그럼, 당장 짐부터 꾸릴까요?"

-끼이이!

그러자 침실에서 신수들이 우르르 뛰쳐나왔다. 혹 자기네를 두고 갈까 봐 잔뜩 긴장한 기색이었다. 모니카와 매리언이 세상 깜찍한 레서판다를 보고 깜짝 놀랐다. 데미는 강보에 싸인 티테를 앞발로 굴리고 있었다.

'으하하학!'

크리스텔이 가가대소했다.

"데미, 동생은 공이 아니야!"

-끼아?

나? 말해 뭐 해. 그냥 사색이 됐다!

* * *

-휘이이이…

잊힌 자의 무덤. 차움 유적에 스산한 바람이 불었다. 천 년의 한을 간직한 그림자들이 여느 때처럼 흐느끼며 사방을 돌아다녔다.

'우우우…'

-아아…!

그때, 어느 사령이 마을 방향을 돌아보았다. 텅 빈 눈동자가 번쩍 뜨이고, 메마른 입이 크게 열렸다. 그것은 충격의 증거였다. 두근! 원혼의 핏빛 윤곽이 대동맥처럼 진하게 요동쳤다. 인간의 촌락에서 '어떤 존재'가 접근하고 있었다.

이는 결코 오인할 수 없는 핏줄이었다. 착각도, 헛것도 아니었다. 낡고 썩은 영혼 깊숙한 곳에 새긴 상처가 절규하고 있었다. 저

인간이라고. '그'가 돌아왔다고.

-아아, 아아아!

성스럽고 지고한 그릇. 주신의 대리자를 계승한 육체.

-아아아아…!

원령이 끔찍한 비명을 질러댔다. 그러자 근처에 있던 다른 혼들이 일제히 공명하기 시작했다. 그들 역시 제각각의 속도로 '그'를 지각하고 있었다. 깨달음은 독처럼, 경련처럼, 저주처럼 퍼져나갔다.

-아아아!

-우우우우…!

-어어어…!

불길하고 사악한 곡소리가 유적 전체를 지배했다. 이어 귀곡새에게도 들리지 않을 만큼 조그마한 속삭임이, 그들의 절규를 비집고 안개처럼 스며들었다.

-원해, 원해, 원해, 원해…

2. 천 년 왕국의 마지막 왕!

이튿날 새벽이 됐다. 우리는 태양이 고개를 내밀기도 전에 숙박소 입구로 모였다. 타고 갈 말은 전부 랑부예 자작이 내어준 빠르고 튼튼한 녀석들이었다. 안장주머니는 식량과 식수, 담요, 인디아를 위한 각종 약품으로 가득 찼다. 무기가 될 만한 것도 전부 챙겼다.

-히히힝!

"어, 잘 부탁한다. 꼭 무사히 같이 돌아오자."

나는 초면인 말을 쓰다듬으며 지평선을 바라보았다. 하늘 저편이 보랏빛과 주황빛으로 밝아오고 있었다. 선선한 바람이 불었다. 공기 중에선 맑은 새벽 내음과 모래 냄새가 났다. 실은 어제저녁에 바로 출발하려고 했는데, 향신료 도매를 마치고 돌아온 자작 부부가 우리를 간곡히 만류했다.

아이에 대한 걱정은 이해하나 해가 지면 위험하다고 했다. 떠나는 것 자체를 막진 않겠지만, 사령들은 밤에 더욱 왕성해지니 이왕이면 해뜰참에 가시라고 조언하기도 했다. 그러나 유적에 있을 아이를 생각하면 한시가 급한 상황이었다. 초조해하는 우리를 달랜 것은 다름 아닌 매리언이었다.

'같이 간 어른이 많아요. 인디아라면 그 사람들 음식도 다 뺏어 먹었을 거예요. 냅킨에 양말까지 훔쳤을걸요.'

'매리언.'

'정말이에요. 영리하다고, 마을에서 제일 요령 좋은 아이라고 아주머니 아저씨들이 맨날 그랬어요.'

'하지만 동생의 상황이 어떨지 모르니까…'

'해님 없을 때 갔다가 전하나 귀한 분들이 다치기라도 하시면요? 인디아는 그런 거 싫을 거예요. 저도 똑같아요.'

어쩌면 이렇게 맹랑하고 어른스러울까. 다리에 매달려 울던 아이는 간데없고, 어디서 이런 닭은 방울 같은 꼬마가 솟았나 싶었다. 결정적으로 카라반사라이의 지배인 모니카도 매리언의 편을 들었다.

날이 저무는 시간에 유적으로 향하는 것은 무모하다며, 부디 제국의 영지민과 백성을 생각해 달라는 말까지 했다. 모두가 그리 나오니 별다른 수가 없었다. 우리는 일찍 자고, 일찍 일어나 아이를 찾으러 가기로 했다. 그렇게 새날이 온 거다.

-끼이, 끼아우!

"기대돼? 사령하고 친구 할 거야?"

-끼응!

"큰일 났네. 우리 데미가 드디어 겁을 상실했네."

신수도 너무 두려우면 정신을 놓는 모양이었다. 안장 바구니에

떡하니 자리 잡은 녀석을 보니 웃음이 나왔다. 티테는 크리스텔이 포대기로 안았고, 레아와 페리는 각각 산트와 조안이 챙겼다.

우리를 따라가기로 한 매리언은 요한 경과 함께 말에 올랐다. 잠든 뚝심이는 숙박소에서 랑부예 가족이 맡아주기로 했다. 황태자는 고상하게 홀로 기마했다. 차움 유적은 카라반사라이에서 남쪽으로 쭉 달리면 나오는 곳이었다.

중간에 다른 건물이나 지형이 없어서, 누구나 맘만 먹으면 쉽게 갈 수 있었다. 다만 아무도 그런 마음을 품지는 않았다. 사령이 떠도는 유적에 제 발로 들어가는 중립 지대 주민은 없으니까. 미치광이나 주정뱅이, 도굴꾼이 아니라면 말이다.

"크리스텔, 정말 괜찮겠니? 엄마는 걱정돼."

"마음 놓으세요, 어머니. 도둑질하러 가는 거 아니고, 유적을 망가뜨릴 계획도 없어요. 사령들이 공격할 명분은 절대로 만들지 않을게요."

말에 오른 크리스텔이 이자벨을 달랬다. 먼저 새끼손가락을 내밀며 약속하기도 했다. 저러는 거 보면 또 사이가 좋은 듯한데, 어제랑 그제는 왜 그랬을까?

"전설에 따르면, 사령이 인간의 영혼을 꾀고자 노래를 부르기도 한다는군요. 수상한 가락이 들리거든 반드시 귀를 막으십시오. 끝까지 듣지 않으면 자유로워질 수 있답니다."

"네, 부인. 고맙습니다."

내가 미소로 답했다. 마리즈 자작 부인은 나를 보며 손녀가 어떻고 사위가 어떻고 하는 말을 속삭거리더니, 내 호주머니에 과일과

도넛을 끊임없이 쑤셔 넣었다. 내가 무사히 돌아와서 당신에게 손녀 사윗감을 소개해 주었으면 하시나 보다. 맡겨만 주세요, 최선을 다하겠습니다. 참고로 유력 후보는 저쪽입니다.

"전하. 부디 혜검을 뽑지 마시고, 성스러운 불꽃 또한 다스리십시오. 무엇이든 못 본 척하십시오. 사령을 노하게 하셔서는 아니 됩니다."

"명심하겠습니다."

세드리크 태자가 클레망 자작을 내려다보며 말했다. 늘 생각하는 거지만 어른에겐 의외로 예의 바른 녀석이었다. 노부부는 마지막으로 크리스텔에게 다가가 한참이나 당부하고, 손주의 뺨으로 손을 뻗었다.

그러자 그녀가 화들짝하며 몸을 쑥 뺐다. 두 노인과 내가 놀라서 크리스텔을 바라보았다. 그녀는 어째 우리보다 더욱 당황한 얼굴이었다. 언뜻 본 이자벨은 단단히 충격받은 것 같았다.

"어… 음. 다녀오겠습니다. 무슨 일이 있으면 마도구 신호탄을 쓸 테니 염려 마세요!"

크리스텔이 어색한 인사로 상황을 마무리했다. 지체할 시간이 없는 건 사실이었다. 끝으로 모니카가 매리언의 팔을 꼭 잡아주었고, 태자가 먼저 박차를 가했다. 나는 코 위로 베일을 올려 쓰고 힘차게 앞으로 나아갔다.

"헛!"

"이랴!"

-다그닥, 다그닥, 다그닥!

희푸른 새녘 먼지가 솟아올랐다. 우리는 그렇게 차움 마을과 잠깐 작별했다.

* * *

유적은 정말로 가까웠다. 마을에서 볼 때는 멀어 보였는데, 말을 달리니 30분 정도밖에 걸리지 않았다.

-다각, 다각, 다각…

"윽! 저게 그 애호박벌인지 뭔지 하는 거 아냐?"

목적지에 다다를 무렵, 조안이 오만상을 쓰며 모래밭을 가리켰다. 성기사들은 무심한데 우리만 토끼 눈이 됐다!

"그런가 봅니다, 남작님."

산트가 마찬가지로 죽상을 하고서 답했다.

'어우, 속 울렁거려.'

화가 남작이 몸서리쳤다. 사적 근처에 흑호박벌의 사체들이 나뒹굴고 있었다. 대부분 모래에 묻혔는지 수가 많지 않았고, 그마저도 폭풍에 휩쓸려 심하게 훼손되어 있었다. 말이 좋아 벌이지, 가까이서 보니 마수는 거의 성인 팔뚝만 한 크기였다.

〈미이라〉 시리즈의 딱정벌레는 애교였다. 나는 미간을 찌푸리며 고개를 홱 돌렸다. 저런 걸 빤히 관찰할 만큼 비위가 좋진 못했다. 요한 경은 앞에 앉은 매리언의 눈을 가려주고 있었다.

-히히힝!

"저곳이 입구인가 보군."

말을 멈춘 태자가 옛 서부극의 주인공처럼 묵직하게 말했다. 나는 빠르게 그의 시선을 쫓았다. 아렴풋한 아침노을 너머로, 거대한 역사의 흔적이 펼쳐지고 있었다.

"우와…"

–끼이…

데미와 나는 동시에 감탄했다. 중립 지대 어귀에서 본 것처럼 아파트만 한 기둥이 서있지는 않았다. 다만 이곳에는, 거대한 암석이 여기저기 누워있었다. 원래 모습이 어땠는지는 알 길이 없으나 지상에 아주 웅장한 건축물이 있었던 듯했다.

사풍沙風과 세월에 깎이고, 도굴꾼들이 약탈해 간 자리엔 분명 고대의 자취가 남아있었다. 모래흙이 파인 곳엔 바위를 깎아 만든 널찍한 타일이 빽빽하게 자리했다. 인도였든 차도였든, 아무튼 저게 길의 역할을 했을 것이다.

"데미, 저기 봐. 어떻게 천 년 전에 이런 걸 만들었을까?"

–끼

"진짜 무거웠겠네. 이런 공사를 아랫사람들한테 시키니까 나라가 망한 거 아냐?"

조안이 껄렁한 말투로 날카롭게 지적했다. 과연 평민 출신 예술가는 남달랐다. 팔자에도 없는 왕족 행세 중인 나는 그저 애매하게 웃어 보였다.

"으쌰."

–탓!

일행은 최대한 소리 죽여 하마했다. 태자와 요한 경이 허리춤까지 오는 석주에 말을 묶었다. 우리는 우르르 두 남자를 따라 행동했다. 그러자 매리언을 안아 내리던 헤릿 아버지가 낮게 웃었다.

졸지에 한데 모인 말들이 재미있다는 듯 콧김을 뿜었다. 이 외엔 사방이 거짓말처럼 고요했다. 황궁에서 늘 듣던 풀벌레 소리, 새소리조차 없었다. 으스스했다.

"무슨 피라미드 터 같네."

크리스텔이 내 속마음을 대신 중얼거렸다. 나는 하마터면 끄덕할 뻔한 고개를 고정하고, 매리언의 손을 잡은 채 조심조심 유적으로 걸어 들어갔다. 산트가 사방을 둘러보며 말했다.

"그런데 사령은 안 보이네요. 다행입니다…"

"곧 해가 뜨니까요. 사령은 빛이 어둠을 이기고 힘을 얻는 시간을 본능적으로 꺼린다고 해요. 물론 햇살을 마주한다고 약해지진 않지만요."

'지금쯤 유적 깊은 곳으로 숨었을 거예요.'

요한 경이 친절하게 설명했다. 뱀파이어는 아니지만 음기는 좋아하는, 전형적인 유령 모임 되시겠다. 새벽녘에 오길 잘했군.

"저기, 계단이에요."

"응. 태자님이 말한 입구야."

매리언이 용감하게 한곳을 가리켰다. 나는 마른침을 꿀꺽 삼키며 나아갔다. 태자와 크리스텔이 좌우에 섰고, 산트와 조안은 우리 등에 바싹 붙었다. 레아가 응원하듯 사제의 가슴팍을 꾹꾹이 해주었다. 요한 경은 언제나처럼 후방을 맡았다.

-자박, 자박, 자박

-저벅, 저벅, 저벅…

시커먼 어둠이 입을 벌린 채 우리를 기다렸다. 지하로 뚫린 길은 그럴듯한 복도 형태를 띠고 있었다. 옆벽이 튼튼하게 세워져 있었고, 내려가는 계단도 멀쩡했다. 코앞까지 다다르니 밑에서 서늘한 바람이 올라왔다. 나는 속으로만 소리를 질렀다.

"헉, 저거!"

으아악! 매리언이 팔짝 뛰는 바람에 심장이 떨어질 뻔했다. 내가 가슴을 부여잡건 말건, 아이는 화다닥 층계 앞으로 가서 쪼그리고 앉았다. 크리스텔이 날 듯이 달려가 소녀를 감쌌다. 태자가 나를 내려다보며 혀를 찼다.

"언제쯤 기품을 갖출 생각이지?"

"조용히 해라요."

그래, 내가 졸아붙어서 에테르도 쫄면 사리 됐다. 보태준 거 있냐!

"맞아요. 인디아가 남긴 글씨예요. 하얀 자갈로 긁었어요. 저희끼리 항상 쓰는 암호라 확실해요."

"그렇구나. 'D. G. REG.'라고 적었네."

"뭐지? '뒤질래'라는 뜻인가?"

가만 듣던 조안이 질문했다. 나는 황급히 입술을 깨물었다. 무서워하다가 웃으면 이상한 데 털 난다.

"데아이 그라티아 레지나Deae Gratia Regina."

대답은 요한 경이 해주었다. 우리는 동시에 뒤를 돌아보았다. 그가 난풍처럼 상냥하게 미소 지었다.

"'신의 은총으로 국왕이신 분.' 신어神語로 대강 그런 의미예요."

"아, 옛날 신학서에서 본 건데… 마침 인디아도 아는 글귀라서 암호가 됐어요. 그런 뜻인 줄은 몰랐어요."

"신어는 추기경급 성직자가 아니면 익힐 수 없죠. 멋진 문장을 알고 있네요."

성기사가 처진 눈꼬리를 휘었다. 크리스텔이 매리언의 머리카락을 넘겨주며 소곤소곤 물었다.

"저렇게 어려운 말을 배웠어? 천재 자매네."

"저는 그냥 철자만 외웠고, 인디아는 벽돌에서 봤대요."

"벽돌?"

내가 속닥거리며 다가갔다. 매리언은 머리를 주억이고서 우리를 초롱초롱 올려다보았다.

"마을 주변에서 가끔 부서진 벽돌이 나와요. 거기에 그렇게 쓰여 있다고 했어요. 도굴꾼들도 안 가지고 가는 거 보면 별로 가치는 없나 봐요."

"…"

우리는 신속히 눈길을 교환했다. 한동안 침묵이 맴돌았다. 설마 여기에… 구국 우니오의 왕이 묻혀있나?

* * *

"그건 아무도 몰라요."

몰라요, 몰라요… 뚜벅, 뚜벅, 따각, 따각, 또각, 또각… 아이의 맑은 목소리와 일행의 발소리가 한데 섞여 메아리쳤다. 데미는 소리 없이 사방을 콩콩 뛰어다녔다. 어쨌든 우리는 층계를 통해 지하로 내려온 참이었다.

인디아가 아래로 향한 건 확실해 보였고, 유적을 순찰한 요한 경의 말에 따르면 주변에 사람은 없다고 했다. 도굴꾼들 것으로 보이는 말의 사체가 있긴 한데, 전부 흑호박벌에게 잡아먹혔다는 해설도 잇따랐다. 그러니 선택지는 하나였다.

-화르르!

약간의 빛도 들지 않는 복도에서, 태자가 불꽃을 틔워 올려 앞장섰다. 채찍을 쥔 크리스텔은 그와 나란히 걸으며 혹시 모를 마수 출현에 대비했다. 자작님이 성화聖火는 쓰지 말라고 하셨는데, 벌써 어른 말씀을 하나 어겼다. 죄송합니다.

"여기가 무덤이라는 말이 많은데요. 책에서 보니까 아닐 수도 있대요. 인디아도 그랬어요. 어쩌면 성전 때 주민들이 숨어 지내던 비밀 기도실일 수도 있고… 고분일 수도 있다고요. 그런데 고분이 뭔지 모르겠어요. 제 동생도 모른대요."

'스코티 할아버지한테 물어본다는 걸 까먹었어요.' 매리언이 똘망똘망하게 말했다. 나는 설핏 웃으며 아이의 팔을 흔들어 주었다. 다른 손엔 스승님이 물려주신 성장을 쥔 채였다. 땅속 공기는 냉장고처럼 차갑고, 장마철 날씨처럼 축축했다. 그래도 맞잡은 체온은 따뜻하기만 했다.

"아주아주 오래된 무덤을 고분이라고 해."

"그렇구나. 그래서 마을 어른들도 그냥 무덤이라고 하시나 봐요."

"누구 무덤이라고 하셔?"

"예전에, 이레너 교황 성하가 계실 때는 그걸 공부하려고 높은 사람들이 많이 왔었대요. 그런데 그분이 주신 곁으로 가셔서 이젠 아무도 신경 쓰지 않는다고 했어요. 교황청에서도 말을 안 해주니까 마을 사람들은 계속 모르고 살아요. 저희가 열심히 공부했는데… 아직은 어려워요."

매리언이 그새 마아물 쿠키를 우물거리며 말했다. 나는 가까스로 한숨을 삼켰다. 교황청이 유명무실하다느니, 교황이 선종한 뒤로 예산 절약에 혈안이 됐다느니 하는 이야기는 왕왕 들었다. 그래도 그렇지… 됐다. 말을 말자.

"그럼 여긴 십중팔구 무덤이겠구나."

내가 멀끔한 천장을 바라보며 중얼거렸다. 은밀한 종교 시설이라기엔 바깥에 남은 옛터가 지나치게 장엄했다. 으음, 망국의 군주라면 확실히 한을 품을 만도…

"아니지. 부유한 귀족일 수도 있으려나?"

"에이, 왕자님. 이만한 규모라면 당연히 덕망 높은 국왕이었겠죠."

등 뒤에서 크리스텔이 답했다. 나는 '그런가' 하며 머리를 끄덕이다 멈칫했다. 잠깐.

"…"

-또각, 또각, 또각…

크리스텔은 저 앞에서 걷고 있었다. 온몸의 털이 순식간에 쭈뼛섰다.

* * *

소름이 끼치고 이가 덜덜 떨렸다. 나는 침을 꿀꺽 삼켰다. 뒤돌아 보면 안 돼. 대답하면 안 돼.

-끼?

"데미, 이리 올래?"

레서판다가 착하게 달려와 다리에 매달렸다. 나의 불안과 충격을 고스란히 느낀 모양이었다. 나는 성장을 잡은 팔로 녀석을 한껏 끌어안았다. 그리고 열심히 정면만 보며 걸었다. 몇 걸음 떨어진 곳에서 휘날리는 크리스텔의 머리카락에만 온 신경을 집중했다.

잘못 들었다고 하기엔, 착각이라기엔 너무나 또렷한 음성이었다. 그것도 정확히 뒤에서 들렸다. 목덜미가 써늘하고 무서워서 냉큼 돌아가고 싶었다. 친구들이 없었더라면, 이곳 어딘가에 있을 인디아를 생각하지 않았다면 당장 전속력으로 뛰쳐나갔겠지.

"전하, 왜 그러세요?"

흠칫, 왼쪽의 매리언이 나를 빤히 올려다보았다. 아이의 눈에도 내 표정이 심상치 않은 모양이었다. 걱정을 담은 옆얼굴이 황태자의 불꽃으로 아롱거렸다. 하지만 나는 소녀의 반응을 보고 확신할 수 있었다.

"…아무것도 아니야. 안 추워?"

이 애는 못 들었구나. 방금 그건 정말로 유령이었다. 엄마!

"전 괜찮아요. 아무튼 그래서, 여기는 그냥 버려진 유적이 됐어요. 특별한 일은 아니래요."

"그렇구나."

나는 겨우 평온한 목소리를 유지했다. 호르르, 화르르! 앞서 걷던 세드리크 태자가 꽃불을 몇 개 더 틔워냈다. 우리 곁까지 날아온 불덩이가 주변을 밝게 비추었다. 녀석은 시야가 어두워서 그랬겠지만, 사방이 환해지니 마음이 한결 놓였다.

배후에선 산트와 조안과 요한 경의 발소리가 규칙적으로 울렸다. 나도 모르게 심호흡을 하게 됐다. 잘 참았다, 정예서. 여기서 공포 영화 클리셰대로 행동하지 말자. 그러면 무조건 빨리 죽는 거 알잖아. 살아서 집에 가야지.

"특별한 일이 아니라면, 다른 유적들도 버려져 있단 말이야?"

크리스텔이 우리를 돌아보며 물었다. 총기 어린 눈동자와 어여쁜 얼굴은 내가 아는 그대로였다. 역시 저쪽이 진짜인 거다. 조금 전 태자 녀석과 정답게 아웅다웅하기도 했으니까.

"네. 교황청은 이제 중립 지대 유적 공부를 안 한대요. 보호도 안 하고요. 사령 때문에 힘들고, 돈이 많이 들어서 그런다고 했어요."

매리언이 또박또박 답했다. 산트가 한숨지었다. 답답한 현실이었지만 아주 이해가 안 가는 건 아니었다. 지도자의 공석이 100년, 그중 리에스테르와 페네티안의 국교 단절이 30년이었다. 가운데 낀 교황청의 위신은 하루가 다르게 바닥으로 떨어지고 있었다.

교황 대신 중립 지대를 관장하는 로날트 뤼퍼르트 총대리가 있기는 하나, 그는 결국 현상 유지에만 급급한 관리직이었다. 아니지. 외제니 케시에 대주교가 교황청을 통해 세작 노릇 했다는 점을 고려하면… 부패가 제법 진행됐다고 봐야 한다. 어쩌면 현상 유지조차 못 하는 거야.

"어? 왕자님. 잠깐 멈춰봐. 태자 전하랑 분홍 공주님도요!"

그때 조안이 다급히 우리를 불렀다. 나는 재깍 뒤를 돌았다. 그녀가 벽을 보며 인상을 잔뜩 구기고 서있었다. 산트는 이미 상황을 파악했는지 하얗게 질린 낯이었다. 크리스텔과 태자도 빠르게 다가왔다.

"왜 그래요, 조안?"

"이거. 내가 아까 들어올 때 그린 튤립이야. 혹시나 해서 표시해놨거든. 근데 여기 또 있잖아."

"…"

"봐, 손가락에 목탄도 묻어나와."

"…"

크리스텔이 입을 떡 벌렸다. 온몸에 닭살이 돋고 반사적으로 눈이 질끈 감겼다. 매리언과 데미는 내게 끈끈이처럼 딱 붙었다. 어쩐지 걷는 내내 사람 흔적도 없고, 사방이 지나치게 깨끗하다 싶었다. 우리는 아까부터 같은 곳을 반복해서 돌고 있는 거다.

티테가 '아으우' 하고 가냘프게 울었다. 이게 꿈이 아니라 현실이라는 꼬마의 알람이었다. 나는 다시 눈꺼풀을 번쩍 들어 올렸다. 지팡이가 미끄러울 만큼 손바닥이 축축해졌지만, 침착해야 했다.

"…길이 있을 겁니다. 묘실로 통하는 길이든, 출구로 향하는 길이든. 들어온 입구가 확실하니까요."

이런 데 갇힐 수는 없다. 작가가 우리를 그렇게 놔둘 리 없다. 어딘가에 반드시 다른 루트가 있을 것이다. 태자는 진중하게 고개를 까닥이고서 스승을 찾았다.

"후방에서 확인한 게 있나?"

"…"

이상하리만치 돌아오는 답이 없었다. 우리는 즉시 무언가 잘못되었음을 직감했다. 산트를 필두로 모두가 느릿느릿 뒤를 돌아보았다.

"하…"

요한 경이 서있던 자리에, 아무도 없었다. 숨이 콱 막혔다. 분명 뒤따르던 발소리는 세 개였다. 그런데 성기사가 보이지 않았다. 허리춤에 매달린 매리언이 바들바들 손을 떨었다. 나는 아이를 지탱해야 한다는 일념 하나로 간신히 정신을 추슬렀다. 입을 여니 목소리가 어떻게 나오긴 하는 것 같았다.

"요한 경?"

'요한 경, 요한 경, 요한 경…?'

으스스한 울림이 까만 통로를 가득 메웠다. 하지만 돌아오는 반응은 없었다. 태자가 소리 없이 움직여 일행을 막아섰고, 크리스텔은 후방을 호위했다. 어느새 우리는 진행 방향이 아닌 역방향을 보고 서있었다. 내가 사내에게 들릴 듯 말 듯 소곤거렸다.

"에테르가 느껴지진 않습니까?"

"선생은 원래 우리 앞에서 힘을 드러내지 않아."

금시초문이다!

-휘이이이…

어둠 속에서 스산한 기운이 불어왔다. 한곳을 계속 노리고 있으니, 칠흑의 길목이 멀어졌다가 가까워지기를 반복하는 것처럼 보였다. 서늘바람 사이로 누군가 뭐라고 속삭이는 듯한 느낌이었다. 우리는 말을 나누지 않고도 그냥 알 수 있었다. 그냥. 이건 요한 경의 바람이 아니다.

"여기서, 여기서 헤인스 경이 올 때까지 기다릴까요?"

산트가 더듬더듬 속닥였다. 모두가 흥분한 앵무새처럼(메인 남주 제외) 고개만 위아래로 끄덕였다. 그게 가장 현명한 대안이긴 했다. 이대로 그를 찾겠다고 거슬러 갔다가 더욱 헤매게 될 수도 있고, 우리끼리 계속 나아가기는 불안했다.

왜, 어릴 때 사람 많은 곳에서 가족을 잃어버리면 가만히 기다리는 게 상책 아니던가. 명색이 추기경인데 설마 사령에게 쥐도 새도 모르게 당하지는… 당했을 수도 있나?

-탁!

"으아악!"

"아아아악!"

뭐가 나왔다!

'뜨하악!'

우리는 온갖 괴이쩍은 비명을 지르며 서로를 끌어안고 떼뭉쳤다. 산트가 거의 1미터를 뛰어올랐다. 무서워서 차마 눈앞을 확인할 수가 없었다. 레아와 페리는 날다람쥐처럼 태자의 품으로 달려들었다.

'으하학! 하하학!' 웃는 건지 우는 건지 모를 크리스텔의 고음 사이로 태자의 한숨이 섞였다. 한 뭉치가 되니 무거워서 균형을 잡을 수가 없었다. 우리가 비틀거리며 벽에 꿍 부딪히는 순간,

-쿠구궁…!

무덤 내부가 진득이 진동했다. 설마, 방금 경보 장치라도 건드린

거야?

"미친?"

"뭐야! 방금 뭐야!"

"진정하세요, 여러분."

요한 경이 차분하게 말했다. 어…!?

"요한 경, 언제부터 와 계셨습니까?!"

"선생님 맞아요? 제가 선생님께 처음으로 드린 선물 뭔지 말해보세요!"

크리스텔이 내 가슴팍을 끌어안고 소리소리 질렀다. 공포스럽고 민망해서 얼굴이 차가워졌다가 뜨거워졌다가 했다. 요한 경은 목을 기울였다. 어쩌다 우리가 단체로 못난이 고구마가 됐는지(메인 남주 제외) 궁금해하는 기색이었다.

"저희가 지나온 길목에 낮은 문이 숨어있어요. 그쪽으로 내려가야 묘실이 나올 것 같더군요. 아무래도 이 길은 원형으로 만들어진…"

"안 믿어! 선물 말해봐!"

주인공이 짜랑짜랑 외쳤다. 헤릿 아버지가 엷게 미소 지었다. 뭔데? 둘이 설마 수상한 사이야?

"정확히 기억해요. 〈파드트루아의 유령〉 오페라 극장 박스석 표."

-우르르르…!

그때, 무덤이 움직이기 시작했다!

"전하."

"요한 경!"

-콰아아앙-!

벽에서 튀어나온 돌벽이 코앞을 가로막았다. 우리는 기겁해서 몇 걸음 물러났다. 성기사는 순간 움직임을 쫓을 수 없을 만큼 빨랐지만, 그보다 무덤의 공격이 한 수 위였다. 이제 요한 경과 우리는 두꺼운 돌담을 사이에 두고 헤어져 있었다. 심지어 이쪽도 안전한 게 아니었다. 기대고 있던 옆벽이 서서히 밀려 나왔다!

-콰과과과…

"으아아!"

"피하세요!"

내가 데미를 부둥키며 외쳤다. 매리언을 챙긴 산트와 조안이 요한 경 방향으로 굴렀고, 크리스텔과 나는 반대로 뛰쳐나왔다. 그러자마자 우리가 있던 곳 위로 육중한 석벽이 내리꽂혔다. 쿠우우웅-!

"계속 뛰세요!"

-끼이이!

"네!"

크리스텔이 외쳤고, 신수가 재촉하듯 크게 울었다. 나는 녀석을 품에 안은 채 그야말로 젖 먹던 힘을 다해 달렸다. 모든 생각이 증발하고, 남은 것은 오직 살아야 한다는 일념뿐이었다. 방향도 속도도 제멋대로다. 벽에서 무작위로 튀어나오는 저것에 잘못 맞으면 최소 뇌진탕이다. 제대로 맞으면? 그냥 끔찍하게 납작해지는 거고!

"큿!"

-콰아앙!

하지만 일반인 체력으로는 피하는 데 한계가 있었다. 지극히 평범한 몸이 조금씩 지치는 데 반해, 무덤의 습격은 갈수록 빨라졌다.

나는 어두컴컴한 통로에서 폴짝 뛰고, 앞구르기를 하고, 허리를 앞뒤로 후다닥 굽혔다. 일격을 피하느라 중간중간 멈추는 바람에 크리스텔과의 거리도 벌어지고 있었다. 그녀가 나를 돌아보며 눈을 크게 떴다.

"예서 왕자님!"

그러더니 이를 악물고 채찍을 꺼내 들었다. 앞으로 안았던 티테는 등으로 쓱쓱 돌려 업었다. 쿠웅! 콰앙! 움직이는 돌벽을 쏘아보며 박자를 찾는 눈빛이 심상치 않았다. 나를 채찍으로 잡아 끌어당길 모양이었다!

-쿠우웅!

"크리스텔! 제가 열심히 뛸 테니 살려주십시오!"

-쿠구궁!

"저만 믿으세요!"

믿는 것과 별개로 난이도가 너무하잖아요! 으악, 이쪽 벽도 움직인다-!

"컥!"

그 순간, 허리가 번쩍 들렸다. 나는 상황 파악이 되지 않아 눈을 부릅떴다. 몸이 순식간에 접혀 어딘가에 포대 자루처럼 턱 얹혔다. 데미가 재빨리 품을 벗어나 등으로 기어올랐다. 태평양 같은 거 뭐냐, 이게 사람 어깨냐?!

"딱딱해서 배 아파!"

"저항하지 마."

끝장나는 중저음이 경고했다. 내 존엄성도 끝장나기 직전이었다.

“나 계속 달릴 수 있어요. 진짜 마지막 기회를 주라! 사람이 살면서 두 번은,”

–탓!

“억!”

쌔애앵! 사내가 전광석화처럼 쏘아져 나갔다. 머리에 피가 확 쏠렸다. 와중에 레아, 페리, 데미가 나를 태자 놈의 어깨에 꽁꽁 묶었다. 그러고는 자기네도 나의 허리춤에 칭칭 매달렸다. 덩굴 쓰는 법을 너무 잘 배웠어!

–쿠웅!

“커흑! 살살 좀 가자!”

“억!”

승차감에 별 0개를 주고 있는데, 밑에서 익숙한 비명이 들렸다. 흩날리는 금발 아래 분홍빛 물결이 보였다.

“…크리스텔?”

“간지럽다고요! 악! 난 잘 뛰는데엑!”

“소리 낮춰.”

우리의 주인공이, 남주 옆구리에 짐짝처럼 끼어있었다. 지금 성인 둘에 신수 넷을 혼자 든 거니!?

–쿠구구구…!

“저게 선생이 말한 비밀 문이군.”

놈의 울림통이 낮게 진동했다. 우리가 또 같은 자리를 한 바퀴 돈 모양이었다. 나도 문을 보고 싶은데 전혀 안 보였다. 코앞에 펼쳐진 거라곤 광활한 등짝 아니면 두꺼운 석벽뿐이었다.

이렇게 된 이상 녀석을 믿는 수밖엔 없었다. 마음 굳게 먹어야 했다. 자존심이고 나발이고, 나는 입을 악다문 채 태자의 옷자락을 강하게 움켜쥐었다. 그랬더니 놈은 그게 신호라도 되는 것처럼-

-타닷!

"으허억!"

-콰가강…!

섬광처럼 무릎을 꿇고 벽을 피해 주르륵 미끄러지더니,

"이자베엘!"

-쌔애액!

-콰과앙!

두 번째 벽까지 그대로 슬라이딩으로 통과하고 앉은 자세에서 빙그르 돌고는,

-콰아앙!

-쿠우웅-!

그 반동으로 무언가를 거세게 걷어찼다!

-끼이!

-끼아!

-끼후!

애들 반응이 엄청났다. 도대체 무슨 짓을 했길래 레서판다들이 입을 모아 감탄하나 싶었는데, 쑤욱-!

"으헉!"

"끄하아악! 왕자님! 우리 떨어져요!"

"네, 압니다!"

안전띠라고는 시커먼 태자 몸뚱이밖에 없는 상황에서, 우리는 어디가 바닥인지도 모를 곳으로 추락했다. 쌔애애액…! 특유의 아찔한 감각이 머리부터 발끝까지 내달렸다. 차가운 바람과 꿉꿉한 냄새, 한 치 앞도 보이지 않는 암흑이 사방에서 밀려들었다.

낙하는 몇 초 수준에서 끝나지 않았고, 중력가속도가 붙어 점점 빨라졌다. 나는 결국 이를 악물며 눈을 감았다. 이렇게 죽는구나 싶어 목이 콱 막혔다. 유적을 건드리지 않겠다고 했으면서 저리 부수고 낙서까지 했으니, 망자의 원한을 사도 할 말이 없는…

-털퍼덕!

"큿!"

"아유, 나 죽어!"

"아억!"

살았다-! 나는 떼구루루 굴러 어딘가에 푹 처박혔다. 잔뜩 흐트러진 넝쿨이 뺨과 머리칼을 간지럽혔다. 부딪힌 이마며 어깨가 좀 얼얼하긴 한데, 전반적으로는 대충 멀쩡한 것 같았다.

'끼잉! 끼우! 끼웅!'

흥분한 데미가 온갖 소리를 지르며 턱을 핥고 앞발로 배를 가격했다. 아이고, 레서판다가 사람 잡네!

"골병들겠다. 아으…"

나는 가까스로 정신을 차리고, 손에 잡히는 금덩이에 의지해 몸을 일으켰다… 엉?

-쟁그랑!

"…이게 뭐야. 진짜 금이야?"

-아욱!

당황하고 있는데, 저편에서 티테가 씩씩한 울음을 내질렀다. 나는 화드득 고개를 들어 사위를 살폈다. 일단은 모두 무사했다. 태자는 이미 멀리 걸어가 주변을 탐색 중이었고, 레아와 페리가 그의 뒤를 따랐다. 바로 옆에선 티테를 고쳐 안은 크리스텔이 입을 헤 벌리고 있었다. 나는 그녀와 똑같은 표정을 지었다. 정말로 그럴 수밖에 없었다. 여긴…

"전부 금이잖아."

내가 멍하니 중얼거렸다. 바닥엔 헤아릴 수도 없는 양의 금화가 산처럼 쌓여있었고, 우리가 추락한 곳은 금 동산의 구석이었다. 지나치게 비현실적인 광경이었다. 온 주위가 황금빛으로 번쩍거려 눈이 따가울 지경이었다.

금으로 만든 술잔이며 접시, 오색의 보물과 장신구가 곳곳에 길바닥 돌멩이처럼 굴러다녔다. 까마득히 높은 천장 역시 금칠이 되어있었다. 이쯤 되니 확신할 수밖에 없었다. 100%. 아니, 200%.

-끼으?

"데미, 그거 만지면 안 돼!"

이곳은 위험천만한 왕의 무덤이었다!

* * *

"우리 거 아니니까 함부로 건드리면 혼나."

-끼잉

이미 낙서하고 문까지 부숴지만, 그래도 선은 지켜야지. 절도는 진짜 안 된다.

"죄송합니다, 하자. 죄송합니다."

-끼우으

나는 레서판다를 안아 들고 비틀비틀 자리에서 일어났다. 곁을 나뒹구는 스승님의 성장도 챙겼다. 불에 탄 듯 꺼멓게 녹슨 지팡이가 드문드문 낙타색 금속으로 빛났다. 꼭대기에 걸린 초승달은 열 받은 낫처럼 번뜩였다. 감히 가치조차 매길 수 없는 귀한 물건인데, 나와 동행하느라 고생이 많다.

-차르랑, 차르랑

발을 디딜 때마다 금화 밟히는 소리가 났다. 천장 어딘가에서 빛이 들어와 곳곳을 밝혔다. 금은보석들은 마치 어제 놓인 것처럼 깨끗했다. 티테를 안은 크리스텔이 서둘러 내게 다가왔다. 아기도 그녀도 눈이 똥그래져 있었다.

"아무래도 이거, 우니오의 왕과 함께 묻힌 보물들이겠죠?"

"네. 평범한 귀족이 이만한 부와 권위를 누렸으리라고는 상상하기 힘드네요. 도굴꾼들이 목숨 걸고 사막을 헤매는 이유를 알겠습니다."

"그러니까요. 여기서 가방 하나만 채워 나가도 평생 돈 걱정은 없겠어요. 두 개 채우면 삼 대가 떵떵거리고 살겠습니다."

그녀가 감탄하듯 말했다. 나는 고개를 끄덕였다. 고국 우니오가 망한 지 대략 천 년. 교황청이 어떠한 보호도 해주지 않는 미지의 유적엔, 이렇듯 엄청난 보화가 쌓여있었다. 사실 경비가 필요 없는 것 같기도 했다. 공포 영화의 한 장면을 연출하는 사령들이 있고, 무덤 내부에도 자체 경보 시스템이 갖춰져 있으니 말이다.

도굴에 성공한 사람이 극소수인 건, 이런 조건을 뚫고 묘실에 진입하기가 지극히 어렵기 때문일 것이다. 아마 운이 억세게 좋았거나 뛰어난 전사였겠지. 그런데 여기가 묘실이 맞긴 한가? 관은 안 보이는 것 같은데.

-우우우우…

움찔. 허공에서 소름 끼치는 울음이 들렸다. 크리스텔과 나는 동시에 고개를 치켜들었다. 사령 특유의 붉고 스산한 빛은 보이지 않았지만, 본능적으로 알 수 있었다. 천장 너머에 불길한 존재들이 도사리고 있었다.

무엇도 보이지 않는데 서늘한 시선이 느껴졌다. 그들은 분명, 사방에서 흔들리고 움직이며 일행을 지켜보고 있었다. 우리는 침을 꼴딱 삼켰다. 서느런 속삭임이 사방에서 안개처럼 퍼져 나왔다 흩어졌다.

-아아아아!

-왔어, 왔어, 여기에 있어, 여기에 있어…

-신성한 피…!

싸아아아!

"방금 피라고 한 거 맞죠?"

크리스텔이 정색하며 속닥거렸다. 내가 잘못 들은 게 아니었다니 미치고 팔짝 뛸 노릇이었다. 나는 다급히 황태자를 찾았다. 열 살 아이를 꼬드겨서 예까지 끌고 온 놈들이야 알 바 아니지만, 인디아는 반드시 구해서 데려가야 했다.

황금투성이 방에서 깡충 솟은 흑발을 다시 발견하기는 어렵지 않았다. 우리는 후다닥 그에게 달려갔다. 금밭에 다리가 푹푹 빠졌으나 일분일초가 급했다. 야, 태자야!

-잘그랑, 잘그랑!

"전하. 혹시 이쪽에서 아이 못 보셨습니까?"

"인디아의 흔적요."

"저쪽은 없습니다. 저희가 떨어진 구멍 외엔 다른 길이 안 보입니다."

"태자님은 아이들 인기척도 귀신같이 알아차리지 않습니까."

우리가 콩 볶듯이 말을 쏘아댔고, 세드리크 태자는 미간을 찌푸렸다. 레아와 페리가 그의 주변을 정신 사납게 뛰어다니고 있었다. 나는 그의 눈치를 보며 재빨리 두 레서판다의 이마에 손바닥을 댔다. 그러자 녀석들이 발라당 뒹굴며 귀여운 척을 했다. 뉘 집 신수가 무덤에서 이렇게 방정맞게 구는지 모르겠다.

"…당장 기척은 느껴지지 않아. 혈흔이나 외부인의 발자취도 없군."

"하아."

차라리 다행이라고 해야 할까.

보물을 찾기 전까진 똑똑한 아이를 살려둘 테니 말이다.

"도굴꾼 무리가 침입했다면 저것들이 무사할 리 없겠지."

그가 턱짓했다. 우리는 곧장 시선을 돌렸다가 눈을 화등잔만 하게 뜨며 경악했다. 묘실 전방엔 입이 떡 벌어지는 예술품이 한가득 쌓여있었다. 특히 다이아 눈동자를 박은 원숭이 금상 옆에는, 사암을 깎아 만든 천사 조각상들이 자리했다. 크기는 대충 일반 사람의 서너 배였다.

그중 누군가는 날개 끝에 보랏빛 석영을 촘촘히 달았고, 금 동산에 반쯤 숨은 궁수는 에메랄드 화살촉으로 하늘을 겨누고 있었다. 커다란 제단 왼편에 장승처럼 벋지른 이는 화려한 사파이어 목걸이를 했다.

마지막으로 넷 중 가장 큰 천사가, 홍옥이 박힌 대검을 짚고 제단 우편에 서있었다. 무슨 조화를 부린 건지 새틴으로 만든 망토며 비단옷이 전부 새것처럼 멀쩡했다. 우리는 한동안 그 모습을 멍하니 응시했다.

“세상에…”

여기는 묘실이 맞았다. 저들이 이름 모를 국왕의 시신을 지키고 있는 거다. 정확히 어디쯤 안치되어 있는지는 몰라도.

“도굴꾼들이 여기 도달하지 못했다 치면, 묘지의 다른 구역에 갇혀있을 가능성이 크네요. 아까 추락할 때 한참 떨어졌으니 지하 공간이 넓을 겁니다.”

나는 최대한 침착하게 상황을 정리했다. 크리스텔이 재깍 고개를 끄덕였다.

“네. 문제는 다른 친구들이 어디 있는지도 알 수 없다는 거예요. 요한 선생님이 있으니 그 자리를 벗어나긴 했을 텐데,”

그때였다.

“흐아아아! 흐하아악-!”

천장 어딘가에서 어마어마하게 절박한 비명이 들리더니,

"…으아악! 너무빨라너무빨라너무빨라!"

"인디아아아!"

-차르르르! 철퍼덕!

으와, 천장에서 친구들이 비처럼 쏟아졌다! 식겁한 우리는 금 동산을 전속력으로 등반했다.

'끼잇, 끼잇!'

금화 위에서 연신 미끄러지는 레아를 페리와 데미가 콧등으로 밀어주었다. 웃을 상황이 아닌데, 다들 기적적으로 한데 모인 게 기뻐서 자꾸만 실소가 흘렀다. 게다가 우리와는 완전히 다른 방향에서 떨어졌다고!

"요한 경!"

"전하."

반듯이 선 성기사가 평소와 같은 말투로 내게 인사했다. 머리카락 한 올 흐트러지지 않은 모습이었다. 그에 반해 산트와 조안과 매리언은 잔뜩 꾸겨져 있었지만, 아무튼 다들 무사한 것 같았다.

나는 잽싸게 아이의 상태를 확인하고 물을 먹여주었다. 매리언은 뭐가 그리 재미있는지 줄곧 해죽거렸다. 크리스텔이 쓰러진 친구들을 이영차 일으켰다.

'허어억!'

주변을 확인한 화가와 사제가 턱을 쩍 벌리고서 눈을 휘둥그레 떴다. 이곳에 처음 왔을 때의 우리와 똑같았다.

"하하하."

나는 결국 소리 내어 웃었다. 탈출하려면 좀일 걸리겠네.

* * *

"문이 하나가 아닌 거네요, 그럼."

"네. 우리가 있었던 곳에서 묘실로 통하는 문은 최소 두 개예요. 그렇다면 묘실이 아닌 다른 공간으로 이어지는 문도 있다고 봐야겠죠."

'이런 고분이라면 함정도 충분히 있을법하고요.'

헤릿 아버지가 말을 맺었다. 우리는 제단 앞에서 둥글게 머리를 맞대고 작전 회의 중이었다. 원 한가운데 누운 데미와 페리가 쏟아지는 시선을 만끽했다. 친구들이 이곳에 도달한 방법은 금세 밝혀졌다.

태자가 부순 문을 통해 일직선으로 쭉쭉 추락한 우리와 달리, 요한 경 일행은 아예 다른 문으로 몸을 피했다고 했다. 내려올 때는 엄청나게 길고 꼬불꼬불한 미끄럼틀을 탔단다. 그래서 매리언이 그렇게 좋아한 거였다. 아이는 이제 요한 경 옆에서 모니카가 챙겨준 그라이바를 오물거리고 있었다. 크리스텔이 신중한 목소리로 말했다.

"요한 선생님의 힘을 이용하면 도로 올라갈 수 있지 않을까요? 다 같이 날아서요."

"가능하지만, 움직이는 돌벽을 다시 만나게 될지도 몰라요. 대비는 충분히 해야 해요."

"그냥 다 때려 부수면 안 돼? 안 된다고? 알았어."

추기경이 답하자, 조안이 대뜸 격한 발언을 내놓고는 목덜미를 긁었다. 나는 쓰게 웃었다.

"조안의 마음은 이해합니다. 그래도 고인의 안식처에 무단 침입 이상의 폐를 끼칠 순 없죠. 이미 잔뜩 사고를 치긴 했지만… 사령들이 우릴 지켜보고 있기도 하고요."

"그래, 느껴져. 아무 능력 없는 나도 닭살이 다 돋네."

그녀가 불만스레 팔짱을 꼈다. 천장에선 여전히 기분 나쁜 귀곡성이 울렸다. 조금 전부터는 묘한 웃음소리가 섞여 더욱 음습한 느낌이었다. 진흙처럼 끈적한 시선도 끊임없이 닿았다 멀어졌다.

-드디어 왔다…!

-하하하하!

-신성하고 신선하구나!

-아아, 아아…!

화아아아! 실체 없는 기운이 방 안을 한바탕 휘젓고 달아났다. 우리의 베일이 싸르륵 휘날렸다. 매리언은 흠칫하며 요한 경에게 더욱 붙었다. 모르긴 몰라도 그가 위에서 아주 믿음직한 모습을 보여준 모양이었다. 크리스텔이 천장을 노리며 오만상을 썼다.

"그냥 저런 식으로 사람 미치게 하는 거 아닐까요? 근처엔 오지도 않는데. 일반인이라면 몇 시간 만에 돌아버릴 겁니다."

"내 말이. 아까부터 신성한 피가 어쩌고 하는데 대체 뭐야? 누굴 얘기하는 거야?"

젊은 남작이 불만을 터뜨렸다. 그러자 성기사들이 나를 빤히 바라보았다. 뭐, 갑자기 왜?

"허기지십니까? 에테르 드릴까요?"

"'신성한 피'는 신관을 뜻한다고 했어요."

또랑또랑한 목소리는 아래서 흘러나왔다. 나는 당황해서 매리언을 내려다보았다. 아이가 입가에 쿠키 부스러기를 묻힌 채 야무지게 말을 이었다.

"책에서 읽었어요. 주신교에서 신성하다는 말을 들을 수 있는 사람은 적대요. 대주교님 이상은 되어야 한다고 그랬어요."

"음…"

"그래서 그분들을 '성스러운 그릇'이라고 부르기도 한대요."

"그럼 성기사도 포함되는 거 아니야?"

내가 질문하자, 꼬마 신학자가 조그만 얼굴을 번데기처럼 구겼다. 단단히 실수했구나.

"전하, 주신께서는 신관을 아끼세요. 성기사는 당신을 방비하기 위해 심으신 존재라고 했어요. 주신교 기초 해설에도 나오는 내용인걸요."

"어어, 그랬지. 미안하다. 아저씨가 공부를 대충 했어."

나는 고개를 주억이며 사과했다. 돌이켜 보니 해설서에 그런 내용이 있기는 했다. 신관은 주신이 인간을 굽어살피고자 대륙에 내려보낸 존재인 반면, 성기사는 주신을 목숨으로 지키는 역할을 맡는다.

이 때문에 성기사가 주신의 사랑을 받지 못한다고 해석하는 이들도 간혹 있었다. 현장에서의 대우도 매우 다르다고 들었다. 실제로 나는 대주교 '은하恩下'라고 불리지만, 크리스텔이나 태자에겐 그런 경칭이 붙지 않았다. 요한 경도 마찬가지였다. 모두 신관이 아닌 성기사이기 때문이었다. 물론, 성기사가 처음인 제국 사람들은 모두를 그냥 조건 없이 좋아해 주시지만.

"그래도 말이야. 저분들이 아저씨를 노릴 이유가 전혀 없거든."

-아하하하…!

나는 유령의 비웃음 속에서도 차분하려 애썼다. 성기사들이 '과연 그럴까?' 하는 얼굴로 목을 기울였다. 그거 하지 마세요. 셋이 똑 닮아가네.

"사령에겐 에테르가 통하지 않는다고 했잖아? 그건 공격도 못 하지만 도움도 못 준다는 뜻이야. 아저씨가 저분들에게 별 의미가 없다는 거지."

"흐응."

이건 퇴계공에도 해당하는 이야기였다. 내가 줄거리에 깊이 개입하고 있다는 점까지 부정하진 않겠다. 빙의한 이후로 내용이 많이 달라졌을 거란 추측은 진작부터 했다.

하지만 누가 뭐래도 주인공답게 살아가고 있는 두 남녀가 있는데, 여기서 갑자기 나를 떠밀 이유가 부족했다. 그럴 만한 복선도 딱히 없었다. 예서 왕자를 맥거핀으로 이용해서 둘이 가까워지는 전개가 아닌 다음에야… 어? 이거 좀 가능한가?

"하지만 왕자님 에테르는 대륙 최고 수준인걸요. 제가 신국은 안 가봤는데 장담할 수 있습니다. 뭔가 대단한 사건에 얽히는 것도 놀랍지 않아요."

"…"

크리스텔이 무서운 소릴 했다. 정예서, 생각해 보니까 완전 가능 아니냐? 네 몸속에 '소원의 성반'이 들어있잖아. 중립 지대 귀신들이라면 교황청 신물과 인연이 있을지도 모른다고!

"음."

나는 잠깐 할 말을 잃었다. 넌 왜 일이 터지면 그거 하나에만 집중하고 옆을 안 보니, 천하의 미련퉁이야!

"그으렇다고 해도오. 달라지는 건 없습니다. 우리의 목표는 하나입니다. 인디아가 갇혀있는 다른 공간을 찾아서, 아이를 구하고 무사히 돌아가는 거죠. 통로에서 있었던 소동은 우리가 무덤 경보 장치를 잘못 건드린 결과라고 생각합니다. 지금부터 조심조심 수색하면 사령의 공격을 받는 일은 없을…"

-끼이잉!

그때, 레서판다의 희미한 울음소리가 들렸다. 우리는 즉시 옆을 돌아보았다가 기겁했다!

"레아, 어쩌다 거기 파묻혔어!"

나는 금 더미에 머리부터 묻힌 신수를 보고 대경실색해서 달려갔다. 애들 키우는 집은 잠시라도 한눈을 팔면 이렇게 된다. 그러니 이건 내 실수다. 녀석이 밖으로 삐져나온 꼬리와 다리를 한껏 꿈틀거렸다. 짧아서 아무 소용도 없었다.

'아이고.'

뒤에서 크리스텔이 웃음기 어린 탄식을 내뱉었다. 친구들은 그 사이 다른 공간 탐색에 나선 것 같았다. 다들 행동이 빨라서 고마웠다.

-끼이이…

"조금만 기다려. 형이 꺼내줄게. 가만히, 옳지."

-짜르랑, 짜르랑!

시간을 끌면 쪼그만 게 질식할지도 몰랐다. 내가 양손으로 빠르게 금화를 파헤치자, 후다닥 다가온 산트가 나를 도와주었다. 데미와 페리도 곁에 앉아서 계속 울었다. 확실하진 않지만 묻혀있는 레아를 응원하는 뉘앙스였다. 다행히 꼬마는 금방 구출됐다!

-차르르르!

-끼이이!

'살았다!' 하는 소리였다. 나는 함박웃음을 지었다.

"읏차, 어디 상태 좀 보자. 살쪄서 못 나왔어?"

-끼이, 끼이!

그러자 레아가 크게 화를 내며 앞발에 쥔 것을 마구 휘둘렀다. 응?

"이거 갖고 싶어서 들어갔던 거야?"

-끼응

꼬마가 바로 순하게 답했다. 산트와 나는 웃음기 어린 시선을 교환했다. 녀석의 발엔 얇은 막대가 들려있었는데, 한눈에 봐도 상아나 백옥을 깎아 만든 양 고급스러웠다. 끝에는 진주처럼 은은하게 반짝이는 흰색 가죽끈이 길게… 어라.

"채찍이네. 분홍 누나 주려고 그랬어?"

-꾸릇

"와, 우리 레아 너무 착하다. 누나 생각해서 용기 냈네? 그런데 이거는 이미 주인이 있어서 안 된대. 빠이빠이 해주자. 빠이빠이."

-끼어!

싫으시단다. 산트는 레아를 보며 난감하게 웃더니, '죄송합니다, 신수님' 하며 녀석의 발에서 채찍을 살살 빼 들었다. 사건은 바로 그 순간 발생했다.

-휘리리릭!

"으허억!"

청년의 손아귀에 들린 채찍이 제멋대로 허공을 그었다! 찰파닥! 나는 반사적으로 몸을 납작 눕히고 레서판다들과 데굴데굴 굴렀다. '왕자님!' 크리스텔의 날카로운 외침이 들렸다. 모든 게 순식간이었다. 경악한 산트가 채찍을 냅다 집어 던졌지만-

-철썩!

-펴어어엉!

채찍 끝에서 앵두처럼 새빨간 안개가 터져 나왔다. 눈앞은 삽시에 붉게 물들어 아무것도 보이지 않았다. 이어…

-으하하하하! 드디어 제 발로 내게 왔구나!

'하하하하하하!'

어느 여인의 호걸웃음이 실내를 쩌렁쩌렁 울렸다. 사령들의 귓속말과는 비교도 되지 않을 만치 크고, 강렬하고, 무시무시한 환성이었다. 전신에 전율이 일고 머리털이 삐쭉 섰다. 쌔애액, 카아아아…! 불쾌한 음기가 사방에서 휘몰아쳤다. 스릉! 핏빛 안개 너머 태자가 검을 뽑는 소리가 들렸다. 나는 이를 악문 채 즉시 성지를 개방했다. 파아아앗!

-천 년을 기다렸다, 교황!

좀! 사람 잘못 보셨어요!

* * *

-난다, 네놈의 냄새가… 익숙한 꽃이구나!

그놈의 꽃 타령!

-우우우우!

-아아아아…!

-낄낄낄! 낄낄낄낄!

"으윽!"

싸아아아…! 뼛속까지 시린 바람이 사방에서 불어닥쳤다. 사령들이 음산하게 웃어댔다. 차디찬 금화 바닥에 온몸을 붙이고 있으니 절로 이가 덜덜거렸다. 아무래도 무언가를 제대로 화나게 한 것 같아 겁부터 덜컥 났다. 품속의 레서판다들도 무서운지 푸들푸들 떨며 울었다.

'괜찮아. 형 있으니까 괜찮아.'

나는 그런 말만 미친 듯이 속닥거렸다. 성지 아래 금광이 빨간 안개 속에서도 눈부신 위용을 드러내고 있었다. 상대가 누구인지는 몰라도, 사령들이 저토록 기세등등해질 만한 인물이라면 역시…

-이 몸을 깨울 인간이 몇이나 되겠느냐. 감히 왕의 안식을 방해할 자가!

'방해할 자가, 자가, 자가…!'

강인하고 늠름한 목소리가 묘실을 쩌렁쩌렁 울렸다. 자기소개까지 해주는 친절한 무덤 주인 되시겠다. 진짜 〈미이라〉가 따로 없네!

"예서 왕자님, 제가 왔습니다. 걱정하실 거 하나도 없어요."

"헉."

그때, 바로 곁에서 듬직한 음성이 들렸다. 나는 놀라서 화드득 고개를 들었다. 맑은 물빛 눈동자가 나를 내려다보며 별처럼 웃고 있었다. 품속의 티테도 무사했다. 채찍을 꺼내 쥐고, 두 발로 든든히 버티고 선 크리스텔을 보자 조금은 안심이,

-어리석은 전갈처럼 스스로 기어들어 왔겠다! 이제 네 영혼은 나의 소유다. 나만의 종으로 삼을 것이야!

-쏴아아아…!

으아악! 저렁저렁한 울림이 전신을 뒤흔들고, 무시무시한 음풍陰風이 우리의 머리카락과 옷자락을 잔뜩 헤집었다. 이어 집채만 한 무언가가 안개를 뚫고 쑤욱 들이닥쳤다!

-교황, 감히 나를 배신해!

"으어, 미친!"

"와아악-!"

-끼이이이!

우리는 고래고래 해괴한 비명을 질러댔다. 그녀와 정면으로 눈이 마주친 탓이었다. 아니, 적어도 내가 느끼기엔 그랬던 것 같았다. 상대는 붉고 거대한 유령 여인이었다! 왕관처럼 화려한 터번을 두르고, 위엄 넘치는 비단옷을 입고, 싸움터의 전사처럼 맹렬한 눈화

장을 한 군주였다.

30대 중후반쯤 되어 보였으나 확실하진 않았다. 그녀의 목, 귀, 손목, 이마, 허리가 전부 호사스러운 장신구로 도배되어 있었다. 이미 죽은 이가 아니었다면 당장이라도 찔렁찔렁하는 소음이 천지에 퍼졌을 것 같았다. 과장이 아니라 그녀의 얼굴이 내 몸보다 컸다!

-두 번은 당하지 않는다. 이제 나의 포로가 되어라!

이름 모를 왕이 선언했다. 동시에 그녀의 웅대한 손이 우리를 덮쳤다. 쌔애애액-! 나는 흔들리는 팔찌를 보며 눈을 질끈 감았다. 레서판다들이 나를 꼭 끌어안았다. 심장에서 에테르가 마구 뿜어져 나와 서클을 환히 밝혔다. 파아아앗…!

"저 진짜 그런 사람 아닙니다! 오해입니다!"

내가 절박하게 외쳤고,

"뜨하아악!"

머리 위에서 산트의 비명이 들렸고,

-코를 찌르는 장미 악취로다! 으하하하하!

승리감에 젖은 왕의 웃음이 고막을 터뜨릴 듯 울려 퍼졌다.

'하하하하! 꼴좋다!', '깔깔깔깔!'

사령들이 그녀를 따라 여기저기서 폭소를 쏟아냈다. 나는 어안이 벙벙하고 당혹스러워 눈을 번쩍 떴다. 만반의 준비를 하고 있던 크리스텔 역시 크게 당황한 표정이었다.

안개가 걷히기 시작한 시야에 거인 귀신과 산트의 모습이 포착됐다. 그녀는 손아귀에 사제를 틀어쥐고, 한껏 고개를 들이민 채 그를 을러대고 있었다. 어어…?

-로세하르더! 고상한 척 정원에 물이나 주던 놈이었지!

"사, 살려주세요!"

가엾은 산트가 발버둥 쳤다. 뭐라고요?

-순수한 척, 진실한 척!

"저는 교황이 아닙니다! 그분들의 후손이긴 하지만, 그치만 교황은 아니에요!"

-입 다물라-!

예에!? 나와 크리스텔이 입을 떡 벌렸다. 티테가 딸꾹질을 하기 시작했고, 레서판다들은 꼬리를 반짝 들었다. 이게 다 무슨 말이냐, 지금?

"사제는 로세하르더 궁정백의 막내아들이지."

"억!"

나는 식겁해서 어깨를 들썩였다. 고요히 다가온 황태자가 혀를 찼다. 야, 제발 인기척 좀 내고 다녀라. 너 때문에 형 심장이 남아나질 않아!

"제국에 귀화한 후로는 성을 고쳐 '로스'라고 쓰더군."

"로세하르더Roosegaarde의 로스roos는 장미를 뜻하고, 하르더gaarde는 정원을 의미하죠. 사제님은 스스로 정원을 벗어난 꽃이 된 거예요."

요한 경이 조곤조곤 설명했다. 산트의 출신을 이미 알고 있던 두 사람은 사태를 빠르게 받아들인 모양이지만, 우리는 아니었다. 모든 상황이 너무나 충격적이어서 머리가 빨리빨리 돌아가지 않았다. 특히 조안은 거의 이성을 놓기 직전이었다.

"뭔데, 그럼 곰돌이 사제님을 미끼로 던지고 나가면 된다는 거야!? 난 아무튼 찬성! 악!"

그녀가 우리 곁으로 떼굴떼굴 굴러오며 아무 말이나 던졌다. 나는 침착하게 몸을 일으켰다. 나를 노리는 줄 알고 소리 지른 게 부끄러웠지만, 어찌 보면 이건 당연한 전개였다.

나는 다시 한번 스스로의 자의식을 되돌아보는 시간을 가졌다. 내가 교황이니 어쩌니 하는 엄청난 역할일 리가 있겠냐. 신전에서 보라색 연기가 피어올랐다는 소문도 못 들었다고. 아니, 그보다!

"산트를 도와야 합니다."

"우선 저자의 이야기를 들어보시죠, 전하."

"요한 경."

추기경이 나를 단호하게 가로막았다. 그는 항상 나를 만류하는 어른 역할이었고, 오늘도 예외는 아니었다. 나는 그의 어깨 너머로 보이는 산트를 살피며 발을 굴렀다.

유령의 손에 잡힌 사제는, 얼굴이 하얗게 질려 금방이라도 기절할 것 같았다. 막말로 어느 쪽이 귀신인지 분간이 안 될 정도였다. 곧장 무덤 밖으로 도망칠 순 없겠지만, 산트를 내 서클 안으로 데려오기라도 하고 싶었다. 저대로는 너무 위험했다.

"내버려 둬선 안 됩니다."

"아시다시피 사령에겐 어떠한 공격도 통하지 않아요. 깊은 설움을 품고 오랫동안 이곳을 맴돈 이들이니, 몇 마디 말로는 쉬이 진정하지 않겠죠."

"하지만…"

"아무래도 우니오 시대의 마지막 교황에게 원한이 있는 모양이에요. 일단 사령들의 반응을 지켜보는 게 좋겠어요."

민트색 눈동자가 어둡고도 날카롭게 빛났다. 나는 멍하니 그의 말을 곱씹었다. 분명 쥘리에트 궁에서 중립 지대에 관해 벼락치기 할 때, 그런 이야기를 읽기는 했다.

지금으로부터 대략 천 년 전. 고국 우니오가 두 세력으로 분열하고, 사막에서 치열한 수도 쟁탈전이 벌어지던 무렵이었다. 이곳에 '마테이스 로세하르더'라는 교황이 있었다. 장미 정원을 돌보는 백작가에서 태어나, 아주 젊은 나이에 성위盛位에 오른 남자.

'이곳, 이곳은 주신의 평화가 피어나는 땅입니다. 예서 피를 보려거든 나부터 해치셔야 할 겁니다!'

나는 그날 마테이스의 말에 밑줄을 그었다. 너무 늦게 나섰다는 이유로 사학자들의 비판을 받긴 하지만, 좌우간 그의 등장으로 중립 지대는 평화를 되찾았다. 그럼 저 유령이 당시 우니오의 국왕이었던 건가?

-나를 지도자로서 존중하겠다고 하지 않았느냐!

"저, 저는 모르는 일입니다! 제발 진정하세요! 흐아아아!"

"하난 루마이얀."

사령과 산트의 고함을 뚫고, 매리언이 속삭였다. 나는 흠칫하며 아이를 내려다보았다. 소녀는 요한 경의 허리춤에 매미처럼 매달려 있었다. 두 가지 빛깔을 지닌 눈이 호기심과 두려움으로 촉촉하게 반짝거렸다. 나는 재빨리 소녀 앞에 주저앉았다. 이제 기억났다!

"매리언, 아저씨도 그 이름 알아."

"네. 우니오의 마지막 왕이에요."

"응, 그런데 왜 저러는지는 모르겠어. 읽었던 것 같은데 헷갈린다. 가르쳐 줄래?"

"로세하르더 교황은 정교일치를 주장하는 페네티안 세력 편을 들었고, 루마이얀 국왕은 리에스테르 세력과 함께 정교분리를 믿었어요. 왕은 당시 최연소 추기경이어서 인기도 많았대요. 그리고 두 사람은 어렸을 때부터 경계의 신전에서 같이 공부한 친구였대요. 그 밖에는 저도 잘 모르겠어요…"

무서운 상황에서도 열심히 답해준 매리언이 말꼬리를 흐렸다. 당장 떠오르는 것은 그게 전부인 모양이었다. 내가 고맙다고 말하는 순간, 저편에서 하난 루마이얀의 불호령이 떨어졌다.

-그자의 환생이 아니라고? 우습도다. 똑같은 자단나무 색 눈동자에, 똑같이 곰처럼 둥근 몸을 하고도 나를 속이려 드느냐?

"허어엉, 저는 집을 나왔습니다! 이제 로세하르더 사람이 아닙니다! 정말입니다!"

-혈연은 그리 쉽게 끊어지는 것이 아니거늘. 오늘 네 핏줄의 무서움을 똑똑히 보게 될 것이다!

'것이다, 것이다, 것이다…!'

여인의 목소리가 음성 변조라도 한 것처럼 낮고 오싹하게 메아리쳤다. 그녀가 말하고 움직일 때마다 회색, 적색, 흑색의 안개가 머리카락처럼 파도쳤다. 산트를 물리적으로 공격하진 않았지만, 그것만으로 이미 저주라도 퍼붓는 듯한 분위기였다.

우리는 하난의 눈빛과 태도에서 명백한 광기를 읽어냈다. 지금껏 들은 말에 충분한 논리도 없었거니와… 천 년간 한곳에 고여 썩고

문드러진 감정이, '정상'에 가까울 리 없지 않은가.

-네놈은 오늘부터 나를 유일한 왕으로 섬기게 될 것이다. 네 영혼은 단단히 내게 얽혀 풀리지 않으리라!

"언제까지요?!"

희다 못해 파랗게 변색된 산트가 외쳤다. 나는 경악해서 턱을 쩍 벌렸다. 그런 걸 묻는 거냐고!

"산트! 벌써 자유를 포기하지 마세요!"

내가 소리쳤으나, 사제는 어쩐지 결연한 얼굴이었다. 옆에서 세드리크 태자가 중얼거렸다.

"야사野史에서 읽은 기억이 나는군."

"네?"

"겁이 많았던 마테이스 로세하르더가 친우와의 약속을 저버리고 숨었다가, 그녀가 전사하자 눈물을 흘리며 신전 밖으로 나왔다는 이야기였지."

"무슨 약속이었는데요?"

"그것까지는 기록되지 않았어."

그가 짤막하게 답했다. 매리언이 '자료가 많이 타버렸대요. 전쟁 때문에요' 하고 소곤소곤 덧붙였다. 크리스텔과 나는 바쁘게 시선을 교환했다. 둘이 무엇을 약조했는지는 몰라도, 만약 태자의 말이 사실이라면…

"국왕은 배신당했군요. 저렇게 분노하는 것도 이해가 되네요."

'사과받지 못한 채로 천 년이 흘렀으니까요.'

요한 경이 나직이 결론지었다. 나는 황급히 하난을 돌아보았다.

여인의 크고 아름다운 눈동자가 용암을 담은 듯 펄펄 끓고 있었다. 자세한 사정을 모르는 우리는, 결코 그녀의 마음을 헤아릴 수 없을 터였다. 그건 감히 이해하는 시늉조차 할 수 없는 고통일 것이다. 산트가 후손으로서 정식으로 사과해 준다면, 조금이나마 위안이 될지 모르겠지만-

-짐은 자비롭다. 그러니 이 몸을 위해 세 차례 봉사하거라!

응?

"예…?"

"네?"

"뭐?"

"잘 못 들었습니다?"

산트, 크리스텔, 조안과 내가 아연한 얼굴로 되물었다. 왕은 이를 드러내며 웃었다.

-그래, 네가 마테이스가 아니라는 말은 믿어주마.

-♩♬…

나는 움찔하며 사방을 둘러보았다. 방금 어디서 악기 소리가 났는데. 묘하게 하난의 억양하고 음정이 맞았던 것 같은데?

-허나 네가 그자의 비린내 나는 피를 이어받았음은 자명하다. 내가 생전에 쓰던 채찍을 잡은 것은 네놈이고, 그로 인해 내가 오랜 잠에서 깨어난 것도 사실이니까. 그렇다면 나를 왕으로서, 동등한 지도자로서 존중하겠다는 약속 또한 네가 대신 지켜야 하지 않겠느냐?♪

"그, 그런…"

-싸아아아…!

그녀의 말과 동시에, 높다란 묘실 천장 곳곳에서 사령들이 모습을 드러내기 시작했다. 우리는 즉시 매리언을 가운데 숨기고 동그랗게 서서 위를 노려보았다. 지금껏 벽 너머에 숨어 소리와 기운으로만 존재감을 내뿜던 것들이, 드디어 우리 앞에 실체를 보이고 있었다.

반사적으로 소름이 돋고 마른침이 꿀떡 넘어갔다. 핏빛 귀신들은 복식이며 생김새가 다양하고, 나이대도 모두 달랐다. 질서정연하게 움직이는 몸짓은 마치 오늘만을 위해 준비된 듯했다.

눈이 텅 비어있긴 하지만 묘하게 신난 것 같기도 했다. 전차를 이끄는 병사, 하늘하늘한 천을 두른 무용수, 시종으로 보이는 이들. 어쩌다 저 나이에 죽었을까 싶은 어린아이까지 모두…

-♬♪♩!

-짤랑짤랑, 짤랑짤랑!

-쿵짝, 쿵짝, 쿵짝!

악기를 들고 있잖아! 갑자기 연주는 왜 하는 거야? 내가 황당해하고 있는데 하난이 리듬에 맞춰 어깨를 들썩이기 시작했다. 국왕의 몸가짐이라고는 믿을 수 없을 만큼 흥이 넘치는 모습이었다. 그러자 다른 사령들도 일제히 팔다리를 하느작거렸다. 찰나 이유를 알 수 없는 위기감이 해일처럼 밀려왔다. 설마, 아니지?

-♪대륙에는 아홉 개의 신물이 있고

주신은 수천의 성기사를 거느린다지♬

♩하지만 백성아, 너는 운이 좋구나

너의 새 주군은 우니오 최강의 기사♪

"…잠깐만요."

내가 사색이 되어 입을 열었다. 하마터면 손으로 '타임' 수신호를 할 뻔했다. 이거 표절이잖아. 가사만 바꿨다 뿐이지 멜로디가 〈알라딘〉하고 똑같잖아!

"과연, 마리즈 자작 부인의 말이 옳았네요. 사령이 인간의 영혼을 꾀고자 노래를 부르는 거예요. 끝까지 듣지 않으면 자유로워진다고 하셨잖아요."

요한 경이 목을 기울이며 미소 지었다. 밀어닥치는 반주 속에서 나는 대답도 제대로 못 하고 벙긋거렸다. 저기, 실은 그것보다 더 심각하거든요. 이거 고소감입니다!

-네가 해야 할 일은 오직 하나로다♬

♪저 채찍을 휘두르며 이렇게 말해

'경애하는 폐하, 명령하여 주옵소서.'♩

♬짐이 너의 나침반이 되어 주겠다

이 몸 같은 주인은 섬긴 적 없을걸♪

와, 당신들 내가 이거 디즈니에 신고할 거야!

-쿵! 짝! 쿵! 짝!

"왕자님, 지금이 기회입니다."

-둥기당, 뚱기당!

"네? 네?"

넋 나간 나를 다잡은 건 크리스텔이었다. 그녀는 내 품에 티테를 넣고 포대기로 몸통을 칭칭 감아주었다. 이제 보니 태자와 요한 경은 벌써 저 멀리 걸음을 옮기고 있었다.

"지니 언니가 노래하는 동안 저희는 인디아를 찾아보겠습니다. 사령들이 전부 왕에게 정신이 팔렸어요. 왕자님께선 여기서 아가들하고 조안을 보호해 주십시오."

"…알겠습니다. 잘 부탁드립니다."

'크리스텔, 귀 막으세요!'

내가 뒤늦게 말했다. 어느새 훌쩍 멀어진 그녀가 씩 웃으며 요한 경을 가리켰다. 참, 그렇지. 공기 속성 성기사가 있어서 천만다행…

"와아, 우와! 하하하."

"산트! 즐거워하면 안 됩니다. 팔을 빼서 귀를 막아보실래요?!"

나는 화들짝 놀라 소리쳤다. 사태가 생각보다 심각했다. 작가 양반이 원망스러워 빠드득 이가 갈렸다. 젠장, 갑자기 뮤지컬이 웬 말이냐고!

* * *

솔직히 말하겠다.

-네 봉사를 자랑스레 여기거라♪

♬나는 왕, 군주, 지배자이니까!

"와아…"

-끼이…

실로 대단한 무대였다. 레서판다들이 혀를 쏙 내민 채 꼬리를 살랑거렸다. 사령들의 리라와 류트, 트럼펫이 끝내주게 쾌활한 선율을 연주했다. 묵직한 북소리와 신비로운 피리 소리 역시 멋들어진 분위기를 자아냈다.

하난 루마이얀 국왕은 근사한 목소리로 노래했고, 사령들은 이날만을 위해 갈고닦았다는 양 화려한 무용을 선보였다. 마치 브로드웨이 뮤지컬 내한 공연을 VVIP석에서 관람하는 기분이었다. 상황이 나쁘지 않았다면 나도 한껏 즐겼겠지만…

-아우

"어이쿠. 하나도 재미없다, 그치? 우리 티테 지루한데 한숨 잘까?"

-애우으!

하프물범의 까만 눈망울이 갈수록 초롱초롱해졌다. 나는 포대기로 녀석을 어르며 이를 악물었다. 그야 여기엔 아기가 좋아할 법한 게 아주 널려있으니까. 반짝반짝 빛나는 금은보화, 부드럽고 예쁜 천, 처음 보는 (죽은) 사람들 수백 명. 무슨 조화를 부린 건지 조명마저 쉬지 않고 휘황찬란하게 바뀌었다. 거기다 코앞에선 신명 나는 가무까지 펼쳐지고 있지 않은가!

-와하하! 오, 저런♩

"산트! 좀 괜찮습니까?"

"네, 왕자님-!"

사제가 이리저리 휩쓸리며 외쳤다. 언제부턴가 하난의 손아귀에서 풀려난 그는, 이제 사령들이 이끄는 대로 왔다 갔다 하며 사방을 돌아다니고 있었다. 그래도 완전히 넋이 빠져있던 아까에 비하면 지금은 썩 제정신이었다. 귀여운 신수들이 소리 높여 그를 부르고, 조안이 시원하게 욕도 한 바가지 퍼부어 준 덕분이었다. 그건 조금 무서웠다.

-싸르르르…!

"헉!"

요란한 소리에 나는 흠칫하며 에테르를 뿜어냈다. 조안의 턱이 쩍 벌어지고 머릿수건이 주르륵 흘러내렸다. 무슨 폴터가이스트도 아니고, 돌연 금화가 한곳에 탑처럼 수북이 쌓이고 있었다. 화가 남작이 뻑적지근한 감탄을 토해냈다.

"야, 진짜 평생 구경거리 여기서 다 본다!"

-네 주군에게는 이런 재주 없지♬

"으아아아!"

삽시에 금화 기둥 꼭대기로 날아간 산트가 가엽게 벌벌거렸다. 우리 머리보다 큰 하난의 눈알이 번들번들했다. 그녀는 명백히 이지를 상실한 모습이었다.

처음엔 아는 노래가 나온다는 당혹감에 미처 파악하지 못했는데, 지금 보니 왕의 상태가 꽤 심각했다. 무려 천 년간 분노와 배신감을 곱씹었다면 저리되는 것도 이상한 일은 아니었다. 아마 나 같아도 회까닥했을 것이다.

-쿵작쿵작, 쿵적쿵적!

-♬백성아, 내 명령은 둘도 아닌 셋이다

제대로 듣고 똑바로 실천해야 할 것이야♩

♪이 몸 같은 주인은 섬긴 적 없을 테니

거기까지 생각하니 어쩐지 가사가 으스스하게 들렸다. 붉은 사령들의 코러스가 주술처럼 울려 퍼졌다. 노래는 어느새 클라이맥스를 지나 엔딩을 향해 달려가고 있었다. 아는 곡이라서 타이밍을 확실히 잡을 수 있다는 게 그나마 다행이었다.

나는 서둘러 친구들을 살폈다. 다들 인디아를 찾느라, 묘실을 빠져나갈 방도를 물색하느라 바빠 보였다. 묘실 저편에선 요한 경이 허공을 날고 있었다. 그의 팔뚝에 안긴 매리언은 손가락을 뻗어 벽 틈을 꼼꼼히 확인했다.

황태자는 바닥의 어느 문을 여는 중이었다. 크리스텔은 어디로 갔는지 보이지 않았지만, 이제는 정말로 대비해야 했다. 나는 눈이 마주친 추기경을 향해 입을 방긋거렸다.

'곧 끝날 것 같습니다. 준비해 주십시오!'

그러자 요한 경이 눈웃음을 보냈다. 노래를 끝까지 듣지 않으면, 우리의 영혼은 사령으로부터 자유로울 수 있다고 했다. 나는 조금 전에 신수들이 마련해 준 목화솜을 주섬주섬 챙겼다.

그것으로 조안과 레서판다들의 귀를 단단히 막고, 내 귀에도 넣은 뒤 티테의 귓구멍을 양 손바닥으로 꼭 닫아주었다. 요한 경이 소리를 차단해 줄 테지만 만일에 대비해야, 으악!

-딴! 딴! 딴! 딴!♩

-이 몸 같은! 주인은! 섬긴 적!♬

볼륨이 미쳐 날뛰었다! 하난이 마지막 가사를 부르며 팔을 휘저었다. 펑! 펑! 다부진 손끝에선 차가운 기운이 축포인 양 터져 나왔다. 그녀의 어깨와 손목을 잇는 하늘하늘한 천이 미친 듯이 펄럭였다.

구불거리는 장발은 뱀의 혀처럼, 문어의 다리처럼 불길하게 꿈틀거렸다. 레서판다들이 발치에 공처럼 몸을 말았다. 티테는 내 품에 고개를 묻었다. 그러고 보니 하난도 생전엔 성기사였다. 그것도 우니오의 최연소 추기경이었다고 매리언이 설명해 주었다. 그렇다면 무슨 속성이었을까. 쉬이 상상이 가지 않는,

-없을걸-!♪

-빠밤빰! 빠밤빰!♬

"허어…"

생각이 뚝 끊겼다. 막판 음악이 광풍처럼 몰아치고 있었다. 하난과 사령들은 빠르고 광기 어린 춤을 추기 시작했다. 귀가 먹먹한데도 절로 눈앞이 멍해지는 광경이었다.

그들은 마치 신들린 것처럼 보였고, 죽음의 무도舞蹈는 일종의 살풀이처럼 느껴졌다. 점점 격렬해지고, 강하게 맥동하고, 붉은 안개가 한숨처럼 터져 나오는 매혹의 넋두리였다. 연주되는 음정 하나하나에 비수 같은 감정이 실렸다.

-쾅! 쾅! 쾅!♪

"…"

순간 피가 식는 기분이었다. 붉은 보좌에 앉은 산트가 눈을 감고 있었다!

"곰탱이 사제님!"

"산트-!"

조안과 내가 동시에 악을 썼다. 그러자 청년이 번쩍 눈을 뜨고 기

겁하며 귀를 틀어막았다. 그 순간,

–팟!

…모든 소음이 사라졌다. 솜 너머의 울림마저 깨끗하게 0으로 변했다. 나는 화다닥 천장을 올려다보았다. 매리언과 백발의 성기사가 곱게 웃고 있었다. 세드리크 태자는 무표정이었지만, 산트는 아무것도 들리지 않는 게 신기한지 눈이 왕방울만 해졌다. 데미와 페리와 레아가 연신 귀를 팔랑였다. 우리 작전이 성공한 거다!

'…어찌 된 일이냐.'

우아한 자세로 곡을 마무리한 왕이, 당황해서 입술을 달싹였다. 장수의 눈화장 아래 짙은 곤혹이 두드러졌다. 사령들의 공허한 눈동자에도 놀람과 불안이 들어찼다. 조금 전까지는 그래도, 기대 비슷한 감정이 일렁였던 것 같은데.

'어째서 아무런 일도 벌어지지 않는 것이야. 왜…'

–팟!

–왜 그대로이냔 말이다!

'말이다, 말이다, 말이다!'

절규에 가까운 진노가 묘실을 진동했다. 요한 경이 공기를 다시 풀어준 까닭에 귀청이 떨어질 것만 같았다. 솜을 끼고 있지 않았더라면 분명 골이 뎅뎅 울렸을 것이다. 나는 곧바로 성지 크기를 줄이고, 조안과 함께 구석으로 이동했다.

당장 하난의 눈에 띄어서 좋을 게 없었다. 아까는 그녀가 산트만을 보고 있어 괜찮았지만, 이제는 불똥이 조안이나 꼬마들에게 튈지도 몰랐다. 레서판다 삼총사가 금화 위를 토도독토도독 달렸다.

요한 경과 태자 녀석도 이쪽으로 돌아오고 있었다.

-네놈! 감히 귀를 틀어막아? 아니, 아니지…

-덜커덩!

그녀의 날렵한 콧대가 산트를 의자째 넘어뜨렸다.

'흐아악!'

사제는 외마디 비명을 지르며 금밭을 나뒹굴었다. 나는 걱정스레 그를 살폈다. 천만다행히 이제껏 다친 곳은 없는 것 같았다. 노기로 물든 여인의 눈동자에 언뜻 슬픔이 비쳤다.

-무슨 사술을 부렸느냐. 네 비겁한 선조가 그랬던 것처럼 짐을 농락하는구나!

"아, 아니. 저는…"

-이 몸을 우습게 보는 것이야!

화르르르! 불꽃을 닮은 유령의 윤곽이 사방으로 퍼져나갔다. 뜨겁진 않았으나 지독히도 새빨갛고 위협적이었다. 그녀의 뺨이며 속눈썹 끝까지 전부, 화화火花였다. 산트는 허겁지겁 자리에서 일어나 기둥 뒤로 몸을 숨겼다.

달아나며 나와 시선을 교환하는 것도 잊지 않았다. 둥근 눈빛이 몹시 결연했다. 홀로 버티면서 시간을 끌어 보겠다는 뜻이었다. 약하긴 하지만, 그 역시 성소를 전개할 수 있는 신관이었다. 나는 재깍 고개를 끄덕이고서 일행을 맞았다. 산트를 믿어보자.

"뭐라도 건지셨습니까?"

"천장 쪽은 저희가 이용한 길이 전부인 듯해요, 전하."

"벽에 옛날 말이 잔뜩 쓰여있는데, 전부 읽어볼 시간은 없었어요.

이상한 상징이나 그림은 없었고요. 인디아의 흔적도 안 보여요."

갈래머리 매리언이 소곤거렸다. 나는 아이에게 미소를 보내고서 태자를 돌아보았다. 그가 뚝뚝하게 대답했다.

"바닥에 숨어있는 문이 다른 길로 통하더군."

"정말입니까?"

"함정이었지."

내 입꼬리가 샐쭉 올라갔다가 다시 축 가라앉았다. 그가 불만스러운 표정을 지었다.

"날아드는 암석도 제대로 피하지 못하면서 독뱀 수백을 상대하겠다는 건가?"

"어후, 아니요."

뱀 굴이었어? 진작 말을 하지. 나는 황급히 손을 내젓고 주변을 살폈다. 크리스텔이 여태 보이지 않았다.

"근처에 있으니 걱정 마세요. 무사해요. 저희와는 다른 방식으로 길을 찾고 있는 것 같아요."

그랬더니 요한 경이 달래듯 말했다. 그럴 거라 생각은 했지만 확답을 받아서 마음이 놓였-

-용서 못 한다!

"뜨아아악!"

"아아악!"

-끼이이이!

-아우우-!

우리는 큰 소리를 뒤지르며 보물 밭을 데굴데굴 굴렀다. 심장이 너무 쿵쾅거려서 이러다간 입 밖으로 튀어나올 것만 같았다. 채찍에서 깨어난 이래 단 한 번도 우리를 신경 쓰지 않던 하난이, 처음으로 이쪽을 쏘아보고 있었다. 그녀는 성지의 금빛 돌에 이마를 기댄 채 우리를 짐승처럼 을렀다.

"왕자님, 죄송해요! 바로 잡혔습니다아!"

왕의 손아귀에 거꾸로 매달린 산트가 사과했다. 컴백이 생각보다 빨랐네요!

-언감생심 이 몸의 무덤에 함부로 침입하고, 방자하게 돌아다니며, 무지한 손가락으로 낙서를 하고…

"죄송합니다! 정말 송구합니다, 하난 루마이얀 폐하."

나는 즉각 앞으로 나서서 사과했다. 조안이 말렸지만 곧이곧대로 밀고 나왔다. 이건 당연히 사죄해야 하는 부분이었다. 일단 침착하게 사정을 전하고, 진심을 담아 이야기했다.

"잃어버린 열 살배기를 찾으러 왔다가 이렇게 되었습니다. 아이가 유괴당한 거나 마찬가지라, 따라오는 어른에게 도움을 청하고자 그런 표시를 남겼던 것 같습니다. 낙서는 꼭 깨끗하게 지우고, 아이에게도 주의를 주어서 같은 일이 없게 하겠습니다. 마을 사람들에겐 이곳이 폐하의 고분임을 알리고 조심해 달라 당부하겠습니다. 이렇게 사과드립니다."

-…

"또한, 또한 적절한 보호를 받지 못하시는 것으로 압니다. 저희가 교황청에 필요한 보수와 경호를 요청,"

-나를 잠에서 깨웠으면.

왕이 나의 말허리를 잘랐다. 유리창처럼 커다란 눈자위에 물기가 어리는 듯한 착각이 들었다. 그녀의 이마를 덮은 장식이 바들바들 떨리고 있었다. 조안과 나는 침을 꿀떡 삼키며 하난을 올려보았다.

-그만한 보속을 해야 하는 것 아니겠느냐…?

지엄했던 목소리가 급격히 가라앉았다. 나는 그제야 내가 착각한 것이 아님을 알았다. 그녀는 지금 진정으로 절망하고 있었다. 사령들이 칙칙한 빛을 내뿜으며 주군의 주변을 지켰다.

-모든 망동이 실수라고 말하고자 하는 것이야? 네놈들은 우리를 좌절로 죽이고, 심장 껍데기를 바수고, 남은 영혼의 자투리마저 찢어발기고 있다!

"헉. 끄윽…"

나는 하난에게 거꾸로 들린 산트를 보며 가까스로 신음을 삼켰다. 피가 쏠려 빨개진 얼굴이 안쓰럽고 죄스러웠다. 혼자 보내는 게 아니었는데. 저 애도 아직 어린데. 내가 한참 형인데.

"…죄송합니다. 또다시 이런 상처를 드리지 않게,"

-천 년!

여인의 목소리가 코앞까지 폭풍처럼 닥쳐들었다. 나는 눈을 질끈 감고 비틀거리는 무릎을 겨우 세웠다. 머리카락이 흩날리는 감각이 선연했다. 잔뜩 흐트러진 우리와 달리, 요한 경과 태자는 조각처럼 고고히 서서 그녀를 마주하고 있었다. 매리언이 추기경의 등에 얼굴을 묻고 벌벌 떨었다. 하난은 처절한 외침을 토했다.

-천 년간 우리가 겪은 모욕을 고작 상처 따위로 수식하느냐! 네놈들은 아무것도 몰라. 우리는 너무나 많은 것을 상실했다. 생전에

어떤 존재였는지, 무엇을 아꼈고 무엇을 싫어했는지, 심지어 어쩌다 목숨을 잃었는지도 기억하지 못해…!

'분노하는 까닭조차 잊은 참담함을 너희가 아느냔 말이다!'

그녀가 거칠게 팔을 휘둘렀다. 제발! 나는 산트가 잘못될까 노심초사하며 더욱 앞으로 나섰다. 데미가 부츠에 간절히 매달렸지만 물러서지 않았다. 어느덧 사제의 이마엔 핏줄이 툭툭 불거져 있었다. 많이 힘든지 숨소리도 거칠었다. 품 안의 하프물범이 바들거렸다. 나는 스승님의 지팡이를 부서져라 쥔 채 간청했다.

"폐하, 제가 실언했습니다. 부디 용서해 주십시오."

-나는 나의 원념에 묶여 벗어나지 못한다! 내가 내뱉은 저주에 스스로 당하여, 영구히 이곳에 갇혀 지내야만 한다. 로세하르더가 나를 해방할 때까지-!

나는 고막이 얼얼한 와중에도 눈을 크게 떴다. 이는 예상치 못한 비화였다. 그녀가 '세 번의 봉사'를 원한 건, 궁극적으로 로세하르더 가문에 복수하기 위함이 아니었다. 하난은 금방이라도 무너질 듯한 얼굴을 하고 있었다. 그러나 사령은 눈물을 흘리지 못하는 존재였다.

"폐하."

-한데 이놈이 나를 거부했다. 사특한 방법으로 주문을 막아내고, 무고한 내 백성까지 이곳에서 다시 천 년을 보내게 만든 것이야!

"부디 들어주십시오. 그건 산트의 잘못이 아닙니다. 저희가-"

-그러니 살해할 것이다!

왕이 팔을 높이 치켜들었다. '끄아아아!' 산트가 휙 하고 천장으로 솟구쳤다.

"안 돼-!"

상황은 순식간에 극으로 치달았다. 나는 대경실색하며 달려갔다. 앞뒤 생각할 여유도, 이유도 없었다. 데미가 뒤에서 길게 울었지만 못 들은 체했다. 나를 붙든 태자의 팔뚝에 거세게 주먹질을 하고, 죽을힘을 다해 요한 경을 뿌리쳤다.

남자에게서 겨우 벗어나자마자 하난에게 달려들었다. 사령에겐 에테르가 통하지 않는다는 걸 알면서. 그래도 가만히 지켜볼 수만은 없으니까. 저 애는 곧 아버지를 만나서, 지금 행복하다고 말하겠노라 했으니까.

[제발 그만두세요!]

-파아아아아…!

처음에는 성지의 빛인 줄 알았다. 그런데 아니었다. 크게 놀란 하난이 자세를 추스르며 물러났다. 사령들이 파도처럼 우르르 벽으로 숨어들었다. 나는 낯선 광휘에 경악했다. 정확히는-

-아아… 어찌 새파랗게 어린것이 '신전의 뿌리'를!

까맣게 녹슨 스승님의 성장聖杖 곳곳에서, 희미한 베이지 빛 금광이 뿜어져 나오고 있었다.

＊ ＊ ＊

-삐쯔쯔, 삐쯔쯔, 삐쯔쯔!

박새 우는 소리가 났다. 멀리서 궁정 악사들의 연주도 들렸다.

-달칵

오렐리 부티에는 찻잔을 내려놓고 창밖을 바라보았다. 봄이 발끝을 담그기 시작한 앞뜰에선 정원사들의 노동이 한창이었다. 새로운 모종을 심고, 관목을 다듬고, 새싹에 물을 주는 이들의 낯은 하나같이 밝았다.

날이 풀린 황도 전역이 한 해의 새로운 시작을 준비하고 있었다. 그녀는 사막으로 떠나간 제자를 생각했다. 실은 매일 생각하고 있지만, 문득 그 아이의 얼굴이며 목소리가 아주 선연하게 떠오르는 순간이 있었다. 바로 지금처럼.

"막바지로군. 더 필요한 건 없고?"

"예, 폐하. 마나 주입 전문 마법사들을 모아 시험 가동만 해보면 될 겁니다. 남은 세 곳은 북부 산중입니다. 아직 눈이 쌓여 접근이 어려운 관계로…"

이곳은 침실 구역 안에 있는 응접실이었다. 오렐리는 여전히 어디로도 나가지 못했다. 너그러운 반려 덕에 그나마 침방은 벗어나게 되었으니 다행이었다. 맞은편에 앉은 프레데리크와 프랑수아는, 서류를 넘기며 진중히 대화하고 있었다.

전시戰時 포털 기록 복원에 관한 이야기였다. 아이들이 땅에 묻힌 포털을 타고, 황궁의 뒷동산 마을로 사라졌던 게 작년 여름이었다. 그때의 실종 소동을 돌이키면 오렐리는 요즘도 킥킥거리곤 했다.

이후 황제는 모황이 불에 태운 포털 사료史料를 모두 복원하겠노라 천명했다. 개중 정상적으로 작동하는 마법식은, 구태여 파괴하지 않고 철저히 관리하기로 했다. 그리하여 늦여름부터 이루어진

작업이 어느새 막판이었다.

“멀쩡한 것은 민간 교역이나 교통에 활용해도 좋겠지.”

“그렇습니다. 지방 귀족은 본디 포털이나 도로 건설 사업에 긍정적이니, 황실에서 타진하면 좋은 결과가 있을 겁니다.”

“수고했다. 네게 맡긴 보람이 있어.”

‘조금만 더 애써라.’

프레데리크가 피식하고서 후작의 어깨를 두드렸다. 남자는 반색하며 묵례했다. 주인에게 인정받고 뿌듯해하는 표정을 보니 추기경 또한 흐뭇했다. 그녀가 미소 짓고 있는데 시종장이 문을 두드리고 들어왔다.

시종들은 금빛 수레에 음료며 간식을 싣고 뒤를 따랐다. 볼 때마다 반가운 하얀 아이도 함께였다. 로라의 손을 꼭 잡은 소년은 황제가 하사한 옷을 입고, 추기경이 마련해 준 신발을 신어서 소공자 태가 났다.

‘황제의 차 시중을 들려거든 제국에서 가장 좋은 의복을 입어야 한다.’

프레데리크는 뻔뻔하게도 그런 구실을 댔다. 그러면서 재단사에게는 아이가 좋아하는 주머니를 잔뜩 달아주라고 명령했다.

“어서 와, 로라. 헤릿은 오늘도 부지런하구나.”

“헤헤.”

환하게 웃은 헤릿이 절을 올렸다. 조금씩 살도 붙는 것 같아 보기 좋았다. 황제가 턱짓하자 아이는 쫑쫑 다가와 얼음 집게를 집었다. 그를 신호로 시종들이 분주히 움직이기 시작했다. 모두가 만족한 낮이었다.

–퐁

오늘도 황제의 커피엔 얼음 하나가 들어갔다. 로라가 추기경의 홍차를 내밀자, 헤릿은 고사리손으로 우유를 따르고 찻숟갈을 저었다. 자기 손바닥보다 작은 그릇엔 설탕을 차곡차곡 담아냈다. 최근 '카페 크리스'에 빠진 후작을 위해 유리잔 밑에 컵 받침을 깔아주기도 했다. 기억력이 좋고 실수가 없는 아이였다.

"고맙습니다, 꼬마 헤인스 군. 귀한 대접을 받았으니 답례를 해야겠군요!"

프랑수아가 그렇게 말하며 헤릿에게 파르페 잔을 밀어주었다. 커다란 민트색 눈동자가 반달 모양으로 접혔다. 첫날엔 이런 걸 받아도 되나 싶어 안절부절못하더니, 황제가 몇 번 허락하자 이제는 기뻐하며 배불리 먹었다.

임시 보호자인 후작 옆에 꼭 붙어 앉기도 했다. 꼬마는 황제궁 일손들이 자신을 위해 추가로 간식을 만들었을 거라곤 상상조차 하지 못했다. 그래서 아이였다. 프랑수아가 부드럽게 물었다.

"맛있나요?"

끄덕끄덕.

"우리 집에서 먹는 것보다 맛있나요?"

멈칫. 그러자 후작이 호쾌한 웃음을 터뜨렸다. 헤릿은 뒤늦게 어른의 장난에 당했다는 사실을 알고 상긋방긋했다. 오렐리는 입가에 생크림을 묻히며 먹는 아이를 지켜보다가, 자신의 손에 들린 서류를 확인했다.

‘대大리에스테르 제국 신증 환자 현황 조사 - 1차 보고’.

“…”

조금 전 엘리자베트가 올리고 간 것이었다. 사실상 모든 백성을 대상으로 하는 데다, 영주의 협조를 얻어 조용조용 이루어지는 조사이다 보니 진전은 느렸다. 작년 10월에 착수한 작업이었는데 여태 절반을 끝내지 못했다.

일이 마무리될 때까지는, 신관을 포함해 최소 10만 명의 연인원이 투입될 것으로 예상했다. 그래도 특기할 만한 소득은 있었다. 덧붙여 그 내용은 추기경의 예상과 어느 정도 일치했다. 가만히 종잇장이 넘어갔다.

-팔랑, 팔랑

제국 내부에도, 에테르 이상으로 고통받는 이른바 ‘신증神症’ 환자들이 있었다. 다만 몹시 희소한 질병이었다. 리에스테르의 반절 가까이를 뒤졌는데 보고된 사례는 서른이 되지 않았다. 사라 벨리아르 경의 손자인 파스칼도 그런 경우였다.

다만 귀족이기에 장기간 병간호를 할 수 있었고, 평민의 대부분은 사정이 훨씬 나빴다. 대량의 햇무리초를 실은 화물 마차가 당장 내일부터 전국 벽지로 떠날 예정이었다.

“아! 저도 주는 겁니까? 그럼 한입만.”

고통이 심한 어린아이들은 열두 살을 넘기지 못하고 사망했다. 아픔이 덜하다면 대신 오래 잠들곤 했다. 하루에 열여섯, 열일곱 시간을 자는 환아도 있었다. 하지만 그중…

“프랑수아, 그게 어딜 봐서 한입이냐.”

"…"

특수 에테르를 지닌 경우는 0건이었다. 모두 순수 에테르의 문제였다. 그릇에 금이 간 환자도 없었다. 연구에 참여한 대주교들은 잔인한 확신에 차서 보고를 올렸다. 이미 오렐리와 프레데리크와 알렉상드르가 지겹도록 들었던 소리였다.

'깨진 그릇은 세상에 존재할 수 없으며, 존재해서도 아니 됩니다.'

세드리크와 같은 사례는 제국에 세드리크뿐이었다. 그것이 정말 '주신의 저주'라는 사실을 증명이라도 하겠다는 듯이.

"오렐리."

"응?"

추기경이 상념에서 깨어났다. 눈길을 마주한 이브가 미간을 찌푸리고 있었다. 칠칠치 못하게 나쁜 생각이 전해진 모양이었다.

"그거 그만 보고 이거 먹어."

황제가 그녀 앞으로 파르페를 밀어주었다. 헤릿 것만 있는 줄 알았는데, 밖에 나가지 못하는 반려를 달래고자 따로 준비시킨 듯했다. 오렐리는 결국 문서를 무릎에 내려놓고서 파안했다.

숟갈을 들자 헤릿이 몹시 기대하는 눈빛을 보냈다. 그녀의 반응이 궁금한 기색이었다. 어여쁜 아이를 보며 오렐리는 또다시, 자신의 하나뿐인 제자를 떠올렸다. 다정하고 노란 햇살이 차탁을 보드라이 적셨다. 기다림은 행복하기만 했다.

"달콤하고 맛있네. 헤릿이 좋아하는 이유가 있구나."

"흐흐흥."

…그러니 괜찮을 것이다. 사랑하는 대자 곁엔, 이제 왕자님과 친

구들이 있으니까. 조금씩 나아지고 있으니까.

* * *

그 시각.

-파아아아…!

"아니, 이게."

나는 놀라서 지팡이를 양손으로 꾹 쥐었다. 당장이라도 박물관에 모셔야 할 것 같았던 성장이, 부서질 듯 쩍쩍 갈라진 채 아렴풋한 빛을 내고 있었다. 녀석은 마치 알껍데기를 깨고 나오려는 생물처럼 보였다. 스승님의 눈동자를 빼닮은 베이지색 빛살이 상냥했다.

다만 꼭대기에 걸린 초승달의 광휘는 아니었다. 그건 여전히 시커멓고 우둘투둘했다. 나와 지팡이를 번갈아 보던 하난 루마이얀이 믿을 수 없다는 표정을 했다. 그녀의 손아귀에서 무사히 탈출한 산트가 전속력으로 엉금엉금 기어 왔다!

-어불성설이로다…! 네가 추기경이라도 된다는 뜻이냐? 갓 스물은 넘겼는고?

여인의 목소리가 저르렁저르렁했다. 나는 일단 침착하게 입을 뗐다.

"스물아홉, 대주교입니다."

-맙소사!

국왕이 경악하며 내게 쑥 들이닥쳤다. 나는 식겁하면서도 그녀의 시선을 꿋꿋이 받아냈다. 옛날 사람이라 그런지 나이 가늠하는 기준을 종잡을 수가 없었다. 그동안 조안과 신수들은 산트를 감싸고 상태를 확인했다. 등 뒤에서 화가의 다급한 목소리가 들렸다.

"숨 참지 말고 내쉬어. 상태 봐야지!"

"이미 쉬고 있는데요, 남작님!"

"근데 왜 이렇게 볼이 똥똥해?!"

-꾸릇!

으음.

-사아아아…

"어?"

그때, 지팡이의 광채가 기름을 다한 등불처럼 꺼지기 시작했다. 혹시 부서지기라도 하는 건가 싶어서 후다닥 성장을 살폈다. 천만다행히 그런 조짐은 없었다. 그냥 다시 거무튀튀한… 아.

'어떻게 하면 주인이 될 수 있습니까?'

'간단해. 나보다 강해지면.'

…그랬지. 아무래도 내 힘이 도로 약해졌다고 판단한 모양이었다. 아까는 울컥해서 순간적으로 에테르가 치솟은 듯했다. 스승님은 내가 당신보다 강해져야 성장의 인정을 받을 거라고 하셨지만, 되짚어 보면 이건 그분이 대주교 시절까지 사용하던 물건이었다. 그러니까 정확한 기준은 '현재'의 스승님이 아니라-

-어째서 대주교가 세계수를 베어 지니고 있느냐? 저 보라색 눈은 주신의 축복을 받았구나! 대관절 무엇 하는 놈이기에!

깜짝이야!

"이분은 예서 페네티안 왕자 전하이십니다. 성장은 스승이신 오렐리 부티에 추기경께서 하사하신 물건이죠."

요한 경이 차분하게 설명하자, 하난의 눈동자가 활짝 뜨였다. 그녀는 동공의 흔들림이 또렷이 보일 만큼 거대하고 가까웠다. 차탁처럼 넓적한 귀걸이가 춤을 추었다.

벽 너머로 숨었던 사령들이 슬금슬금 돌아와 주인을 싸고돌았다. 내가 지팡이를 움직이자 깜짝 놀란 일부가 분홍색으로 창백해졌다. 미안해서 슬쩍 팔을 내렸다. 그나저나, '신전의 뿌리'가 '세계수'인 건가?

-페네티안…? 설마 정교일치를 주장하여 내 나라를 갈라놓았던 세력을 말하는 것이냐?

"예. 그리고 이쪽은 세드리크 리에스테르 황태자 전하이십니다. 왕자 전하의 친우이자 성기사 짝입니다."

추기경이 이번에는 자신의 제자를 소개했다. 그러자 세드리크 태자가 절도 있게 고개를 숙였다. 예상치 못한 예의범절이었다. 하난은 이제 아예 대경실색했다.

-리에스테르! 짐에게 충성을 바쳤던 공작의 후손이라고? 그들이 제국을 건설하였어?

"그렇습니다."

'허어어!'

사령들이 일제히 경악했다.

-한데 두 나라의 핏덩이들이 짝을 이루었다?

"정확하네요."

'세상에!'

곳곳에서 탄성이 터져 나왔다.

'끼이잇!'

레서판다 삼총사가 효과음을 보탰다. 방청객이 따로 없었다.

-천 년은 천 년이로다. 정이 피로 덮이고, 다시 피가 정으로 씻기는구나!

'이토록 공허한 원한이여!'

고대의 왕이 탄식했다. 복식이 워낙 화려해서 그녀가 움직일 때마다 영혼체가 크게 출렁거렸다. 사령들이 술렁술렁하며 이쪽을 흘깃했다. 나는 풀어진 분위기를 틈타 하난에게 성큼 다가갔다. 이번에는 태자가 나를 말리지 않았다. 녀석에게 씩 웃어주고서 입을 열었다. 기회는 지금이었다.

"폐하, 허하신다면 저희가 돕겠습니다."

-…방금 무어라고 하였느냐?

왕이 인상을 찡그리며 되물었다. 나는 용기를 내기로 했다. 어차피 이대로는 무사히 무덤을 빠져나갈 수 없고, 무엇보다 그녀와 친구들을 돕고 싶었다. 그게 가능하다면 말이지.

"아까 말씀드렸듯이, 폐하의 주문이 통하지 않은 건 산트의 잘못이 아닙니다. 사령의 노래를 끝까지 듣지 않으면 자유로워질 수 있다는 얘기를 들었습니다. 그래서 여기 있는 요한 헤인스 경의 힘을 빌렸습니다. 그는 공기 속성의 추기경급 성기사거든요."

-과연, 맹랑하구나! 나는 어릴 때부터 팔랑개비 놈들을 믿지 않았다!

그녀가 요한 경의 코앞까지 밀고 들어왔다. 성기사의 하얀 머리칼이 버드나무 가지처럼 흩날렸다. 여인의 맹렬한 눈빛과 남자의 고요한 눈빛이 극명하게 대비됐다. 나는 잽싸게 끼어들었다.

"하지만 저희는 폐하께 영혼을 바치지 않고도 자의로 봉사할 수 있습니다. 여기 로세하르더 가문의… 막내아들인 산트도 협조할 겁니다. 그렇죠?"

내가 산트를 돌아보며 말했다. 어린 사제는 천성이 선한 사람이었다. 눈물 고인 눈은 맑기만 했다. 신수들을 품에 안은 그가 재깍 고개를 주억였다.

"네, 네! 제가 한 일이 아니더라도 꼭 사과드리고, 돕고 싶습니다. 여전히 무섭긴 하지만요…"

-뭐?

하난이 번쩍 고개를 들었다. 이해가 가지 않는다는 얼굴이었다. 사령들도 마찬가지였다. 나는 찬찬히 내 의견을 이야기했다. 의견이라기보단 잔머리에 가깝긴 한데.

"분명 그리 말씀하셨습니다. 폐하께선 당신의 원념에 묶여 벗어나지 못하고, 직접 내뱉은 저주에 당해서 여기 갇히셨다고요. 그리고 그걸 풀 수 있는 건 로세하르더라고 하셨습니다."

-…

"거꾸로 말하면, 폐하를 세 번 섬길 사람 중에 로세하르더가 포함되기만 하면 됩니다. 아닌가요? 로세하르더의 핏줄 '혼자'만 가능하다는 조건은 아닐 텐데요."

-…이 몸이 억겁을 원망한 대상은 그자였지만, 분노라는 것이 으레 그렇듯 구체적이지는 않았다.

그녀가 중얼거리듯 말했다. 동의한다는 의미였다. 희망이 보였다. 나는 적극적으로 까치발을 들었다.

"상대의 영혼을 구속하시는 부분은요? 그것도 필수입니까? 스스로 거신 주문이니 폐하께서 가장 잘 아시겠지요."

―…혼을 탐한 것은 그자가 내게 순순히 찾아올 리 없었기 때문이다.

말인즉.

"사과하지 않고, 폐하께 거역할 것을 대비해서 속박하고자 하신 거군요. 해방되려면 그게 가장 확실한 방법이니까요."

내가 조심스레 물었다. 그녀는 대답하는 대신 턱에 힘을 주고 허리를 꼿꼿이 세웠다. 역시나 정답이었다. 작전의 윤곽이 대강 나왔다. 나는 태자와 눈길을 교환하고, 다른 친구들도 돌아보았다. 다들 작게 턱을 까닥여 주었다. 절로 입꼬리가 올라갔다. 다시 하난을 올려다보았다.

"흠. 들으신 대로 저희는, 최근 대륙에서 한가락씩 하는 자들입니다. 리에스테르 제국과 페네티안 신국, 교황청까지 전부 연이 닿아있습니다. 에테르를 쓸 줄 알고 검기와 마나도 부립니다. 그러니 원하신다면 저희가 폐하께 세 차례 봉사하겠습니다. 누구를 죽이거나 괴롭히는 행위만 아니라면요."

―…

나는 왕과 똑바로 마주 보았다. 보라색 눈동자에 별생각은 없지만, 오늘만큼은 그녀에게 영향을 미칠 수 있으면 좋겠다고 소원하면서.

"여러분을 자유롭게 해드리겠습니다. 언약을 하죠."

* * *

하난 루마이얀은 우리에게, 아주 오래전의 이야기를 들려주었다. 그녀가 살아 숨 쉬던 시절이었다. 고국 우니오가 대륙의 유일한 나라로 맥동하던 시대였다. 모래에 묻히고, 바람에 깎여 사라진 천 년의 기억이었다.

-…유리 페네티안은 짐의 후작이었다. 야망이 넘치는 추기경이었지. 추진력과 성과가 두루 훌륭했던 동방의 노재老宰로, 모두가 그를 흠모했다.

묵직한 목소리가 흘러나왔다. 관자놀이까지 빽빽이 칠한 눈화장 아래, 화려한 눈동자가 과거에 잠기고 있었다. 여인의 커다란 몸이 잔잔한 호수처럼 찰랑거렸다. 머리를 감싼 천은 옛날을 그리는 손끝인 양 사방으로 뻗어나갔다.

영혼체 너머로 보이는 금은보화가 은하수처럼 반짝이며 쉴 새 없이 왕을 치장했다. 멀리서 촛불이 흔들리고, 사령들은 공손한 태도로 그녀의 말을 경청했다.

-이 몸 또한 유리를 신뢰하고 존경했어. 즉위하고 나서도 연장자인 그에게 많이 배웠다. 그가 종종 아랫사람을 거칠게 대하기는 했지만, 그저 궁전의 질서를 다잡기 위해 그리 행동하는 것이라 여겼지. 한데…

유리 페네티안은, 그녀의 짐작보다 훨씬 깊은 어둠을 간직하고 있었노라 했다. 칠순에 가까운 그가 살면서 험한 꼴을 많이 봤으리라는 사실은 익히 알았다. 왕가와 긴밀한 관계였던 리에스테르 공작가를 제치고 재상 노릇을 하고 있었으니 말 다 했다. 그런데 알고 보니 후작은 몹시 위험한 신념을 갖고 있었다. 아니, '위험'이란 단어로는 부족했다.

-간단히 말해, 그는 정계의 일인자와 교계의 일인자가 같아야 한다고 믿었다. 교황이 대륙을 지배해야 한다고 생각했어.

나는 후딱 매리언을 돌아보았다. 요한 경 옆자리에 앉은 아이가 나를 향해 고개를 끄덕였다. 그것이, 우니오 분열의 시작이었다.

-대륙이 둘로 나뉘었다니 요즘의 신앙은 어떨지 모르나, 당시에는 교황과 짐의 지위가 비슷했다. 사람에 따라서는 교황을 더욱 따르기도 했지. 허나 이 몸의 고견은 달랐다.

하난은 당시 기준으로 무척 진보적인 인물이었다. 듣자니 루마이얀 왕가 자체가 소수 민족 출신의 귀족 집안에서 출발했다고 한다. 그녀는 시간이 흐르면 교황의 권위가 약해지리라 여겼다.

주신이 실체를 드러내지 않는 세상이었다. 종교로 백성을 구제하는 데는 한계가 있으니, 세속의 지배자가 나라를 돌보고 부족한 부분을 채워야 한다고 믿었다. 무엇보다 나라가 부강해지려면 권력이 한곳으로 모여야 한다고 생각했단다. 종교가 지금보다 훨씬 절대적이던 시기였으니, 실로 어마어마한 선견지명이었다.

-백성은 바보가 아니며 가축도 아니다. 교황청이 종교세를 걷고, 국왕이 다시 한번 국세를 걷는 제도가 언제까지 갈 수 있었겠느냐? 설마 아직도 그러고 있는 것은 아니겠지?

"지금은 교황께서 안 계십니다. 그리고 리에스테르는 종교세를 걷지 않습니다."

내가 물을 마시다 말고 냉큼 답했다. 나도 나름 후작이라 세금 공부를 조금 했다. 아이러니하게도 페네티안 사정은 모르지만.

"페네티안은 종교세를 걷습니다. 다만 그것도 국고로 들어간다는 차이가 있네요."

대신 요한 경이 설명했다. 하난은 혀를 차더니, 교황은 무슨 연유로 부재하느냐고 물었다. 이번에는 황태자가 무뚝뚝하게 입을 열었다.

'주신께서 예비하지 않으셨습니다.'

그러자 사령들이 깜짝 놀라 웅성거렸다. 왕은 아연한 얼굴로 눈을 깜빡였다.

'고약한 세상인 것은 똑같구나!'

그런 탄식이 돌아오기도 했다.

-하여… 시나브로 갈등은 첨예해졌다. 유리는 노골적으로 세력을 모으기 시작했지. 본디 강성한 가문의 추기경이었으니 어려운 일도 아니었다. 그러나 이 몸은 달랐어. 즉위한 지 2년 된 애송이에, 짐의 정치 철학을 진심으로 믿어주는 자는 라자르 리에스테르 공작뿐이었다.

사실상의 반역이 준비되고 있었다. 깊은 눈가에 그림자가 드리웠다. 리에스테르 공작은 유명한 소드마스터이자 왕실의 검술 스승이었는데, 소수 민족 출신이라도 가리지 않고 거두어 기사로 키웠다.

실력이 출중하다면 귀족과 평민에 큰 차별을 두지 않았다. 요컨대 우니오 정계에서는 아웃사이더였다. 부유하고 무력이 강해 다들 설설 기었지만 그뿐이었다. 그는 권력의 구심점이 될 수 없는 인물이었다고 했다.

-교황을 유일한 제왕으로 받든다는 것은, 그를 따르는 신관과 성기사만이 권력을 취할 수 있게 된다는 의미였다. 한데 성직자는 보통 귀족 가문에서 태어났다. 아니, 인과 관계가 바뀌었다고 봐야겠군. 성직자를 꾸준히 배출한 집안만이 귀족이 되는 구조였지.

"그건 좀 거지 같네요."

육포를 씹던 조안이 불쑥 말했다. 너무 불경한 것 아닌가 철렁했는데, 의외로 하난은 불쾌해하지 않았다. 그녀는 화가를 내려보며 피식했다. 웃으니 인상이 엄청 부드러워져서 순간 멍한 기분이 들었다.

-그래, '거지 같았다.' 나는 성직자가 태어나지 않는 가문도 목소리를 낼 수 있어야 한다고 생각했다. 특히 소수 민족 중에 그러한 집안이 많았지. 마법사, 검사, 시인, 화가. 토목과 건축에 능한 이들.

'신학자와 과학자. 발명가와 점술가. 연금술사!'

왕의 눈이 번쩍번쩍 빛났다. 시선은 머나먼 별을 그리듯 아련해졌다. 그녀와 가까운 사이도 아니건만 확신할 수 있었다. 하난은 자신의 나라를 깊이 사랑했고, 꿈꾸던 낙원이 분명한 지도자였다.

"그럼, 그럼 페네티안 후작은 왜 성직자만 좋아했나요? 자신이 추기경이라서요, 폐하? 욕심쟁이였나요?"

'신학자' 매리언이 참새처럼 조그맣게 질문했다. 비록 떨고 있었으나 용감하고 똑똑한 아이였다. 요한 경은 낮게 웃으며 아이의 어깨에 담요를 둘러주었다. 왕은 소녀를 잠시 들여다보더니, 나지막이 대답을 내놓았다.

-돌이켜 보면… 유리는 그게 합리적이라고 판단했던 게지. 나는 왕이 나라를 짊어져야 한다고 믿었으나, 그는 교황을 중심으로 하는 구도를 원했다. 확실히 그쪽이 더 쉬운 길이었다. 성직자에 대한 백성의 존경은 자연히 얻어지는 것이었으니. 지지세를 모으고자 노력할 필요도, 그들의 소리에 귀를 기울일 필요도 없었지.

'라자르는 그를 뱀 같은 노인네라 욕했지만, 그건 나름의 연륜에서 나온 판단이었다.'

그녀가 한숨처럼 문장을 토해냈다. 긴 세월을 거친 분노는 흑백으로 퇴색되었고, 여인은 이해할 수 없었던 반대편의 노인을 헤아리게 되었다. 사령들이 그녀를 보며 어깨를 축 늘어뜨렸다. 한동안 묘실에는 무거운 적막이 맴돌았다. 조심조심 말을 꺼낸 것은 산트였다.

"그… 저희 선조께서 폐하를 배신, 하셨다고 들었습니다. 그런데, 저기. 외람된 말씀이지만, 저희 역사서에서는 그런 내용을 가르치지 않아서… 황공합니다."

사제가 둥그런 등을 한껏 말았다.

'저는 막내라, 따로 집안에서 심화 교육을 받은 적도 없습니다.'

기어들어 가는 목소리였다.

-…하.

그러자 왕이 헛웃음을 흘렸다. 표정은 순식간에 돌처럼 굳었다.

그녀는 말없이 천장을 올려보고, 큰 숨을 여러 번 들이쉬더니-

-파아아아!

"흐어억!"

"으아어악!"

맹렬한 충격파를 뿜어냈다! 우리는 어떻게 대비할 틈도 없이 튕겨 나갔다. 나는 품 안의 데미와 티테를 감싼 채 쥐며느리처럼 몸을 말았다. 붕 뜬 감각에 눈이 절로 와락 감겼다. 묘실 내부는 단단한 기둥과 돌벽투성이였다. 제발 머리는 멀쩡해라, 제발!

-털퍼덕! 털썩, 털썩! 찰그랑!

"아윽!"

"아야야."

"엄마!"

-끼우!

…생각보다 아프지 않았다! 나는 느릿느릿 눈을 끔뻑였다. 놀라긴 했지만 그냥, 금화 언덕을 가볍게 구른 정도였다. 밑에 보료 같은 게 숨어있었는지 바닥은 생각보다 말랑했다. 다른 신수와 친구들, 매리언도 멀쩡했다. 옆에 앉은 태자 녀석은 손목을 돌리고 있었다. 쟤는 낙법으로 떨어졌나 보다.

-팔랑개비…! 팔랑개비…!

사령들이 음산하게 외치며 요한 경을 가리켰다. 모두 눈동자가 크게 뜨여있었다. 나는 설핏 웃고서 추기경에게 고개를 까닥였다. 남자 역시 장난스러운 묵례를 되돌려 주었다. 그럼 그렇지, 그의 힘으로 우리가 무사했던 거다.

-하아, 후우… 마테이스 엘스 로세하르더는…

'짐의 벗이었다.'

진노를 터뜨린 하난이 힘겹게 선언했다. 과거형이었다. 두 사람은 네 살 때부터 친구였다고 했다. 경계의 신전에서 함께 수학했고, 늘 붙어 다녔다. 싸움을 좋아하던 왈패 왕녀와 책만 파고들던 겁보 귀공자의 조합은 모두에게 의외로웠다.

하지만 하난은 자신의 약한 모습을 보고도 '괜찮다, 멋있다'라며 격려해 주는 그가 마음에 들었다. 마테이스는, 글줄만 좋아하는 자신을 여기저기 데려가 주는 하난을 유일한 친우로 여겼다. 그렇게 성장한 두 사람은 국왕과 교황이 되었다.

-신전 굴뚝에서 보라색 연기가 피어나고, 성반엔 그자의 이름이 떠올랐다. 로세하르더 백작조차 아들이 교황이 되었다는 소식에 놀라더군. 정확히는 우니오의 만백성이 경악했지. 그는 추기경도 아니었으니까. 덤덤했던 건 이 몸뿐이었다.

'언제나 그가 교황감이라고 여겼어.'

여인의 음성이 꺼질 듯했다. 물결치던 옷자락도 잠잠해졌다. 우리는 숨 쉬는 것도 잊은 채 귀를 기울였다.

-정계의 내분이 겉으로 드러나기 시작할 무렵, 나는 마테이스에게 도움을 청했다. 그가 나와 뜻을 같이한다는 것을 알았기에.

"그런데 거부하던가요?"

조안이 퉁명스레 물었다. 벌써 마테이스에게 열받은 표정이었다. 몰입력이 대단했다.

-아니, 약조를 했다. 신앙의 왕으로서, 벗으로서, 동등한 지도자

로서… 언제나 이 몸을 존중하겠다고. 주신의 권능을 받지 못한 이들이 그분의 품 밖으로 내쫓겨선 안 된다고. 그리 번지르르한 소릴 하더군. 하여 짐은 방심의 죄를 저질렀다.

그렇게 말한 그녀가 한 박자를 쉬었다. 이야기는 지독히 간결하게 마무리됐다.

-페네티안 세력이 궁전을 치던 날, 교황의 직인이 찍힌 최후통첩이 날아왔다.

"…"

-나는 현실을 부정했다. 내 곁에서 피투성이로 죽어가는 신하와 기사들을 보면서도, 그것이 마테이스의 뜻이 아니리라 믿었다. 그를 직접 만나겠노라 목이 터져라 외쳤고, 온 궁전과 도시를 부수며 싸웠어. 한데 그자는 신전 밖으로 한 발짝도 나오지 않았다. 내가…

'내가 이곳에서 죽을 때까지.'

그녀가 속삭였다. 그게 끝이었다. 하난은 눈꺼풀을 아래로 깔고 입을 악다물었다. 사령들이 서로에게 기대어 간신히 영혼을 가누었다. 우리는 침묵에 빠져들었다.

무슨 말로 위로를 해야 좋을지, 과연 위안이 되기는 할지, 그녀가 그걸 바라기나 할지. 무엇도 알지 못해서 감히 입술을 뗄 수가 없었다. 그때, 산트의 품속에서 페리가 코를 쏙 빼냈다. 그러고는 왕을 향해 대뜸 울었다!

-끼이잉!

아이고! 나는 심호흡하며 입술을 말아 물었다. 여인이 신수를 묵묵히 응시했다. 사제는 그녀의 눈치를 보고 어쩔 줄을 몰라 하더니,

우물쭈물 입을 열었다.

"죄송합니다. 이것도 죄송하고, 그."

—…

"저는, 저는 여전히 무지합니다. 그분이 왜 그런 결정을 내리셨는지, 왜 폐하를 배신하셨는지 알지 못합니다. 그러니까 제가 이런 말씀을 드리는 게 싫고, 불쾌하실 수도 있겠지요. 하지만… 하지만 제 선조께서 폐하께 크나큰 상처를 드린 것은 사실입니다. 천 년이나 그날을 되새기며 고통받으셨다니…"

—…

"그런데 저는 그분의 후손으로서 많은, 많은 특혜를 누리고 살았고요. 그러니 사죄해야 하는 자리에… 있다고 생각합니다."

—…

"죄송합니다, 폐하."

산트가 고개 숙여 절을 올렸다. 페리도 고분고분 꼬리를 내렸다. 위쪽에서 짧은 헛숨이 터져 나왔다. 우리는 약속이라도 한 것처럼 눈을 내리깔고 하나의 답을 기다렸다. 고요가 길어질수록 불안하고 초조한 마음이 들었다. 그녀가 사과를 받아준다면 좋겠지만, 그리 오랫동안 자신의 무덤에 갇혀 지냈으니-

—…다음으로 두 가지 소원을 고하겠다. 너희 생자들은 똑똑히 기억하여 되묻는 일이 없도록 하라.

"어?"

나는 화드득 머리를 들었다. 조안은 턱이 빠지기 직전이었다. 왕의 반응을 믿을 수가 없었다. 충격받은 건 사령들도 마찬가지인지,

기사로 보이는 이들이 우르르 다가와 하난 앞에 무릎을 꿇었다. 그녀를 간절히 올려다보며 울음을 토하기도 했다.

-아아아, 아아아아…!

-폐하, 폐하! 어찌 이리 쉽게!

-복수, 복수, 복수…!

붉은 영혼들이 피눈물처럼 흔들리고 번져나갔다. 많은 것을 망각한 이들은 제대로 된 문장조차 만들어 내지 못했다. 하난은 조용히, 장신구로 가득한 자신의 팔을 들어 올렸다. 사위가 순식간에 고요해졌다.

-짐은 그대들의 안식을 원한다.

-…

-그간 나의 회한에 붙잡혀 쉬지 못한 것을 알아. 과거에 얽매여 사막을 헤매고, 잠들지 못하는 영혼으로 지내는 시간에 기쁨이 있었겠느냐? 생전의 보람을 느꼈겠느냐?

-…

-이 몸을 원망하지나 않았다면 다행한 일이다.

-아아, 아니야, 아니야!

-보내지 마. 보내지 마. 보내지 마…!

사령들이 절규했다. 왕의 발치에 엎드려 눈물 없이 흐느끼고, 옷자락에 매달려 소리를 지르기도 했다. 마음이 아파서 지켜보기 힘든 광경이었다. 하지만 하난은 꼿꼿한 자세로 우리만을 내려다보았다.

굳게 다문 턱과 반듯한 눈매엔 한 치의 흔들림도 없었다. 나는 그녀를 마주하며 생각했다. 이 사람은 생전에도 좋은 군주였을 거라고. 분명 지극히 사랑받았을 거라고.

-그러니 이런 기회를 놓치지 않겠다. 나는 너희를 평안에 들게 하고, 끔찍한 굴레에서 벗어나게 할 것이다.

"하명하십시오. 봉사하겠습니다."

그래서 망설임 없이 말을 받았다. 들어주고 싶었다. 우리가 할 수 있는 거라면, 누군가를 아프게 하는 일만 아니라면 무엇이든 기쁘게.

-…사막을 떠도는 영혼은 전부 나를 섬기던 이들이다. 그러니 권력자에게 일러, 이들이 안식을 취할 수 있도록 각지에 비석을 세우고 기도문을 새기게 하라. 또한 대주교 이상의 신관이 성사를 주관하게 하여 혼을 달래주어라. 그리하면 주신께 보낼 수 있을 것이다.

"명 받들겠습니다."

내가 깍듯이 예를 차렸다. 친구들도 함께 절을 올렸다. 사령들의 곡소리가 끊임없이 흘러나왔다. 왕은 동요하지 않고 말을 이었다.

-또한 살아있는 몸을 하나 원한다. 신앙이 깊을수록 좋겠군.

"예. 예?"

나는 기겁해서 삑사리를 냈다!

3. 대탈출

몸, 몸, 몸을요?!

"다시 한번 말씀해 주시겠습니까?"

-지나치게 놀라는군. 짐은 당대 최강의 추기경이었으니, 그릇 또한 쉬이 사라지기 어렵다. 화신化身이 필요함은 당연한 이치 아니겠느냐.

하난 루마이얀이 설핏 이마를 구기며 말했다. 위엄 있는 목소리가 사방으로 울려 퍼졌다. 사령들도 맞는 말씀이라는 양 고개를 주억거렸다. 당연한 이치라고 하셨지만, 나는 재깍 받아들일 수가 없었다.

그래서 급히 황태자를 돌아보았는데 녀석은 놀랍게도 반쯤 이해한 표정이었다. 다만 조안은 나와 비슷해 보였다. 그녀가 바지를 추켜 입으며 황당하다는 투로 말했다.

"폐하, 그게 무슨 말입니까? 저는 무식해서 이해가 잘 안 됩니다. 보아하니 왕자님하고 사제님도 깜깜한 눈치인데요."

-하아… 젖먹이들 걸음마 가르치는 신세가 되었군.

국왕은 땅이 꺼져라 한숨짓더니, 한쪽 팔로 자신의 머리를 받치고서 편한 자세를 취했다. 그러고는 크고 기다란 손가락을 들어 세드리크 태자의 심장을 가리켰다. 사령들이 우리를 보며 끊임없이 수군거렸다. 무덤의 해방자들이 생각보다 너무 바보라서 실망했나 보다. 미안합니다.

-인간의 혼을 '그릇'이라고 한다. 심장에서 뿜어져 나온 에테르가 그곳에 담기기 때문이지. 주신께서 내리신 힘은 육체가 아닌 영혼에 보관되는 것이야.

"그, 그건 아는데요…"

산트가 모기만 한 소리로 답했다. 그러자 하난이 와락 인상을 찌푸렸다.

'흐아아.'

사제는 덜컥 겁을 먹고 레아와 페리를 끌어안았다. '끼잉!', '꾸르!' 두 녀석이 애교스럽게 울었다. 다행히 신수들의 귀여움은 고대의 왕에게도 통하는 모양이었다. 그녀는 인내심을 영혼까지 끌어모은 얼굴로(이렇게 말해도 되나?) 입을 열었다.

-…나는 깊디깊은 원한으로 천 년간 이곳에 머물렀고, 영혼체는 이미 평범한 그릇이 아니게 되었다. 지나치게 강력한 에테르가 곳곳에 역청같이 엉겨 붙었어. 오랫동안 한데 고이고 부패하여, 일반적인 성사로는 이 몸을 안식에 들게 할 수 없다.

"그럼…"

-빙의憑依하여 해소해야겠지. 그릇을 비우자면 시일이 걸릴 것

이고.

맙소사, 빙의라고? 내가 잘 아는 그거-?! 어딨는지 모를 크리스텔이 갑자기 더욱 간절해졌다. 나는 본능적으로 우리 중 가장 어른인 요한 경을 찾았다. 그가 쓰게 웃으며 고개를 끄덕였다. 내가 생각하는 내용이 맞다는 의미였다. 그러니까 지금까지 나온 이야기를 종합하면…

"살아있는 몸을 하나 구해서 거기에 들어가신 뒤에, 그 '화신'을 통해 능력을 발산하시면 언젠가는 폐하의 에테르가 바닥나고, 그러면 비로소 진정한 평화를 찾으실 거라는 뜻입니까?"

-대주교는 영리하구나. 리에스테르의 후손에게 복이 있느니.

하난이 태자를 내려다보며 놀리듯 말했다. 긍정의 답을 듣고 나니 이제는 다른 생각으로 머릿속이 복잡해졌다. 다 좋다 이거야, 그런데 화신이 될 사람을 어디서 어떻게 구하느냐고. 게다가 본인의 동의도 얻어야 하잖아. 싫다는 사람 억지로 잡아다 시키는 건 절대 안 될 말,

-한데 안타깝게도 너희의 영혼은 상태가 좋지 않군.

"예?"

내가 퍼뜩 눈을 들었다. 후욱-! 하난이 불쑥 다가와 이마를 마주했다. 큼직한 눈동자가 뙤록뙤록 구르며 나를 관찰하고 있었다. 꼭 실험실의 표본이 된 기분이었다. 절로 마른침이 꿀떡 넘어갔다.

-특히 네 녀석은 기이하구나. 기운만큼은 이루 말할 수 없이 청아하건만… 껍데기와 속이 따로 노는 것은 무슨 까닭이냐?

"…무슨, 무슨 말씀이신지 모르겠습니다."

-들어가기 곤란하겠어.

와, 미친! 천 년 묵은 대왕 추기경 귀신쯤 되면 남의 빙의 사정도 한눈에 꿰뚫는 모양이었다. 등줄기에 식은땀이 흐르고 옆구리까지 오소소 닭살이 돋았다.

갑자기 숨 쉬는 방법이 기억나지 않았다. 태자의 따끔따끔한 시선이 느껴지니 뭐라도 말을 해야겠는데, 더는 적절한 반응을 떠올리기 힘들었다. 그녀가 실눈을 뜨자 긴 속눈썹이 나의 머리카락을 간지럽혔다. 아니, 그러니까…

-너는 그릇이 성치 않으니 아니 되겠다. 쯧. 갓난쟁이가 무슨 고생인고?

헉. 정신을 차리니 어느새 하난은 나를 지나치고 없었다. 그녀는 태자를 보며 혀를 찬 뒤, 곧장 요한 경을 위아래로 살폈다.

-신체 건강하고 그릇도 튼튼하나, 신앙심이라고는 약에 쓰려도 없군. 어찌 믿음을 잃었느냐?

"처음부터 가져본 적이 없습니다."

-허어.

'그것참!'

사령들이 요한 경을 보며 절레절레하고 쑥덕쑥덕했다. 나는 조심스레 그와 눈길을 마주했다. 남자가 말없이 미소를 보냈다. 하난은 산트와 매리언과 조안도 꼼꼼히 훑었다. 무슨 공항 검색대 통과하는 기분이었다.

-너 역시 믿음이 부족하고, 너는 너무 어리구나! 이쪽은 의심이 많도다. 좌우간 전부 이 몸의 화신으로는 쓰지 못하겠어.

그녀가 딱하다는 표정을 지었다. 그러자 사령들이 왕을 올려다보며 일제히 한곳을 가리켰다. 도대체 누구를 짚는 건가 싶었는데,

-끼이?

-끼아?

-끼응?

-아우?

*-하! 저것들은 곤란하다. 주신의 사자*使者*를 건드리면 끔찍한 최후를 맞는다는 사실을 잊었느냐? 영혼이 갈가리 조각나는 지옥에 떨어져, 영원히 환생하지 못할 것이야.*

'허어어억!'

사령 무리가 식겁하며 신수들에게서 몇 걸음 물러났다. 데미가 갸웃하며 한 발짝 다가가자, 꼬마 유령들은 울음보를 터뜨리며 하난의 뒤로 숨었다. 나는 녀석을 품에 챙기며 사과했다. 아니, 툭하면 솜방망이나 선물하는 에테르 먹보들이 그렇게 무시무시한 존재란 말이야?

-어디, 저 녀석은 어떤가 보자.

그때 하난이 불쑥 몸을 일으켰다. 그러고는 우리 뒤편으로 팔을 뻗었다…?

"으아악!"

-호오.

나는 그녀의 손에 거꾸로 잡혀 오는 이를 보고 경악했다.

"크리스텔-?!"

"왕자니임! 으하학! 간지러워요!"

"언제부터 와 계셨습니까?"

"아까, 악! 이분한테 자기소개 할 때부터요호!"

그냥 시작부터 있었잖아요. 퇴계공 사람들은 다 이러더라! 끼어들기 애매해서 계속 숨어있었던 거야?

-시끄럽다.

하난이 근엄하게 주의를 주었다. 그러고는 크리스텔을 높이 들어 코앞에 가져다 대고 이리저리 뜯어보았다. 예의 핑크빛 머리칼이 치렁치렁 흔들렸다. 주인공은 '두려움'과 '재밌음'이 아주 골고루 섞인 표정을 짓고 있었다.

천만다행히 사라진 동안 어디 다친 곳은 없는 것 같았다. 왕은 그녀가 무슨 택배 상자라도 되는 양 행동했다. 크리스텔을 흔들어 보고, 길게 노리다가, 그녀와 나를 번갈아 살피기도 했다. 또 왜 그러시는데요!

-…천 년은 명백히 긴 세월이로다. 요즘은 너의 경우가 흔한 것이냐? 짐은 오늘 처음 보았거늘.

왕이 나를 내려다보며 질문했다. 나는 멍청하게 되물었다.

"저의 경우라고 하심은,"

-이쪽 핏덩이도 안팎의 구별이 있구나. 한데 너와는 다르다고 보아야겠다. 무엇이 다르냐고 묻는다면…

'으음.'

하난이 크리스텔을 쥔 채 다른 손으로 그녀의 심장께를 콕콕 찔렀다. 크리스텔이 깔깔대며 갈치처럼 팔딱거렸다. 내려달라고 해야 하는데, 어째 본인이 즐기는 것 같기도 하고…

-신묘하도다. 오!

왕이 갑자기 눈을 크게 떴다. 제법 격한 반응에 혹시라도 폭탄 발언을 할까 조마조마했다. 우리가 다른 세상에서 온 존재 같다든지, 남의 몸을 빌려서 살고 있다든지. 용한 무당처럼 '썩 물러가라!' 할까 봐 무섭기도 했다.

그런데 별안간 그녀가 우리를 등지고 반대편을 바라보았다. 동시에 성기사 친구들이 고개를 돌렸고, 신수들도 수염을 쫑긋거렸다. 저쪽에 뭐가 있나?

"제 딸을 돌려주십시오. 부탁드립니다!"

'부탁드립니다, 드립니다, 드립니다…!'

너무나 익숙한 목소리가 울려 퍼졌다. 순간 머릿속이 하얗게 질렸다. 이거 실제 상황이야?

-흥미롭구나.

"크리스텔은 아직 어립니다. 잘못을 했다면 제가 대신 벌을 받겠습니다! 부디 너그러이 보아주십시오!"

미쳤다, 이자벨이 어떻게 여기까지 오신 거예요?!

* * *

-탁월하다.

홱! 하난이 크리스텔을 던지다시피 내려놓고("으하학!") 성큼성큼 반대쪽으로 향했다. 그녀가 이자벨을 해치지 않을 거라는 확신이 있었지만, 그렇다고 걱정과 불안이 사라지는 것은 아니었다. 나는 일단 황급히 크리스텔의 상태를 살폈다. 간지럼 공격에 당해서 온몸이 흐물흐물했으나 겉보기엔 멀쩡해 보였다.

"크리스텔. 모친께서 와 계시는데요."

"아이고, 이게 무슨 일이래…"

그녀가 데구루루 굴러 자리에서 일어났다. 건너편의 이자벨은 편한 복장에 긴 부츠를 신은 채, 자신의 다리보다 두꺼운 몽둥이를 쥐고 서있었다. 게다가 혼자였다! 멀리서도 그녀가 바들바들 떠는 게 보였다. 내가 대놓고 안절부절못하니 급기야 태자 녀석이 전방을 가로막고 섰다. 안 보인다고 괜찮아지겠니?

-훌륭한 영이야. 신앙심이 두텁고 그릇이 깨끗하여, 타의 모범이 될 만하다.

"…가, 감사합니다."

-내게 몸을 빌려주겠느냐?

"예?"

갑작스러운 제안에 이자벨의 눈이 동그래졌다. 우리로 말할 것 같으면, 그냥 동그래지는 정도가 아니었다. 눈알이 미치고 팔짝 뛰어서 동네 한 바퀴 돌고 입 밖으로 튀어나올 것만 같았다!

"말려야 하는 거 아닙니까? 이자벨은 일반인이잖아요."

"내 말이!"

"이, 이자벨 님이 폐하의 혼을 감당하실 수 있을까요?"

"만류하기에는 제법 건전한 대화가 오가고 있는 것 같은데요, 여러분. 두 분 다 성인이시고요."

요한 경이 우리를 달래듯 말했다. 나는 황급히 태자 녀석을 올려보았다.

"저편에서 뭐라고 합니까? 잘 안 들립니다."

"몸을 빌려준다고 해서 마담 랑부예의 건강이나 수명에 문제가 발생하지는 않을 거라는군."

"그랬더니요? 지금 이자벨이 대답하는데요."

"…난 전서구가 아니야."

그가 곧장 인상을 썼다. 무료 체험이 고작 1회라니 남주가 너무 짜다!

"어머니! 어쩌다 여기까지 오셨어요. 경호 인력은 어쩌시고요!"

그 순간, 크리스텔이 양손을 입가에 대고 외쳤다. 그녀는 어느새 몹시 진중한 눈빛을 하고 있었다. 그러자 두 여인이 우리 쪽을 돌아보았다. 특히 이자벨은 울음을 참는 듯한 표정이었다. 그녀가 입술을 달싹였다.

"네가 오지 않아서… 유적으로 떠난 지 닷새가 지났는데도 돌아오지 않아서! 걱정이 되어서 몰래 왔어!"

"닷새요?!"

우리가 동시에 소리쳤다. 이럴 수가, 아무래도 유적 내부는 바깥과 시간이 다르게 흐르는 듯했다. 딸꾹질을 시작한 매리언이 이번엔 크리스텔의 허리에 매달렸다. 그녀는 매리언에게 귀엣말하고서 바삐 고개를 들었다.

"그래도… 그래도 위험한데 혼자 오시면 안 돼요! 잘 아시잖아요, 무슨 생각으로!"

"그게 마지막일까 봐!"

이자벨이 눈물 섞인 목소리로 외쳤다. 크리스텔의 낯빛에 당혹이 깃들었다. 왁작하던 사령들은 순식간에 조용해졌다. 우리는 물론이고 위대한 군주인 하난까지도 두 모녀의 눈치를 보기 시작했다. 분위기가 심상치 않았다.

"네가 엄마를… 엄마를 피하고. 할아버지, 할머니를 피하는 것 같아서. 우리가 네게 무언가를 실수했을까 싶어서! 그런데 그런 기억이 마지막이면 안 되니까! 난, 나는…"

이자벨이 울부짖듯 말했다. 역시 그녀는 전부 알고 있었고, 느끼고 있었다. 딸의 언행이 이상하다는 사실을. 하난이 나를 보며 어깨를 으쓱였다. 나는 빠르게 머리를 저었다. 쪼끔만 더 기다려 주십시오, 대왕 추기경 귀신님.

"어머니, 저 피한 적 없어요!"

그런데 크리스텔은 당황한 기색이 역력했다. 응?

"괜찮아! 거짓말할 필요 없단다. 불편할 수 있는 거 알아! 할머니 할아버지가 너무 부담스럽게 대해서, 엄마가 네게 강요해서-"

"아니! 충치!"

크리스텔이 빽 소리쳤다. 탁구공처럼 움직이던 시선이 전부 그녀에게 쏠렸다. 방금 뭐라고…?

"여기가 까매요! 와서 보세요! 아아. 어흐이아 허어어 아하어!(어금니가 썩어서 아파요!)"

"…"

세상에…

"볼 건드리면 아파서 피한 거예요. 싫어서 그런 거 아니고요! 저

할머니 할아버지 엄청 좋아해요! 참고로 접때 과자 주신 것도 그래서 안 먹었어요. 분명히 어머니가 눈치채고 의원한테 보일 것 같아서요. 진짜예요!"

주인공의 치아 상태까지 알려주는 소설이 있다. 나는 침착히 태자와 시선을 마주했다. 그리고 강렬한 눈빛을 보냈다.

'너 이런 사연 알고 있었어?'

그랬더니 놈의 미간에 주름이 팼다.

'내가 왜 알아야 하지?'

대충 그런 의미였다. 까칠한 놈.

"…하지만. 하지만 네가 숙박부에 엄마 성을 쓰지 않았으니까! 나는 네가 여전히 아빠 생각을 하는 걸까 싶어서,"

"그만 인간 생각 안 해요!"

목쉬겠다! 나는 허둥지둥 크리스텔에게 수통 뚜껑을 열어 건넸다. 그녀는 꿀떡꿀떡 몇 모금을 넘기더니, 턱으로 흐르는 물을 대충 닦고 계속해서 말했다. 어째 미안한 낯이었다.

"그게! 그게… 아직 못 외웠어요!"

-무엇을 못 외웠다는 게야?

듣다 못한 하난이 끼어들었다. 크리스텔은 그녀답지 않게 입을 벙끗거렸다.

"'랑부예Rambouillet'요! 대충은 아는데 철자가 헷갈려서요. 죄송해요. 틀릴까 봐 안 썼어요!"

"…"

"…"

-…

아주 긴 침묵이 흘렀다.

'우우.'

어느 사령이 대충 울어 넘기려다 동료의 눈총을 받고 입을 다물었다. 크리스텔은 숨기던 사실을 두 개나 밝혀서 민망했는지 목덜미를 긁었다. 태자가 한숨을 내쉬었다. 이자벨은 망연히 서있다가, 천천히 고운 얼굴을 찌그러뜨렸다.

웃는 상과 울상이 물감처럼 섞여 엉망이었다. 그래도 그녀의 감정만큼은 확실히 알 수 있었다. 단 하나의 마음이 또렷하게 표면으로 떠올라서 모를 수가 없었다. 맑은 물방울이 그녀의 뺨을 가로질렀다.

"하하하…"

"흐흐흐."

여인은 행복해했다. 그래서 결국 크리스텔도 환하게 웃었다.

-하면, 계약하겠느냐? 딸을 사랑하는 자야.

한참이나 기다린 왕이 이자벨에게 물었다. 우리는 순식간에 안색을 굳혔다. 요한 경이 말리지 않는 걸 보면 그녀에게 불리한 내용은 없었던 모양이지만, 염려스럽기는 매한가지였다. 갑작스러운 힘에 충격받지 않을지. 적응을 힘겨워하지는 않을지. 약속을 무르고 싶어 하진 않을지…

"하겠습니다."

"마담."

태자가 낮게 그녀를 불렀다. 신중히 생각하라는 의미였다. 이자벨은 딸을 바라보며 결연하게 말했다.

"저는 딸아이를 살리고자 무엇이든 하겠다고 결심했어요."

"어머니."

"사람들은 제 결심이 3년쯤 됐으리라 여긴답니다. 하지만 그건 사실이 아니에요."

그녀가 하난에게 떨리는 손을 뻗었다. 왕은 무척이나 만족한 태도로 손가락을 들었다.

"처음 봤을 때부터… 여덟 살의 크리스텔을 만난 그날부터 저는 지켜주고 싶었어요."

-마음에 드는 화신이다.

-파아아아…!

천 년의 영혼에서 눈부신 섬광이 터져 나왔다. 새빨간 광휘는 이내 분홍빛으로 변했고, 다시 순백으로 밝아졌다. 쌔애애앵-! 어마어마한 바람이 묘실의 사방에서 불어닥쳤다. 나는 친구들과 한데 뭉쳐 겨우 아이와 신수들을 보호했다. 눈조차 제대로 뜰 수 없는 빛의 폭풍 속에서, 이자벨의 티 없이 맑은 함박웃음을 본 것만 같았다.

-휘우우우…!

봄풀을 닮은 그녀의 연둣빛 머리카락도.

* * *

-쌔애애액!

-싸아아아아…!

바람이 잦아들고, 순백의 빛살은 점차 희미해졌다. '하하하하하…!' 하난 루마이얀의 목소리가 묘실에 메아리쳤다. 아직 진정한 해방이 된 것도 아닌데, 자유를 만끽한 자의 행복이 고스란히 느껴지는 웃음이었다. 듣는 내 속이 다 뻥 뚫렸다.

휘이이이! 그녀의 마지막 손길이 우리의 머리칼을 헝클고 지나갔다. 나는 데미와 포옹한 채 눈을 떴다. 주위는 거짓말처럼 잠잠해져 있었다. 금은보석이 번쩍이고 높다란 천장이 불청객을 압도하는, 차움 유적의 가장 깊은 곳이었다. 국왕의 모습은 사라지고 없었다.

"아…"

우리가 이자벨의 상태를 확인하기도 전에, 눈앞에 또 다른 장관이 펼쳐지기 시작했다. 핏빛으로 흔들리던 사령들이 하나둘 천장 너머로 떠오르고 있었다. 기사와 악사, 시동과 짐꾼. 공예가, 필경사, 천문학자… 전부 하난을 따르던 사람이었다. 이곳에서 천 년간 그녀를 지켰던 왕의 친구들이었다.

-사아아아…

매리언이 손을 뻗었다. 그러자 어느 꼬마 유령이 소녀에게 인사하고는 보호자와 함께 날아올랐다.

'히히히.'

다들 미소를 띤 낯이었다. 그들의 텅 빈 눈동자에 빛이 돌아오는 듯한 착각이 들었다. 고도가 높아질수록 영혼체는 하얗게 밝아졌다. 언어와 기억, 사랑하던 존재마저 숱하게 잃은 이들이 우리를 향해 말했다.

-믿고 있겠소. 성사가 이루어지거든 다시 오리다.

-그날 우린 주신의 품으로 갈 거야!

-안녕, 안녕, 안녕…

-잘 부탁해!

우리 앞에 와서 절을 올리는 이가 있는가 하면, 실내를 몇 바퀴나 유영하다 가는 이도 있었다. 우우웅, 휘이이-! 기다란 빛 꼬리가 혜성처럼 사방을 아름답게 수놓았다.

무덤 속에서 머나먼 밤하늘을 바라보는 기분이었다. 데미가 앞발을 뻗어 죄암죄암했다. 절로 입꼬리가 올라가고, 마음이 따뜻한 감각으로 충만해졌다. 늘 무던한 요한 경조차 생각이 많아 보였다.

-아아아…

-잊지 않을게!

-고마워, 고마워, 고마워…!

"별말씀을요."

내가 조용히 대답했다. 사령, 아니 혼령들이 맑게 웃으며 하늘로 솟아올랐다.

'와아, 우린 자유야!'

누군가는 그렇게 소리쳤다. 떠들썩한 환성이 주변을 한바탕 휘젓고, 이내 새벽안개처럼 스러졌다. 그게 끝이었다.

-휘우우우…

"…"

천 년의 혼이 떠난 곳엔 몇 가닥 잔바람만이 남아있었다. 우리는 한동안 가만히 빈 곳을 보다가…

"아아."

"이자벨!"

건너편에서 비틀거리는 인형에 깜짝하고 내달렸다. 와락, 크리스텔이 이자벨을 받아안았다. 나는 서둘러 치유 서클을 전개했다. 다행히 그녀의 상태는 나쁘지 않았다. 의식이 또렷했고, 체온이 널뛰거나 피부가 창백하지도 않았다. 그저 심신이 조금 놀란 것 같았다. '진정'의 원을 통해 서둘러 에테르를 풀었다. 황태자가 낮게 말했다.

"무모했습니다."

"예, 전하…"

이자벨이 설핏 웃고서 크리스텔의 뺨을 어루만졌다. 주인공은 그녀의 손바닥에 얼굴을 묻으면서도, 걱정과 원망으로 울컥한 표정이었다.

"저한테, 저희랑 상의할 수도 있었잖아요. 이렇게 혼자 덜컥 결정하시는 게 어딨어요!"

"그러면 안 시켜줬을 거면서."

여인이 속삭였다. 그건 사실이었다. 크리스텔의 물빛 눈동자가 파르르 흔들렸다.

"이분이 누구인지, 어떤 분인지는 들었단다. 내려오는 길목까지 목소리가 쟁쟁 울렸거든."

"…"

'엄마도 우리 딸을 지켜주고 싶었어.'

그렇게 말한 이자벨이 모두에게 미소를 보냈다. 그녀의 심정이 이해되어 할 말이 없었다. 크리스텔은 몇 년이나 깨어나지 못하고 와병하던, 이자벨의 하나뿐인 딸이었다. 피 한 방울 섞이지 않았지만 그녀가 세상 누구보다 사랑하는 존재였다.

어느 날 갑자기 강해졌다고 해도, 더는 아프지 않다고 해도 어머니로서 속을 태우는 건 당연했다. 거기다 크리스텔은 최근 '친부'까지 잃었다. 어떻게 해서든 곁에 있어주고 싶었겠지.

"여기서, 그분이 말씀하시는 게 들려."

이자벨이 자신의 심장을 가리켰다.

'이 몸의 에테르가 느껴지느냐? 방금 그러셨어.'

어설프게 왕의 말투를 따라 하기도 했다. 요한 경이 웃으며 답했다.

"과연, 아주 강력한 힘이네요."

그때였다.

-쿠구구구…!

"어억!"

'끼이!'

조안이 비틀비틀하며 페리를 한껏 끌어안았다. 땅이 거세게 진동하고 있었다. 일시적인 현상이 아니었다. 우리는 아이들을 보듬으며 서로를 바라보았다. 코앞에 있는 친구의 모습조차 위아래로 번져나가는 게 어쩐지 싸했다. 설마, 내가 생각하는 그거야?

-쿠구구궁…!

"무, 무너지는 건가요?"

산트가 불길하게 중얼거렸다. 매리언은 울상이 됐다. 젠장! 그럼 그렇지. 유적 탐험하는 영화의 결말은 십중팔구 붕괴였다고!

"인디아! 인디아는요?"

"걱정 붙들어 매. 이모가 동생 있는 곳으로 데려다줄게."

크리스텔이 소녀를 달래며 말했다. 그러고는 우리를 향해 커다란 눈을 초롱초롱 빛냈다.

"제가 방 탈출엔 일가견이 있거든요."

"크리스텔?"

"단서랑 경로 전부 따 왔으니까 저만 믿으십시오."

그녀는 모친을 일으켜 세우더니, 걸을 수 있겠느냐고 물었다. 이자벨은 뛸 수도 있다고 대답했다. 크리스텔이 즉시 제단 쪽을 가리켰다.

"그럼 다 같이 저기로 달릴게요!"

"네!"

"으아아아!"

-쿠구과강! 콰과과…!

우리는 금화 언덕을 마구 내달렸다. 미끄러운 데다 숨은 보물이 많아 넘어지기 쉬웠지만, 요한 경이 모두를 도와주었다. 바람이 등을 밀어주고 몸을 세워줘서 움직임이 엄청 빨랐다.

천장에선 벌써 자갈과 흙먼지가 떨어지고 있었다. 콰르르르! 멀리서 암석이 부서지는 무시무시한 소리도 들렸다. 모세혈관까지 소름이 돋는 느낌이었다. 까딱 잘못하면 여기에 단체로 생매장당한다!

-쿠구구구!

"선생님!"

크리스텔이 다급히 스승을 불렀다. 어느새 우리는 네 명의 천사 조각상 근처였다. 요한 경이 앞으로 걸어 나오자, 그녀는 곧장 천장을 가리켰다.

"저기, 다이아몬드같이 투명한 보석 박혀있는 거 보이세요? 쪼끄만데 그림 아니고 진짜 장식."

"네. 보이네요."

"저걸 문손잡이처럼 돌려주세요! 방향은 모르겠고, 오래됐으니 힘을 좀 쓰셔야 할 수도 있습니다. 그게 안 통하면 마도구 다루듯이 꾹 눌러주세요. 절대로 부수시면 안 됩니다."

파앗-! 하얀 머리카락과 실바람이 한데 휘몰아치며 천장으로 솟구쳤다. 뒤따르는 설명이 없었지만 요한 경은 더 묻지 않았다. 추기경이 제자의 요청을 수행하는 동안, 크리스텔은 일행을 돌아보았다. 우리가 어지간히 멍청한 낯을 하고 있었는지 그녀는 어깨를 으쓱이며 웃었다.

"저기 제단 우측에 있는 천사상 보이시죠? 대검을 든 남자요. 잘 보면 넷 중에 재가 가장 큽니다."

"네."

"근데 거기서 '그렇구나' 하고 말면 못 빠져나가요. 이런 방은 머리를 굴려야 하거든요. 다시 볼게요. 재가 제일 크고, 그다음으로 큰 녀석이 맞은편에 있는 천사예요. 사파이어 목걸이를 착용했어요. 덩치 차이가 두드러지죠?"

"아, 그러네요."

내가 멍하니 답했다. 반면 크리스텔은 따발총처럼 말을 쏘아댔다. 혀 한 번 깨물지 않고 말하는 모습이 대단해 보였다. 쿠르르르! 와중에도 지진은 끊이지 않았다.

"세 번째로 큰 건 저기 서있는 천사예요! 금 무더기를 내려다보고 있죠. 끝으로 가장 작은 천사는 금화에 파묻힌 이분입니다. 하늘로 에메랄드 화살을 겨누고 있네요."

우리의 입이 느릿느릿 벌어졌다(세드리크 태자 제외). 그녀는 생긋하며 고개를 주억였다.

"네, 슬슬 감이 오시죠? 덩치 순서가 곧 단서예요. 되게 친절해요. 심지어 천사들의 시선과 보석이 놓인 방향까지 실마리에 포함됩니다. 가장 큰 천사의 대검에 루비가 박혀있는데, 그게 맞은편 사파이어 천사를 향하고 있거든요. 근데 저분은 몸을 틀고 서있어요. 그래서 정면이 아니라 저기 구석의 보라색 석영 박힌 천사를 보고 있죠. 석영 천사는? 바닥, 즉 여기 묻혀서 누워있는 에메랄드 천사를 구경 중이네요. 그렇다면 마지막 천사가 화살로 가리키는 건? 천장의 저 다이아몬드예요. 벽화하고 헷갈리게 배치해서, 알고 찾는 게 아니면 보이지도 않습니다. 저게 우리가 여길 탈출할 방법이에요."

"주신 맙소사!"

"와…"

"세상에."

감탄이 절로 나왔다. 매리언이 존경의 눈길로 크리스텔을 올려다보았다. 조안과 산트는 홀린 듯 손뼉만 쳤다. 손에 땀을 쥘 만치 상황이 긴박한데 '미쳤다'라는 생각밖에 들지 않았다. 도대체 방 탈출 카페를 얼마나 다닌 거예요?

-쿠르르릉!

"상냥한 정답지도 있습니다! 여기, 원숭이 금상이 천사들을 소개하듯 가장 앞쪽에 나와있죠? 잘 보시면 눈이 다이아입니다. 처음부터 같은 단추를 찾으라고 알려준 거예요."

"아니…"

-콰아아앙!

'흐어어억!', '와아악!'

산트와 조안이 대경실색했다. 동시에 천장 한편이 뻥 뚫리고, 위에서 까만 흙무더기가 폭포처럼 쏟아졌다. 이자벨은 침착하게 두 사람을 달랬지만 차분해지기 힘든 상황이었다. 미친, 저거 흙이 아니라 뱀이잖아! 꼬리 흔들면서 이쪽으로 오잖아!

-쉿쉿, 쉿쉿!

-쌔르르르…!

"그렇게 먹고도 굶주렸나?"

태자가 나직이 읊조리며 선두에 섰다. 스릉! 시커먼 검신이 울었다. 혜검의 날끝에 화르르 새빨간 불이 붙었다. 잠깐, '그렇게 먹고도?'

"혹시 아까 열었던 함정의 독사들입니까?"

내가 속삭이듯 물었다. 그는 턱을 까닥였다.

"그래. 피 냄새가 나는군."

"거기 이미 먹이가 있었습니까?"

"우리보다 앞선 불청객들."

-딱!

순식간에 장갑을 벗은 그가 손가락을 튕겼다. 화르르륵! 남자의 손끝에 불꽃이 일자 뱀들이 턱을 쩍 벌리며 '하악!' 했다. 겁을 먹었는지 더는 가까이 오지 못했지만, 그것도 임시방편이었다. 금 동산 저편이 까만 뱀 떼로 물들고 있었다.

저렇게 숫자가 많으면 단순히 위협만으로 쫓아내지는 못할 것이다. 삼각형 머리와 낙엽처럼 어두운 몸통이 '나 맹독 있소' 하고 시위라도 하는 듯싶었다. 어떻게 지하에서 천장으로 길이 통할 수가 있냐? 아니, 중요한 건 이게 아니지! 고고학자로 위장한 도굴꾼들이 뱀 방에서 전부 죽었다면, 그럼 인디아는-

-키기기긱…

-쿠구구…

그때, 뒤에서 묵직한 것이 움직였다. 우리는 화들짝 고개를 돌렸다. 눈앞에서 몹시 놀라운 장면이 펼쳐지고 있었다. 크리스텔은 더욱 기세등등해졌다.

"제단이…!"

-쿠구구구구!

제단의 상판이 열리는 것도 아니고, 장식물이 돌아가는 것도 아니었다. 무려 제단 자체가 시곗바늘처럼 빙그르 움직이고 있었다. 누가 봐도 저게 묘실을 나가는 비밀 문이었다! 어느새 과제를 마친 요한 경이 사뿐히 내 곁에 착지했다. 이쑤시개 하나를 부러뜨려도 저것보단 힘쓴 표정일 것 같았다.

-쿠웅…!

"고맙습니다. 가자, 매리언!"

크리스텔이 아이의 등을 밀어주며 외쳤다. 소녀는 날듯이 제단을 향해 뛰어갔다. 우리도 지체 없이 우르르 달렸다. 요한 경이 후방을 호위해 주었다. 그 순간, 제단 아래 공간에서 작은 머리가 뿅 튀어나왔다!

"어? 언니!"

"인디아-!"

매리언이 비명처럼 동생의 이름을 불렀다. 열 살 꼬마의 눈이 휘둥그레 커졌다. 아이는 겉으로 보기에 긁힌 곳 하나 없었다. 황망한 와중에 함박웃음이 걸렸다. 기적이었다.

"언니! 진짜 빨리 왔네!"

"바보야! 왜 모르는 사람 따라가! 너 진짜 멍청이야!"

"미안해. 사기꾼인지 몰랐어!"

"아니야! 그 사람들 잘못이야! 그래도 넌 멍텅구리야-!"

매리언이 동생을 부둥켜안고 엉엉 울었다. 언니와 쌍둥이처럼 닮은 까까머리 인디아는 까르르 웃기만 했다. 아이들이 재회의 기쁨을 만끽하게 해주고 싶지만, 미안하게도 시간이 없었다.

영차! 나는 빠르게 사과하고서 인디아를 안아 들었다. 매리언은 태자가 맡았다. 슬쩍 뒤를 보니, 요한 경이 반투명한 검으로 뱀의 대가리를 자르고 있었다. 삭! 사삭! 으악!

"안녕! 아까 밖에서 뚜껑 두드렸던 이모야. 거기 나가는 길 있니?"

"네, 있어요. 제가 계속 여기 숨어있었어요!"

크리스텔이 묻자, 인디아가 씩씩하게 아래를 가리켰다. 조안이 흥분한 신수들을 밑으로 집어넣고 산트의 등을 떠밀었다. 나는 요한 경의 활약을 구경하다가(진짜 몇 초밖에 안 봤는데) 태자 놈에게 덜미를 잡혀 끌려갔다. 숨 막힌다고!

"잠시만요!"

그런데 이자벨이 갑자기 금 동산 쪽으로 달음박질했다. 우리는 기겁하며 그녀를 돌아보았다. 제단과는 반대 방향인 데다 천장이 무너지고 있고, 뱀까지 우글거려 너무 위험했다!

-쩌저저적…!

"이자벨!"

"이걸 챙기라고 하셔서요!"

그녀가 황급히 보물 더미의 물건을 주우며 말했다. 하난이 잠들어 있던 새하얀 채찍이었다. 확실히 저건 두고 가면 안 될 것 같았다. 그만한 추기경의 무기였다면 지금쯤 성유물의 능력을 지니게 되었을-

-콰아아앙!

"으아악!"

천장에서 벼락 치는 소리가 났다. 산트는 이제 기절하기 직전이었고, 사건은 그야말로 눈 깜짝할 사이에 벌어졌다. 나는 믿고 싶지 않은 광경에 경악했다. 사람이 지나치게 놀라면 두 다리가 굳어 움직이질 않는다는 사실을, 태어나 처음 알았다. 이자벨의 머리 위로 거대한 벽화 조각이 추락하고 있었다.

-우르르르…!

"어머니!"

크리스텔이 목이 터져라 부르짖었다. 그녀는 티테를 안은 데다 이미 제단 밑으로 반이나 내려간 후였다. 요한 경은 밀려오는 독뱀을 상대하느라 평소만큼 빠르게 반응하지 못했다. 매리언을 안고 있던 태자 역시 반 박자 늦었다. 척추를 따라 끔찍한 소름이 내달렸다. 안 돼, 안 돼, 안 돼-!

-콰지지직!

"…"

"헉, 윽…"

참혹한 소음이 고막을 찔렀다. 품 안의 인디아가 내 어깨를 살살 흔들었다. 나는 질끈 감았던 눈을 천천히 떴다. 그리고 다른 의미로 식겁했다.

-콰지직, 후드득…!

"어머나."

이자벨의 손에서 피어난 굵고 칙칙한 넝쿨이, 위풍당당하게 석벽을 쥐고 서있었다. 그녀의 머리 위로는 가냘픈 부스러기가 떨어지고 있을 뿐이었다. 그야말로 섬광 같은 반응 속도였다.

이자벨 본인도 무척 놀랐는지, 자신의 심장을 한 번 내려보았다가 돌덩이를 올려다보길 반복했다. 경이는 거기서 멈추지 않았다. 그녀가 가볍게 팔을 움직이자,

-휘이익!

-콰아아앙-!

두 뼘 두께의 석판이 뱀 무리 위로 떨어졌다!

-쉿쉿쉿! 쉿쉿…!

-사르르르!

용케 깔리지 않은 소수의 독사가, 미친 듯이 곡선을 그리며 묘실 구석으로 달아나기 시작했다. 이자벨이 '미안해. 아프게 해서 미안' 하고 난감한 얼굴을 했다. 우리는 거친 생각과 불안한 눈빛으로 그녀를 지켜보았다. 레서판다들이 조그만 혀를 꺼낸 채 '끼이…' 했다. 순간 우리가 무엇을 하던 중이었는지 기억이 안 났다.

-쿠르르릉!

어디선가 하난의 웃음소리가 다시 들리는 것 같았다. 대지 속성 추기경은 굉장하구나…

* * *

아차, 이럴 때가 아니지!

-콰가가강…!

"이자벨, 서두르십시오!"

내가 외쳤다. 그녀는 냉큼 덩굴을 던지고 우리에게 달려왔다. 제단 아래로 내려가기 전 마지막으로 본 건, 순식간에 썩어 들어가는 넝쿨 줄기였다. 그건 레서판다 삼총사들이 피워내는 식물과는 분명 달랐다. 처음부터 칙칙하고 어두운 빛깔이었고, 사라질 때는-

-치이이익…!

"세상에."

퀴퀴한 연기와 검보라색 액체를 뿜으며 근처의 보물까지 녹이고 있었다. 나는 놀라서 눈을 끔뻑였다. 누구도 설명해 주지 않았지만 그냥 알 수 있었다. 저건 일반적인 대지 속성의 힘이 아니었다.

"꾸물거리지 마."

"알았어요!"

황태자 놈이 나를 거칠게 잡아끌었다. 조금만 더 해찰했다간 들어올 때처럼 짐짝 취급을 당할 것 같았다. 나는 쌀 포대, 인디아는 핸드백 정도가 되겠지. 허둥지둥 녀석의 손을 피해 아래로 기어들었다. 이내 서늘한 공기와 꿉꿉한 냄새가 우리를 반겼다. 금빛이라곤 없는 지하의 어둠이었다.

-쿠구구궁…!

"흐아아! 바닥 조심하십시오, 여러분. 이끼가 있어서 미끄럽네요."

산트는 나갈 때가 다 돼서야 적응한 눈치였다. 귓등 너머로 묘실 무너지는 소리가 선연했다. 상황에 맞지 않게 감상적인 기분이 들었다. 하난 루마이안과 유령들이 떠난 공간은, 드디어 영원히 잊힐 준비를 하고 있었다. 오래된 금은보화와 아름다운 옷감 역시 망각의 일부가 될 터였다. 이번에야말로 누구도 침입할 수 없는 곳에서.

* * *

-뚜벅, 뚜벅, 뚜벅

-또박, 또박, 또박…

우리는 부지런히 '걸었다.' 뛰다 넘어질 수도 있고, 그랬다가 또 어디를 잘못 건드릴지 모르니 차분히 경보로 이동하는 편을 택한 것이다. 우르릉, 콰광! 멀리서 천둥소리 같은 게 들렸다. 정확히는 유적이 붕괴하는 소음이었다.

땅이 앞뒤 좌우로 흔들릴 때마다 덜컥 겁이 났지만, 나는 동요하지 않고자 기를 썼다. 나가는 통로 또한 어두컴컴하고 비좁았다. 세드리크 태자가 곳곳에 불을 밝힌 채 선두에서 길을 잡고 있었다.

"닷새요? 저 여기 들어온 지 몇 시간밖에 안 됐는데요?"

이건 진짜 아무리 생각해도 놀랍다.

"우리도 그래, 인디아. 그런데 저기 이자벨 씨 말씀으로는 바깥에서 시간이 많이 흘렀대. 배 안 고파?"

"네. 아까 숨어서 간식 먹고 물도 마셨어요. 잠도 잠깐 잤어요."

"기특하네. 매리언 동생답다."

내가 환하게 웃으며 말했다. 품에 안긴 인디아는 해죽해죽하고서 우리를 돌아보았다. 아까 간단한 자기소개를 나누긴 했는데, 여전히 신기하다는 표정이었다. 꼬마는 빨빨거리는 레서판다들까지 꼼꼼히 구경하고서 다시 영웅담을 재잘거리기 시작했다.

들어둬서 나쁠 건 없는 데다, 나도 내심 궁금했기에 열심히 귀를 기울였다. 왕방울만 한 눈동자가 반짝반짝 빛났다. 크리스텔에게 안긴 매리언은 입을 비죽이며 동생을 돌아보곤 했다. 펑펑 운 눈두덩이 여태 빨갰다.

"스코티 할아버지는 유적을 존경해야 한다고 하셨어요. 옛날 사람들이 귀하게 만든 거니까 우리도 소중하게 지키는 게 옳다고요. 사령들이 나타나는 건 우리가 공손하지 않아서라고 했어요. 근데 그 사람들은 예의가 없었어요! 계속 저한테 더 빠른 길은 없냐고, 보물은 어디 있느냐고 물었어요. 제 등을 밀치고 소리도 질렀어요. 그냥 벽을 부수면 안 되냐면서요!"

말투도 언니랑 비슷하다. 화가 나서 펄펄 뛰는 모습은 많이 달랐지만, 아무튼 귀여운 자매였다. 나는 가쁜 숨을 내쉬며 걸음을 빨리했다. 아이가 불안해할까 봐 미소도 지우지 않았다.

"인디아가 화날 만했네. 고고학자가 아니라 강도단이었구나."

"네에. 진짜 못됐어요. 그러다가 제가 제단으로 통하는 길을 찾았는데, 저부터 들어가 보라고 했어요."

위험해 보이니까 애부터 밀어 넣을 생각을 했다는 거군. 그야말로 최악이다.

"그래서 어떻게 했어?"

"그러면 저는 이쪽을 볼 테니까 선생님들은 저쪽으로 가보라고 했어요. 그리 가는 길에 벽화가 그려져 있었거든요."

"설마 뱀하고 보물 그림?"

조안이 뒤에서 불쑥 물었다. 인디아가 끄덕끄덕했다. 우리는 왁자글 웃음을 터뜨렸다. 친절한 조상님들이 뱀을 충분히 예고해 주었는데, 놈들은 보물만 보고 눈이 돌아간 거다. 인디아에겐 '꼼짝 말고 이쪽만 확인해'라고 했단다. 아이가 쫓아와서 지분을 요구할까 봐 경계한 모양이었다. 생각할수록 기가 찬다.

"앞으로는 그런 일 없을 거야. 저기 까만 아저씨랑 우리가 교황청에 가서, 이곳을 확실히 보호해 달라고 할게."

내가 앞장선 태자를 턱짓했다. 인디아의 눈이 똥그래졌다.

"그럼 이제 역사 공부 못 해요, 전하?"

"글쎄. 누군가는 유적을 살펴야겠지? 지키는 것도 제대로 알아야 할 수 있거든."

"제가 할래요! 저요!"

아이가 손을 번쩍 들었다. 조그만 몸통이 기대감으로 흔들흔들했다. 매리언이 '전하를 힘들게 하지 마!' 하고 타박했지만 별 소용이 없었다. 나는 조금 다른 제안을 했다.

"으쌰. 이러면 어떨까? 인디아는 아직 어리니까, 사적 연구할 고고학자 선생님이 오시면 그분한테 조금씩 배우는 거야. 같이 책도 읽고, 근처 나와서 실습도 하고. 6년 후에는 성인이 되니까 더 어려운 것도 가르쳐 주시겠는데?"

"…진짜요? 그래도 돼요?"

"그럼. 매리언한테도 신학 선생님을 보내달라고 할게. 마을 친구들하고 같이 수업 들으면 더 재밌겠다."

"좋아요. 너무 좋아요!"

아이는 낯도 가리지 않고 내 목덜미를 와락 껴안았다. 내내 얌전히 있던 매리언이 입을 떡 벌렸다. 소녀는 믿을 수 없다는 표정으로 크리스텔을 돌아보았다.

그녀가 밝게 웃으며 고개를 끄덕였다. 우리야 뭐든 쉽게 약속해 줄 수 있었다. 우리에겐 퇴계공 궁극의 필살기, '제국 최고의 상속남'이 있으니까. 본인은 아직 모르는 눈친데 까짓것 설득해 볼게!

"대신 아저씨랑 약속하자."

"뭔데요?"

"앞으로는, 너무 이른 시간이나 늦은 시간에 마을 밖으로 나가지 않기. 나가야 한다면 가까운 어른과 함께하기. 떠나기 전에 꼭 스코티 할아버지나 모니카 얼굴 보고 얘기하기. 쪽지만 남기는 건 안 돼."

"…네. 잘못했어요."

'다들 오시게 해서 죄송해요.'

밤톨 같은 까까머리가 푹 떨어졌다. 목소리도 작아지고, 언니 기색을 할끔할끔 살피는 게 영락없는 동생이었다. 꼭 어릴 때 정은서를 보는 것 같아 실소가 나왔다. 녀석은 눈치가 빠르고 영리해서, 형이나 내게 혼날 일이 있으면 늘 이렇게 냉큼 자수하곤 했다. 나는 인디아에게 괜찮다고 말했다. 아이니까.

"사과해 줘서 고마워. 다음부터는 한 번 더 생각해 줄 거지?"

"약속할게요."

"좋았어. 믿음직하다."

꼬마와 내가 마주 미소하고 있는데,

-쿵!

"어억!"

"악!"

태자 놈의 등짝에 머리를 박았다! 전속력으로 걷던 터라 진짜 충격이 컸다. 눈물이 핑 돌고 코가 떨어질 듯 얼얼했다. 크리스텔은 이마를 마구 문지르며 오만상을 쓰고 있었다. 뒤따르던 이자벨이 깜짝 놀라 딸을 챙겼다. 나는 원망스레 사내를 올려다보았다. 왜 갑자기 멈추는데!

"길이라도 막혔습니까? 인디아, 아저씨 코피 나?"

"아뇨. 근데 아파 보여요."

실제로 아파. 나는 묵묵한 태자 놈을 들볶는 대신 까치발로 전방을 살폈다. 아무것도 없었다. 내가 알아차리지 못한 게 있나 싶어 한참을 노려봤지만, 정말로 평범했다. 크리스텔이 진지하게 인상을 찌푸렸다.

"…느껴지는 게 없는데요?"

"왜 그러는데? 똑같은 길 맴도는 것도 아냐! 내가 아까부터 머릿수건 잘라서 한 조각씩 흘리고 있었거든. 계속 새로운 데로 가는 중이야!"

조안이 뒤에서 고함치듯 말했다. 그럴 수밖에 없는 게, 은은한 지진이 이어지고 있었다. 우리가 지나온 길목에선 끊임없이 쿠구궁, 워그르르! 하는 소리가 났다. 한시가 급한 상황이었다.

"…발밑."

"예?"

태자가 고요히 말했다. 심상치 않은 태도에 나는 인디아를 내려놓고 몸을 굽혔다. 혹시 몰라 레서판다들도 이자벨 곁으로 보냈다. 그리고 녀석의 발치를 신중히 살폈다. 익숙한 주황색 불꽃이 곁을 맴돌며 빛을 주었다. 그러다 '그것'을 발견했다.

"…제길."

나는 조용히 욕설을 뱉었다. 태자가 밟고 있는 타일이 1센티 정도 밑으로 꺼져있었다. 녀석도, 나도 본능적으로 알았다. 이건 원래 이런 모양이 아니었다. 그가 발로 누르자 바닥이 버튼처럼 내려간 것이다.

나는 고개를 들어 태자와 시선을 마주했다. 방심하지 않길 천만다행이었다. 만약 우리가 빨리 나가겠다고 무작정 달렸다면 어떻게 됐을까. 이곳은 돌벽이 튀어나오고 독사가 우글거리던 '사령의 무덤'이었다.

"지, 지, 지뢰인가요?"

산트가 밀가루처럼 새하얗게 질렸다. 나는 침착히 머리를 저었다.

"군주의 무덤입니다. 폭발물을 심으면 왕의 유해도 위험해지니 그런 쪽 함정은 아닐 겁니다. 아마 발을 떼는 순간 어디서 뭐가 날아오겠지 싶은데요."

"독침 같은 거겠네요. 독을 공기 중에 풀 수도 있고요."

크리스텔이 차분하게 말했다. 조안은 이자벨을 돌아보았다.

"랑부예 씨, 안에 든 분은 여기서 뭐가 나오는지 아시는 바 없대?"

"방금 여쭤봤는데… '이 몸이 죽고 나서 만든 것을 어찌 알겠느냐? 유감이군' 하시네요. 죄송합니다."

…맞는 말이었다. 나는 숨을 고르며 요한 경을 찾았다. 부를 필요도 없이 그가 이미 나를 보고 있었다.

"괜찮으시겠습니까?"

"괜찮게 만들게요."

그가 싱긋하며 답했다. 우리는 고개를 주억이고서 신속히 움직였다. 신수와 아이들을 최대한 뒤로 물리고, 담요로 감싼 뒤 끌어안아 보호했다. 바닥에 달라붙듯 자세를 낮추기도 했다. 사람이 조금도 움직이지 않는 건 보통 일이 아닌데, 태자는 여전히 조각처럼 서있었다. 식은땀 한 방울도 흘리지 않았다. 새삼 대단한 녀석이었다.

"요한 경, 준비되셨으면 태자님에게 신호 주십시오."

"네. 전하, 언제든 발을 떼셔도 괜찮아요. 머리는 숙이시는 게 좋겠네요."

문장이 끝나자마자 검은 사내가 움직였다. 탁! 그가 발을 옮기자마자,

-핑, 핑, 핑!

-쌔애애액-!

천장에서 뭔가가 찌릿한 빛을 내며 쏘아져 나왔다!

-착!

"우와…!"

저게 가능하냐! 우리는 멍하니 감탄했다. 날카로운 날붙이가 전부 허공에 정지했고, 그중 하나는 태자의 왼손에 잡혔다. 정확히는 검지와 중지 사이에 바들바들하며 끼어있었다. 녀석은 무기가 날아온 방향을 확인하지도 않았다. 야, 무슨 무협 영화 보는 거 같다!

"금속이군."

"잘됐네요, 전하."

챙그랑, 챙그랑! 요한 경이 손짓 몇 번으로 날붙이를 치우며 말했다. 땅에 떨어진 금속은 종이처럼 흐느적거렸는데, 독에 담갔다 뺐는지 색이 컴컴하고 얼룩덜룩했다. 보아하니 벽 틈에서 튀어나오는 모양이었다. 나는 그걸 빤히 노려보고, 다시 눈을 들었다. 그렇다면 이건 의외로 쉽다.

"크리스텔."

"네, 왕자님."

-콰과가강-!

흠칫! 우리는 깜짝 놀란 아이들을 한껏 보듬었다. 드디어, 우리가 눈으로 볼 수 있는 곳까지 붕괴가 진행되고 있었다. 천장이 무너진 것이 끽해야 100미터 근처였다.

티테와 레아는 무서울 텐데도 울지 않고, 어린 자매 앞에서 의젓하게 버텼다. 이제는 뛰어서 나가야 했다. 함정은 여기서 끝이 아니겠지만, 돌다리를 하나하나 두드려 볼 시간이 없었다. 그러니-

"우리 앞에 있는 타일, 얼음 조각으로 전부 때리는 거 가능하겠습니까?"

'쭉쭉 달리면서 확인하고 싶은데요.'

내가 주인공을 똑바로 보며 말했다. 그녀의 시뮬레이션은 길지 않았다.

"맡겨주세요."

-쩌저저적!

-쩌적, 쩌저적-!

크리스텔이 벌떡 일어남과 동시에, 허공에 동그랗고 단단한 얼음 구체가 맺혔다. 태자와 요한 경도 채비를 마쳤다. 쿠구구궁! 와르르르…! 갈수록 진폭이 커져서 골이 아플 지경이었다. 우리는 비장하게 시선을 교환했다. 그리고 내가 외쳤다.

"지금이에요!"

-휘이익! 콰앙!

-쌔애액, 쌔애액, 쌔액-!

크리스텔이 얼음을 바닥으로 메다꽂았고, 사방에서 공격이 날아들었다. 우리는 이를 악문 채 앞만 보고 달음박질쳤다. 챙강! 챙강! 쾌애액! 앞뒤의 성기사들이 미친 활약을 펼쳤다. 날고, 회전하고, 벽을 밟으며 뛰어올라 공격을 막아냈다. 와중에 드디어 용기를 끌어 올린 산트가 나를 앞질러 폭주하기 시작했다. 괴성은 덤이었다.

"으아아아! 난 겁쟁이가 아니다! 평범해도 잘 산다! 뜨하아아…!"

-끼이이이!

와, 정신이 하나도 없다. 진짜 엑소더스다, 엑소더스!

* * *

-히히힝

-쿠구구구…

땅울림은 몇십 분째 이어지고 있었다. 어두컴컴한 사막의 새벽이 오늘따라 어수선했다. 리에스테르 최고의 카라반인 랑부예 자작 내외가, 숙소를 내팽개치고 막사에서 노숙을 택한 까닭이었다. 두 사람은 댓바람부터 옷을 입고 나와 바깥을 서성이고 있었다.

그도 그럴 것이 오늘로 엿새째였다. 실종된 소녀를 찾고자, 태자와 왕자와 손주가 친구들과 더불어 길을 나선 것이. 거기에 어제부터는 두 사람의 딸까지 추가되었다. 클레망 랑부예 자작이 근심스레 선언했다.

"여보, 아무래도 폐하께 서신을 보내야겠어요. 제국군이 들어오진 못하겠지만 상황은 알려야지요."

"조금만 더 기다려 봐요. 강하신 분들이에요. 우리 올리도, 이자벨도 그렇고."

"하지만…"

"괜찮을 거래도요."

마리즈가 말에게 빗질해 주며 그를 말렸다. 손주 일행이 입구에 묶어둔 말은 모두 건강하고 무사했다. 크리스텔이 물그릇을 두고 간 덕분이었다. 남편은 결단력이 좋은 상인 귀족이지만, 아주 결정적인 순간엔 그녀의 도움이 필요했다. 큰 투자를 확정하거나, 사업 확장을 이야기하거나, 바로 지금처럼 무언가를 깊이 걱정할 때 말이다.

"다들 강녕하실 거예요. 특히 태자 전하께선 무위가 대단하시잖아요. 헤인스 경이 동행했고요."

"아니면 교황청은 어때요? 그쪽은 곧장 추기경을 보내줄 거예요."

"그러다 신국 측 인사가 오기라도 하면 어색해지겠지요. 괜히 정보만 주게 될 거예요. 알 만큼 아는 양반이 왜 이러실까."

'끄응.'

클레망이 뒷짐을 지고 신음했다. 부인은 킥킥거리며 남편을 달랬다.

"나도 잠을 설쳤다니까요. 그래도 오늘 하루만 더 지켜봅시다. 혹시 알아요? 당장이라도 우리 손주가,"

-콰아아아앙!

-쏴아아아…!

땅에서 거대한 폭포가 솟구쳤다!

'주신 맙소사!', '마리즈!'

노부부가 서로를 부둥킨 채 나뒹굴었다. 호위로 동행한 기사들이 기겁하며 막사 곳곳에서 뛰쳐나왔다. 사방으로 튀는 물에 흠뻑 젖은 이도 부지기수였다. 이내 모두의 시선이 동녘 하늘로 쏠렸다. 눈부신 오렌지색 여명을 받으며, 푸른 물기둥 위에 앉아 웃고 있는…

"살았다하아아!"

"할머니! 할아버지! 저희 왔어요-!"

"오, 주신이시여!"

그들의 분홍 타마가 보였다.

4. 운명의 발견

우리가 무너지는 유적에서 빠져나온 건, 바깥 시간으로 무려 엿새가 지나서였다. 우리한텐 겨우 한나절의 미친 경험이었는데 말이다!

'-핑! 핑! 핑! 핑!'

'흐와아! 빠르다! 하지만 내가 더 빠르다!'

'산트! 정신 차리셔야 합니다-!'

'왕자님, 저 지금 어느 때보다 제정신입니다아!'

'-아우우!'

날아오는 불화살, 바닥에서 치솟는 가시. 조금만 건드려도 발밑에 구멍이 뚫리는 철실 덫! 그야말로 유적 탐험의 클리셰란 클리셰는 다 모아놓은 고분이었다.

우리는 고슴도치가 될 각오를 했다가 순식간에 하늘다람쥐로 변했고, 다음 순간엔 경주마처럼 미친 듯이 질주했다. 이따금 신수와 아이들이 흥분해서 소리를 질렀다. 막판엔 무덤 주인인 하난이 한마디 했을 정도였다.

'아무리 짐을 경애해서라지만 이건 조금 과하군.'

'예!?'

'왕께서 그리 말씀하셔서요!'

이자벨이 난감한 얼굴로 외쳤다. 당신도 그만큼 놀라셨다는 거지!

'-콰아아아앙!'

'-쏴아아아!'

'살았다하아아!'

'할머니! 할아버지! 저희 왔어요!'

…결말은 물에 빠진 생쥐 꼴이었다. 도대체 그게 어떻게 가능했는지 아직도 모르겠으나, 좌우간 우리는 생존했다.

'아이고, 내 새끼!'

'완전 죽을 뻔했어요!'

'어서 오십시오! 고생 많았다, 우리 딸. 세상에!'

'이보게, 모니카와 스코티를 불러오게! 어서!'

우리를 반갑게 맞아준 것은, 랑부예 자작 부부와 사막의 새벽 공기였다. 돌이켜 보면 주인공 둘에 추기경까지 있는 조합이 생매장될 리 없었다. 하지만 당시엔 그런 논리적인 판단이 불가능했다. 그냥, 까딱하면 죽겠구나 하는 생각이 머릿속을 가득 채우고 있었을 뿐이었다.

노부부의 자애로운 얼굴을 보니 비로소 안심이 됐다. 우리는 줄지어 서서 두 분의 진한 포옹을 받았다. 이번만큼은 황태자도 빠져나갈 수 없었다. 그리하여 현재. 석양이 지는 시각이었다.

"동생을 구해주셔서 감사합니다! 평생 잊지 않겠습니다."

매리언이 우리를 향해 어른스럽게 인사했다. 아이들을 챙겨 나온 숙박소 지배인 모니카도 절을 올렸다. 뒤쪽에선 차움 카라반사라이의 직원과 마을 주민들이 우르르 예를 차렸다.

크리스텔과 나는 사랑스러운 자매와 악수했다. 일행은 깨끗이 씻고, 배불리 식사하고, 몇 시간 휴식한 뒤 바리바리 짐을 챙겨 숙소를 나온 참이었다. 모니카와 자작 부부가 며칠 쉬었다 가시라며 만류했지만…

"이모도 못 잊을 거야. 너희 진짜 똑똑하고 용감하더라."

"에헤헤."

"흐흐흐."

우리 때문에 이미 카라반 일정이 많이 늦어졌다. 게다가 엘리서 왕세녀와 로날트 뤼퍼르트 총대리를 오래 기다리게 할 순 없는 노릇이었다. 비록 유령과 뮤지컬과 방 탈출이 섞인 엄청난 체험을 했지만, 우리 의무엔 변함이 없었다. 만나야 할 사람과 정치적인 목적이 뚜렷한 여정이었다. 어차피 또 다른 숙박소에 묵게 될 테니 가면서 눈을 붙여도 됐다.

"건강하게 잘 있어, 매리언. 인디아. 또 보자."

"또요?"

잔뜩 상기된 인디아가 눈을 빛냈다. 언니 매리언이 뾰족하게 흘겼지만 전혀 타격 없는 얼굴이었다. 나는 볼웃음을 지었다. 은서가 쌍둥이로 태어났다면 딱 이랬을 것 같았다. 레서판다들은 자매의 곁을 빙빙 돌며 앙증맞은 화초를 피워주었다. 아이들이 제법 마음에 들었나 보다.

"그래. 돌아가는 길에 들를게. 그때까지 스코티 할아버지 속 썩이면 안 되고, 모니카 말 잘 들어야 해."

"꼬마들, 이거 챙겨. 언니가 서명한 그림이야."

"우와!"

"우와-!"

내가 두 아이와 새끼손가락을 걸고 있는데, 조안이 대뜸 도화지 몇 장을 내밀었다. 목탄으로 슥슥 그린 매리언 자매의 초상이었다. 모니카와 스코티 할아버지의 모습도 있었다. 우리는 놀라서 그녀를 돌아보았다. 조안이 섬세한 거야 익히 알았지만, 그렇게 낮잠을 잤으면서 언제 이런 걸 그렸는지 신통방통했다.

"줄 게 없어서. 비상금으로 써."

"저걸 어떻게 팔겠습니까, 남작님! 저라면 평생 가보로 간직할 겁니다."

산트가 호들갑을 떨자 사람들이 왁자그르르 웃었다. 자매는 어쩔 줄 몰라 하며 조안에게 감사를 표했다. 역시 천재 화가는 선물도 남달랐다. 애들한테 부동산으로 교환 가능한 재화를 주네.

"그러면 이만 가보겠네. 교황청에는 우리가 직접 이야기할 테니 너무 걱정 말게."

클레망 랑부예 자작이 모니카에게 말했다. 마리즈 부인은 '병사들 눈치 보지 말고 편히 지내' 하며 그녀의 손을 잡아주었다. 모니카는 울컥한 것 같았다.

"진심으로 감사합니다. 모든 분께… 저희 차움 마을과 카라반사라이가 큰 은혜를 입었습니다."

"아닙니다."

내가 고개를 내저었다. 우리는 그저 우연히 여기 있었을 뿐이었다. 그즈음 세드리크 태자가 묵묵히 수레로 향했다. 인사는 이쯤이면 되었다고 여긴 모양이었다. 한때는 이런 환송에 관심도 없던 녀석이었는데, 1년 동안 정말 많이 컸다. 나는 싱긋하며 손을 흔들었다.

"안녕히 계십시오. 참! 유령이 나오지 않는다고 해도 유적 근처엔 절대 가시면 안 됩니다. 붕괴 때문에 지반이 약해졌을 겁니다."

"명심하겠습니다, 전하. 부디 가시는 길에 주신의 은총만이 가득하기를 기도하겠습니다."

"기도할게요, 전하!"

"안녕히 가세요! 감사했습니다!"

"감사합니다…"

두 아이의 손을 꼭 잡은 전당포 노인이, 끝으로 머리를 숙였다. 크리스텔과 나는 그에게 연신 꾸벅이며 자리를 떴다. 아이들은 마지막의 마지막까지 양팔을 휘저었다. 천천히 뒤를 돌자 이제는 익숙한 사막 풍경이 우리를 맞아주었다. 신비와 보물을 간직한 금빛 모래. 길게 우는 낙타들. 끝없는 카라반 행렬과 즐거운 친구들. 이별은 섭섭했지만, 다시 웃음이 났다.

* * *

금수레가 멈췄다.

"전하, 숙박소에 도착하였습니다."

밖에서 어린 시종의 목소리가 들렸다. 남자는 잠든 딸을 소중히 안고 내릴 준비를 했다. 노복이 바삐 움직여 그의 시중을 들었다. 달칵, 이내 문이 열리고 진주를 꿴 주렴이 걷혔다. 차르르…

"기골트 마을의 기골트 카라반사라이입니다."

안내는 간결했다. 베르너르는 턱을 까닥이고서 발을 내디뎠다. 시동 하나가 황급히 금칠한 디딤판을 가져다 놓았다. 국서는 또각또각 내려와 모래를 밟고 섰다.

왕족 부녀를 태운 금수레 뒤편엔, 왕성에서부터 따라온 친위대 50명이 정물처럼 늘어서 있었다. 하인과 요리사를 실은 수레가 또 몇 대, 여기에 옷과 식자재를 실은 수레도 있었다. 사막의 텁텁한 맛과 냄새가 사방에 진동했다. 남자는 미세하게 인상을 쓰며 눈앞의 건축물을 바라보았다.

조금도 마음에 들지 않았다. 고약하게 더운 환경도, 볼 것 없는 풍경도, 초라하기 짝이 없는 숙소도. 하지만 전부 참을 수 있었다. 큰딸을 만나기 위해서라면.

"으응, 아바마마…"

"우리 민들레. 일어나셨습니까."

그즈음 코르넬리서가 잠에서 깼다. 남자는 아름답게 웃으며 아이를 얼렀다. 왕녀는 사방을 두리번거리더니 금세 안색을 밝혔다.

'와아! 세 번째 숙소가 제일 크고 예쁩니다!'

한껏 들뜬 목소리를 내기도 했다. 그조차 천것의 성정을 닮은 듯해 불만스러웠으나, 베르너르는 내색하지 않았다. 그저 생애 첫 여행에 딸아이가 들뜬 것이라 여기기로 했다. 기실 그는 둘째의 어리광에 약했다. 부부의 신뢰와 정으로 얻었던 큰딸과 달리… 이 아이는 오롯이 그의 욕심으로 태어났으니까.

'안녕하세요, 크리스타. 오랜만이네요.'

8년 전 그날. 베르너르는, '미카엘'과 같은 차림새를 하고서 밤새워 크리스타너를 기다렸다. 어울리지 않는 가발을 쓰고 눈동자 색도 값싸게 물들였다. 식당에서 거나하게 취한 국왕이 돌아왔을 때는, 침대에 앉아 사제의 말투며 행동을 꾸며내기도 했다.

태어나 그토록 비참한 경험은 처음이었다. 그녀가 자신의 왼뺨을 쓰다듬었을 때, 오른 눈에서는 벌벌 눈물이 흘렀다. 왕이 당장이라도 자신의 정체를 간파하고 검을 빼 들까 오금이 저렸다.

하지만 그렇게라도 하지 않으면 국서의 자리를 보전할 수 없으리란 직감이 들었다. 미카엘을 치운 대가는 혹독했고, 누님은 한 발짝 물러나 사태를 관망하고 있었다. 그를 돕기는 했으나 적극적으로 변호하지 않았다. 그러니 그의 지위를 공고히 해줄 존재가 필요했다. 엘리서만으로는 부족했다. 그는 살기 위해 목숨을 걸었다. 명예도, 자존심도 내다 버렸다.

'미카엘, 기다렸어… 너무 많이.'

어둠 속 아내는 울고 있었다. 그녀가 자신을 눕힐 무렵, 두 개의 얼굴은 고통으로 흠뻑 젖어 들었다. 이름 모를 감정이 베르너르의 심장을 날카롭게 쑤시고 지나갔다. 그는…

'저도 보고 싶었어요.'

그는, 이왕이면 크리스타너를 닮은 아들을 원했다. 그리하여 '그것'의 인기가 사그라들 수 있도록.

"네? 약속해 주시는 거예요?"

흠칫. 베르너르는 악취 나는 과거의 늪에서 간신히 빠져나왔다. 남자의 시야를 가득 채운 것은 맑고 깨끗한 연두색 눈동자였다. 햇살 한 자락을 잘라 붙인 상앗빛 머리카락이 곱게 반짝거렸다. 아들이 아니어도 그를 한 차례 구제했던, 그의 보물. 코르넬리서.

"…다시 한번 말씀해 주시겠습니까? 아비가 잡념에 빠져 제대로 듣지 못했습니다."

"아이, 참."

아이는 앓는 소리를 내더니, 손가락을 접으며 말했다.

"여기서는 꼭 언니랑 오라버니 선물을 사고 싶어요. 어마마마 것도요. 아까 시종들에게 물어봤는데 아주 큰 장이 선대요. 그리고, 음. 아바마마랑 '변신 산책'도 하고 싶어요."

"암행을 일컫는 것이겠지요."

"네, 암행요!"

왕녀가 까르르 웃고 다리를 흔들었다. 국서는 차분한 미소를 되돌려 주었다. 그리고 다시 기골트 카라반사라이를 확인했다. 그를 맞이하고자 입구에 떼로 나와있는 지배인과 하인들이 보였다.

이곳이 부녀의 마지막 휴게소였다. 다음 목적지는 엘리서가 향했다는 경계의 신전이었다. 마음 같아선 밤낮없이 사막을 달리고 싶지만… 말과 낙타는 쉬어야 했다. 무엇보다 코르넬리서의 행복은 중요했다.

"그리하지요. 전부 약속하겠습니다."

이 아이가 자신을 끝까지 지켜줄 것이므로.

"와아, 기쁩니다!"

왕녀는 아버지의 뺨에 입을 맞추며 좋아했다. 그는 사랑하는 딸과 깊이 포옹했다.

* * *

그날 밤. 한참을 이동한 행렬이 사막 한복판에 자리를 잡았다.

"와…"

"예쁘다."

우리는 두꺼운 이불을 덮고 한 수레에 누웠다. 간만의 노숙이었다. 널찍한 천장에선 가짜 별들이 진짜 같은 빛을 내고 있었다. 조안이 랑부예 자작에게서 '야광 도료'를 구입한 결과였다.

이런 물건은 처음 본다며 흥분한 그녀가, 그대로 붓을 들고 천장을 덮친 것이다. 완성된 그림은 당연히 근사했다. 저 작품과 비교는 안 되지만, 어릴 때 우리 방에 붙어있던 야광 스티커가 떠올라서 재미있었다.

-꾸꾸꾸꾸…

멀리서 밤새 우는 소리가 들렸다. 부엉이인지 올빼미인지 헷갈렸는데, 요한 경이 부엉이라고 일러주었다. 어떻게 저런 것도 아는 걸까.

"오늘 모두 수고하셨습니다. 안녕히 주무세요."

"안녕히 주무세요, 전하."

"내일 봐. 귀하신 분들."

"네, 남작님도 안녕히 주무세요."

-끼응

-애욱

우리는 한동안 조용히 눈을 감고 잠이 오기를 기다렸다.

"씁. 쓰읍. 습."

그런데 옆에서 쓰르라미 아가씨가 울었다. 나는 움찔하며 크리스텔을 돌아보았다.

"이가 아픕니까?"

"아프진 않은데, 자꾸 약 맛이 나서요."

하하하.

"내일은 약을 조금 줄여보겠습니다. 저도 구강 치료는 처음이라 미숙했네요."

"아니에요. 왕자님 병원 열어도 대성하시겠던데요? 특히 어린이 치과."

그녀가 극찬을 속삭였다. 나는 민망해서 그냥 웃어넘겼다. 조부모님에 모친까지 불러다 앉히고, 페리와 티테를 한꺼번에 끌어안고, 잔뜩 겁먹은 채 누워있던 주인공의 모습이 생각났다. 불과 몇 시간 전의 일이었다.

'아, 하세요.'

'아.'

'더 크게요.'

'아아.'

두 신수가 따라서 입을 벌렸다. 나는 웃음을 꾹 참고 진지하게 진료를 봤다.

'발치는 안 하셔도 될 것 같습니다. 생각하시는 것만큼 많이 썩지 않았어요.'

'어허헝. 감사합니다!'

'망극합니다, 왕자님. 저희 손녀를 살려주시다니…'

내가 하리라고는 예상치 못한 대사도 해봤다.

'아프면 손을 들어주세요.'

'들어도 안 멈추실 거잖아요.'

'…'

그렇다. 나는 로판 여주의 충치를 치료했다. 마침 최근에 외우던 치유 서클이 구강 쪽이었다. 무척 까다로운 분야라고 들어서 긴장에 긴장을 거듭하며 시연했다. 다행히 크리스텔은 몸속에 깃든 '창해의 축복' 덕분에 본연의 치유력이 뛰어난 편이었다.

아침에 일어나서 상태를 한 번 더 봐야겠지만, 어설픈 진료로도 충분히 나을 듯싶었다. 혹시나 싶어 카라반에서 가장 좋은 약도 구해다 발라주었다. 듣던 대로 없는 것 빼고 다 있는 랑부예 카라반이었다.

"그럼 안녕히 주무세요, 크리스텔."

"왕자님."

내가 피식하고 인사하는데, 크리스텔이 나를 불렀다. 아주 조그맣고 진지한 목소리였다. 이유 없이 불길한 예감이 들었다.

"네?"

"저, 유적에서 하난 폐하의 말씀을 들었습니다."

"…"

입꼬리가 천천히 내려갔다. 나는 에테르를 차분히 유지하고자 노력했다. 표정을 감추기 위해 최선을 다했다. 어둑한 시야에 곧고 푸른 눈동자가 들어왔다. 도저히 피할 수가 없는 시선이었다. 어쩌면 처음 만났던 그날부터.

"저랑 왕자님이 비슷하다고 하시더라고요."

'-요즘은 너의 경우가 흔한 것이냐? 짐은 오늘 처음 보았거늘.'

"겉과 속이 따로 논다고."

"…"

순간 숨이 콱 막혔다. 눈을 깜빡이는 방법마저 기억나지 않았다.

* * *

그녀가 들었다. 그리고 어쩌면, 대충 눈치챘다. 내 비밀을.

"그게 무슨 뜻인지 아십니까?"

'그럼요, 모를 수가 없죠.'

나는 그렇게 대답하는 대신 초조하게 침만 삼켰다. 꿀꺽하는 소리가 너무 컸던 것 같았다. 왼쪽에 누운 산트가 뒤척이며 자세를 바꿨다. 저쪽에서는 조안의 규칙적인 숨소리가 들렸다.

그동안 크리스텔은 시선을 돌리지 않고 나만 바라보았다. 그녀의 눈빛은 평소와 비슷했다. 올곧고, 깨끗하고, 솔직했다. 나쁜 마음이라고는 새끼손톱만큼도 비치지 않았다.

"…"

나는 그녀와 정반대인 사람이다.

"글쎄요."

그래서 그렇게 속삭였다. 천만다행히 목소리는 여상하게 흘러나왔다. 나는 에테르의 잔물결을 숨기기 위해 흐름 자체를 내리눌렀다. 어색하지 않게, 아주 천천히. 너무 졸려서 곧 잠들 사람의 기운을 꾸며냈다. 크리스텔은 말없이 나를 기다렸다. 종일 피곤했을 텐데 얼굴엔 약간의 피로도 보이지 않았다.

"전 겉하고 속이 확실히 다르거든요."

"…그렇군요."

손끝이 차가워져서 주먹을 쥐었다. 내 답이 어떻게 들렸을까?

"왕자님은 어떠십니까?"

"저는…"

'잘 모르겠습니다.'

정말로 하나도 알 수가 없었다. 오늘이 그날인지. 내가 지금 이런 이야기를 해도 괜찮은지. 그렇다면 어디까지 말해도 되는 건지. 솔직히 무섭고 혼란스럽기만 했다. 짧은 순간에 별별 생각이 다 들었다.

첫째는 자책이었다.

털어놓는다며, 정예서. 네 비밀 싹 얘기할 거라며. 인제 와서 모른 척하니? 닥치니까 겁나? 전부 허세였어?

둘째는 회피였다.

그럼 이건 어때. 네가 빙의했다는 사실만 밝히고, 나머지는 비밀로 하는 거야. 크리스텔도 의문에 대한 해답을 얻고 한 걸음 물러나겠지. 그러면…

"…"

그러면 나는 천하의 쓰레기가 된다. 그건 차라리 말을 안 하느니만 못했다. 기만을 기만으로 덮는 꼴이었다. 나는 비열한 변명을 보완하기 위해 끊임없이 거짓말을 해야 할 것이다.

좋아하는 사람들을 매일 더욱 적극적으로 속여야 할 것이다. 진실은 내 안에서 곪아 터지다가, 언젠가는 사방으로 악취를 풍기겠지. 당신들은 내가 이야기만 전해 들은 소설 속 인물이라고.

그중 너희 둘은 결혼할 운명이고, 저쪽 몇몇은 이름조차 몰랐다고. 너희와 거리를 두려고 했던 이유는 그저 내가 무사히 귀가하기를 원했기 때문에. 나는 고고하신 방관자로 남고 싶어서. 왜냐하면 너희는 '진짜'가 아니니까.

"하지만, 시간을 주시면…"

가슴이 바위에 눌린 듯 갑갑했다. 나는 결국 시선을 내리깔았다. 어떻게 그런 말을 할 수 있을까.

"네?"

부스럭, 부스럭. 크리스텔이 내게 몸을 붙였다. 커다란 눈동자가 닿을 듯 가까웠다. 나는 기어들어 가는 목소리로 물었다.

"…조금만 기다려 주실 수 있습니까?"

그리고 뭐라 덧붙이려다가, 끝내 문장을 만들지 못하고 입을 다물었다. 내가 얼마나 멍청해 보였을지 가늠도 안 됐다. 말하겠다면서, 다 터놓을 거라면서 시한만 늘려대는 스스로가 한심하고 창피

했다. 찻간이 어두워서 다행이었다. 나는 도대체 언제쯤 어른이 되는 걸까. 진짜로, 언제.

"네. 기다릴게요."

"…"

내가 눈을 깜빡였다. 감히 그런 대답은 바랄 수 없었기 때문이다. 눈에 익은 어스름 속에서 크리스텔이 곱게 웃고 있었다. 분홍색 머리카락이 나의 이마에 살포시 닿았다.

"저 조금 있으면 생일이에요."

그녀가 소곤소곤했다. 벌어진 입술 사이로 진한 약초와 꽃내음이 났다. 그러니까, 이건…

"…감사합니다."

"곧 생일이라니까요? 오래는 안 기다려 드릴 겁니다."

크리스텔이 킥킥거리며 속닥였다. 나는 그제야 웃는 낯으로 '네' 하고 답했다. 자정이 지났으니 오늘은 3월 10일이고, 크리스텔의 생일은 3월 18일이었다.

내가 이곳에서 처음 눈뜬 날이기도 했다. 하지만 '함가인'의 생일은 아닐 터였다. 거기까지 떠올리자 문득 그런 생각이 들었다. 1주년엔 꼭, 가인 씨의 생일을 물어보자고. 그때는 지금처럼 도망치지 말자고.

"대신 답례로 여기."

그녀가 자신의 뺨을 톡톡 두드렸다. 나는 얇은 손가락과 하얀 낯을 번갈아 보다가 입을 떡 벌렸다. 순간 다른 의미로 소름이 끼쳤다. 당황해서 얼굴이 달아오르고 에테르가 훅 풀어졌다.

"…예?"

뽀뽀해 달라고요?!

"내일도 치과 치료 잘 부탁드린다고요."

"아, 후우…"

와, 깜짝 놀랐네! 내가 대놓고 안심하자 크리스텔의 눈이 가늘어졌다. 그녀는 '무슨 생각 하셨는데요? 표정이 왜 그러십니까?' 하더니 사정없이 내 옆구리를 찌르기 시작했다. 나는 지렁이처럼 꿈틀거리며 소리 죽여 저항했다. 으어억!

"아, 안! 큭! 하지 마세요! 간지럽습니다!"

"돌아가면 에바한테 다 이를 겁니다. 왕자님 변태라고."

"어흐흑, 아니!"

그때,

-퍼억! 퍽!

"커흑!"

"어푹!"

우리 얼굴로 베개가 날아왔다! 솜 안에 돌이라도 넣었나 싶을 만큼 강렬한 한 방이었다. 나는 얼얼한 이마를 문지르며 고개를 위로 쳐들었다. 높은 침상에 홀로 앉아, 이글이글 이쪽을 노려보고 있는 주황색 눈동자가 보였다. 간이 순식간에 콩알만 해졌다. 시끄럽게 해서 미안하다, 야…

"죄송합니다, 태자님. 조용히 자겠습니다."

"…"

"안녕히 주무세요."

돌아오는 말은 없었다. 크리스텔은 잽싸게 이불을 머리끝까지 뒤집어썼다. 사과도 안 하고 쏙 도망치는 게 얄미울 법도 한데, 오늘은 그냥 고마웠다. 분명 내게 궁금한 점이 많을 터였다.

어쩌면 '혼자'가 아니라는 생각에 기뻤다가, 나의 태도를 보고 실망했을 수도 있었다. 그런데 그녀는 아무것도 묻지 않고 기다려 주겠다고 했다. 동그랗게 부푼 이불 안에, 나보다 훨씬 어른스러운 사람이 숨어있었다.

"…"

보스락보스락. 나는 다시 정자세로 누웠다. 빡세게 긴장한 탓에 잠이 올 것 같지 않았는데, 눈을 감으니 금세 정신이 희미해졌다. 유적에서 그렇게 굴렀으니 이상한 일도 아니었다.

그런데 황태자는 왜 나한테 아무 말도 안 하지. 크리스텔이 들었다면 녀석도 당연히 들었을 텐데. 저번엔 중립 지대로 가고 싶은 진짜 이유를 말하려고 했더니, 듣기 싫다고 하지를 않나. 무시하고 자리를 뜨질 않나. 하긴. 저놈이 나한테 그렇게까지, 뭐…

-끼이

그치, 데미야… 나는 품으로 기어드는 레서판다를 토닥였다. 사방이 막힌 곳에서 기분 좋은 연풍이 불었다. 부엉이 울음소리가 까마득하게 멀어졌다.

* * *

다음 날은 별일 없이 흘러갔다. 어디까지나 우리 기준으로 그랬다는 소리다. 랑부예 카라반이 경계의 신전으로 나아가는 동안, 친구들과 나는 몇 가지 궁금증을 해소했다. 예를 들면,

"이자벨의 능력은 평범한 대지 속성이 아닙니다."

하난 루마이얀과 그녀의 화신化身, 이자벨 문제가 있었다. 카라반은 어느 오아시스 옆에서 휴식을 취하는 중이었다. 물가에 선 내가 비장하게 말하자, 성기사들이 전부 동의했다. 레서판다들에게 발싸개를 신겨주던 이자벨은 갸웃하며 우리를 돌아보았다. 모래가 뜨거워서 아무래도 필요할 것 같기는 했다. 감사합니다!

"유적에서 본 넝쿨은, 금속까지 녹이는 한편 색상도 무척 어두웠습니다. 데미, 레아, 페리의 힘과는 달랐죠. 단순히 추기경이기에 드러나는 특성은 아니라고 생각합니다."

"타당한 의문이네요. 저도 대지 속성 추기경을 멀리서 본 적이 있지만, 그런 식의 힘을 쓰진 않았거든요."

티테를 어르던 요한 경이 힘을 실어주었다. 그동안 신수들이 내게 다가와 '끼잉, 끼잉' 울었다. 꼬까신을 자랑하는 거였다. 예쁘다고 열 번쯤 말해주자 녀석들이 만족한 기색으로 세드리크 태자에게 향했다. 바위에 기대어 있던 남주는 '어쩌라고' 하는 표정으로 응수했다. 바보. 넌 이제 온종일 솜방망이 폭격을 맞게 될 거다.

"느껴지는 기운도 아주 탁합니다. 설마 그럴 일은 없겠지만, 어머니 몸에 문제가 생길까 봐 걱정이에요."

크리스텔의 턱엔 호두가 생겼다. 이자벨이 곤란한 미소를 지었다.

"다들 감사합니다. 하지만 깊이 걱정하실 필요는 없을 듯합니다. 하난 폐하의 말씀으로는…"

-짐의 에테르가 썩어서 그렇다니까.

"으아아악!"

"허아악!"

무언가를 발견한 우리는 비명을 지르며 나뒹굴었다. 크리스텔은 태자가 기대고 있던 바위로 폴짝 뛰어올랐고, 조안은 먹던 쿠나파를 집어던지더니 전속력으로 튀었다. 그야말로 성기사 뺨치는 속도였다. 산트는 아예 파랗게 굳어버렸다. 나는 그의 심장이 멈출까봐 열심히 등을 두드렸다.

"산트! 숨 쉬셔야 합니다. 배짱!"

"콜록, 콜록! 배짱! 배짱!"

'배짱'은 그의 새로운 별명이었다. 크리스텔이 붙여줬는데, '배반의 장미'와 '배짱이 좋아졌다'라는 의미를 한 단어에 담았다고 한다. 본인은 무척 마음에 들어 하는,

-여전히 호들갑스럽군.

"아아악!"

형! 인형이 움직여! 인형이 말해-!

-이 몸의 화신이 정숙하여 동작이 크지 않고, 행실이 발라 나도는 일도 없으니 답답하다. 하여 종종 이것을 빌리기로 했으니 그리 알라.

터번을 쓰고, 금 장신구를 차고, 화려한 의상을 갖춰 입은 헝겊 인형이 선언했다. 크기는 대충 크리스텔의 한 뼘만 했다. 이자벨은 이보다 나은 선택지가 없었다며 유감을 표했다. 실제로 인형이 하난과 비슷하게 생기긴 했다. 그러나 우리 중 재밌어하는 건 요한 경

뿐이었다.

"세상에."

이자벨과 애나벨이네…

"쿨럭, 쿨럭. 배짱."

-천 년간 한곳에 고여있던 힘이 정상이겠느냐? 오만가지 감정에 매몰되고, 안팎으로 순환하지 못하여 부패한 것이다.

나는 놀란 머리를 열심히 굴렸다.

"그럼 의도하신 바는 아니지만, 대지 속성의 에테르가… 일종의 독毒 속성으로 특화하는 결과를 얻으신 거네요. 맞습니까?"

-그래. 무덤 내부와 바깥의 시간이 달랐던 점 역시 그러한 연유일 것이다.

헝겊 인형이 위풍당당하게 말했다. 티테가 그녀를 향해 지느러미발을 파닥였다. 새로운 장난감이냐고 묻는 눈치였다. 어떻게 설명하지?

"에테르가 시간의 흐름에도 영향을 준다는 뜻입니까?"

다음 질문을 꺼낸 건 태자였다. 하난이 턱을 까닥였다.

-못 할 것이 있을까. 짐의 무덤은 오랜 세월 고도로 응축된 에테르의 늪이었다. 너희가 말한 공간의 뒤틀림 또한 에테르의 작용이었을 터.

'공간의 뒤틀림'.

우리가 처음 하난의 무덤에 들어갔을 때, 같은 자리를 뱅뱅 돌았던 일을 의미하는 거였다. 당시엔 공포 영화 같은 연출이라고 생각했는데 알고 보니 원인이 있었다. 요컨대 주신의 권능이 일정 수준을 넘어 강해지면, 시공간마저 비틀 수 있는 모양이었다. 그럼 하난이 떠난 차움 유적은 이제 평범한 무덤이겠구나. 신기하네.

-볼품없는 인형이지만 천하를 조망하기엔 나쁘지 않군.

하난이 화신의 무릎에 서서 오아시스를 내려다보았다. 짤따란 베일이 팔랑팔랑 흩날렸다. 인제 보니 허리춤엔 손가락만 한 사이프도 걸려있었다.

"에구머니!"

-와장창!

"할아버지!"

다시 한번 비명이 울려 퍼졌다. 이번에는 우리에게 간식을 가져다주던 랑부예 자작이었다. 인형을 보고 대경실색한 노인이 은쟁반을 집어던진 것이다. 탑처럼 쌓여있던 로크마가-아이고! 다 날아가네!

-쯧. 배포부터 키워야겠군. 이 몸을 섬길 녀석들이 그리 약해서야 되겠느냐?

"제가 더 노력해 보겠습니다."

뒤쪽에서 요한 경이 산들바람처럼 대답했다.

'아우으.'

티테가 거들었다. 다행히 자작의 심장 근육은 무사했다. 어디선가 달려온 조안이 우리와 함께 도넛을 줍기 시작했다. 사막의 평화로운 하루였다.

* * *

그로부터 며칠은 무난했다. 우리는 드디어 두 번째 숙소에 도착했다!

“여기가 바로 모레노 카라반사라이입니다.”

마리즈 자작 부인이 손짓했다. 나는 아직 잠들어 있는 뚝심이를 소중히 품에 챙기고, 마석 안경을 찾아 쓴 뒤 수레에서 내렸다. 그리고 예상치 못한 광경에 눈을 회동그스름히 떴다.

“우와…”

‘모레노’는 ‘차움’과 판이했다. 모니카네 차움 카라반사라이가 널따란 휴양지 호텔 분위기였다면, 이곳은 무슨 신전 같았다. 잘은 모르겠지만 지어진 양식부터가 완전히 달라 보였다.

건물 전체를 두른 기둥과 외벽엔 화려한 그림이 빼곡히 그려져 있었다. 쨍한 하늘색과 비취색, 낙타색과 유백색 물감이 주로 쓰여 시원한 느낌이었다. 오가는 인구도 차움의 서너 배는 돼 보였다. 사막의 아름다움은 끝도 없었다.

“갑옷 입은 사람이 되게 많네요, 여기는.”

내가 감탄하듯 말했다. 그러자 마리즈 부인이 조심스레 설명했다.

“예. 주로 성기사들이 예서 쉬어 가는 까닭입니다. 실은 이다음 지점에 있는 ‘기골트’에 묵으려 했으나… 그곳은 경계의 신전과 가장 가까운 숙박소인지라, 드나드는 객이 많고 규모도 어지간한 도시 수준입니다. 하여 귀하신 분들께 누가 될까 이곳을 택하였지요.”

“그렇군요.”

산트와 조안과 내가 고개를 끄덕였다. 한마디로 우리 정체가 소문나서 골치 아픈 일이 생길까 봐 여기를 고르셨다는 뜻이었다. 그나저나 성기사 손님이 많다면, 저기 입구에서 우리를 구경하고 있는 사람들도 성기사인가? 저 낙타에서 내리는 사람도? 혹시 지붕에서 이쪽을 내려다보는 사람도?

"어…"

나는 목을 기울였다. 근데 왜 다들 우릴 쳐다보지? 크리스텔하고 태자가 너무 잘생겨서 그런가? 그건 맞지.

"에테르 닫아."

"예?"

배후에서 몹시 살벌한 목소리가 들렸다. 대낮의 사막이건만 공기가 차디찼다. 나는 오싹한 감각과 함께 뒤를 돌았다. 이어 태양 빛 눈과 시선이 마주쳤다. 그의 깊은 홍채에 시커먼 일식이 드리우고 있었다. 얘 왜 이러냐, 또!

"당장."

"저요?"

"황족의 명이다."

'알았다고…'

나는 궁얼거리며 에테르 수도꼭지를 잠갔다. 하도 으르렁대니 인간 말인지 짐승 말인지도 못 알아먹겠다. 졸아붙어서 이러는 건 절대 아니었다. 그랬더니 어째 크리스텔과 요한 경도 만족한 기색이었다. 셋을 보고 있자니 한숨이 절로 나왔다. 사제가 갈수록 닮아가네.

* * *

우리 카라반이 커서 뭇시선을 끌지 않을까 했는데, 다행히 그런 일은 없었다. 전쟁 시대 이전에는 만 필 이상이었던 낙타가 전후 천여 필로 줄었고, '시몽 드 사르네즈 공작 사건' 이후엔 5백여 필로 감소했다고 한다.

신국에서 온 다른 카라반과 비교하면 랑부예는 중규모라고 들었다. 이런 까닭에, 모레노 카라반사라이 손님들은 우리에게 큰 관심을 두지 않았다. 이쪽을 흘끗대던 이들도 금세 흥미를 잃은 눈치였다. 뭐, 잘됐네.

"이쪽으로 모시겠습니다."

"고맙네."

입구에 나와있던 지배인 곤살로가 일행을 안내해 주었다. 숙박부는 객실에서 작성해 달라고 했다. 카라반 직원들은 질서정연하게 짐을 내리고, 숙소에 낙타와 마차를 맡겼다. 우리는 사방을 둘러보며 걸었다. 특히 조안과 산트와 내가 심하게 넋을 놨다. 숙박소 내부는 차움 카라반사라이와 비슷하면서도 무척 달랐다.

"저것 보십시오, 산트. 천장이 돔처럼 솟아있네요."

"네. 그런데 꼭대기에 채광창이 있습니다!"

"희한하고 예쁘네. 제국에선 본 적 없는 모양새야."

"그쵸, 남작님. 색깔도 화려하고요."

"어. 간만에 수채화 당긴다. 이따 홀치기염색도 할래?"

"저는 좋습니다! 그런데 홀치기염색이 뭔가요?"

우리는 신수 바구니를 하나씩 쥐고-데미, 레아, 페리, 티테가 무작위로 들어있다-정신없이 눈을 빛냈다. 안으로 들어오니 객이 더욱 많았다. 성기사들이 주로 묵는다더니, 과연 차움엔 없었던 대장간과 무기 거래소도 있었다. 까강, 까강! 화르르르! 쇠붙이 두드리는 소음이며 용광로의 활력이 생생했다.

"어이, 이거 자네 칼이잖아! 내 거랑 바뀌었다고!"

"으하하하하! 취해서 헷갈렸습다!"

손님들의 거나한 목소리가 쩌렁쩌렁했다. 사방에서 낡은 망토가 휘날리고 술 냄새가 풍겼다. 저쪽은 식당이고 이쪽은 주점인데, 둘이 별 차이가 없는 것 같았다. 오랜만에 만났는지 로비 한복판에서 얼싸안는 이들도 보였다.

일반인이 다수였던 이전 숙소와 달리, 여기는 전투복 차림의 투숙객이 대부분이었다. 내가 지금껏 만난 성기사는 주인공들과 요한 경, 엘리서 왕세녀와 하난이 전부였다. 한꺼번에 이렇게 많은 숫자를 보니 신기했다. 멀리서 희미한 환호성이 들렸다.

-와아아아…!

"이겨라! 이겨라! 이겨라! 이겨라!"

"대지! 대지! 대지!"

"공기! 공기! 공기…!"

뭐지? 내가 눈을 끔뻑였다. 크리스텔과 황태자는 불쾌한 시선을 교환했다. 우리의 의문을 풀어준 건 이번에도 요한 경이었다.

"전사가 모여있는 곳이니 싸움이 벌어질 수밖에요."

"숙박소에서 싸워도 되는 겁니까?"

"오. 차라리 전용 공간을 만들어 드리는 게 낫지요. 과거 '아레나'가 없을 때는, 객실이 붕괴하거나 관계없는 사람이 사망하는 일이

왕왕 있었다고 합니다. 하여 연무장 외에 싸움터를 따로 확보한 것입니다."

내가 황당한 얼굴로 묻자, 곤살로가 친절하게 설명해 주었다. 다른 숙박소에선 찾아보기 힘든 치유 신관도 둘이나 있다고 했다.

'그렇군요.'

우리는 어깨를 움츠리며 답했다. 다들 아주 스태미나가 넘치나 보네.

"어이! 물하고 불이 같이 다녀? 껄껄껄."

"어디 보자. 성기사가 셋인데 신관은 둘밖에 없고?"

"죽어라 싸우겠구먼, 와하하하!"

껄렁한 성기사 서넛이 우리를 보며 외쳤다.

'그럼 신관을 번갈아 쓰나? 누가 더 나아?'

몹시 무례한 질문이 날아오기도 했다. 랑부예 자작 가족은 모른 척 갈 길만 갔다. 나도 열심히 앞만 보고 걸었다. 주인공 커플은 아까부터 어디 아픈 것처럼 조용했는데, 이쯤 되니 나도 알 수 있었다. 까딱하다간 저 둘이 다른 놈들을 아프게 할 거라는 걸.

"산트, 저들이 설마 교황청 소속인가요?"

내가 소곤소곤 물었다. 오랜만에 아는 정보가 나와 기쁜지, 사제의 안색이 확 밝아졌다. 청년은 끙끙거리며 신수 바구니를 추켜들었다. 저 안에 레아가 있구나.

"교황청 소속은 없을 겁니다, 왕자님. 그분들은 대체로 경계의 신전에 머무르거든요. 사막을 떠도는 성기사는 신국에서 바로 흘러들어온 경우가 많은데, 보통은 본가에서 쫓겨난 귀족 자녀들이라고 들었습니다. 용병도 아니고 그냥 '모험가', '탐험가'를 자처하면서 다닌답니다. 제 발로 나온 자도 있겠지만요. 출신이 좋으니 교황청에서 강하게 단속하지도 못합니다."

"쫓겨나? 왜? 아, 보니까 대충 견적 나오긴 한다."

조안이 문제의 성기사들을 향해 혀를 찼다. 빠꾸 없는 성격답게 목소리도 줄이지 않았다. 그러자 우리를 희롱하던 기사 하나가 버럭 하며 자리에서 일어났다!

-쿠당탕!

"이봐! 너 방금 뭐라고 했어? 보아하니 평민 나부랭이 같은 게!"

"못 들었어? 아, 혹시 나보다 무식해? 왜 집에서 쫓겨났는지 알겠다는 뜻이었는데."

"근데 저게-!"

조안이 으쓱하며 말했고, 열받은 상대는 날 듯이 우리에게 뛰어왔다. 곤살로가 침착하게 그를 붙들었다. 나는 허겁지겁 나의 전속화가 앞을 막아섰다. 오자마자 싸움 나게 생겼네. 말로 합시다!

"손님, 진정하십시오. 다른 손님과 실내에서 다투시면 즉시 추방입니다."

"누가 다툰대? 이거 놔, 놔보라니까! 보아하니 성기사 무서운 줄 모르잖아, 저 여자가. 어디 주교급한테 함부로, 컥-!"

바윗덩이처럼 커다란 남자가, 별안간 자신의 목을 붙잡고 비틀거렸다. 순식간에 시뻘게진 얼굴이 충격으로 물들었다.

'커헉! 큭!'

우락부락한 목에 핏줄이 팽팽하게 섰다. 나는 흠칫하며 조안과 산트를 데리고 뒤로 물러났다. 반대로 로비엔 사람이 몰리기 시작했다. 투숙객들이 소란을 감지한 것이다.

-우당퉁탕!

"우우욱!"

육중한 몸뚱이가 헛구역질하며 나뒹굴었다. 그는 고개를 가누지도 못하고 벌벌거렸다.

'제기랄!'

그제야 그의 동료들이 심각성을 파악하고 달려왔다. 자작 부부와 이자벨도 크게 놀랐다. 나는 황급히 요한 경을 돌아보았다.

"이 정도면 됐습니다. 부탁드립니다."

"…오늘은 조금 억울하네요."

그가 눈썹을 늘어뜨리고서 힘을 거두었다. 아니, 분명 그런 것 같았는데 상황이 나아지지 않았다. 쓰러진 성기사는 이제 식은땀까지 뻘뻘 흘리고 있었다. 나는 당황해서 눈알을 굴렸다. 인제 보니 문제는 공기 속성으로 인한 호흡 곤란뿐이 아니었다. 메스꺼움, 어지럼증, 냉한…

"아."

이건 '에테르 위압'이다.

"크리스텔, 태자님."

나는 서둘러 짝꿍들을 찾았다. 두 사람은 겉으로 닮은 구석이 전혀 없는데, 오늘만큼은 표정이 너무 똑같아 소름이 끼칠 정도였다. 과장 좀 보태 누구 하나 죽일 기세였다. 애들아!

"한 번만 참아주십시오."

"아까 한 번 참았는데 저 새끼가 또 개소리하잖아요."

크리스텔이 살벌하게 중얼거렸다. 세드리크 태자도 같은 마음인 것 같았다. 이럴 때는 둘이 아주 찰떡궁합이었다. 이자벨이 딸을 달래는 동안, 나는 어린이 쪽을 공략했다. 목소리도 조그맣게 줄였다.

"태자님. 이런 곳에서 소란을 일으켜 좋을 게 없습니다. 황제 폐하와 오렐리 전하께서도 원치 않으실 겁니다. 마음 편히 쉬다가 신전으로 떠나시죠."

"…"

"방에 가서 에테르도 받으시고요. 다 같이 맛있는 것도 먹고. 예?"

덤으로 최고의 서비스도 약속했다. 그러자 그는 나를 빤히 내려다보더니,

"허억! 콜록콜록! 하아, 하아! 쿨럭!"

…사람 하나 살렸다! 기특해 죽겠다. 나는 비로소 밝게 웃으며 두 사람을 바라보았다.

"어이! 괜찮아? 좀 살겠어?"

"비켜! 꺼져…!"

"거참, 걱정해 줘도 난리군!"

-와장창!

비척비척 일어난 남자가, 탁자를 짚고 몸을 가누다가 주전자와 접시를 깼다. 그러고는 추태를 보인 게 민망한지 허둥지둥 자리를 피했다. 우리 쪽은 실수로라도 쳐다보지 않았다. 상황을 지켜보던 곤살로가 길게 한숨을 쉬었다.

"저분 객실로 부서진 물건 값 청구하게. 경고도 한 차례 기록하고."

"알겠습니다, 지배인님."

직원이 깍듯하게 답하고 수첩에 필기했다. 지배인은 우리에게 절을 올렸다.

"아직 객실에도 들지 못하셨는데, 이리 험한 꼴을 보게 해드려 대단히 죄송합니다."

"아닐세. 모레노엔 늘 원기 넘치는 청년이 많으니… 카라반이라면 감수해야지."

"이해해 주셔서 감사합니다, 자작님. 다만… 호위로 오신 일행분들의 대처에도 폭력성이 있었기에 1회 경고가 주어질 것입니다. 신분이나 지위와 관계없이 동등하게 적용되는 규칙이니, 불편하시더라도 양해를 부탁드립니다."

"그래, 그리함세. 우리도 미안하게 되었네."

마리즈 자작 부인이 자상하게 말했다. 아직 체크인도 안 했는데 경고를 받았다. 나는 안경을 고쳐 쓰며 지배인에게 물었다.

"저기, 경고가 누적되면 어떻게 됩니까?"

"세 번째 경고에 즉각 추방이 이루어집니다. 다음 방문에서 거듭 경고를 받았을 시에는 출입이 영구히 금지되지요. 황송하게도 이런 규칙은 잘들 지켜주시는 편입니다…"

그렇게 말하는 곤살로는 피로해 보였다. 순간 꼬불꼬불한 수염이 축 늘어졌다. 일반인이 이런 숙박소를 운영하다니 참말 극한 직업이었다. 우리는 다시 그를 따라 널찍한 로비를 가로질렀다. 수십, 수백 개의 시선이 우르르 꽂혀 들었지만 필사적으로 무시했다.

-쓱, 쓱, 쓱…

뒤쪽에선 직원들이 부서진 그릇과 넘어진 가구를 정리하고 있었다. 그들을 보니 잠깐 그런 걱정이 들었다.

'우리가 여기서 추방당하지 않고 잘 쉬다 갈 수 있을까…'

-끼잇!

에이, 괜찮겠지. 그나저나 내 바구니엔 페리가 들었다!

* * *

"…저를 객실에 가두신다고요?"

안 괜찮잖아, 30분 전의 정예서 놈아! 나는 경악해서 성기사 삼인방을 바라보았다. 태자는 설명하기도 귀찮다는 듯 상석에 앉아버렸다. 그냥 얼굴로 승부하려는 모양이었다. 어이가 없어서 크리스텔을 바라보자, 그녀는 커다란 눈을 깜빡이며 고개를 갸웃했다. 이쪽도 귀여움으로 어물쩍 넘어가려는 심산이었다. 헤릿 아버지!

"죄송해요, 전하. 산트 사제님도 함께이니 너무 서운하게 생각하지는 말아주세요."

"인원이 둘로 늘어난다고 해서 감금이 아닌 건 아닌데요."

'하하하.'

그가 무척 재미있는 이야기를 들었다는 양 웃었다. 당사자는 재미없습니다!

"사막의 성기사 무리에선 흔한 일이에요. 로비에서도 신관은 보지 못하셨잖아요."

…그야 그랬다. 성기사와 신관이 복식으로 구분되는 건 아니지

만, 다들 싸움 한가락씩 할 것 같기에 신관이리란 생각을 안 했다. 이것도 선입견인데.

"제국엔 오랫동안 성기사가 없었으니, 성기사와 신관의 보편적인 관계성이 부재해요. 무엇을 하든 언제나 세 분이 처음이죠. 하지만 페네티안 신국은 달라요. 그곳 출신 방랑 기사들은 더욱 극단적이고요."

"으음."

성기사와 신관은 묘한 균형을 유지한다. 신관은 성기사에게 순수 에테르를 제공하고, 성기사는 이것으로 특수 에테르를 발휘한다. 성기사에게 에테르 보충은 필수이기 때문에, 그들은 자연히 자신의 신관에게 집착하고 때론 강압적인 태도를 보인다. 드물게는 완전히 종속되거나 미쳐버리기도 한다. 이건 모두가 아는 얘기다. 그런데 여기에 한 가지 특성이 더 붙는단다.

"숫자의 차이예요. 신관은 대륙 어디에서나 볼 수 있지만, 성기사는 신국에서만 태어나는 데다 신관에 비해 수가 적어요. 그러다 보니 일부 성기사들 사이엔 이상한 생각이 퍼지게 되었죠. '나는 특별한 존재이니 더욱 뛰어난 신관을 가져야 한다.' 또는 '나보다 약한 성기사가 우수한 신관을 두는 건 용납할 수 없다.'"

"그건… 이상한데요. 신관을 사람으로 생각하는 것 같지 않습니다."

내가 인상을 찡그렸다. 신관은 성기사의 트로피 같은 게 아니었다. 마음이 맞는 짝을 직접 택할 수 있는, 똑같이 귀한 남의 집 자식이었다. 요한 경이 눈꼬리를 부드럽게 휘었다.

"그렇게 말씀하실 거라 생각했어요. 제가 말씀드린 자들은 신국에서도 비주류예요. 하지만 사막은 주인 없는 땅이니, 그들이 와서 무엇이든 할 수 있죠."

"그럼,"

"신관을 두고 종종 결투가 벌어져요. 납치와 야반도주도 분기별로 한 건씩은 보고되었던 걸로 기억해요."

"예…?"

입이 스르륵 벌어졌다. 산트는 그전까지 고개를 끄덕이며 요한경의 말에 동의하다가, 마지막 폭탄에 기겁을 했다. 아니, 진짜로 신관을 아이템 취급하는 거잖아. 그게 가능하긴 해? 신탁을 못 쓰게 입이라도 막나? 상상하니 소름이 끼쳤다.

-말세로군. 귀한 인재를 어찌!

데미를 말처럼 타고 있던 하난(헝겊 인형)이 혀를 찼다. 태자가 나를 똑바로 바라보았다.

"설명이 더 필요한가?"

"그런 건 아닌데요…"

"그럼 결론 났군."

지금껏 입 한 번 뻥끗 안 한 놈이 뻔뻔하게 말했다. 그는 내게 화성의 혜검을 던지더니 잘 간수하라고 당부했다. 옷 갈아입고 운동하러 나갈 모양이었다. 녀석을 선두로 크리스텔 모녀와 조안도 신나게 외출 계획을 세웠다. 우리에겐 기념품을 사다 주겠다고 했다.

"…"

"…"

산트와 나는, 허망한 얼굴로 서로를 마주 보았다.

* * *

내가 어지간해서는 이런 얘기 안 하는데. 대왕 집돌이인 우리 형이 영의정으로 임명한 집돌이가 난데.

"나도 나가고 싶다…"

한탄 같은 말이 터져 나왔다. 데미와 나는 나란히 거실 창밖을 보고 앉아있었다. 실내에서 노는 덴 자신 있지만 오늘은 상황이 많이 달랐다. 말하자면, 모처럼 해외여행 왔는데 나만 다리를 다쳐서 숙소에 갇힌 기분이었다.

에테르도 꾹꾹 잠근 채 얌전히 앉아있으려니 좀이 쑤셨다. 크리스텔 모녀와 조안은 아레나를 구경하러 갔고, 요한 경이 셋의 보호자로 따라나섰다. 태자는 두어 시간 수련하고 와서 씻는 중이었다. 한동안 물소리만 듣고 있자니 마구 튀어 나가는 생각을 붙들기 힘들었다. 나도 아까 본 음식 즉석에서 먹어보고 싶다. 나도 꼭대기 층에서 전망 구경하고 싶다. 나도…

"커헝!"

움찔! 산트의 코골이에 놀랐다가 피식했다. 우리의 배짱께선 신수들과 달콤한 낮잠을 즐기는 중이셨다. 사제의 배에 누운 레아가 호흡에 맞추어 오르락내리락했다. 무거울 텐데 잘 자네.

"여기서 사흘 정도 일 보고 바로 경계의 신전 가신대. 그것도 우리 때문에 많이 줄이신 것 같더라."

-끼이잉

"그러게. 어떻게 사흘이나 버티냐…"

말에 절로 한숨이 섞였다. 나는 데미에게 얼음 조각을 물려주며 멍 때렸다. 사막 풍경도 계속 보니 지루해서, 30분 전부터는 로비 쪽 창가에 앉아있는 참이었다. 외국인 구경이나 실컷 해야지.

"…기야! 자기야!"

응?

"그래, 안경 낀 귀염둥이!"

어? 나는 기웃하며 창문에 머리를 댔다. 원형으로 이어진 회랑 맞은편에서 누군가 양손을 흔들고 있었다. 그녀 역시 복도가 아니라 어느 객실 창가에 서있었는데, 구불구불한 머리카락 아래 의상이 몹시 파격적이었다. 나는 순간 눈 둘 곳을 모르고 방황했다. 뭐야, 나한테 말 거는 건가?

"자기 부르는 거 맞아! 자기도 신관이니? 나처럼 갇혔어?"

…저쪽도 신관이고?

* * *

딱 봐도 쉬운 먹잇감이었다. 카르메는 오랫동안 단련한 하이에나의 눈을 지니고 있었다.

"그래, 안경 낀 귀염둥이!"

그녀가 그렇게 외치며 양손을 흔들자, 금발의 신관이 창문에 이마를 댔다. 거리가 제법 되는데도 아름다운 외모가 잘 보였다. 안

경 아래 연분홍색 눈동자는 당혹과 호기심을 한꺼번에 드러내고 있었다.

그녀는 일부러 한쪽 어깨와 목덜미를 훤히 노출했다. 반응은 즉각적이었다. 미남은 어쩔 줄 몰라 하며 눈길을 이리저리 돌렸다. 오랜만에 보는 어수룩한 상대였다.

"귀여워라."

데리고 다닐 맛 나겠다. 최종적으로는 값도 꽤 받을 수 있을 것 같고.

"자기 부르는 거 맞아! 자기도 신관이니? 나처럼 갇혔어?"

친근한 말투로 묻자, 청년은 입술을 오물거리다가 머리만 끄덕였다. 과연, 몇 시간 전 로비에서 있었던 소동의 주인공이 맞았다. 둘이라고 들었는데 당장은 하나밖에 보이지 않았다. 에테르를 잘 잠갔는지 또렷하게 느껴지는 기운도 없었다.

하지만 카르메는 내심 쾌재를 불렀다. 성기사의 비호를 받는 신관에게 접근하기는 어려우나, 저렇듯 방치된 이를 훔치는 건 타파스 먹기보다 쉬웠다. 감금되어 있다고 해도 상대는 어린아이가 아니었다. 이런저런 말로 잘 구슬리기만 하면, 제 발로 나오게 하는 건 생각보다 간단했다. 게다가 그녀는 이 바닥의 경력자였다.

"그렇구나. 처지가 비슷해 보여서 말 걸어봤어…"

카르메가 슬픈 표정을 지으며 말했다. 청년은 곤란한 낯으로 사방을 둘러보았다.

-끼익, 끼익…

그러더니 조심조심 닫혀있던 창문을 열었다. 카르메는 속으로만 낄낄대며 그를 바라보았다. 한 10분만 있으면 그녀의 침실로 들일 수도 있을 것 같았다.

-탁!

유리판 하나가 걷혔을 뿐인데 아까보다 훨씬 잘생긴 얼굴이 나왔다. 정수리 위에 얼음 고리가 둥둥 떠있는 것으로 미루어, 짝꿍이 물 속성인 모양이었다.

검은 공단으로 감싼 품 안의 물건은 한눈에 봐도 검이었다. 어깨를 보아하니 체격도 나쁘지 않았다. 수수료 좀 떼고 아예 신국 대갓집으로 보내면, 크게 한몫 잡을 수 있을 듯했다. 대어 중의 대어였다!

"…성기사 동료분께서 두고 가셨습니까?"

예쁜이가 걱정스레 물었다. 목소리마저 듣기 좋았고, 여전히 에테르는 느껴지지 않았다. 모레노는 처음 같은데 교육을 잘 받은 듯싶었다. 하긴, 자신에게 저런 신관이 있었더라도 밤낮으로 닦달하고 단속했을 것이다. 카르메는 입맛을 다시며 말했다.

"응. 아레나에서 싸움이나 하고 있겠지, 뭐. 오자마자 에테르 내놓으라고 윽박지를 테고."

거짓말이었다. 그녀에게 성기사 짝 따위는 없었다. 본인이 성기사니까.

"…윽박지른다고요?"

기특하게도 미끼를 덥석 문다. 카르메는 감칠맛을 올려보기로 했다. 잠시 침묵한 뒤 고운 눈썹을 축 늘어뜨리며 입을 열었다.

"우리 사이에선 흔한 일이잖아. 에테르가 부족하면 온갖 수모를 겪으면서 혼나고, 제시간에 대기하지 않으면 맞기도 하고."

"맞아요?!"

남자가 사색이 됐다. 카르메는 속으로만 놀랐다. 자신이 말한 경우는 백에 하나 있을까 말까 했다. 어지간한 망나니 새끼가 아닌 다음에야 신관에게 그런 짓을 하는 성기사는 없었다.

그래도 그렇지, 최악의 소문을 못 들어본 건 아닐 텐데 어찌 저리 순진하게 구는 걸까. 모르긴 몰라도 이쁜이의 성기사는 예의가 바른 모양이었다. 아니면 신관에게 꼼짝없이 잡혀 살고 있거나. 그렇게는 안 보이는데 여우인가?

"신고하셔야…! 도움을 받으셔야 합니다. 제가 도와드릴까요?"

남자가 목청 높여 말하다가 후다닥 소리를 줄였다. 표정이 어찌나 진지한지, 당장이라도 창을 뛰어넘어 이쪽으로 달려올 것만 같았다. 카르메는 찰나 진심으로 그의 안위를 걱정했다. 자신이 저 미남의 성기사였다면 그냥 방에 가둬두는 정도로는 만족하지 못할 것 같았다. 그녀는 혀를 차면서도 착실히 연기를 이어갔다.

"아니야. 다들 이렇게 지내는데 내가 뭐라고. 자기는 성기사한테 모욕당한 적 없나 보네."

"…"

"좋겠다."

"저기. 저와 친구들이 돕겠습니다. 교황청까지 모셔다 드릴게요. 지금의 상황에서 벗어나실 수 있을 겁니다."

남자가 그녀보다 절박하게 말했다. 카르메는 쓴웃음과 함께 손을 내저었다.

"교황청은 무슨. 아무런 힘도 없는 곳이야."

동시에 경악했다. 맙소사, 착하다 못해 아주 오지랖이잖아? 이런 유형은 처음이라 당황스럽기도 하고 우습기도 했다. 교황청이 대충 100년째 유명무실하다지만, 아무렴 자신처럼 악명 높은 범죄자가 총대리의 본진에 들어가고 싶겠느냔 말이다. 자신이 그간 유괴한 신관이 못해도 스물은 될 터- 잠깐.

"…그런데 자기는 교황청으로 가는 길이니?"

"네. 저희를 믿기 힘드시면 이곳 지배인 곤살로에게 신원 보증을 받겠습니다. 제 짝꿍들도 분명 힘을 보탤…"

그가 조곤조곤 말을 이었다. 카르메는 미남의 문장에서 다른 부분을 짚어냈다.

'짝꿍들.'

복도에서 접한 소문이 옳았다. 신관 둘이 성기사 셋을 맡고 있으며, 소란을 일으킨 성기사는 주교급이었다는 말. 따라서 그자를 에테르 위압으로 찍어 누른 셋은 몹시 강력한 주교이거나 대주교급일 거란 추측.

보수적으로 잡아 힘깨나 쓰는 주교 세 명이라 쳐도, 그만한 그릇을 감당하려면 신관 역시 사제급으로는 부족했다. 둘 다 주교급이거나 대주교 하나에 사제 하나는 되어야 했다. 거기다 자신이 주워들은 또 다른 첩보에 의하면…

'아까 숙박소 입구에서 끝내주는 에테르를 느꼈거든. 잠깐이었는데.'

'자네 또 불쾌한 농담 하려고 그러는 건가?'

'아니, 들어봐. 내가 30년을 성기사로 살았는데 그런 기운은 처음이었다네. 사막에 별안간 초원이 펼쳐지는 것 같더군. 말도 못 하게 깨끗하고, 아주 온몸에 힘이 싹 풀렸어! 하마터면 옥상에서 취해 잠들 뻔했다니까. 오늘 무슨 카라반하고 동행한 신관 같던데. 혹시 순례 중이냐고 말이나 걸어볼까?'

'어이쿠. 그런 이야기 자네 남편에게 하면 참 좋아하겠구먼.'

'이봐! 그런 게 아니야!'

'와하하하!'

"…"

그녀의 직감은 틀리는 법이 없었다. 둘 중 분명 대주교급이 있을 것이다. 그게 저이일까?

"아니어도 상관은 없지."

카르메가 중얼거렸다. 저만한 미모라면 에테르가 볼품없더라도 최고가에 넘길 수 있을 것이다. 순간 자신이 가질까 하는 욕심이 불쑥 솟았지만, 저리 귀한 장신구는 제값을 치르는 자에게 가는 게 나았다. 여인은 얼굴에 한껏 그림자를 드리우며 입술을 뗐다.

"걱정해 줘서 고마워. 그래도 역시 낯선 사람하고 멀리 가는 건 두렵네. 내 짝은 나하고 오래 본 사이거든. 자기 마음만 받을게!"

그러자 예쁜이의 낯빛이 더욱 심각해졌다. 그러거나 말거나 카르메는 창문을 닫는 시늉을 했다. 대화가 끝났다는 양 굴자 신관이 깜짝 놀라 허둥지둥했다.

"저기! 그래도 식사는 하시지 않습니까? 식당에 내려오시는 시간이 정해져 있나요? 아니면 언제까지 머무르시는지…"

자신이 너무 꼬치꼬치 묻는다고 생각했는지, 갈수록 음성이 기어 들어 가는 게 재미있었다. 대륙에 저런 신관을 마다할 성기사는 없을 것이다. 카르메는 웃음을 참으며 동작을 뚝 멈추었다. 망설이는 태도를 보이자 미남이 눈을 빛냈다. 문득 안경 벗은 모습도 궁금해졌다.

"나는 내일 새벽에 떠나! 저녁은 내려가서 먹을 것 같아. 자기도 오려고? 혼나는 거 아냐?"

"아뇨! 제 친구들은 그런 사람들이 아닙니다. 그럼 저녁에 식당에서 뵐 수 있을까요? 이야기를 듣고 싶습니-"

헉, 순간 온몸의 털이 쭈뼛 섰다. 카르메의 몸은 눈보다 빨랐다.

-콰아앙-!

-쨍그랑! 쨍그랑!

"빌어먹을!"

그녀는 무언가를 확인하기도 전에 창 밑으로 잽싸게 몸을 숙였다. 콰아아앙! 객실 벽이 강력한 힘에 얻어맞는 소리가 났다. 파르르르! 깨진 벽돌과 흙모래, 유리 조각이 머리 위로 흠씬 쏟아졌다. 아프지는 않았으나 짜증스럽고 거지 같았다. 제기랄, 다 된 판이었는데!

"객실을 부수시면…!"

'저희 경고받습니다!'

이쁜이의 난감한 목소리가 들렸다. 카르메는 미친놈의 얼굴이나 확인하고자 고개를 빼꼼 내밀었다. 손으로는 빠르게 봇짐을 챙겼다. 건너편의 다 부서진 창가에 사내 하나가 서있었다.

물이 뚝뚝 떨어지는 칠흑의 머리카락과, 불타는 듯한 눈동자를 지닌 천하일색의 미남자였다. 가운 하나만 걸친 몸은 멀리서 봐도 기가 막히는 절경이었다. 화르르륵! 이어 그의 소매가 활활 불타올랐다. 카르메는 기함했다-!

"천적이잖아. 재수가 없으려니까!"

그녀는 즉시 베일을 뒤집어썼다. 대지 속성인 데다 사제급인 카르메가 저만한 힘을 이기기란 불가능했다. 느껴지는 에테르 파동은 최소 대주교였고, 날카로운 살기가 벌써 따끔따끔 피부를 찔러댔다. 이대로 피가 흘러도 이상하지 않을 수준이었다. 잘못 걸렸으니 당장 이곳을 떠야만 했다!

"야, 좀! 이렇게 들지 말라고!"

'형이 잘못했어요!'

저쪽에서 절박한 외침이 울렸다. 동시에 믿을 수 없을 만치 황홀한 에테르가 훅 퍼져 나왔다. 말도 안 돼. 카르메는 바쁘게 놀리던 발을 멈추고 화드득 뒤를 돌아보았다. 저 금색 예쁜이가 바로 '끝내주는 에테르'의 주인이었다.

그런데 지금은 짐승 같은 사내의 손아귀에 번쩍 들려있었다. 남자는 금방이라도 누군가를 끔찍하게 살해할 것 같은 표정이었다. 설마 저토록 귀한 신관을 학대하는 건가 했는데,

-풀썩!

"어억!"

그를 가까운 소파에 던져버리더니-

-스릉!

그럼 그렇지, 자신을 닮아 시커먼 검을 뽑아 들었다!

"제길!"

'휘이이익!'

카르메는 온 힘을 다해 휘파람을 불었다. 마구간에 있을 그녀의 쾌마快馬 란디를 호출하기 위해서였다. 그래, 저렇게 탐나는 물건에 미친개가 안 붙은 게 이상하지!

-콰아아앙!

"아, 손 뗀다고요! 안 훔칠 테니까 진정하셔!"

쑤욱, 쑤우욱! 그녀가 커다란 이파리를 만들어 우산처럼 쓰고 내빼기 시작했다. 쪽팔림, 수치심, 그딴 건 태어날 때부터 버리고 나왔다. 무법 지대에선 무조건 살아남는 자가 승자였다.

화르르! 어느새 불꽃이 붙은 꽁무니를 마구 두드리며, 그녀는 이를 악다물고 달렸다. 모래보다 뜨거운 열기가 커다란 아가리를 벌린 채 도둑을 쫓았다. 벌컥! 에테르와 소란을 감지한 투숙객들이 곳곳에서 뛰쳐나왔다. 난리의 시작이었다.

"세상에!"

"실내에서 결투가 벌어진 거요?!"

"망할, 망할, 망할…!"

이번에도 생존하는 거다, 카르메!

* * *

같은 시각, 사막의 심장. 경계의 신전.

-툭!

엘리서 페네티안은 눈을 깜빡였다. 자신의 손끝에서 부서진 깃펜이 보였다. 벌써 세 개째였다. 까만 잉크가 하얀 종이 위로 둥글게 번져 나갔다. 코르넬리서에게 쓰던 편지였다. 그런데 처음부터 다시 적어야 할 판이었다.

"…"

"심중이 번잡하신가 봅니다."

차를 마시던 노인이 점잖게 말했다. 엘리서는 천천히 고개를 들었다. 중립 지대의 관장인管莊人, 교황의 대리자. 로날트 뤼퍼르트 총대리. 칠순을 바라보는 추기경의 눈빛에선 어떠한 감정이나 정보도 읽어낼 수 없었다.

단정한 평복에는 먼지 한 톨 묻어있지 않았다. 깔끔하게 정돈한 수염과 희끗한 머리칼 역시 빈틈이 없었다. 왕세녀는 신국 정계에서 이런 부류의 사람을 본 적이 있었다. 이들과 굳이 거리감을 좁히려는 시도는 무용했다. 가벼운 가식조차 통하지 않는 상대였으므로.

"…편지를 보낼 수 없는 동생이 있어 그렇습니다."

그래서 진실을 말했다. 숨긴다고 숨겨질 마음도 아니었다. 총대리는 보일 듯 말 듯 턱을 까닥였다. 그가 손짓하자, 멀찍이서 대기하던 부제副祭가 왕세녀에게 새로운 필기구를 올렸다.

그녀의 다과가 조용히 식어가고 있었다. 으리으리하다 못해 사람의 숨통을 조이는 다실이었다. 이것이 어떠한 예감 때문인지, 아니면 그저 익숙지 않은 장소에서 느끼는 고독감인지… 엘리서는 알 수 없었다.

"왕자 전하께서는 제국 카라반의 호위를 받으며 신전으로 오고 계십니다. 또한 세드리크 황태자 전하께서 외교를 위하여 동행하시지요. 현재까지 여정에 문제가 있다는 연통은 받지 못했습니다."

중후한 음성이 울려 퍼졌다.

"예, 그리 들었습니다."

"하니 심려하실 필요는 없을 것입니다."

그가 말을 맺었다. 왕세녀는 대답을 내놓는 대신 침묵에 잠겼다. 어느 모로 보나 잘되었다. 이것이 애초 엘리서의 계획이었다. 누구의 간섭도 없이 중립 지대에서 동생을 만나고, 직접 리에스테르 황실과 대화하고, 주기적인 만남을 약속하고, 평화를 이룩하는 일.

지금 모든 것이 그녀의 바람대로 흘러가고 있었다. 한데 어찌하여 초조한가? 어째서 불안하고, 어떠한 까닭으로 불길함에 현혹되는가? …앞날에 아주 거대한 운명이 도사리고 있는 듯한, 심장 한편의 이 아득한 감각은 도대체 무엇일까?

"기다림이 길었지요."

뤼퍼르트가 그녀의 번뇌에 답하듯 말했다. 엘리서는 푸른 눈을 움직였다.

"이곳에서 보름 가까이 국정을 돌보셨으니, 나라와 가족에 대해 심려하시게 되는 것도 당연지사입니다."

"…예."

만족할 만한 해설은 아니었다. 그러나 왕세녀는 그리 믿기로 했다. 달리 뾰족한 방법도 없었다.

-서걱서걱…

'사랑하는 코르넬리서에게.'

그녀는 다시금 강인한 태도로 글자를 써 내려갔다. 엘리서는 언제든 이렇게 행동할 사람이었다. 바람에 부딪히고, 파도에 침식되고, 지진에 무너져도 거듭 불꽃을 일으켜 쇳덩이를 두드릴 사람이었다. 이는 천성인 동시에 학습의 결과였다.

* * *

카라반사라이 2층 3분의 1이 파괴됐다. 아니, 진짜로. 농담 아니다. 우리 돼지가 이걸 해냈다. 덤으로 납치 미수범은 끝내 못 잡았다.

"…경고 2회 누적입니다, 손님."

"죄송합니다! 정말 죄송합니다. 당연히 수리비는 저희가 내겠습니다."

나는 곤살로에게 줄곧 사과했다. 몇 시간 사이 20년은 늙은 듯한 지배인이 망연히 우리를 바라보았다. 그의 뒤편엔 하얗게 질린 직원들이 빗자루며 걸레를 들고 서있었다. 익숙하게 벽돌과 흙을 준비해 온 미장이도 보였다. 죄스럽고 창피해 도저히 고개를 들 수가 없었다. 그래서 괜스레 옆을 노려보았다.

"…"

이마에 '짜증 나'를 대문짝만하게 써 붙인 태자가 혜검을 쥐고 서 있었다. 흑발에선 아직도 드문드문 물방울이 떨어졌다. 급한 대로 아무 수건이나 던져주고, 아직도 이게 꿈인 줄 아는 산트를 도닥도닥 수습했다. 진심 미치겠다. 이따가 자작 부부 오시면 이걸 어떻게 설명하지. 물론 내 잘못이 크기야 한데…

-콰아아아!

그때,

“으아악!”

-쏴아아아…!

“우아악! 으하아악!”

숙박소 저편에서 물 폭탄 터지는 소리가 났다. 희미한 비명이 잇따랐다. 캐리비안 베이에서나 들을법한 효과음이었다. 나는 멍하니 입을 벌리며 세드리크 태자를 돌아보았다. 설마, 아니지? 아닐 거야. 아레나 구경한다던 우리의 주인공께서 사고를 치셨을 리가 없잖아. 어머니까지 모시고 갔는데…

“흥.”

그러자 놈이 낮게 코웃음 쳤다. 아, 왜!

* * *

결국 이렇게 됐다. 세상엔 가끔 믿고 싶지 않은 사건이 발생하는 법이다. 심지어 그게 내 일일 때도 있다.

“맙소사! 이게 웬일이래?”

“말도 마. 저기 잘생긴 청년이 자기 신관 지킨다고 글쎄…”

“남하고 대화하는 꼴도 못 볼 거면 여기까진 왜 데려왔대?”

“쉿! 소리 낮추게. 다 듣겠어!”

"유괴 시도가 있었다던데? 진짜인지는 모르겠고."

성기사 수백이 우리 객실 근처로 구름처럼 모여들었다. 소수의 일반인 투숙객과 대장간 일손, 바쁘게 일하던 주방 요리사들까지 나와서 난리를 구경하고 있었다. 랑부예 카라반 소속도 심심찮게 보였다.

나는 일단 산트를 자작 부부가 있는 거래소로 내려보냈다. 누군가는 그분들에게 사정을 미리 알려야 할 것 같았다. 그리고 오직 죄송하다는 말만 되풀이했다. 와중에 황태자는 내가 사과하는 것마저 불쾌한 기색이었다.

"폐를 끼쳐 송구합니다."

"예. 하지만 경고 누적 3회로… 손님들께서는 즉각 카라반사라이를 떠나주셔야겠습니다."

"오오오!"

지배인 곤살로가 선언했다. 인파는 경이로운 속도에 감탄을 토해냈다. 중년인은 조금 전보다 10년은 더 늙어서 이젠 거의 팔순으로 보였다. 다만 그의 목소리에 실망이나 분노 같은 감정은 묻어나지 않았다.

남자는 그저 몹시 지친 얼굴이었다. 숙소 직원의 절반은 울상을 하고 있었다. 그도 그럴 것이, 소동은 끔찍하게 부서진 숙박소 2층으로 끝나지 않았다. 로비는 물바다가 됐고, 나는 구경도 못 해본 아레나 역시 반파되었다고 했다. 그곳에서부터 싸움이 시작됐으니 당연한 결과였다. 이쯤 되면 사망자가 안 나온 걸 다행으로 여겨야 했다…

"아니, 이제 열여섯인 애를 성인이라고 계속 공격하잖아요. 엉엉 우는데! 쟤 맞아서 멍든 것 좀 보십시오!"

우리의 주인공께서 이걸 해냈다. 그래, 다른 사람이 이런 짓 하는 것도 이상하지.

"크리스텔. 진정하십시오."

"제가 잘못한 겁니까, 왕자님?"

크리스텔이 물색 눈동자를 또랑또랑 빛내며 속삭였다. 현장에서 얼마나 화를 냈는지 그녀 또한 푹 젖어있었다. 이건 힘 조절이 안 됐다는 뜻이었다. 나는 주인공의 머리에도 수건을 덮어주며 답했다.

"아닙니다. 저라도…"

그러다가 뒷말을 삼켰다. 나라고 똑같이 하진 않았겠지만, 아무튼 화는 냈을 거다. 그러니 그녀를 이해하기로 했다. 이해 안 하면 어쩌겠는가.

"내가 쭉 지켜봤는데, 이건 분홍 공주님이 시드르였어. 저기 얼굴 빨간 남자애 보이지? 오늘이 아레나 첫 출전이었대. 나이 든 아버지 모시고 처음 왔다는데 애가 싹수 있어 보이더라고. 생각보다 잘 싸우니까 상대였던 저놈이 미친 듯이 몰아붙였어. 아예 싹을 자르려는 것처럼! 살살 봐줘도 이겼을 걸 끝까지 찍어 누르려고 하더라. 나이는 장식인가. 그래서 보다 못한 공주님이 들고일어난 거야. 경기장 난입해서 저거 반쯤 기절시켜 놓고 애 구출했지, 뭐."

'그랬더니 동료라는 놈들이 우르르 덤비는 바람에 이 지경 됐어.'

조안이 오만상을 쓰며 설명했다. 나는 역시나 쫄딱 젖은 그녀에게도 수건을 건넸다. 이어 들것에 실려 가는 성기사들을 일별하고,

이자벨과 요한 경을 돌아보았다. 곤살로에게 유감을 표하던 크리스텔 어머니가 쓰게 웃었다. 다행히 다친 곳은 없어 보였다.

"이리 심려를 끼쳐 죄송스럽습니다, 왕자님. 딸아이가 화를 참지 못해서…"

-누가 불 속성인지 모르겠더군. 좋은 구경 했다.

그녀의 주머니 속 하난이 덧붙였다. 작달막한 팔로 턱을 받친 자세가 참 편해 보였다. 나는 한숨이 혀끝까지 나오는 걸 꾸역꾸역 삼켰다. 천 년 만에 바깥 유람하시느라 말릴 생각도 안 한 어르신은 그렇다 쳐도…

"요한 경."

"죄송해요, 전하. 최근 태자 전하와 크리스텔 경이 성흔 연구에 관심이 많아요. 선생으로서 적당한 선을 긋기 힘들었네요."

처진 눈꼬리가 매끄럽게 휘었다. 요즘 성흔 연구는 산 사람을 상대로 하나 봐요.

"…다음부터는 꼭 말려주십시오. 다음이 없는 게 제일 좋겠지만요."

"노력할게요."

추기경이 산들산들 대답했다. 내 착각인지 모르겠지만, 요한 경은 어째 갈수록 뺀질뺀질해지는 것 같았다. 나는 다시 한번 곤살로와 식구들에게 미안한 마음을 전하고, 수리비 일체와 거액의 위로금 지급을 약속했다. 지배인은 그제야 설핏 입꼬리를 끌어올렸다.

"에구머니나! 이게 무슨 일이람!"

때마침 저편에서 마리즈 자작 부인의 외침이 들렸다. 바깥일을 보고 돌아오신 두 분이 드디어 상황 파악을 끝낸 모양이었다.

"할머니!"

"세상에, 누가 우리 분홍 타마를 괴롭혔니!"

클레망 자작이 손녀를 보고 크게 노했다. 나는 조용히 눈을 감았다.

* * *

다음 날. 랑부예 카라반과 우리는 다시금 사막을 횡단하고 있었다.

-달그락, 달그락…

아, 어쩌다 순식간에 다음 날이 됐냐고? 간단하다. 멀쩡하게 체크인한 숙소에서 반나절 만에 쫓겨나면 요 모양 요 꼴이 된다. 모레노 카라반사라이에서, 우리는 역대 최단 시간 3회 경고 누적 및 추방이라는 신기록을 세웠다.

그나마 곤살로가 우리를 좋게 봐줘서 영구 추방은 면했다는 게 유일한 위안이었다. 피해는 일단 자작 내외가 전액 현금으로 보상했다. 크리스텔의 과실은 직접 책임지고 싶다고 하셔서, 내가 나중에 태자의 피해액만 보전해 드리기로 했다.

일이 마무리되기까지 두 분은 우리를 전혀 다그치지 않았다. 오히려 나를 유괴하려 했던 사람이 제일 나쁘고, 어린애를 괴롭혀서 크리스텔을 화나게 한 놈팡이가 죄인이라고 하셨다. 아무리 생각해도 우릴 너무 오냐오냐하시는 것 같지만…

'저희 부부는 성기사가 아닙니다. 대낮에 짝을 잃을 뻔한 전하의

심정을 어찌 헤아릴 수 있겠습니까.'

'왕자님이 잘못되시리라 생각했다면 저라도 무기를 찾았을 것입니다. 고귀한 분들께서 얼마나 놀라셨을지요.'

그렇게 말씀하시니 할 말이 없었다. 나도 신관 납치가 그렇게 가까운 현실일 줄은 몰랐던 터라 식겁했다. 그런 식으로 사람을 꼬드기다니 진짜 나빴다. 이름도 모르지만, 언젠가 그 사람을 다시 만나면 꼭 혼내줘야지.

-덜그럭덜그럭…

그리하여, 랑부예 카라반이 모레노에서 진행하던 거래는 모두 중지되었다. 다행히 그중 절반은 다른 상인들에게 위탁했다고 들었다. 하지만 이제는 정말로 다음 숙박소밖에 답이 없었다.

말과 낙타와 직원들이 거의 쉬지 못한 데다, 무릇 상단엔 외부인에게 맡길 수 없는 일도 있는 법이었다. 척, 척! 나는 규칙적으로 흔들리는 수레 바닥에 지도를 펼쳤다. 친구들이 동그랗게 머리를 맞댔다.

-이랴!

-끼이!

하난을 등에 태운 페리가 지도 가까이 다가왔다. 너무 귀여워서 하마터면 어른을 쓰다듬을 뻔했다. 내가 황급히 손을 거두는 사이 크리스텔이 한곳을 가리켰다.

"기골트 카라반사라이. 우리가 곧 도착할 곳이에요. 할아버지 할머니 말씀으로는 경계의 신전에서 가장 가까운 숙박소랍니다. 규모와 인구론 중립 지대에서 으뜸이래요. 널찍한 오아시스가 두 개나 있고, 마을은 세 구역으로 나뉠 정도로 크답니다. 그래서인지 교황청 병력이 여기선 일을 제법 열심히 한다고 하셨습니다."

"총대리의 입김이 닿는 곳이란 의미네요."

내가 요약했다. 요한 경이 고개를 끄덕였다.

"사막의 다른 숙박소는 전부 소수 민족의 촌락에서 시작했지만, 기골트는 달라요. 랄프 기골트라는 귀족이 하나부터 열까지 치밀하게 구획해 만든 곳이죠."

"성반의 저주를 받은 자를 말하는군."

상석에 홀로 앉아있던 세드리크 태자가 말했다. 나는 갸웃하며 그를 돌아보았다. 그러자 녀석이 살포시 미간을 구겼다. 설마 왕자가 그것도 모르느냐는 표정이었다. 미안, 형이 딴 세상 살다 와서 그래. 원래 외국인은 의외로 아는 거 많다가 유명한 것도 모르고 그러는 거야. 열심히 공부해도 그런 부분은 꼭 나오더라.

"크리스텔 경과 남작님도 모르시겠네요. 하기야 대중에 공개된 이야기는 아니니까요."

"네에."

"어차피 인생에 필요한 내용도 아니잖아?"

조안이 톡톡거렸다. 요한 경은 작게 웃고서 말을 이었다.

"그것도 그렇군요. 기골트 백작이 이곳을 만든 건 대략 600년 전이에요. 우니오가 망하고 400년 가까이 흐른 시점이었죠. 그는 소수 민족 출신의 신국 귀족이었는데, 늘 사막에 향수를 품었다고 해요. 그의 선조들도 생전에 우니오를 그리워했다는 전설이 있고요."

-겪어보지 않은 땅을 그리다니. 우습고도 슬픈 일이로다.

하난이 지도 어딘가를 보며 나직이 독백했다. 헤릿 아버지가 덧붙였다.

"그래서 당시 국왕과 교황의 허락을 얻어, 광야에 계획도시를 만들기로 했다네요."

"…그게 끝인가요?"

"아뇨. 거기서 만족하지 못했어요."

그의 하얀 머리칼이 흘러내렸다. 창가엔 어느새 오색찬란한 석양이 지고 있었다.

'꾸어어어.'

근처에서 낙타 울음소리가 들렸다. 데미는 요한 경의 다리를 꾹꾹 누르며 보챘다. 빨리 다음 내용을 듣고 싶다는 뜻이었다. 그가 다정히 레서판다를 쓰다듬어 주었다.

"기골트는 교황의 힘을 원하게 되었어요."

"예…?"

"대륙에서 가장 신성하고 지고한 에테르를 지닐 수 있다면, 고대 사막의 영화榮華를 복원하는 일도 가능하리라 믿었던 거죠."

그게, 무슨… 우리는 멍하니 눈을 끔뻑였다. 티테를 품에 재우던 산트가 조심스레 말을 보탰다.

"문헌에 따르면, 기골트는 사막에 나와 카라반사라이를 건설하던 때부터 서서히 이성을 잃었다고 합니다. 밤낮으로 잠들지 못하고 고대의 찬송가를 부르거나, 이해할 수 없는 춤을 추었대요. 이곳 점성술사들은 그에게 망국의 귀신이 붙었다고 여겼답니다."

"…"

오싹함이 어쩐지 익숙했다. 우리는 동시에 하난을 바라보았다. 시선을 느낀 헝겊 인형이 즉각 반발했다.

-짐은 모르는 일이다! 일개 광인의 과오를 이 몸에게 덮어씌울 참이냐?

"아뇨, 아닙니다."

내가 서둘러 그녀를 달랬다. 하난이 잠든 사이 다른 사령이 일을 벌였을 수도 있겠다는 생각이 들었지만, 입 밖으로 꺼내지는 않았다. 사제의 이야기가 조곤조곤 이어졌다.

"그러던 어느 날, 기골트가 경계의 신전으로 나아갔대요. 세계수와 미로의 수호령을 모두 지나 '소원의 성반'이 있는 곳까지 닿았다고 합니다. 그게 어떻게 가능했는지는 모르겠습니다. 보초가 많았고, 교황께서도 굳건하시던 시절이니까요."

"그래서 어떻게 됐습니까?"

"그가 성수를 마셨다는 기록이 있어요."

요한 경이 나긋하게 말했다. 나는 눈을 크게 떴다. 태곳적부터 성반에 담겨있던, 신의 물질을 섭취했다고?

'이브, 마시면 안 됩니다. 이건 물이 아니에요.'

'그럼?'

'가장 깨끗한 형태의 에테르죠. 지고지순한 주신의 권능이요.'

《와장창! 이브의 대모험》에서 읽은 내용이 빠르게 머릿속을 스쳐갔다. 지금까지 들은 바로 미루어, 기골트는 에테르 운용 능력이 없는 일반인이었다. 그런 어마어마한 정수精髓를 그의 몸이 받아들일 수 있을 리가 없었다. 애초에 교황이 아니라면 다루지 못하는 힘

이었다. 어째서 그런 짓을-

"교황청 실록에 따르면, 백작은 그대로 온몸이 타들어 가 사망했다고 해요. 그가 서있던 자리엔 재조차 남지 않았고요."

"…"

"그게 성반에 접근한 인간의 마지막 기록이에요."

"허…"

우리는 침을 꿀떡 삼켰다.

'끼잉, 끼잉.'

겁 많은 레아가 매달리자 조안이 혀를 차며 녀석을 얼러주었다. 페리는 냉큼 태자의 무릎에 똬리를 틀었다. 나는 침대에 동그랗게 누운 뚝심이를 바라보았다. 아직 신전에 도착하지도 않았는데 긴장으로 목이 탔다.

문득, 주신의 시선을 견디지 못했다는 알렉상드르 국서의 이야기가 떠올랐다. 성수를 탐하다 끔찍하게 스러진 백작의 최후도 귓가에 맴돌았다. 솔직히 조금 무서웠다. 나는 괜찮을까… 아니, 나뿐만 아니라 예서 왕자의 몸도 건사하고 싶은데. 둘 다 무사할 수 있을까? 보기만 하는 거라면 별일 없겠지?

-히히힝!

"자작님! 도착했습니다!"

흠칫. 바깥에서 들리는 소리에 정신이 났다. 수레가 천천히 속도를 늦추고 있었다. 우리는 후다닥 창가에 몸을 붙였다. 이내 모두의 입이 떡 벌어졌다. 태자와 요한 경만 빼고.

"우와!"

* * *

이런 장은 처음이었다.

"배짱! 저거 봐! 배짱하고 똑같이 생긴 곰 인형이다!"

"아이, 남작님!"

"아하하학!"

언젠가 뤼카 마을에서 보았던 야시장이나, 리에스테르 수확제 때 여기저기 섰던 노점상과는 차원이 달랐다. 하얀 천막을 뒤집어쓴 장마당이 거대한 마을을 훌라후프처럼 둥글게 휘돌고 있었다. 해가 넘어간 사막 곳곳엔 조그만 마법 조명과 횃불이 떠올랐다.

우리는 카라반사라이에 짐을 풀고, 간단히 저녁을 먹고, 엘리자베트 경의 생일 선물도 살 겸 시장 구경을 나온 참이었다. 흥분과 열정 가득한 수천 명의 얼굴을 보니 피로가 싹 가시는 기분이었다. 신이 나서 자꾸만 동전 주머니를 꺼내게 됐다. 조금 전엔 가나엘과 뱅자맹에게 줄 기념품도 샀다.

"싸다, 싸! 편하고 시원한 베옷이 세 벌에 동화 한 닢!"

"여기 오렌지 얼마요? 향이 아주 좋구먼!"

"어디까지 보고 오셨는데?"

"향신료! 오만 가지 향신료 다 있어요!"

'사장님이 미쳤어요!'

새빨간 글씨로 쓰인 나무 간판을 보니 절로 웃음이 났다. 바깥 활동을 좋아하는 편은 아닌데, 처음 접하는 게 많아서인지 모든 게 즐거웠다. 나는 수레에서 느꼈던 근심을 마음 한구석으로 살짝 밀어두었다. 아예 잊지는 않을 테니까, 잠시만 지금의 평온을 만끽하고…

"어?"

그러다 자리에 우뚝 멈춰 섰다. 밀려드는 인파 속에서 분명 누군가를 본 것 같았다. 정말 순식간에 스쳐 지나가서, 눈조차 마주치지 않아서 그게 누구인지 알 수 없었다. 그런데-

"…방금 뭐였지?"

어쩐지 슬픈 기분이 들었다. 바쁘게 사방을 살폈지만 상대는 흔적조차 보이지 않았다.

* * *

"뭐지?"

바로 옆에서 날카로운 중저음이 울렸다. 나는 흠칫하며 그를 올려다보았다. 사막의 가장 뜨거운 밤, 두 개의 작은 태양이 눈앞에 떠있었다. 고급스러운 터번 아래 흑발이 밤하늘의 일부처럼 찰랑거렸다. 녀석과 시선을 얽으니 그제야 정신이 좀 나는 것 같았다. 나는 길게 숨을 쉬고, 솔직한 답을 내놓았다.

"…아는 사람을 본 것 같은데, 아닌 것 같기도 하고 헷갈려서요."

내가 여기 지인이 있을 리 없으니까. 친구들을 제외하면 나는 오롯이 혼자였다.

"…"

그러자 황태자가 대놓고 불쾌한 표정을 했다. 그런 반응을 예상하진 못했기에 놀랐다. 앞서가던 크리스텔도 나를 돌아보았다. 다른 친구들은 듣지 못한 듯하나, 성기사들은 확실히 나의 말을 포착했다. 거리가 멀지 않았으니까.

"신국에서 오신 친구분이었을까요?"

주인공이 내게 소담한 시미트 한 덩이를 쥐여 주며 물었다. 이자벨은 태자에게 아이란 한 잔을 올렸다. 그새 야식을 샀나 보다. 이런 데서 먹는 길거리 음식이라면 평소보다 몇 배는 더 맛있을 터였다. 감사합니다.

"그건… 잘 모르겠습니다. 그냥 잘못 봤나 싶기도 합니다."

내가 말했다. 얼버무리는 게 아니라 정말로 그랬다. 슬픔을 닮았던 감정은 삽시간에 휘발되어, 이제는 그게 진짜였는지 착각이었는지도 희미했다. 한순간 몹시 강렬했던 것 같은데 어느새 흔적조차 없었다.

간질간질 신경 쓰이기는 하지만 거기까지였다. 수천 명의 인파가 오가는 불야성에서, 얼굴도 제대로 보지 못한 상대를 찾는 건 불가능했다. 나는 곧 머리를 저으며 씩 웃었다. 별거 아니겠지.

"신경 쓰지 마세요. 아, 저기!"

그리고 한곳을 가리켰다.

'와아아아!'

둥글게 모인 인파가 탄성과 손뼉을 퍼붓고 있었다. 보아하니 점점 더 많은 사람이 몰리는 중이었다. 조안이 휘파람을 불었다. 뭔지는 몰라도 대단한 쇼가 펼쳐지고 있는 듯싶었다. 가보고 싶다는 눈빛을 보내자 세드리크 태자가 소리 없는 한숨을 지었다. 너도 궁금한 거 다 알아, 인마.

* * *

기골트 야시장은, 아이에게 천국이나 다름없었다. 거기에 아빠와 함께하는 '변신 산책'이 더해지니 그야말로 최고의 시간이었다.

-화르르르!

"허어어!"

"우와!"

코르넬리서가 커다란 눈을 빛내며 달려 나갔다. 입에서 불을 뿜는 사람이라니, 동화책에서나 보던 용 같아서 가슴이 벅찼다. 아이는 겨우 여덟 살이었다.

앞뒤 생각할 이유도, 그럴 겨를도 없이 뛰어놀기 바쁜 나이였다. 게다가 이번이 생애 첫 여행이었다. 신이 난 왕녀는 과자며 장난감을 꼭꼭 끌어안은 채 인산인해를 파고들었다.

'에이미!'

아바마마가 비명처럼 자신의 아명을 불렀지만 아랑곳하지 않았다. 코르넬리서는 태어나 한 번도 미아가 되어본 적이 없었다. 언제나 자신을 사랑해 주고 지켜주는 이들 사이에서, 말 그대로 공주님처럼 자랐다.

그러니 이곳을 두려워하지 않는 것도 당연했다. 위험에 처해본 적 없는 보물은 무엇이 위험인지를 몰랐다. 이토록 사람이 많은 게 신기했고, 아무도 잠들지 않는 것도 신기했다. 사방이 반짝반짝 빛나는 별세계였다.

"한 번 더! 한 번 더! 한 번 더!"

"끙, 영차."

코르넬리서는 열심히 꼬물거리며 앞으로 나아갔다. 처음엔 무겁고 커다란 무리를 어떻게 헤쳐야 할지 막막했는데, 모두가 자신을 보고 조금씩 발을 비켜주었다. 친절한 이들이었다. 오라버니의 말이 옳았다. 그는 왕성 밖에도 상냥한 사람이 많다고 했다. 왕녀는 해득해득하며 맨 앞줄로 쏙 빠져나왔다.

-짝짝짝짝!

"맙소사! 저것 좀 봐요, 여보!"

그리고 까맣게 물들인 눈동자를 왕방울처럼 떴다. 절로 숨이 멎었다. 빨갛고 하얀 옷을 입은 광대들이, 자기 몸을 이용해 탑을 쌓고 있었다. 페네티안 왕성에서 가끔 보던 곡예와는 차원이 달랐다. 그들은 벌써 2층, 3층… 이제 4층에 도전하는 중이었다!

"와아아아!"

"말도 안 돼…"

-화르르!

곁에서 다른 광대가 불을 뿜어냈다. '우와아…!' 분위기는 더욱 뜨겁게 달아올랐다. 저이는 불 속성 성기사일까? 사막에서는 성기사가 재주도 부리는 걸까? 그런 이야기는 들어본 적이 없었다. 코르넬리서는 넋 놓고 공연을 구경했다.

어느덧 마지막 광대가 제자리에서 콩콩 뛰었다. 5층에 도전하려는 모양이었다. 모두가 긴장으로 양손에 땀을 쥐었다. 공연장 뒤쪽엔 색색으로 차려입은 무용수들이 꽃처럼 서서 결과를 기다리고 있었다. 왕녀는 침을 꼴딱 삼켰다. 남의 일에 이렇게 긴장하기는 처음이었다. 아니, 자신의 일에도 이렇게 긴장해 본 적이 없었다!

-두구두구두구두구…!

악사가 허름한 북을 마구 두드렸다. 좌중이 얼어붙은 듯 조용해졌다. 코르넬리서는 선물로 산 물건들을 꼭 쥐고 안달복달했다.

-두두둥!

-타앗!

드디어 곡예사가 뛰어올랐다. 폴짝, 폴짝, 폴짝! 휘리릭, 처억-!

"이야아아!"

5층 탑이 완성됐다. 꼭대기에 오른 여인이 레몬 몇 개를 던지고 놀기 시작했다!

"으하하하! 끝내주네!"

"굉장해! 기가 막히는군!"

"사람 몸이 어찌 저럴 수 있담!"

어마어마한 환성이 터져 나왔다. 언니가 싸움터에서 돌아왔을 때만큼이나 커다란 박수도 함께였다. 귓불이 떨어질 것처럼 시끄러운데도, 어린 왕녀는 못 박힌 듯 서서 눈만 깜빡였다. 이토록 충격적인 광경은 처음이었다. 정말로 솔직히, 언니의 금색 불꽃이나 어머니의 커다란 검보다 방금 본 광대의 도약이 몇 배는 더 멋있었다!

"대단해!"

-♪♬♩!

아이가 활짝 웃었다. 동시에 나이 든 악사들이 출싹출싹 민요를 연주했다. 조르르 늘어서 있던 무용수들은 깃털처럼 가벼운 몸놀림으로 코앞까지 나아왔다. 맨발에 팔다리가 훤히 보이는데도, 누구

하나 손가락질하는 이가 없었다. 그런 춤 역시 코르넬리서에겐 생경한 것이었다.

쨍그랑, 쩽그렁! 잔뜩 흥분한 관객들이 무대 중앙으로 반짝이를 던졌다. 자세히 보니 동전이었다. 아, 멋진 공연에 돈을 주는구나. 왕녀는 고개를 끄덕였다. 모든 게 낯설지만 이런 건 자신도 할 수 있었다. 후한 사례는 왕족의 기본 소양이라고 배웠다. 꼬마는 곧장 주머니를 뒤적였다. 여기 아바마마께서 주신 금화가 있었는데…

-털썩, 철퍼덕! 찰파닥!

"앗!"

그러다 품 안의 선물을 우르르 쏟고 말았다. 코르넬리서는 울상이 되어 몸을 구부렸다. 실은 이렇게 많은 짐을 들어본 적도, 짐을 든 채로 다른 물건을 찾아본 적도 없었다.

그래도 지금까지는 잘 해내고 있었는데 갑자기 이렇게 되었다. 아이는 허둥지둥하며 가까운 뿔피리와 팔찌부터 주워 들었다. 아직 맛도 보지 못한 간식은 그대로 버려야 했다.

-툭!

-투욱!

"저기, 잠시만!"

하지만 상황은 점점 나빠졌다. 한바탕 공연이 끝나자, 구경꾼들이 뿔뿔이 흩어지며 아이의 선물을 걷어찼다. 고의가 아니라는 것은 알지만 속이 상했다. 오라버니에게 선물하려던 꽃다발은 벌써 저쪽까지 쓸려가 있었다. 반쯤 뭉개진 모습을 보니 왈칵 눈시울이 뜨거워졌다. 조그만 낯에 먹구름이 끼었다.

"아바마마…"

목소리엔 금세 물기가 섞였다. 코르넬리서는 그제야 사방을 둘러보았다. 전부 모르는 얼굴이었다. 바쁘게 움직이는 이들 모두 자신보다 훨씬 크고 험상궂어 보였다. 아바마마는 물론이고, 시종과 호위도 찾을 수 없었다. 그 사실을 깨닫자 느닷없이 머릿속이 하얗게 질렸다.

"어…?"

숙박소로 가는 길이 떠오르지 않았다. 아버지와 마지막으로 있었던 장소도 생각나지 않았다. 갑자기 손발이 차가워졌다. 자신은 지금 완전히 혼자였다.

"어마마마…"

덜컥 겁이 났다. 이어 닭똥 같은 눈물이 뚝뚝 떨어졌다.

"언니…!"

"아이고. 길을 잃었나 보다."

그때, 하늘에서 몹시 익숙한 목소리가 들렸다. 코르넬리서는 스르르 고개를 들었다. 아니… 그럴 필요는 없었다. 상대가 자신과 눈을 맞추기 위해 무릎을 꿇었으므로.

"많이 놀랐겠네. 언니랑 같이 온 거야?"

그가 다정하게 물었다. 품에는 잔뜩 꺾이고 짓밟힌 꽃다발을 안은 채.

"아…"

믿을 수가 없었다. 너무나 그리워하던 얼굴이었다. 꿈에서 매일 매일 보던 사람이었다. 그런데 깨어나면 아무것도 기억나지 않아서, 항상 가슴이 따끔따끔했다. 분명히 같이 그림을 그리고, 맛있는 걸 먹고, 숨바꼭질도 했는데 아침에 일어나면 아무도 없었다.

그냥 그랬다는 사실만 마음속에 꼭꼭 남아있었다. 자세한 내용은 거짓말처럼 날아가서, 처음에는 스스로에게 화가 났다. 그런 것도 떠올리지 못하는 자신이 바보 같았다. 그래서 얼마 전부터는 머리맡에 일기장을 두고 잤다. 깨어나자마자 뭐든 써놓으려고. 무엇이든. 아주 조그만 거라도 좋으니까.

"오라버니…"

그런데 그가 눈앞에 있었다. 코르넬리서는 울음을 터뜨리며 오빠의 품에 안겼다.

"어어엉…!"

어마마마가 그러셨다. 간절히 기도하면 주신께서 들어주신다고. 왕녀는 오늘에서야 그녀가 자신에게 거짓말하지 않았음을 깨달았다.

"후작님이 더 울렸네!"

"아뇨, 그게…"

"허어엉, 엉엉… 으어엉!"

코르넬리서는 목 놓아 울었다. 잠깐이라도 손을 놓으면 오라버니가 사라질까 봐, 마디 끝이 하얗게 물들 만큼 힘주어 그의 어깨를 잡았다. 오라버니는 마지막으로 보았을 때와 똑같았다. 얼러주는 손길도, 부드러운 목소리도 변함이 없었다.

옷이 조금 다르긴 했지만 자신도 변신을 했으니 괜찮았다. 안경과 연분홍색 눈이 어색했지만, 자신도 눈에 안약을 넣었으니까 괜찮았다. 깊이 안아주거나 아명을 불러주지는 않았지만…

"일행을 잃어버렸나 봅니다. 숙박소로 데려가서 도움을 청해도 될까요?"

…

"번거롭게 하는군."

"그러지 말고. 지배인의 도움을 받으면 보호자를 금방 찾을 수 있을 겁니다."

"…"

아주, 아주아주 이상한 기분이 들었다. 코르넬리서는 울음을 뚝 그쳤다. 그리고 천천히 젖은 뺨을 들었다. 100일, 200일이 훌쩍 넘도록 기다려도 오지 않아서…

"일단 여기서 좀 더 기다려 볼까? 아저씨 시간 많거든. 언니 올 때까지 같이 있어줄게."

결국 1년 만에 마주한 오빠가 보였다.

"…"

눈물은 장맛비처럼 쉬지 않고 쏟아졌다. 시야가 깨끗해졌다가 흐려지기를 반복했다. 익숙한 금발과 아름다운 눈매는 분명, 아이가 아는 이의 것이었다. 세상에서 제일 좋아하는 사람의 것이었다.

"아유, 계속 우네. 아가 많이 겁먹었나 봐요."

"그러게요. 이거 네가 떨어뜨린 꽃다발 맞지? 되게 예쁘다. 혹시 어디서 샀는지 기억나?"

그가 난감한 미소를 지었다. 어떻게든 자신을 달래고자 노력하는 말투였다. 남자는 이제 가방에서 손수건을 꺼내고 있었다. 중간중간 이쪽을 향하는 따스한 눈길은 1년 전 그대로였다. 그런데…

"아저씨는, 어. 세레니테라고 해. 호수가 멋진 곳에서 왔어. 이름을 물어봐도 될까?"

거짓말.

"아니야."

코르넬리서가 쏘아붙이듯 말했다. 남자는 곧바로 당황했다.

"응?"

"거짓말쟁이."

"아저씨 말하는 거야…?"

"그런 이름 아니잖아! 미워!"

퍽! 아이는 악을 쓰고서 오빠를 밀어냈다. 그가 크게 놀라 엉덩방아를 찧었다. 왕녀는 끅끅 울며 바닥에 떨어진 손수건을 노려보았다. 오라버니가 떨어뜨린 꽃다발과, 모래투성이가 된 간식도 노려보았다.

물에 빠진 것처럼 숨을 쉬기가 힘들었다. 너무너무 슬프고, 그보다 훨씬 무서웠다. 코르넬리서는 남자의 곁을 지키고 있는 사람들도 쏘아보았다. 소녀의 뾰족한 외침이 모두의 귀를 찔렀다.

"이상한 장난 하지 마-!"

도둑들. 전부 도둑이 틀림없었다. 저들이 오라버니의 기억을 훔쳤다.

"저리 가! 떨어져!"

-퍽! 퍽!

아이는 그중 가장 큰 사내에게 덤벼들었다. 그리고 그의 다리를 주먹으로 마구 때렸다. 아주 높다란 곳에서 주황색 눈동자가 활활 타오르고 있었다. 오라버니가 기겁하며 자신을 붙들었다.

"저기, 미안해! 아저씨가 미안. 그러면 멀리서 지켜보기만 할 테니까-"

-탁!

"싫어! 아저씨 아니란 말이야!"

빽! 다시 소리를 질렀다. 그러고는 뒤도 돌아보지 않고 달렸다. 대답이 돌아올까 봐 두려워서, 눈을 질끈 감고 귀도 막았다. 그리고 왕성 복도에서 뛰던 것보다 훨씬 빠르게 다리를 움직였다. 머릿속 어딘가에서 온화한 타이름이 들렸다.

'그러다 넘어져서 다치려고. 뛰어다니지 마.'

'에이미!'

'자. 약 다 발랐다.'

'앞으로는 실내에서 망아지처럼 굴지 않기. 약속.'

무서웠다. 시종들이 숙덕이는 전쟁보다, 궁정백이 설명하던 죽음보다… 그가 자신을 알아보지 못한다는 사실이 더욱 무서웠다. 악몽 같았다. 오빠를 기다리는 동안 울지 않기로 했는데 자꾸 눈물이 났다.

"흑. 흐윽. 윽."

-덥석!

그 순간, 작은 몸이 불쑥 솟았다. 코르넬리서는 놀라서 바동거렸다. 고운 초콜릿색 눈동자가 그를 들여다보며 곡선을 그리고 있었다.

"우리 민들레. 무슨 일입니까, 어찌 울고 있습니까?"

"허어엉, 아바마마…!"

아이는 다급히 아버지의 목을 끌어안고 울음보를 터뜨렸다. 그가 자신의 생명줄이라도 쥔 것처럼. 마지막 희망이라도 되는 것처럼.

"쉬이… 어찌 말도 없이 아비 곁을 떠났습니까. 무척 놀랐습니다."

"어엉, 윽, 끅, 어어엉…!"

"다치기라도 한 것입니까? 걱정이 큽니다."

도리도리. 왕녀가 어깨에 묻은 고개를 저었다. 베르너르는 딸을 따뜻이 도닥이며 눈을 감았다. 그리고 느릿느릿 눈꺼풀을 들어 올렸다. 그의 날렵한 시선이 한곳을 향하고 있었다. 금발의 남자.

"그러면 되었지요. 무사하니 되었습니다…"

좁은 동공이 바르르 떨렸다. 오싹한 감각이 전신을 내달렸다. 베르너르는 시종 총괄에게 눈짓하고 즉시 카라반사라이로 길을 잡았다. 몇 번이나 자신의 발에 걸려 넘어질 뻔했으나 기쁘기만 했다. 그는 당장 이곳을 떠날 참이었다. 확실한 우위를 점했다면 빠르게 행동해야 했다. 지금, 드디어 행복해질 수 있는 방법을 찾았으니까.

"흐으윽…"

"주신의 축복입니다."

사생아가 코르넬리서를 알아보지 못한다. 눈부신 운명이 그를 돕고 있었다.

5. 경계의 신전

자정이 넘은 시각이었다. 기골트 카라반사라이의 쪽문은 전례 없이 번잡했다. 사복 차림의 페네티안 왕성 친위대가 질서정연하게 움직였고, 온갖 짐이 조용히 마차에 올랐다.

잘 훈련된 말들은 우아하게 줄지어 섰다. 누가 보면 야반도주라고 생각해도 이상하지 않을 장면이었다. 펄러덕! 일손 두엇이 암막을 걷자 휘황찬란한 금수레가 모습을 드러냈다. 딸을 안은 베르너르는 즉시 찻간에 올랐다.

“서둘러라.”

“예, 전하.”

시종 총괄이 깊이 절하고 아랫것들을 채근하러 갔다. 국서는 울다 지쳐 잠든 딸아이를 도닥도닥 두드렸다. 이어 수레의 가장 높은 곳으로 올라, 푹신한 침대에 왕녀를 눕히고 머리카락을 정돈해 주었다.

코르넬리서가 본인 인생의 보물인 것이야 익히 알았다. 아이는 눈에 넣어도 아프지 않을 존재였고, 자신을 한 번 위기에서 구해낸 천사였다. 그가 30년을 바쳐 빚어낸 역작 엘리서와는 다른 의미의 보석이었다. 그런데 둘째가, 다시 한번 그에게 기회를 가져다주었다. 믿기 어려운 은총이었다.

"7년을 그리 싸고돌더니 이름조차 기억하지 못해… 참으로 우스운 꼴이 아니냐."

국서가 비웃듯 속삭였다. 입가엔 진실한 기쁨의 미소가 걸렸다. 누구라도 첫눈에 반할 미모였으나 남자의 속은 완전히 달랐다. 두어 시간 전, 그는 치밀어 오르는 충동을 억누르느라 혀를 깨물고 입술에 피를 보아야만 했다.

왕자의 곁에 선 백기사白騎士를 보았을 때는 분노로 헛구역질이 났다. 비천한 청소부는 자신의 얼굴을 모르겠으나, 자신은 그치의 인상착의를 알고 있기 때문이었다. 베르너르가 짐승처럼 본능에 충실했더라면 야시장에서 무슨 일이 벌어졌을지 몰랐다. 그러나 그는 심장에 박힌 비수를 뽑아 드는 대신, 헛된 소란을 일으키는 대신…

'당장 경계의 신전으로 갈 것이야. 큰아이를 보아야겠다.'

'…예. 준비하겠습니다.'

야행을 명했다. 평생에 걸친 가족의 냉대. 믿고 의지한 아내의 배신. 누구에게도 사랑받지 못하며 살아온 남자는, 생존의 냄새를 기가 막히게 포착할 줄 알았다. 자신에게만큼은 드물게 돌아오는 호기를 놓치지 않았다.

"그것이 끝내 심판을 받았는지, 타지 생활 중 미쳐버린 것인지는 몰라도…"

어쨌든 잘되었다. 더러운 핏덩이가 코르넬리서를 알아보지 못함은, 그에게서 최소 7년간의 기억이 사라졌다는 의미였다. 이제 중요한 것은 하나였다. 큰딸은 이를 알고 있을까?

"오라버니…"

그때 코르넬리서가 앓는 소리를 내며 뒤척였다. 마침 시종 총괄이 돌아오기에, 베르너르는 미지근한 물수건과 수통을 들이도록 지시했다. 작은딸의 입을 닫는 것도 필수였다.

기골트에서 사생아를 만났고 코르넬리서가 충격을 받았다는 일련의 사건은, 큰아이의 귀에 들어갈 필요가 없었다. 설령 알려진다 해도 그것은 철저히 자신의 계산하에 이루어져야 하는 일이었다. 어떻게 하면…

-사아아아…

그 순간, 남자의 초콜릿색 눈동자가 크게 뜨였다. 귀한 아이의 몸에서 푸른빛이 뿜어져 나오고 있었다.

"에이미?"

"…"

놀란 베르너르가 딸의 아명을 불렀지만, 반응은 없었다. 그는 작은 얼굴을 닦던 수건을 내팽개쳤다. 심상치 않은 분위기에 노복이 서둘러 다가왔다. 왕녀의 몸이 차디찼다. '코르넬리서!' 어깨를 흔들고 목청껏 불러보았으나 딸은 깨어나지 않았다. 하얗게 질린 국서가 언성을 높였다.

"무엇 하느냐! 태의를 불러와라, 어서!"

"예, 전하!"

-사아아아…!

청색의 빛살이 더욱 휘황해졌다. 마치 아이의 몸 안에 거대한 광원이 들어있는 것 같았다. 베르너르는 퍼뜩 25년 전의 어느 날을 떠올렸다. 여섯 살의 엘리서가 처음으로 자신의 힘을 내보이던 순간이었다. 설마-

-스르르르…

흠칫. 옷자락이 축축했다. 남자는 불에 덴 듯 떨며 아이와 자신의 소매를 더듬었다. 그리고 경악했다. 딸의 조그마한 손끝과 곱슬곱슬한 상아색 머리칼에서, 맑은 물이 배어 나오고 있었다. 깨달음을 얻은 눈동자가 화등잔처럼 커졌다. 코르넬리서는 이대로 며칠이고 깨어나지 않을 것이다. 공포는 충격으로, 충격은 이내 환희로 변했다.

"누구 있느냐! 태의는 필요 없다. 치유 신관을 불러라! 전부!"

"명 받들겠습니다!"

8세. 에테르 각성이었다. 온 세상이 베르너르 페네티안을 굽어살피고 있었다.

* * *

우리는 그렇게 이름도 모르는 아이를 잃어버렸다.

-휘이이…!

요한 경이 빠르게 힘을 썼지만, 수천 인파의 소음 속에서 작은 호흡은 순식간에 묻히고 말았다. 쩌렁쩌렁한 술주정과 흥정, 그릇이 깨지고 불꽃 터지는 소리 따위가 더해져 섬세한 추적을 방해했다.

결정적으로 군중에 섞인 성기사들이 그의 에테르를 흩뜨려 놓고 있었다. 공기 속성은 다른 속성의 영향을 크게 받지 않는 대신, 자신 역시도 다른 속성을 완벽히 파훼하지 못했다. 나는 추기경을 올려다보았다.

'하늘을 날면 보일 겁니다.'

'저는 그런 위험을 감수하지 않을 거예요, 전하.'

성기사가 나의 부탁을 단호히 거절했다. 비행으로 아이를 찾았다가 우리에게 시선이 모일 것을 염려한 반응이었다. 그의 임무가 황태자와 나의 호위인 것을 아는데, 더는 부탁할 수 없었다. 나는 결국 구겨진 꽃다발만 챙겨 일어났다. 심란한 밤이었다.

새벽까지 잠을 설치고, 아침이 밝자마자 기골트 카라반사라이의 지배인을 만나게 해달라고 요청했다. 그를 보기 위해 세 시간 이상 객실에서 기다리기도 했다. 유동 인구가 많은 곳인 데다 신국 귀족도 상당수 머무르고 있어서, 다른 일을 미루고 내게 먼저 와달라 고집할 수는 없었다. 그러자면 우리의 신분을 밝히는 수밖에 없는데 그건 너무 위험했다.

"미아를… 찾으신다고요. 저희 손님 중에 말씀입니까?"

지배인 제로민이 난감한 표정을 지었다. 그는 비서로 보이는 사람과 우리 거실 소파에 앉아있었다.

"예. 저희 일행이 아니라 다른 분의 가족일 텐데, 어제 야시장 공연에서 보호자를 잃어버린 채 울고 있었습니다. 도우려고 했는데 쏜살같이 사라져서… 혹시 지배인께서 아시는 게 있을까 하고요.

관련 신고가 들어오진 않았나요? 일고여덟 살 정도 되어 보였습니다. 키가 요만하고, 눈은 까만색입니다."

나는 최선을 다해 설명했다. 아이에 관해 기억하는 건 뭐든 이야기했다. 꼬마가 펑펑 울고 화를 내던 모습이, 가슴에 가시처럼 박혀 지워지지 않았다. 내게 쏟아냈던 말들도 자꾸만 귓가를 맴돌았다. 걱정을 떨치기 힘들었다. 어린 나이에 뭐가 그리 서럽고 슬펐을까. 웃기만 하기에도 바쁜 시절인데. 혹시 집에서 학대를 당하고 있거나, 제 발로 도망 나온 건 아니었을까.

"고수머리에 아주 옅은 금발입니다. 길이가 대충…"

"이만할 거예요. 제가 뒤에서 봤습니다."

크리스텔이 냉큼 답해주었다. 조안과 산트도 말을 얹었다.

"옷이 엄청 비싸 보이더라고. 무조건 귀족 영애일걸."

"억양은 확실히 신국 쪽이었습니다. 평범한 마을 아이는 절대 아닙니다!"

"으음…"

지배인이 말을 골랐다. 동행한 비서와 시선을 나눈 그는, 반쯤 벗어진 머리를 손수건으로 닦았다.

"대단히 송구합니다, 공자님. 하지만 공자님과 친구분들께 다른 투숙객의 정보를 알려드릴 수는 없습니다. 랑부예 자작님의 일행분을 믿지 못하는 것은 아닙니다만…"

아. 그러고 보니 그런 문제가 있었다. 나는 급히 손을 내저었다. 개인 정보는 중요하지.

"죄송합니다. 제가 마음이 급해서 거기까지 헤아리지 못했네요."

"아닙니다. 그러실 수 있지요. 다만 실종 아동 신고나 문의는 접수된 바가 없습니다. 또한 저희 숙박소는 귀한 분들께서 자주 드나드시기에, 안팎으로 경비가 매우 철저합니다. 마을 출입구는 교황청 병력이 교대로 번을 서고 있습니다. 납치나 유괴는 아니리라 확실히 말씀드릴 수 있지요. 그만한 사건이었다면 분명 간밤에 난리가 벌어졌을 겁니다."

제로민이 침착하게 말했다. 그렇게까지 답을 해주니 조금은 마음이 놓였다. 그는 잔잔하게 미소 짓더니,

"마음씨 좋은 손님들이시군요. 너무 걱정 마십시오. 그만한 아가씨라면 근처에 반드시 호위가 있었을 것입니다."

하고 우리를 위로했다. 덧붙여 며칠간 순찰원을 늘리고, 마을에 수소문을 하겠다는 약속도 해주었다. 진심으로 감사한 일이었다. 이윽고 지배인과 직원이 찻잔을 비우고 방을 떠났다. 침실에 있던 레서판다들이 토도독토도독 달려와 내게 안겼다. 조그만 입을 벌리며 에테르 조르는 모습을 보니 헛웃음이 났다.

-끼이, 끼이!

-네게 위안이 되어주려고 하는 것이다.

"저요?"

나는 반짝 고개를 들었다. 이자벨을 등받이처럼 쓰고 있던 하난이 턱을 끄덕였다.

-낡고 오래된 에테르로 할 수 있는 것이 달리 있겠느냐? 이 몸은 다른 존재의 에테르를 보다 선명하고 날카롭게 느낀다. 신수는 솔직하여 감정을 숨기지 않는군.

-끼잉?

데미가 갸웃하며 나를 올려다보았다. '들켰는걸' 하는 표정이었다. 웃으며 녀석의 귀를 문질러 주고 있는데 국왕이 말을 툭 뱉었다.

-또한 지난밤에 누군가 이곳에서 성기사로 각성했지.

"예?"

"제가 잘못 감지한 게 아니었군요."

묵묵히 있던 요한 경이 말을 받았다. 나는 놀란 눈으로 그와 하난을 번갈아 보았다. 크리스텔과 황태자가 얌전한 걸 보니, 추기경급은 되어야 느낄 수 있었던 모양이다. 뵈레크 한 조각을 나눠 먹던 조안과 산트도 눈을 끔뻑였다. 헤릿 아버지는 나를 향해 눈꼬리를 휘었다.

"아마도 물 속성이었던 것 같아요. 숙박소 규모가 크면 이런 일도 생기는구나 싶었네요."

"…신기하네요."

"그러니까요. 같은 숙소에서 아기 태어났다는 소식을 들은 기분입니다."

크리스텔이 중얼거렸다. 방랑하는 성기사들의 천국 '모레노'에서도 겪어보지 못한 일이었다. 나는 묘한 기분을 가라앉히고자 애물단지들을 쓰다듬었다. 별일 아닐 거라 믿고 싶고, 십중팔구 별일 아니겠지만… 어제의 사건은 한동안 생각날 것 같았다.

"점심은 나가서 드시는 게 어떨까요?"

그때, 티테를 어르던 이자벨이 다정하게 물었다. 우리는 각자 생각에 빠져있던 머리를 들었다. 흑요석을 닮은 눈동자가 온화한 빛을 띠고 있었다.

“기분 전환도 하실 수 있고, 덤으로 마을 주민과 상인들에게서 정보를 얻기도 쉬울 거랍니다.”

“…”

크리스텔과 내가 마주 보며 씨익 웃었다. 동시에 세드리크 태자를 바라보자, 책을 펼치던 그가 살포시 인상을 썼다. 왜? 좋은 생각이잖아. 형도 실내가 더 좋긴 한데 같이 나갔다 오자!

* * *

으음, 별다른 소득은 없었다.

-달가닥, 달가닥…

마음 한구석이 찜찜했지만 현실이 그랬다. 우리가 기골트 마을과 카라반사라이를 떠날 때까지도, ‘우는 소녀’의 흔적은 전무했다. 지배인 제로민이 마지막까지 노력해 주었으나 이렇다 할 단서는 나오지 않았다. 우리는 일단 꽃 파는 노점 위주로 열심히 돌았는데…

‘어어, 그런 애가 오기는 했어! 인형처럼 예쁘고, 머리 꼬불꼬불하고.’

‘맞습니다! 혹시 밤늦게 저쪽으로 뛰어가는 건 못 보셨나요? 울고 있었을 겁니다.’

‘글쎄… 일단 물건 팔고 나면, 뭐. 지나가는 손님들까지 확인할 정신은 없어서. 사람이 좀 많아야지.’

유의미한 증언은 그게 전부였다. 소녀를 본 사람은 거의 없었고,

있다고 해도 보호자의 인상까지 떠올리지는 못했다. 명백한 사실 하나는 그날 이후로 아이가 어디서도 목격되지 않았다는 점이었다.

어쩌면 진작 기골트를 떠났을지도 몰랐다. 결국 우리가 할 수 있는 일이라곤, 제로민에게 뒷일을 부탁하는 것뿐이었다. 랑부예 자작 부부는 그가 믿을 만한 상인이라며 우리를 달래주셨다. 아이는 분명 무사히 귀가했을 거라고도 하셨다.

-다그닥, 다그닥…

-끄르르르!

수레바퀴 소리와 낙타 울음이 지척에서 들렸다. 그도 그럴 것이, 우리는 지금 수레 지붕에 앉아 이동하는 중이었다. 찻간에만 누워 있기는 슬슬 지겨워진 시점이었다.

반대로 사막의 밤하늘은 볼 때마다 새롭고 드넓었다. 저쪽 땅끝부터 이쪽 땅끝까지 전부, 유리구슬처럼 둥근 지붕과 하얗게 쏟아지는 별바다였다. 크리스텔은 아예 대자로 드러누워 별을 감상하고 있었다. 태자 녀석도 고요히 먼 곳을 응시했다. 산트와 조안은 벌써 잠들었고, 요한 경과 이자벨과 하난은 두런두런 이야기를 나누고 있었다.

"티테, 저기 봐. 티테 닮은 별자리다."

-아응?

"어. 이렇게 이으면, 티테처럼 말랑말랑한 모양이네."

-아우우

지느러미발을 잡고 허공에 선을 긋자, 하프물범이 눈을 접고서 즐거워했다. 헤 벌린 입에서 얼음 구슬을 뚝뚝 떨어뜨리기도 했다.

나는 녀석의 수염을 닦아주며 문득 그런 생각을 했다.

'거짓말쟁이.'

'아저씨 말하는 거야…?'

'그런 이름 아니잖아! 미워!'

어쩌면 그 애가… '진짜' 에서 왕자를 아는 사람은 아니었을까. 그래서 내가 나도 모르게 큰 상처를 준 건 아닐까. 만약 그랬다면 너무 미안한데, 나에게 사과할 기회가 오기는 할까.

"여러분, 저기 보세요."

'다 온 것 같네요.'

그즈음 요한 경의 목소리가 들렸다. 우리는 동시에 고개를 돌렸다. 이내 모두의 턱이 스르르 벌어졌다.

"허어."

"세상에…"

경계의 신전. 내가 태어나서 본 것 중 가장 거대하고 장엄한 건축물이, 코앞에 펼쳐지고 있었다.

* * *

에바는 잔뜩 긴장한 채 서있었다.

"보여드리세요, 에바."

엘리자베트가 다정하게 웃으며 어깨를 두드렸다. 아이는 그녀를 한 번 보았다가, 눈앞의 황제 폐하와 추기경 전하를 한 번 보았다. 그들의 뒤를 지키고 있는 에르베 뒤엠 경도 한 번 보았다.

근위대장이 멋진 미소와 함께 고개를 끄덕였다. 어린 블랑케르 소공작은 비로소 움직이기로 했다. 리에스테르 황궁의 심장부까지 와서, 귀한 분들의 시간을 함부로 낭비할 수는 없었다. 흑갈색 눈동자에 바들바들 지진이 났다. 에바는 필사적으로 자신이 '오빠처럼' 여기는 사람을 떠올렸다.

'그럼 개업식은 크게 해야겠습니다. 에바가 진정한 권력으로 향하는 첫걸음이니까요.'

'네. 아주아주 대규모로 할 겁니다. 아는 사람은 몽땅 초대할 거예요! 신분은 하나도 상관없습니다. 아녜스하고, 프랑크하고, 저를 도와준 집안 하인들도 전부 온다고 했습니다.'

'어? 그러면 폐하와 오렐리 전하도 오시겠네요.'

'…'

'하하하. 농담입니다. 부담 갖지 마세요.'

곱게 접히던 보랏빛 눈동자와, 온화한 목소리를 생각했다. 아이는 왕자님의 기대에 부응하고자 했다. 물론 그가 웃자고 건넨 말인 건 알았다. 폐하나 전하께서 오시지 않아도, 왕자님이 자신의 개업을 진심으로 축하해 주고 자랑스럽게 여기리란 사실은 알았다. 그의 애정을 신뢰했으니까.

"폐하, 전하. 드릴 말씀이 있습니다."

하지만 저도 한다면 하는 성격이었다. 가끔은 바보 같은 왕자님을 깜짝 놀라게 해주고 싶었다. 이런저런 기념품을 잔뜩 사서 돌아올 그에게, 자신도 선물을 하고 싶었다.

"응, 에바. 듣고 있단다."

"곧 저의 살롱이…"

그런데 거기까지 말하니 갑자기 초라해지는 기분이었다. 크고 위대한 업적을 이룩하느라 바쁘신 분들께, 자신의 '살롱 드 빅투아르' 개업식은 너무나 작고 보잘것없는 일 같았다. 살롱 면적을 다 합쳐도 황제궁 찬장보다 작을 텐데. 어떻게 그런 곳에…

-부스럭

그때, 작다란 온기가 에바의 손을 감쌌다. 소공작은 놀라서 옆을 돌아보았다. 하얀 아이가 자신을 향해 봄눈처럼 웃고 있었다.

"흐흥."

"…그런다고 힘이 나지는 않거든."

에바가 이맛살을 구기며 속닥였다. 자신은 어엿한 열여섯 성인이고, 헤릿은 올해 겨우 열한 살이 되는데 꼬마에게 응원받는 건 자존심이 상했다. 그런 속을 알 리 없는 소년이 갸웃하며 눈을 깜빡였다.

아버지와 조금도 닮지 않은 인상이라 그나마 다행이었다. 에바는 스스로 헤인스 경을 별로 좋아하지 않는다고 믿었다. 그는 왕자님 앞에서 지순한 척이나 하는 백여우였다!

"흥."

"흥?"

소년이 소녀의 콧소리를 따라 했다.

"저, 크나큰 무례를 무릅쓰고 두 분께 초대장을 올리고자 알현을 청하였습니다. 이리 허락해 주셔서 진심으로 감사드립니다."

헤릿에게서 힘을 얻은 소공작이 드디어 발언했다.

"어머나. 기대되는걸."

오렐리가 커피잔을 내려놓으며 빠르게 말했다. 프레데리크는 약자에게 너그러운 편이지만, 그것과 별개로 성격이 다소 급했다. 조금만 더 기다리게 했다간 아이를 몰아붙일지도 몰랐다. 시종장 로라가 에바로부터 초대장을 받아 두 사람에게 올렸다. 황제는 코웃음 치며 그것을 열어보았다.

"3월 31일 개업식이라… '신분, 나이와 관계없이 누구나 자유롭게 드나들 수 있는 살롱'."

"그렇습니다. 제국 사교계에는 그런 공간이 거의 없습니다. 헤릿처럼 어리면 금방 돌려보내거나 동등한 대화 상대로 봐주지 않고, 산지기 아녜스처럼 평민이라면 입장부터 불가능합니다."

"…"

아이가 또박또박 말을 이었다.

"하지만 제 어머니께서 그리 말씀하셨습니다. 진짜 권력은 사람들의 인정을 받는 데서 나온다고요. 그건 강제로 취할 수 없는 마음이라고 하셨습니다."

"과연."

"예, 그래서… 저는 최대한 많은 사람이 올 수 있는 곳을 만들고 싶었습니다. 마담 빅투아르처럼 남모르게 힘든 일을 겪는 이들의 목소리도 듣고 싶었어요. 아직 개장을 하지 않아서 어찌 될지는 모르겠습니다. 하지만 무테 경이랑, 다들 도와주시니까…"

소공작이 말끝을 흐렸다. 언감생심 어전에서 거짓말을 할 수는 없어, 아이에게는 그게 한계였다. 앞날을 약속드리기엔 모르는 게 많은 나이였다. 이내 시선이 푹 떨어졌다.

에바는 스스로가 한심했다. 더 멋있게, 어른스럽게 미래의 구상을 말씀드려야 했는데 졸아붙어서 문장 하나도 제대로 끝맺지 못했다. 이래서는 왕자님에게 자랑하기 힘들 것 같았다.

"혹시… 혹시 시간이 되시면…"

그런 말을 꺼낼 즈음엔 목소리가 달달 떨렸다. 부끄럽고 무서워서 뺨이 뜨거워졌다.

"그것만으로 되겠느냐?"

즉시 냉소적인 목소리가 돌아왔다. 에바는 눈을 질끈 감았다.

'프레데리크.'

추기경이 불렀지만 황제는 말을 멈추지 않았다.

"고작 살롱의 개업을 축하하는 자리에, 진심으로 짐이 행차해야 한다고 믿는 것은 아니겠지."

"…"

소공작이 고개를 떨어뜨리며 헤릿의 손을 꼭 쥐었다. 아이는 에바 누나와 폐하를 번갈아 보았다.

"아."

그러다가 눈을 땡그랗게 떴다. 저 얼굴은 분명, 소년이 아는 그것이었다. 저분이 상냥한 장난을 걸기 직전의 표정이었다. 오렐리 전하는 '못됐다'라고 하셨지만 헤릿의 눈엔 늘 멋지고 상냥해 보였다.

"규모를 키워라."

"예, 예?"

"엘리자베트의 생일이 엊그제였다. 또한 시동侍童에게 듣자니 며칠 있으면 물방울 꼬마의 생일이라고 하더군."

프레데리크가 장난스럽게 헤릿 쪽을 눈짓했다. 에바는 멍하니 소년을 바라보았다. 아이가 해사한 낯으로 맞잡은 손을 흔들었다. 헤릿은 요즘 차 시중뿐 아니라 두 어른의 말동무를 하느라 바빴다. 매일매일, 손끝이 잉크로 까맣게 물들 때까지 필담을 나누곤 했다.

"그럼, 그러면…"

"제국의 황제와 추기경에게 걸맞은 행사가 되어야 하지 않겠느냐?"

중년인이 말했다. 느릿느릿, 에바의 입술이 동그랗게 벌어졌다. 이어 거짓말처럼 안색이 밝아지고 작은 어깨가 꼿꼿해졌다. 아이는 봄을 맞은 새싹처럼 환히 웃었다.

"예. 그리 준비하겠습니다. 개업 축하 연회, 무테 경과 크리스텔 경의 생일잔치, 태자 전하와 왕자님의 귀국 축하연까지 한꺼번에 열겠습니다!"

"그래. 바쁘겠군."

"네!"

에바가 큰 소리로 대답했다.

'하하하하.'

가장 먼저 웃음을 터뜨린 건 에르베였다. 황제가 흘겨보았지만, 그는 어색한 헛기침으로 입을 가릴 뿐 끝내 표정을 관리하지 못했다. 프레데리크는 혀를 차며 소공작을 내보냈다.

아이는 이제 할 일이 많았고, 당장이라도 하늘로 솟구칠 것처럼 방방 뜨고 있었다. 헤릿이 허리를 꾸벅하고서 쪼르르 뒤따라 나갔다. 에바의 보호자로 왔던 엘리자베트도 어른들에게 예를 차리고 물러갔다. 생일 휴가를 주었더니 사복 차림으로 꼬마를 데려왔다. 기가 찼다.

"저는 커피로 부탁드립니다."

"예, 근위대장님."

에르베가 조그만 의자에 앉아 조그만 잔을 받는 동안(그의 몸이 너무 큰 탓이다), 오렐리는 반려를 돌아보았다.

"어쩌려고 그랬어?"

그리고 걱정 섞인 목소리로 물었다. 입가는 여전히 호선을 그렸지만, 둘에겐 현실적인 문제가 있었다. 일단 국정이 늘 산더미처럼 쌓여있었다. 외출을 계획하려면 최소 3개월 전에는 일정을 정리해야 했다. 거기다 황실 가족 전원이 시내로 나가자면 도심의 절반을 봉쇄해야 할 터였다.

"왜, 침실에 더 갇혀 지내려고?"

"그런 건 아니지만."

"어린것들 노는데 한 시간 얼굴 비추면 충분하겠지. 사교계는 내가 함부로 건드릴 수 없으니."

뒷말은 이어지지 않았다. 하지만 오렐리에겐 그것으로 충분했다.

"…그렇구나. 좋은 생각이야."

그녀의 황제는, 귀족 중심적인 데다 사치와 타성에 젖은 제국 사교계를 좋아하지 않았다. '함부로 건드릴 수 없다'라고 하지만, 실은 '건드리면 귀찮아질 테니 그냥 둔다'라고 보는 게 맞았다.

그러니 프레데리크가 에바의 파격 살롱을 방문하는 행위는 의미가 컸다. 제왕이 바라는 사교계가 무엇인지 보여줄 드문 기회였다.

그녀는 한 걸음도 허투루 내딛는 사람이 아니었다.

"그 자리에서 왕자님에게 이야기해 보는 건 어때?"

"…"

"편한 분위기일 거야. 그 애도 세드리크를 친애해. 어쩌면 구체적인 시기를 잡을 수 있을지도 몰라."

추기경이 조곤조곤 속삭였다. 황제의 날카로운 눈동자가 차분히 가라앉았다. 그렇지 않아도 그런 생각을 하기는 했다. 그녀의 하나뿐인 아들에겐 종교적 반려가 필요했고, 예서 왕자는 모든 조건에 완벽히 들어맞는 짝이었다.

무엇보다 세드리크도 그를 곁에 두고 싶어 했다. 본인이 직접 말한 적은 없지만 보기만 해도 알 수 있었다. 태자가 그토록 빠르게 마음을 연 상대는, 엘리자베트 이후 예서가 처음이었다.

"…이번 건을 잘 해결하고 돌아오면."

"응. 함께 정무를 볼 수 있다는 게 증명되면 정식으로 제안해도 좋을 것 같아."

"아주 신났네."

퉁명스러운 대꾸에 오렐리가 눈꼬리를 접었다. 그러자 커피를 마시던 근위대장이 조심스레 입을 열었다.

"폐하, 저는 가을로 건의드립니다. 왕자께서 선선한 날씨를 선호하시니 행사를 진행하기 수월할 겁니다. 또한 궁을 내리시려면 아무래도 동쪽에 있는 건물이…"

-퍽!

"큭!"

"적당히 해라. 알 깨기도 전에 병아리를 세는군."

황제가 근위대장의 정강이를 걷어찼다. 아픈 척하지 말라는 핀잔은 덤이었다. 오렐리는 결국 소리 내어 웃어버렸다. 여전히, 기다림은 즐거웠다.

* * *

나는 잔뜩 긴장한 채 서있었다. 갑자기 분위기 '의전'.

"저 진짜 괜찮습니까?"

"왕자님, 그 질문만 벌써 세 번째인 거 알아?"

문가에 선 조안이 혀를 찼다. 하지만 크리스텔은 '너무 예쁘다'라는 말만 반복해서 신뢰하기가 힘들었다. 산트가 없었더라면 정말 큰일이 났을 것이다. 나는 그의 도움을 받아 새 옷을 입고, 새 신발을 신고, 머리를 정돈했다.

당연히 전부 랑부예 자작이 내어준 것들이었다. 바쁜 와중에도 티테의 털받이를 갈고 레서판다들을 한 번씩 안아주었다. 아직 깨어나지 못한 뚝심이를 침대째 가가방에 챙기자, 대충 준비가 끝났다. 나는 뻔뻔하게 입을 열었다.

"그럼, 태자님. 내리실까요?"

"…"

놈이 한심하다는 눈빛을 보냈지만 모른 척했다. 형은 이런 거 처음이니까 네가 이해 좀 해주라.

-똑똑

이어 바깥에서 누군가 문을 두드렸다. 달칵, 선선한 밤바람이 들자마자 세드리크 태자가 뚜벅뚜벅 계단을 내려갔다. 나는 허겁지겁 그의 뒤를 따랐다. 의전대로라면 태자는 리에스테르 황실 예복을 갖춰야 했고, 나는 대주교 정복을 입는 게 맞았다.

하지만 그럴 수가 없었다. 그야 재는 납치당해서 여기까지 왔으니까. 짐이 있기야 했는데 거기엔 알찬 여행용품뿐이었다. 나? 저놈 납치범인데 다를 게 있겠는가. 그래도 랑부예 카라반에서 제일 좋은 옷을 얻어 입었으니-

-척, 척, 척!

깜짝이야! 나는 움찔하며 사방을 둘러보았다. 수레 양옆으로 길게 늘어선 교황청 병사들이, 까마득한 경계의 신전 입구까지 닿아 있었다. 대충 300미터는 되는 거리였다.

이제 보니 발밑엔 호사스러운 금빛 융단이 주르륵 깔려있었다. 밤늦은 시간이라 이런 형식은 갖추지 않을 줄 알았는데, 역시 교황청이라고 해야 할지. 여기도 하나의 국가라고 생각하면 이상한 건 아니지만…

-철컥, 철컥, 철컥!

우리가 나아가는 길목마다 병사들이 로봇처럼 머리를 숙였다. 갑주는 제국에서 보던 것과 모양이 무척 달랐다. 사람들의 피부색과 생김새가 다양한 건 여기도 비슷-

"시선."

"미안."

태자가 지적했고, 나는 화드득 정면으로 고개를 돌렸다. 예법에 따라 녀석과 나는 선두에서 걷고 있었다. 몇 걸음 떨어진 뒤쪽에선 랑부예 자작 가족이, 그 뒤에선 조안이, 맨 끝줄에서는 산트와 요한 경과 신수들이 걸음을 놀렸다. 앞만 보고 있자니 다시금 웅장하고 거대한 존재가 시선을 사로잡았다. 멀리서도 계속 감탄했는데 가까워질수록 기가 막혔다.

"와…"

21세기 마천루 수준은 아니지만, 경계의 신전은 최소 100미터 높이는 되어 보였다. 너비도 진짜 말도 못 하게 넓었다. 장담하건대 퇴계공의 7대 불가사의를 꼽자면 반드시 들어갈 건축물이었다. 그냥, 인간이 지은 것 같지가 않았다.

모든 곳이 장엄하고 위용 넘치는 리에스테르 황궁조차도 이런 느낌은 아니었다. 초석부터 지붕까지 모조리 대리석으로 만들었다는 신전은, 초승달의 빛을 받아 새하얀 광휘를 뿜어내고 있었다.

"태자님, 저게 혹시…"

그것만으로도 충분히 비현실적인데, 신전을 기이하게 만드는 요소는 하나 더 있었다.

"맞아."

'세계수'.

신전 기둥만큼 굵다란 칠흑의 나무뿌리들이, 순백의 건물을 사방에서 칭칭 감고 있었다. 언뜻 가엾은 건축물이 커다란 심해 생물의 공격을 받는 모양새였다. 하지만 자세히 보면, 세계수와 신전은 분명 사이좋게 공존하고 있었다.

천장으로 길게 뻗은 가지가 대들보 역할을 했고, 아래로 자란 잔가지들은 신전을 오르는 계단이 되어있었다. 개중 두꺼운 뿌리엔 역시나 대리석으로 조각한 역대 교황들이 큼직하게 자리했다.

뿌리 모양에 맞추어 앉아있는 자도 있었고, 낮잠을 청하듯 모로 누운 자도 보였다. 횃불을 든 이가 있는 한편 독서 삼매경에 빠진 이도 눈에 들어왔다. 그리고 그들은 조금 전까지 살아 숨 쉬던 사람처럼…

"으음."

모두 지나치게 생생했다. 무의식중에 몸이 부르르 떨렸다. 어쩐지 무서운 장소였다.

"어서 오십시오. 세드리크 리에스테르 황태자 전하와 예서 페네티안 왕자 전하를 뵙습니다."

움찔. 나는 황급히 정신을 차렸다. 어느새 눈앞엔 처음 보는 노인이 서있었다. 깊고 진한 이목구비, 호사스러운 추기경 정복. 희끗하고 단정한 머리카락과 칼같이 정돈된 수염. 생각보다 큰 키. 속을 알 수 없는 표정.

"저는 로날트 뤼퍼르트라고 합니다. 미천한 몸으로 이곳의 총대리를 맡고 있습니다."

그가 우리에게 공손히 절했다. 나는 묘한 공포를 억누르며 마주 인사했다.

* * *

"엘리서 왕세녀 전하께서는 신전 안에 계십니다. 이른 시일 안에 자리를 마련하겠습니다."

로날트 뤼퍼르트 총대리는 그렇게만 설명했다. 나는 즉시 그의 말을 이해했다. 엘리서는 이곳의 또 다른 손님이니, 나와서 우리를 맞을 의무가 없었다. 한시라도 빨리 예서 왕자를 만나고 싶겠지만 지켜야 할 품위와 의전이라는 게 있을 터였다. 어쩌면 지금쯤 어느 창가에서 우리를 내려다보고 있을지도 모른다. 조금이라도 마음을 놓을 수 있다면 좋겠는데.

"부디 들어오셔서 여독을 푸시지요. 먼 길 고생 많으셨습니다."

"감사합니다."

내가 대답했다. 황태자는 턱만 까닥일 뿐이었다. 총대리 또한 예상했다는 듯 여상한 얼굴이었다. 녀석의 이런 태도가 하루이틀도 아닌데 나만 민망했다. 그래도 이제는 이놈이 낯을 가리느라 이런다는 걸 안다. 가까운 이들에겐 다르게 반응한다는 것도 알고… 티는 별로 안 나지만.

"고매하신 로날트 뤼퍼르트 추기경 전하를 뵙습니다."

"어서 오십시오. 두 분의 이야기는 종종 들었습니다. 따님과 손녀분께 축복이 있기를."

이어 랑부예 자작 가족이 노인에게 예를 차렸다. 총대리는 이자벨과 크리스텔에게 덕담을 건네는 것으로 짧은 인사를 마무리했다. 뉘앙스로 보건대 모녀가 '시몽 드 사르네즈 공작 사건'으로 겪었을 고초를 위로하는 듯했다.

조안과 산트 역시 그에게 절을 올렸다. 화가는 삐걱거렸지만 나름 선방했고, 사제는 놀랄 만큼 우아한 몸짓을 선보였다. 과연, 한

때 교황청 소속이었던 대갓집 막내 도련님은 다르구나.

"어서 오게, 로세하르더 사제. 자네 부친이 기다리고 있네."

산트의 표정이 떨떠름해졌다. 예전 성으로 불리는 건 싫은가 보다.

"예에…"

"환영합니다."

그렇게 말한 총대리가 한곳을 길게 바라보았다. 묘한 침묵이 흘렀다. 나는 어리둥절해서 눈길을 돌렸다. 아차.

"…"

"…"

요한 경이었다. 나는 그가 그렇게 차가운 표정을 지을 수 있다는 걸 처음 알았다. 나를 공격하던 날엔 오히려 슬퍼 보였기 때문에, 지금과는 인상이 매우 달랐다. 민트색 눈동자가 얼음처럼 시린 빛을 내고 있었다. 분명 눈 끝이 휘고 있는데 웃는 것 같지 않았다. 성기사가 느릿느릿 입을 열었다.

"오랜만에 뵙습니다, 로날트 전하."

"…그래. 좋아 보이는군."

그게 끝이었다. 숨 막힐 듯 어색한 분위기가 이어질 무렵,

"전하."

총대리의 부제副祭 중 하나가 그를 불렀다. 탁, 팽팽하던 긴장의 끈이 끊겼다. 추기경은 그제야 요한 경에게서 눈을 떼고 우리를 바라보았다. 우묵하게 들어간 눈매엔 어떠한 동요도 없었다. 그는 대리석으로 만든 것처럼 냉랭했다. 신전 주변을 장식한 역대 교황들의 조각상을 닮았다.

"교황 성하의 집에 오신 것을 환영합니다."

노인이 스르륵 움직여 앞장섰다. 나는 긴장하지 않으려고 애쓰며 뒤를 확인했다. 크리스텔에게 안긴 티테가 그렁그렁한 눈을 하고 있었다. 레서판다들도 잔뜩 겁먹은 기색이었다. 아이고.

* * *

진짜, 이런 데서 살면 누구라도 무감정해질 것 같다. 아니면 미쳐 버리거나.

-또각, 또각, 또각…

"으음…"

사방이 투명했다. 과장이 아니라 정말로 그랬다. 벽은 물론 바닥에도 우리의 얼굴이 훤히 비쳤다. 설마설마했는데, 나의 표정을 본 신전 부제가 '생각하시는 것이 맞습니다.' 하고 확인해 주었다. 충격적이었다.

모든 기초가 대리석으로 지어진 신전 내부는, 리에스테르 황궁 같은 항마석抗魔石 대신 유리처럼 깨끗한 성석聖石으로 도배되어 있었다. 성석이 어떻게 만들어지는지 아는 우리로선 오싹하기 이를 데 없는 자재였다.

대리석의 상앗빛이 성석을 뚫고 은은한 광을 냈다. 여기에 굵고 새카만 세계수 가지들이 종양이라도 되는 것처럼 건물 곳곳을 휘감고 있었다. 아무리 봐도 기괴한 이미지였다.

"피로하실 테니 곧장 침실로 모시겠습니다."

"고맙습니다."

목소리와 발소리가 웅웅 울렸다. 그 밖에도 신전은 사람을 압도하는 분위기가 있었고, 자수정과 황금 등으로 장식되어 휘황찬란했다. 까마득히 높고 널찍해 '집' 같은 느낌이라곤 없었다.

사람은 적은데 샹들리에며 촛대는 과장스러워서 위화감이 들었다. 다시 한번 말하지만, 장엄하기 이를 데 없는 리에스테르 황궁도 이렇진 않았다. 똑같이 호사스러워도 그곳은 항상… 활력과 온기가 넘쳤으니까. 문득 그리운 마음이 들었다. 우습게도.

"와아."

로비를 가로지르는 여덟 개의 대리석 기둥엔 거대한 천사들이 양각되어 있었다. 하난 루마이얀의 고분에서 보았던 석상들과 비슷한 모습이었다. 다만 이쪽은 당장이라도 기둥을 박차고 날아오를 것처럼 생동감이 넘쳤다.

왼쪽의 네 기둥은 각각 창해의 축복, 화성의 혜검, 비렴의 방주와 수목의 신궁을 상징했다. 당시엔 정신이 없어서 대충 넘겼지만, 차움 유적에 있던 천사들도 그랬었다. 그러면 저기 오른쪽은 아마 신국의 신물…

"목욕물을 준비해 두었습니다. 조식은 원하시는 시간에 방으로 가져다드릴 것입니다. 그 외에 필요하신 게 있다면 무엇이든 부제들에게 말씀해 주십시오."

"네. 배려에 감사드립니다."

"또한 왕세녀 전하와의 자유로운 교류는 어렵습니다. 양국 간의 예측 불가능한 마찰을 막기 위함이니 양해 부탁드립니다. 물론 제국 귀빈의 도착 소식은 전하께도 전해드렸습니다."

"알겠습니다."

답은 온전히 내 몫이었다. 우리는 이후로 말없이 걷기만 했다. 냉기가 흐르는 로비를 지나, 적막하기 짝이 없는 복도를 통과해 손님방으로 들어설 때까지.

* * *

어떻게 잠들었는지 기억도 안 난다. 분명 랑부예 자작 부부와 이자벨에게 안녕히 주무시라는 인사를 했는데, 그 뒤로는 머릿속이 캄캄했다. 꿈에 형이 나왔던 것 같기도 했다. 껄껄대며 웃고 있었지. 아니, 울고 있었던가?

-착!

"왕자님, 일어나 보십시오. 예서 왕자님!"

"으으…"

나는 레서판다들을 끌어안으며 돌아누웠다. 평소 같으면 빠르게 기상했겠지만, 수레 지붕에서 자다 깨다 하며 온 게 피곤했는지 눈꺼풀이 조금도 움직이질 않았다.

'끼이.'

일찍 일어난 레아가 내 등을 잘근잘근 밟으며 올라왔다. 커흑, 건강하고 행복하면 됐다…

"가나엘, 나 30분만."

"저 크리스텔이에요. 밖에 순례 행렬이 지나가고 있습니다! 같이 구경해요!"

번쩍! 나는 화드득 몸을 일으키며 이불을 목 끝까지 끌어올렸다. 굴러떨어진 레서판다들이 도그르르 몸을 말았다. 코앞에 머리를 풀어 헤친 주인공이 보였다. 그녀는 하얀 잠옷 차림에 티테를 얹고 있었다.

당황해서 내 의상도 확인했는데 역시나 잠옷이었다. 어떻게 갈아입고 자긴 했나 보다. 황급히 소매에 코를 박았다. 모래 냄새가 나던 몸에선 희미하고 낯선 비누 향이 풍겼다. 어젯밤의 정예서가 여러모로 기특한 일을 했구나. 이게 아니라!

"어떻게 침실까지,"

"에이. 오는 내내 같은 수레에서 잤는데 뭐 어때요. 그보다 서두르십시오. 성지 순례 행렬이 장관입니다!"

"순례요? 아."

'경계의 신전 순례.'

본래 산트가 참여하기로 했던 종교 행사였다. 내 표정이 어지간히 바보 같았는지 크리스텔이 킥킥대며 손목을 잡아끌었다. 대충 슬리퍼를 발에 꿰고, 데미를 품에 안은 채 쫄레쫄레 그녀를 따랐다. 와중에 레서판다에게서도 비누 냄새가 나서 만족스러웠다. 일행이 함께 사용하는 곁방으로 들어서자…

"안녕히 주무셨어요, 전하."

"좋은 아침입니다, 요한 경. 안녕하세요, 태자님. 조안."

가벼운 셔츠를 입은 헤릿 아버지와 세드리크 태자가 우리를 맞아주었다. 조안은 우리처럼 까치집에 잠옷 차림이라 동질감이 들었다. 새삼 황궁에서는 상상도 못 할 상황이라 웃음이 났다. 뭐, 저 두 남자는 항상 새벽같이 일어나니까. 보아하니 벌써 사이좋게 식사도 했나 보다.

"산트는요?"

"밥도 못 먹고 아버지 만나러 내려갔어. 들이댓바람부터 불렀다더라. 진짜 아들 생각하는 아빠라면 한나절은 쉬게 해줘야 하는 거 아냐?"

조안이 툴툴거렸다. 산트의 아버지라면 페네티안 신국의 엣자르트 로세하르더 궁정백을 의미했다. 그간 친구들과 여행하며 공부한 바에 따르면, 그는 깐깐하고 냉철한 왕실파 정치가이자 추기경이었다. 세 아들을 줄 세워 평가하고 점수까지 매기는 나쁜 부모이기도 했다. 나는 설핏 인상을 썼다.

"산트가 아침을 제대로 먹고 올 수 있을지 모르겠네요. 자리가 불편하면 소화를 잘 못 하던데…"

"제 말이 그 말입니다. 그래도 저기 보십시오! 저건 놓치면 안 돼요."

크리스텔이 창밖을 가리켰다. 신수들과 나는 그녀를 따라 창가에 찰싹 붙었다. 조안이 입을 헤 벌렸다.

"와… 저게 다 몇 명이야?"

"그러게요. 수천은 족히 될 것 같습니다."

'잘하면 만 명도 넘겠는데요.'

내가 멍하니 대답했다. 놀라운 광경에 레서판다들이 꼬리를 살랑거렸다. 맹렬한 아침 햇살 아래, 끝없는 행렬이 머나먼 모래 위를 세 줄로 걷고 있었다. 낙타를 탄 사람은 백 명에 한 명꼴이었다.

거리가 멀어 확실치는 않지만, 사제복을 입은 이가 절반이고 나머지는 평범한 신자들 같았다. 모락모락 피어오르는 아지랑이 사이로 커다란 나무 장식을 짊어진 사람이 보였다. 행렬의 선두인 것으로 미루어, 주신교 상징인 아래쪽 화살표 모양을 둘러멘 듯했다. 무지 덥고 힘들겠다. 왜 양산 하나도 없이 저렇게…

"고난을 행하면 주신의 시선을 받을 수 있다는 믿음이에요."

"예?"

우리는 퍼뜩 고개를 돌렸다. 요한 경이 다정한 미소를 보냈다.

"신자들은 대부분 주신의 관심을 갈구하니까요. 자신의 삶에 더 큰 자극이 주어지면, 더욱 극적인 인생을 살면 그녀의 눈길이 닿으리라 여기는 거죠."

"눈길이 닿으면 뭐가 좋습니까?"

내가 되물었다. 그리고 몇 초 후에야 너무 무식한 질문을 했음을 깨달았다. 허울뿐이래도 왕족 신관인데 어떻게 이런 걸 모르냐고. 친구들이 널 뭐라고 생각하겠냐, 정예서!

"저도 그게 궁금해요. 성서나 해설서에도 나오지 않는 내용이고요."

"…"

"하지만 신의 사랑을 받고 싶은 욕심이라고 생각하면 특별한 것도 아니겠죠. 그걸 마다하는 존재는 없을 테니까요."

"하긴 그러네요."

크리스텔이 끄덕끄덕하며 말했다. 나는 조용히 그의 말을 곱씹었다.

"어? 왕자님, 저 사람들 악기도 연주하나 봐. 창문 열어보자!"

그때, 신난 조안이 걸쇠를 덜거덕거렸다. 달칵, 끼이익! 친구들과 나는 조심조심 창을 열고 귀를 기울였다. 바람에 섞여 또렷하진 않지만…

-♩♪♬…

-부우우우…

그녀의 말대로였다. 희미한 관악기 소리가 들렸다. 백파이프처럼 진하고 깊은 울림이었다. 우리는 서로를 돌아보며 새새 웃었다. 꼭 〈걸어서 세계 속으로〉의 한 장면 같네.

-끼응, 끼!

"페리, 위험해. 몸 내미는 거 아니야."

나는 호기심에 들뜬 신수들을 어르며 생각에 빠져들었다. 뜨거운 공기가 머리칼과 잠옷 자락을 어지럽혔다. …내일이면 내가 이곳에 온 지 정확히 1년이 된다.

그간 열심히 학습한 바로, '경계의 신전'은 비단 제국과 신국의 경계선만을 의미하는 게 아니었다. 두 나라가 하나였던 고대에도 이곳은 같은 이름으로 불렸고, 주신교의 수장이 머무는 공간이었다. 신전을 누가 무슨 까닭으로 그렇게 불렀는지는 알려진 바가 없다고 했다. 그래서 나는 자연히 이런 생각을 하게 됐다.

"…"

그 '경계'는 혹, 《퇴사했더니 이계 공녀》와 현실을 구분하는 선이 아닐까. 이곳에 나를 빙의시킨 신물 '소원의 성반'이 있다는 점을 고려하면 아주 그럴듯했다. 거기에…

"신의 사랑이라."

입술 틈으로 중얼거림이 샜다. 그동안 주신의 정체에 관해서도 생각해 둔 바가 있기는 했다. 온갖 여행을 다니며 사고를 치거나 당했는데, 여태 결론짓지 못하는 게 이상했다.

퇴계공 세계관에서 그야말로 전지전능한 힘을 발휘하며, 신관과 성기사를 태어나게 하는 자. 단서를 주었다 빼앗길 반복하고, 나를 위기로 내몰았다가 구해주는 존재. 모든 것을 지켜보고 있는 여인. 한 소설의 근원. 작가作家.

"주신의 시선…"

내가 지금껏 알게 모르게 주신과 작가를 동일시했다는 건 인정한다. 이야기의 흐름이 마뜩잖을 때면, 나는 항상 작가 양반을 찾았으니까. 이곳을 관장하는 이가 주신이라는 걸 알면서도 습관적으로 작가를 원망했으니까.

심지어 뚝심이는 나의 위험을 예비하는 이가 '주신'이라고 똑똑히 지적했다. 그래도 나는 주신이 작가라는 가설에 허점이 있을 수 있다고 생각했다. 독자도 아닌 내가, 그토록 중요한 설정을 함부로 확신해선 안 된다고 믿었다.

'아드마와 체보임엔 주신의 영향력이 미치지 않습니다. 하니 주신을 신앙의 대상으로 삼는 자도 극소수입니다. 기적을 체감하지 못하는데 어찌 믿겠습니까.'

그런데 코를레오네 제후국이 흔들리는 나를 붙들었다. 전체 이용가인 퇴계공에 등장하기 힘든, 아슬아슬한 설정들이 버려진 땅. 동시에 '에테르가 존재하지 않는 곳'.

'주신께서 당신의 생애에 기뻐하시기를.'

그리고 지난달에 들었던 주신 강림 대축일의 인사. 나는 그 문장이 묘하다고 생각했다. 처음에는 제법 은유적인 인사말이라고 여겼다. 그런데 주신의 정체와 연관 지어 생각하니, 그게 아주 직설적인 표현처럼 느껴졌다. 이런 추리를 하는 스스로가 소름 끼치지만 정말로 그랬다. 그건 타인의 행복한 삶을 기원하는 새해 덕담이 아니라, 굳이 번역하자면…

'작가님이 네 인생의 줄거리를 보고 즐거워하시기를.'

그런 뜻으로 들렸다. 거기다 주신의 시선을 갈구한다는 신전 순례도, 같은 선상에서 해석할 수 있을 것 같았다.

'극적인 삶을 살면 그녀의 관심을 얻을 수 있다.'

멋진 서사를 지닌 캐릭터는 작가의 애정을 받게 되고, 작중에서 더욱 '중요한' 역할로 거듭난다. 어쩌면 대륙 사람들은 본능적으로 창조자의 사랑을 갈망하고 있는 것이다. 주신 작가설이 맞는다면 말이지. …나는 이곳의 등장인물도 아니건만 끔찍하다는 생각이 들었다.

"왕자님?"

잠깐. 내가 '등장인물'이 아니라고? 과연 그런가?

"예서 왕자님!"

나는 화들짝 상념에서 깨어났다. 그 순간,

-털버덕!

"억!"

눈앞이 새카매졌다. 뭔가 했더니 태자 녀석이 던진 가운이었다. 오만상을 쓰며 머리에 뒤집어쓴 천을 내리자-

"안녕히 주무셨습니까, 왕자 전하. 좋은 소식을 전해드리고자 왔습니다."

문가에 어린 부제가 서있었다. 인제 보니 크리스텔과 조안도 요한 경의 가운과 담요를 두른 참이었다. 아, 내가 잠옷 차림이라서 가려준 거구나. 필요는 없지만 고맙다.

"안녕하세요. 좋은 소식이라면…"

"총대리 전하께서 내일 저녁 엘리서 왕세녀 전하와의 만남을 권하셨습니다. 귀빈 여러분께서는 어떠신지요?"

아이가 환하게 웃으며 물었다. 내일이라면 우리도 대환영이었다!

* * *

경계의 신전에 온 뒤로, 엘리서의 머릿속은 몹시 바빴다. 먼 땅에서 국정을 돌보는 한편 틈틈이 가족과 나라의 안위를 걱정했다. 로세하르더 궁정백과 자신이 국외로 나온 이상, 국내에 있는 아버지와 다른 귀족들의 역할이 중요했다.

제국과의 마찰은 소강상태에 접어들었다지만 세심히 살펴야 할 부분이 많았다. 봄을 맞아 전국에 건강한 모종을 배포해야 했고, 날이 풀릴 때마다 도는 전염병도 통제해야 했다. 지금쯤 동해엔 수많은 배가 들어오고 있을 터였다. 군사를 보내 해적 또한 소탕해야 하는데…

-사아아아…!

"에테르 흐름은 안정적입니다. 그릇도 건강합니다. 다만 각성 초기이니 당분간 주의 깊게 지켜보셔야 하며, 근처에 낯선 신관이나 성기사는 들이지 않으시는 것이 좋겠습니다."

침대맡에 선 교황청 치유 신관이 말했다. 앞서 페네티안 왕성의 치유 신관들도 같은 진단을 내렸다. 하지만 베르너르는 금시초문이라는 양 고운 얼굴을 일그러뜨렸다. 죽은 듯이 잠든 코르넬리서의 뺨을 쓸며 '우리 민들레, 우리 민들레' 하고 속삭이기도 했다.

엘리서는 아버지와 막냇동생을 번갈아 보았다. 처음에는 연통도 없이 예까지 오신 행보에 큰 충격을 받았다. 이리 무책임하실 수 있나 싶어 피가 식고 속이 끓었다. 그런데-

'왕세녀, 우리 막내 좀 보십시오. 아무래도 아이가 에테르 각성을 한 것 같습니다!'

아버지의 목소리가 벌벌 떨리고 있었다. 잔뜩 흐트러진 머리칼과 붉게 물든 눈가는 전혀 그답지 않았다. 막내를 부둥킨 채 서두르는 모습이 낯설었다. 신전 계단참에 선 그는 미친 듯이 사연을 토해냈다.

'언니를 보고 싶다고… 쓰러지기 전에 그런 말을 했습니다.'

'…'

'에테르 각성이 백이면 백 성공하리란 법도 없는데, 아비 된 자가 눈감은 아이의 소원 하나 들어주지 못하겠습니까? 하여 한달음에 큰딸을 만나고자 달려온 것입니다.'

'아버지.'

'나랏일이라면 심려 마세요, 왕세녀. 스네이더르 공작과 궁정 귀족들에게 맡겨두었습니다. 페네티안은 강건합니다. 아비는 믿지 못하더라도 천 년을 지탱한 체계는 믿을 수 있지 않습니까?'

그의 말은 무척 빨랐다. 언뜻 울음이 섞여있었고 간청하는 투였다. 자신을 신뢰하지 못하는, 국새를 넘기지 않는 큰딸에 대한 원망은 찾아볼 수 없었다. 급하게 신전을 뛰쳐나온 엘리서는 생각을 정돈하고자 애를 썼다. 요컨대 아버지가 이곳에 온 까닭은 양국의 회담을 방해하기 위함도, 국새를 돌려달라 요구하기 위함도 아니었다. 그는 그저…

'허나 코르넬리서는 어찌 될지 모릅니다. 이러다 각성에 실패하면,'

'그럴 일은 없습니다.'

엘리서가 단칼에 대답했다. 그녀는 침착한 손길로 막내를 받아 안았다. 모든 성기사는 에테르 각성을 거쳐 진정한 힘을 얻게 되지만, 이 과정을 버티지 못하고 죽는 이도 간혹 존재했다. 왕세녀는 동생의 이마에 입을 맞추며 눈을 감았다. 어린 몸이 축축하고 차디찼다.

그러나 그녀에겐 세상에서 가장 따뜻하고 기분 좋은 물이었다. 보드라운 상아색 머리카락과 밀가루 같은 뺨은, 헤어지던 날 그대로였다. '아민트Aminth'. 사랑스러운 아이. 그녀의 버팀목이 되어주는 유일한 피붙이.

'제발 두 따님 곁에 있게 해주세요.'

베르너르가 애원했다. 엘리서는 퍼뜩 눈을 떴다. 그리고 경악했다. 아버지가 자신의 발치에 엎드려 빌고 있었다.

'아버지!'

'제발! 그 아이가 내게 어떤 의미인지 알지 않습니까!'

'일어나십시오. 교황청 인사들도 보고 있는데 어찌 이러십니까!'

'아비가 이곳에 있는 것은 누구에게도 알리지 않겠습니다. 어떠한 특별 대접도 바라지 않습니다! 회담이나 협정에 끼어들 생각도 없습니다. 죽은 듯이 있겠습니다. 그러니 아이가 깨어날 때까지는!'

그의 왼눈에서 눈물이 툭 떨어졌다. 피로 물든 입술이 파르르 떨리고 있었다. 가슴이 철렁했다. 늘어서 있던 교황청 병사들은 깊이 고개를 숙였다. 무엇도 보지 못했다는 듯이.

'건강하다는 게 확인될 때까지는 왕성으로 돌려보내지 말아주십시오. 제발…!'

'아바마마!'

국서가 엘리서의 발목을 붙든 채 조아렸다. 당황한 엘리서가 어린 시절의 호칭으로 아버지를 불렀지만, 그는 꿈쩍도 하지 않았다. 왕세녀는 끝내 아버지를 귀국시키지 못했다. 코르넬리서가 일어나 혼자 숟가락 뜨는 것을 볼 때까지… 그는 신전에 머무르겠다고 했다. 막내가 그에게 어떤 존재인지 아는 이상 더는 모질게 굴 수 없었다.

엘리서는 의연히 구역질을 참아냈다. 아버지가 예서에게 무슨 짓을 했는지, 신국에 무슨 짓을 했는지 알면서 이럴 수밖에 없는 스스로가 혐오스러웠다. 그런데 동시에 그가 가여웠다. 아무것도 모르는 여덟 살 아이에게 온 마음을 의지할 만큼 혼자인 것이, 못내 안쓰러웠다. 큰딸인 그녀조차 곁을 주지 않았으므로.

"…아버지."

"예."

"식사는 하셨습니까."

스스로의 이중성에 소름이 끼쳤다. 자신은 신전에 퍼진 예서의 에테르를 느끼며 안심하는 한편, 아버지를 보며 평정을 잃는다. 동생을 살릴 궁리를 하는 동시에 그 아이를 죽이려 드는 육친을 동정한다.

일국의 왕세녀라는 자가 어찌 이토록 유약하고 우습단 말인가. 어디가 망가진 것은 되레 자신이 아닐까? 한낱 인간이 언제까지 이런 줄다리기를 할 수 있겠는가? …차라리 한쪽을 버릴 수 있다면 좋을 텐데.

"완두콩 수프가 맛이 좋더군요."

그가 부서질 듯 미소 지으며 답했다. 마른 수건으로 동생의 몸을 닦아주는 손길은 온통 자애롭기만 했다. 엘리서는 와락 인상을 찌푸렸다.

"…"

끔찍한 생각을 해버린 자신의 무의식이 싫었고, 아버지의 대답도 마음에 들지 않았다. 수프 따위로 끼니가 되겠느냐는 걱정이 들자 더더욱 화가 났다. 그녀가 사막까지 온 것은 오직 아버지 때문이었다. 그가 아픈 척 모두를 속이고 정세를 어지럽힌 까닭이었다.

어쩌면 저런 태도조차 연기일지 모른다. 그러나 코르넬리서가 깨어나지 못하는 것과, 저 아이가 에테르를 각성한 것은 사실이었다. 불 속성의 자신 대신 가까운 이가 옆을 지켜야 하는 것도 맞았다.

그녀는 마침내 이렇게만 이야기했다.

"…방에서 나오지는 마십시오."

"그리하겠습니다. 이불을 갈아야겠다. 준비해라."

베르너르는 차가운 말에도 개의치 않고 작은딸을 안아 들었다. 동시에 방 안이 분주해졌다. 시종들이 침대 휘장을 걷고 새 수건과 깔개를 날랐다. 왕세녀는 그들의 모습을 묵묵히 눈에 담고서 방을 떠났다. 뚜벅, 뚜벅, 뚜벅… 결연한 발소리가 완전히 사라질 때까지, 그녀는 뒤를 돌아보지 않았다.

"…언제 만난다고 하더냐."

그를 확인한 베르너르가 꺼질 듯한 음색으로 물었다. 시종 총괄이 즉시 답을 올렸다.

"내일 저녁이라고 합니다. 한데…"

"말해."

"만찬이 준비되고 있지 않습니다. 이에 관한 총대리의 명령도 없었다고 합니다. 짐작건대 곧장 성반 앞에서 만나는 것이 아닐는지요."

"…"

노복이 소곤거렸다. 국서의 눈가엔 그늘이 내렸다. 분명히 총대리가 그런 제안을 하기는 했다. 지하 미로 끝에 있는 신실神室에 모여, 신물이 지켜보는 가운데 평화를 맹세하자고 했었다.

허황하기 짝이 없는 소리였으나 엘리서는 심각했다. 더러운 사생아가 황태자까지 꾀어내 데려온 것을 보면, 제국 또한 이를 진지하게 받아들인 듯했다. 베르너르는 바쁘게 머리를 굴렸다.

"미로를 통과하자면 수호령으로부터 살아남아야 하지."

"그렇다고 들었습니다. 하지만 전하…"

"내게 다음은 없다."

그의 목소리가 쩍쩍 갈라졌다. 시종이 허리를 구부렸다. 국서는 똑똑히 알고 있었다. 누님은 언제든 자신을 내칠 준비가 되어있었고, 엘리서는 드디어 온전히 국새를 품었다.

이런 상황에서 저를 비호해 줄 귀족은 없을 것이다. 그들의 연인은 자신의 화려한 겉모습이라는 것을, 남자는 누구보다 확신했다. 그러니 이번 여정은 코르넬리서가 제게 선사한 마지막 기회였다. 그는 딸을 끌어안은 채 전율했다.

"…이번에야말로 전부 끝낼 것이야."

누구의 손도 빌리지 않고 해내리라. 근 30년간 자신을 고문하고 옥죄었던 존재로부터, 그는 영원히 자유로워질 것이다. 그것이 설령 불가능에 가까운 일이라고 해도.

* * *

그리하여 내일 저녁, 지하 미로에서 엘리서를 만나는 것으로 약속이 잡혔다. 로날트 뤼퍼르트 총대리가 중재를 맡기로 했다. 그는 우리가 곧장 신물 앞에서 대화하길 원했고, 평화를 약속하기를 바랐다. 다른 군더더기는 무엇도 제시하지 않았다. 이래도 괜찮나 싶을 만큼 속전속결이었다.

'언제나 본론이 우선인 분이니까요.'

'그렇군요.'

요한 경이 설명했다.

'다른 자리를 만들었다가 일이 꼬이거나, 대화가 어긋날 가능성은 고려하고 싶지 않겠죠.'

부드러운 음성과 반대로, 총대리를 언급하는 그의 눈빛엔 이따금 경멸이 떠올랐다. 이곳에서 많이 고생했던 것 같아 마음이 좋지 않았다.

'총대리께선 지금의 교황청을 유지하기 위해 무엇이든 할 거예요. 지금보다 좋아지지는 않되, 더 나빠지지도 않는 상태에 몹시 집착하거든요.'

나는 그의 말을 경청하다 미간을 찡그렸다. 이상했다.

'왜… 그러실까요? 그분의 힘이라면 더 많은 일을 할 수 있을 텐데요. 사막의 도굴꾼이나 사적 관리 문제도 그렇고, 마을의 치안도 지금보다 훨씬 나아질 겁니다.'

'글쎄요. 자신이 지도자가 아닌 집사라고 생각하기 때문일까요?'

추기경이 눈웃음을 지으며 대답했다. '집사'. 교황이 부재중인 동안 그의 집을 관리하는 사람. 스스로를 그렇게 여긴다면 지금까지의 행보도 이해 못 할 것은 아니었다. 총대리는 정치적인 언행을 일절 하지 않으며, 양국 간에 무슨 일이 생겨도 중립이라는 허울을 쓰고 방관했다.

예산 절약에 혈안이 되어 중립 지대의 백성들조차 방임했다. … 교황이 없는 시대의 교황청 생존 방식이라고 봐야 할까? 하지만 나라면, 우리라면 이렇게 하지는 않았을 거란 생각이 들었다. 내일

꼭 얘기해야지. 특히 차움 마을과 유적에 관해선 강력하게 건의할 거다.

"왕자님. 혹시 일부러 에테르를 펑펑 풀어두시는 건가요?"

아?

"아, 네. 왕세녀 전하께서 제가 무사한 걸 아셨으면 해서요. 불편하십니까?"

내가 화들짝 자세를 바로 하며 물었다. 우리는 오래간만에 진득한 휴식을 만끽하던 참이었다. 나는 신전 어딘가의 엘리서가 감지할 수 있도록 에테르를 마음껏 발산하고 있었다. 멍을 너무 오래 때렸나.

"그럴 리가요. 좋아서 물어봤습니다. 공기 중에 입욕제를 푼 것 같네요!"

길쭉한 소파에, 이자벨의 무릎을 베고 누운 크리스텔이 히죽댔다. 나는 민망해서 스승님의 성장만 만지작거렸다. 다른 성기사들도 비슷한 감상인가 싶어 돌아봤는데, 요한 경은 평소와 똑같은 표정이었고 세드리크 태자는 무심히 독서 중이었다. 그럼 그렇지. 그의 옆에 앉아있던 하난이 양팔을 뻗었다.

-데미여, 이리 와서 나를 태워 가라.

-끼이?

-그래. 어린것 날뛰는 게 소란하구나.

그러자 레서판다가 총총 걸어가 헝겊 인형을 등에 얹었다. 폰이 있다면 동영상을 찍었을 텐데 아쉬웠다. 나는 피식하고 기지개를 켰다. 중정이 보이는 저편에선 랑부예 자작 내외가 티타임을 즐기고 있었다.

"으으."

총대리가 내어준 공간은 하나같이 크고 넓어서, 거실에 모두가 나와있는데도 허한 느낌이었다. 다소 서늘한 탓에 크리스텔의 얼음 고리도 필요 없었다. 랑부에 카라반의 일손들 역시 교황청 숙소에서 편히 쉬고 있다고 했다.

고생한 낙타와 말들에겐 값비싼 여물과 특식이 제공됐다. 조금 전엔 다 같이 마구간 구경을 하고 왔는데, 다행히 신전 내부처럼 삭막하거나 기괴하지는 않았다. 평범한 축사라 동물들이 금세 적응했다.

-아우우

"이거? 지팡이?"

-우웅

"응. 이왕이면 환궁 전에 인정받고 싶은데 어떻게 될지 모르겠다."

나는 성장에 호기심을 보이는 티테와도 이야기했다. 신수의 언어는 여전히 잘 모르지만 최선을 다했다. 귀한 대자님을 납치해서 가출까지 했으니, 돌아가서는 스승님께 발전한 모습을 보여드리고 싶은데.

이번 기회에 성장의 주인으로 딱! 낙점받으면 좋겠는데. 유적에서 빛을 뿜은 뒤로 지팡이는 내내 조용했다. 나는 시커먼 초승달 장식을 보며 난감하게 웃었다. 티테는 지느러미발로 막대기를 찰싹거리거나, 수염을 실룩거리며 즐거워했다.

"이걸 잘 쓰게 되면 티테랑 더 재밌게 놀 수 있을 거야."

-애욱!

"형이 찬찬히 노력해 볼게. 전하께서 주신 과제라 쉽진 않겠지만."

-애우!

-미로에 가져가거라.

그때, 하난이 불쑥 말했다. 그녀는 멋들어진 몸놀림으로 데미의 등에서 내려 성큼성큼 다가왔다. 30센티 걷는 데 한참 걸리시네, 하하하.

"지하 미로 말씀이십니까?"

-그래.

국왕이 고개를 치켜들며 말했다. 그러자 모두의 시선이 그녀에게 쏠렸다. 카리스마도 대단하시다.

"미로의 수호령 때문인가요?"

내가 조심스레 물었다. '수호령'에 관해서는 요한 경도 말해줄 수 있는 게 별로 없었다. 미로 출입이 가능했던 적이 없기 때문이었다. 다만 그런 소문이 있다고 했다. 그곳을 지키는 유령들은 아주 오래되었고…

"침입자가 악의를 품고 있으면 영혼을 잡아먹는다던데요. 끔찍한 괴물의 모습을 하고 있답니다."

-쯧! 철없는 소리만 하는군.

어른께 혼났다. 나는 조금 풀이 죽어서 다음 말을 기다렸다. 왕이 베일을 흔들며 저렁저렁한 목소리로 선언했다.

-네 지팡이를 신전의 뿌리로 만들지 않았느냐. 반드시 도움이 될 것이다.

* * *

"신전의 뿌리… 그렇군요."

나는 성장을 내려다보며 고개를 주억였다. 스승님께서 이것의 출처를 밝히셨을 때는, 대체 무슨 소린가 했었다. 건물에 '뿌리'가 있다는 말은 분명 특이했으니까. 이후에 하난이 지팡이를 보고 경악했을 땐 다시 한번 놀랐다. 그녀의 붉은 영혼체가 크게 흔들리고, 목소리는 쩌렁쩌렁 울렸더랬다.

'-어불성설이로다…! 네가 추기경이라도 된다는 뜻이냐?'

'스물아홉, 대주교입니다.'

'-어째서 대주교가 세계수를 베어 지니고 있느냐?'

'세계수.' 이름부터 벌써 포스가 흐르지 않는가. 요컨대 경계의 신전을 휘감고 있는 나무줄기는 단순한 식물이 아니었다. 이는 건축물과 절묘하게 공존하는 주신의 은총이었고, 신전의 뿌리라고 불릴 만큼 중요한 요소였다. 추기경은 되어야 소장할 수 있는 성스럽고 귀한 물질이기도 했다. 이곳까지 오는 길에 요한 경은 이렇게 덧붙였다.

'신전에 관한 기록은 대중에 열려있지 않아요. 중립 지대 주민들도 잘 몰라서, 대부분은 설화로만 전해져 내려오죠. 제국과 신국에서도 최고위급 인사가 아니면 접근하기 힘들 거예요.'

'네. 그렇더군요.'

내가 대답했다. 한창 신물을 공부할 때 황실 서고를 샅샅이 뒤졌는데, 신전에 관한 책은 이상하리만치 없었다. 짐작건대 황족만 드나들 수 있는 구역에 모여있는 것 같았다. 《와장창! 이브의 대모험》이 아니면 신물 관련 정보도 찾아보기 힘들었다.

교황청과 아홉 신물에 관한 자료는, 아무래도 퇴계공 세계관에서 가장 은밀하고 조심스럽게 다뤄지는 듯했다. 종교가 곧 권력인 땅이니 이상하진 않았다. …아니면 사실은 누구도 정확히 알지 못한다거나. 이곳이 세계의 중심이라고 가정하면 그럴듯한 가설이지.

-세계수는 지고한 존재로, 대륙에서 으뜸으로 존귀한 이에게만 자신을 허락한다.

"예."

-또한 이곳을 장식하고 방비하며… 이 몸이 숨 쉬던 시절에는 세계수야말로 신전의 본체라 말하는 이도 있었지.

"그렇게 생각할 수도 있겠네요. 신기합니다."

-신기하기는. 그저 호사가들이 많았던 것이야. 어찌 되었든 지하미로 또한 세계수의 일부이니, 그 지팡이를 가져가서 손해 볼 일은 없을 게다.

"고맙습니다. 참, 총대리에겐 꼭 폐하와 유적의 이야기를 전하겠습니다. 걱정 마십시오."

내가 활짝 웃으며 말했다. 그러자 하난이 '요즘 신관은 어찌 이리 헤픈지' 하고 혀를 찼다. 크리스텔은 신이 나서 농담을 던졌다.

"저는 그래서 너어무 좋습니다. 폐하께서도 영혼의 피로가 싹 풀리시죠?"

-어허! 방탕하기 이를 데 없도다.

-끼이

이자벨의 잔잔한 웃음이 들렸다. 데미가 무릎을 건너 티테에게 가는 동안, 나는 가만히 머릿속을 정리했다. 만약 주신 작가설이 맞는다면, 주신교를 이끄는 교황의 집이 세계수를 품은 것도 이해가 됐다. 그럼 교황은 무엇의 알레고리라고 보아야 할까. 독자…? 는 아니지. 그건 너무 빗나갔는데.

-저것도 데려가고.

"예?"

나는 고개를 들었다가 깜짝 놀랐다. 헝겊 인형 군주가, 작은 상자에 담긴 뚝심이를 가리키고 있었다. 그녀는 지금껏 굴뚝새와 교류한 적이 없었다. 우리가 에르베 경의 검문을 피한 이후로 뚝심이가 줄곧 잠들어 있었기 때문이었다.

전용 침대에 이불까지 덮고 누워있지만, 그간 별말씀이 없길래 신경 쓰지 않으시는 줄 알았는데… 나는 새근새근하는 꼬마 새를 쓰다듬으며 그녀를 바라보았다.

-힘을 비축하는 것이 느껴진다. 한데 그릇은 없어. 신물이겠지?

"네, 네."

-기운을 보아하니 공기 속성이겠고.

"맞습니다!"

역시 대왕 추기경 귀신님. 엄청 용하시다!

-심상치 않구나. 필시 이유가 있을 것이니 챙겨서 들어가라.

"알겠습니다."

복채. 복채로 뭐라도 챙겨드려야겠다. 나는 사방을 둘러보다가, 역시 드릴 거라곤 이거밖에 없는 듯해서 양손에 에테르 구슬을 잔뜩 올렸다. 사아아아…! 금빛이 번쩍번쩍하는 꼴을 본 하난이 헛웃음을 흘렸다. 아무리 훌륭한 에테르여도 역시 대왕님 마음엔 안 차는 건가?

-거기 두어라. 간식으로 하나씩 먹어야겠다.

"예, 폐하."

다행이다!

-똑똑똑, 달칵!

그즈음, 다급한 노크 소리와 함께 거실 문이 열렸다. 우리의 눈길이 동시에 한곳을 향했다. 익숙하고 둥그런 덩치가 허겁지겁 실내로 들어왔다. 엎드린 채 그림을 끼적거리던 조안이 벌떡 일어났다.

"배짱! 드디어 돌아왔구나!"

"허어엉, 남작니임! 저 아버지한테 잡혀갈 뻔했어요!"

"무슨 일인데! 왜요! 제가 찾아가서 깽판 한번 칠까요?"

크리스텔이 와당탕하며 목청을 높였다. 평화롭게 차를 들던 자작 부부도 급히 다가와 사제를 달래주셨다. 산트가 울먹이는데, 나는 실웃음이 나올 것 같아서 혼났다. 그는 축축한 목소리로 더듬더듬 말을 꺼냈다. 아이고.

"그게에, 엄청나게 혼났습니다. 얼굴도 안 보고 바로 귀화했다고, 그래서 어머니가 속을 태우셨다고… 당장이라도 전부 무르고 돌아오라면서 막! 호통치셨습니다아. 허엉."

"진짜 재밌는 분이다. 귀화가 무슨 애들 장난인 줄 아시나 봐요. 왜 성인인 자식이 오랫동안 생각해서 결정한 걸 성인답게 받아들이지 못하신대요? 윽박이나 지르시고."

"돌아가면 또 자식들 점수 매겨서 줄 세우고, 배짱만 구박하려고? 어이없네!"

"그쵸오. 예전엔 분명히, 저보고 내놓은 자식이라고 하셨으면서어…"

"그딴 소리도 했단 말이에요?!"

나는 문을 박차고 나가려는 크리스텔을 화다닥 붙들었다. 이러다 애꿎은 산트 문제로 전쟁 나게 생겼다!

"크리스텔, 화나는 건 이해하지만 진정하십시오!"

"아니, 궁정백이면 답니까? 집안이 좋으면 뭐 해, 환경이 애한테 안 좋은데!"

우리의 주인공께서 정당하게 분노하셨고,

"그이가 사제님도 모자라 우리 손녀까지 잡는구나, 아주 몹쓸 사람이다!"

클레망 자작은 자작대로 진노하셨다. 산트는 타이밍 좋게 다음 문장을 만들어 냈다. 통통한 손가락을 하나씩 접기도 했다.

"그, 그래서 제가 말씀드렸습니다. 하나도 안 빼놓고 전부 말했습니다! 저는 지금 행복하고, 신국에 있을 때와는 비교도 못 하게 잘 지낸다고요. 건강하고, 밥도 잘 먹고, 친구도 많이 사귀었고, 사제로서 즐겁게 일하고 있고오…"

"옳지!"

"잘한다!"

조안과 크리스텔이 소리껏 외쳤다. 이자벨과 나는 마주 보며 웃음을 터뜨렸다. 황태자가 긴 한숨을 뱉었다. 이어 기분 좋은 바람이 모두의 머리칼을 쓸고 지나갔다. 크리스텔의 생일 하루 전이었다.

* * *

거대한 침실 창가. 휘장으로 가려진 공간에서, 겁에 질린 아이들이 울고 있었다.

"흐윽, 흑…"

그마저도 소리 내어선 안 되니 이를 악물고, 시종 총괄에게 혼이 날까 작은 몸을 바들바들 떨었다. 아이들은 지금껏 베르너르가 시키는 건 무엇이든 했다. 거역하거나 되묻는 일은 감히 상상조차 해본 적이 없었다.

그는 아름다운 얼굴과 근사한 목소리를 지녔고, 화를 내지 않을 때는 그야말로 천사 같았다. 기분이 내키면 시동들에게 달곰한 과자나 금화를 내리기도 했다. 하지만 화가 나면, 그래서 무언가를 꾸밀 때면… 남자는 세상에서 가장 잔혹한 사람으로 변했다.

-쓰윽, 쓰윽, 쓰윽…

시동들은 조그만 손으로 칼을 가는 중이었다. '국서께서 직접 사용하실 단검'이라고 했다. 어디에 쓰시는지, 갑자기 이런 무서운 물건이 왜 필요하신지는 누구도 설명해 주지 않았다.

그러나 아이들은 알았다. 이 써늘하고 기괴한 신전에, 예서 왕자 전하께서 와계신다는 것을. 그분이 향하시는 길에 국서 전하 또한 함께하리라는 사실을. 그냥, 알았다. 그래서 자꾸만 눈물이 났다.

"윽, 으흑…"

입술이 떨릴 만큼 무서웠다. 이런 일은 하고 싶지 않았다. 그저 가족들이 보고 싶었다. 시선은 자꾸만 창밖을 향했다. 한껏 자유로운 사람들이 눈에 들어왔다. 떠들썩한 외침도 들렸다.

대규모 성지 순례가 끝나는 날에 맞춰, 신전 옆에 장이 선 모양이었다. 쉬는 시간을 맞은 교황청 병사들, 근처에 사는 주민과 순례자들로 사막이 벅신거렸다.

"이것 보셔요, 나리들! 기골트 카라반사라이 2박 3일 숙박권이야. 절반 가격이에요!"

"백년초, 사와로 있어요! 백년초, 사와로!"

"너무 비싼데!"

"칼, 창, 석궁! 제국산! 칼, 창, 석궁! 제국산!"

즐거워 보였다. 아이들은 잠시 넋을 놓았다.

-착!

"저것이 낫겠군."

움찔! 시동들은 대경하여 머리를 조아렸다. 칼을 떨어뜨릴 뻔한 아이 하나가 황급히 손을 놀렸다.

'아윽.'

날에 베인 손바닥이 금세 피로 물들었지만, 누구도 아이에게 괜찮으냐고 묻지 않았다. 실은 묻지 못했다. 언감생심 국서 전하의 면전에서 입을 뗄 수는 없었으니까. 그는 아랫것들의 호들갑을 혐오했다.

"저기. 보이느냐? 제국산 무기를 파는 상인이 있다."

"예, 전하…"

"저자에게서 작은 단검 두어 개를 사들여라. 이것들은 치워."

남자는 평온한 음색으로 변덕을 말했다. 그중 어른스러운 아이가 재빨리 답을 올렸다.

"분부 받잡겠습니다."

"정체가 발각되지 않게 유의하고…"

국서의 지시가 이어졌다. 아이들은 그의 시선을 피해 다급히 눈물을 훔치고 피를 닦았다.

"마침 옆자리 노파가 사과를 팔고 있군. 저자의 과일을 모두 사들이고 바구니 바닥에 날붙이를 숨겨라. 2왕녀가 사과를 좋아하니, 그리 말하면 왕세녀의 의심을 사는 일은 없을 것이다."

"예. 명심하겠습니다."

어린것들이 허리를 굽혔다. 명을 내린 베르너르는 차분히 유리창 너머를 살폈다. 그러다 불현듯 미간을 좁혔다. 사과 장수 노인이… 그를 똑바로 올려다보고 있었다. 묘한 예감이 남자의 등줄기를 훑고 지나갔다.

"…"

작고 탁한 회색 눈동자엔 초점이 없었다. 주름 가득한 얼굴은 얼핏 아흔이 넘어 보였고, 머리끝까지 뒤집어쓴 로브는 걸레처럼 낡아있었다. 그녀는 누가 봐도 방랑하는 거지요 장님이었다. 제왕의 남편에겐 일평생 말 한마디 못 붙여볼 천것이었다. 국서의 얼굴에 혼란이 스쳤다. 그런데 어찌-

"…어찌 웃지?"

자신이 누구인지 알고, 감히 저를 올려보며 웃고 있는 것일까?

아니, 저것을 과연 '본다'라고 말할 수 있는가? 노인의 텅 빈 눈엔 여전히 아무것도 비치지 않았다. 헤벌심 벌어진 입술 새로 시커먼 입속이 드러났다. 국서는 본능적으로 흠칫 물러났다.

-탁!

"끅!"

"힉!"

놀란 시동들이 신음 같은 딸꾹질을 뱉어냈다. 베르너르는 그제야 곁을 돌아보았다. 어린것들이 하나같이 새파랗게 질려있었다.

"어찌 우느냐?"

"…그, 그것이. 그것이…"

이런 질문은 처음이었다. 아이들은 적절한 답을 찾지 못하고 벌벌거렸다. 국서께서 무언가를 계획하실 때는, 무조건 얌전히 있어야 했다. 집중을 깨뜨릴 수 있으니 숨소리조차 내서는 아니 됐다. 조금만 실수해도 물건이 부서지거나 누군가가 맞았다. 그러니 지금과 같은 상황은 정말로…

"내 걱정은 할 것 없다."

화들짝. 아이들이 입을 벌리며 베르너르를 바라보았다. 갈색 눈동자가 초콜릿처럼 달콤하게 접히고 있었다. 일순 소름이 끼쳤다.

"설령 죽어 돌아온대도 혼자는 아닐 것이니."

자장가처럼 부드러운 음색이었다. 아이들은 무엇에 홀리기라도 한 것처럼 바삐 고개를 끄덕였다. 그의 말이 무슨 뜻인지, 얼마나 끔찍한 의미인지는 알지 못했다. 그저 그래야 할 것 같아서 열심히 움직일 뿐이었다. 열 살. 막내 시동의 뺨에 한 줄기 눈물이 흘러내렸다.

* * *

하루가 지난 3월 18일. 크리스텔의 스무 번째 생일이자, 우리가 미로에 들어가기로 한 날이 밝았다.

-퍼엉! 팡!

아침 식사 자리에서 조그마한 폭죽 몇 개가 터졌다. 색색의 종잇조각이 순식간에 사방을 가득 채웠고, 분홍빛 3층 케이크도 등장했다. 말은 안 했지만 아무래도 요한 경이 바람을 일으켜 준 듯싶었다. 그러지 않고서야 색종이가 저리 예쁘게 흩날릴 순 없을 테니까.

"축하드려요!"

"흐하하하."

'후우!'

멋쩍게 웃은 크리스텔이 촛불을 불어 끄자, 거듭 박수가 쏟아졌다. 수레를 나른 부제들도 손뼉을 치고 자기 일처럼 축하해 주었다. 아직 어린 친구들이 많아서 소매가 한참이나 팔락거렸다. 나중에 박음질 도와주면 놀라려나?

"스무 살 생일 축하해, 우리 딸. 엄마한테 와줘서 고마워."

이자벨이 크리스텔을 깊이 끌어안고 뺨에 입을 맞추었다. 가인 씨는 아주 민망한 얼굴이었지만, 한편으로는 아주 행복해 보였다.

'축하한다, 우리 복덩이.'

마리즈 자작 부인이 반대쪽 뺨에 뽀뽀를 심었다. 클레망 자작은 태자 옆에 앉아 눈물을 찍어내고 계셨다. 분위기는 거의 돌잔치였다. 단란한 가족을 보는 것만으로도 나는 뭉클하고 기뻤다. 하난이 크리스텔의 이마를 짚고 축복을 내릴 때는, 어디 축제라도 열린 것처럼 환성이 터져 나왔다.

–…*'삶과 죽음 가운데 영원을 선택할 것이며, 주신께서 임재하지 않는 곳에서도 숨 쉬리라.' 생명수가 되어라. 아콰 비테*Aqua vitae.

"우와아아!"

"생일 축하드립니다, 크리스텔 경!"

"분홍 공주님! 생일 축하해!"

"축하해요, 제자님. 올해는 더욱 강해지실 수 있게 도울게요."

"감사합니다, 다들!"

주인공이 눈부시게 웃으며 우리를 돌아보았다. 세드리크 태자와 그녀의 시선이 길게 얽혔다. 이어서 눈길이 내게 올 무렵, 나는 그녀의 눈동자에 꼭꼭 숨은 죄책감을 읽어냈다.

그게 어떤 감정인지 너무나 잘 알기에 위로하고 싶었다. 지난 1년간 진짜 생일을 축하받지 못했으니, 늦게나마 함께 기념하는 거라고 생각해 주었으면 했다. 하지만 나는 그런 위안을 입 밖으로 꺼내는 대신에…

"생일 축하해요, 크리스텔. 앞으로도 행복하셨으면 좋겠습니다."

그저 온 마음을 담았다. 그러자 그녀의 눈매가 진한 초승달을 그렸다. 그 순간만큼은 그것으로 충분했다. 그날 밤에 무슨 일이 생길지 몰랐기 때문에, 나는 그렇게 생각했다.

6. 미로아迷路兒

주신의 가장 약한 조각이 떠오르는 때. 초승달이었다. 페네티안과 리에스테르의 후계자가 미궁에 들기로 한 시각이었다.

"다녀오겠습니다."

거실에 선 엘리서가 무뚝뚝하게 입을 열었다. 아버지를 보는 시선엔 일말의 애정도 담겨있지 않았다. 타고난 위엄이 흐르는 얼굴에서 빛을 지우니, 그녀는 대리석처럼 견고하기만 했다.

부녀를 내려다보는 천장 벽화의 인물들도 그녀보단 따뜻한 표정을 짓고 있었다. 왕세녀는 자신의 태도를 관성이라 여기기로 했다. 바쁜 어머니 몫까지 저를 돌보고, 온기를 쏟아준 사람에 대한 습관적 연민이라 결론짓기로 했다.

켜켜이 쌓인 감정을 하나하나 헤아리기에는 이제 스스로도 한계였다. 그녀는 끝까지 버텨야 했고, 짊어진 것이 많은 이였다. 한때는 아버지를 깊이 사랑했다. 그러나 그 때문에 무너질 수는 없었다. 독심毒心이었다.

"몸조심하십시오. 지하 미로에 흉악한 괴물이 있다고 들었습니다. 혹 왕세녀가 잘못되기라도 할까…"

"걱정하실 필요 없습니다."

엘리서가 말허리를 잘랐다. 베르너르는 멈추지 않았다. 그는 코르넬리서를 돌보다 나온 탓에 홑옷 차림이었고, 손에는 수건을 들고 있었다.

"아비가 되어 어찌 마음을 놓겠습니까. 부디 친위대를 데려가십시오."

"그럴 수 없다고 말씀드렸습니다."

딱딱한 답변이 돌아오자, 남자의 눈꺼풀이 파르르 떨렸다. 엘리서는 미동도 없었다.

"미로는 원칙적으로 추기경 이상의 성직자만이 출입할 수 있는 구역입니다. 이번 회담이 특수한 경우라는 걸 잊으셨습니까?"

"하지만,"

"미로의 수호령은 침입자의 그릇을 꿰뚫어 봅니다. 이는 성반 앞에 나아가는 자라면 누구나 거쳐야 하는 시험입니다."

"왕세녀, 그러면 입구까지만이라도 호위를-"

"국왕 대리는 접니다."

갈색 눈동자가 커다랗게 뜨였다. 칼날보다 아픈 말이었다. 엘리서는 지금, 아비의 마음을 정면으로 거부하고 있었다. 아버지와 딸보다 국왕 대리와 국서의 관계를 우선한 것이다.

베르너르는 파랗게 질린 입을 몇 번 움찔거렸다. 그러나 결국 아무런 말도 덧붙이지 못했다. 이내 그가 느릿느릿 허리를 숙였다.

신국 왕실의 가장 정중한 예를 차리기 위해서였다. 그를 따라 수많은 시종이 우르르 자세를 굽혔다. 떨리는 미성이 허공을 울렸다.

"…다녀오십시오. 기다리겠습니다."

왕세녀는 대답하지 않았다. 그저 황금 창을 쥔 채 고고히 몸을 돌릴 뿐이었다. 사파이어를 닮은 눈동자는 냉랭했고, 길게 땋아 내린 금발은 채찍처럼 무정했다. 또각, 또각, 또각… 단단한 발소리가 멀어졌다. 시종 자닌은 베르너르에게 절을 올리고서 주인을 따랐다. 그때였다.

"엘리서! 마중을 나가도 되겠느냐?"

멈칫. 아버지가 물었다. 왕세녀의 입술이 살짝 벌어졌다. 그가 자신을 이름으로 부른 것은 무척 오랜만이었다. 짧은 문장엔 간절하고 애틋한 감상이 실려있었다. 엘리서는 천천히 눈을 감았다. 어깨의 움직임이 보이지 않도록 심호흡도 했다.

"…"

흔들리지 않겠노라 결심했다. 그러니 나아갈 것이다. 더 나은 신국을 위하여. 동생들을 지키고 양국 간의 평화를 이룩하고자.

-뚜벅, 뚜벅, 뚜벅…

번쩍 눈을 뜬 왕세녀가 말없이 전진했다. 그녀는 뒤를 돌아보지도, 아버지를 생각해 손짓을 건네지도 않았다. 그저 강철로 만든 군마처럼 앞만 보고 걸었다. 묵묵히 동행하던 자닌이 조심스레 물었다.

"전하. 괜찮으시겠습니까."

중년인의 낯엔 근심이 가득했다. 엘리서는 그녀가 부녀 관계를 걱정하는 게 아니라는 걸 알았다. 자닌은 늘 자신만을 생각했으니까. 충복의 1순위는 제가 걸음마를 떼던 시절부터 저 하나뿐이었다.

언제나, 무슨 일이 있어도 그랬다. 그러니 그녀가 심려하는 것은 오직 엘리서의 아픔이었다. 훗날 제가 아버지에게 이리 대한 일을 후회할까 봐. 자신의 마음이 다칠 것을 우려해서.

"어머니께서 그리 말씀하신 적이 있다."

뚜벅, 뚜벅, 뚜벅. 강건한 울림이 이어졌다. 자닌은 어느새 훌쩍 커버린 주인을 바라보았다. 굳은살투성이 오른손엔, 그녀의 심지처럼 굳센 신기神器가 들려있었다. 투명한 벽과 바닥이 금광을 반사하며 쉼 없이 반짝거렸다.

"국왕이라고 하여 전부를 가질 수는 없다고. 오히려 귀히 여기는 것을 희생할 줄 알아야 하며, 때로는 길바닥의 돌멩이도 받들 줄 알아야 한다고 하셨지."

"…"

"나는 그분의 가르침대로 할 것이야."

조각 같은 입술이 일자로 다물렸다. 자닌은 가만히 고개를 숙였다. 그리 말씀하신다면 그렇게 이루어질 터였다. 물론, 동의하지 않는 이도 있었다.

"…약풀은 어디 있느냐."

멀어지는 딸의 뒷모습을 보던 베르너르가 날카롭게 물었다. 조금 전의 가녀린 모습은 간데없고, 그는 이제 악에 받친 얼굴이었다. 하얀 피부가 수치심으로 시뻘게졌으며, 주름 하나 없던 이마엔 시퍼런 핏줄이 솟았다. 늙은 시종 총괄은 즉시 허리를 낮추었다. 그는 주인의 이런 모습을 한 번 본 적이 있었다. 벌써 오래전의 일이었다. 그날, 어느 사제가 죽었다.

"여기 있습니다, 전하."

노인이 비단 주머니를 올렸다. 탁! 국서는 그것을 빼앗아 서둘러 열었다. 건조한 약초 뭉텅이에선 쓰디쓴 약내가 올라왔다. 베르너르는 그를 사정없이 움켜쥐며 생각했다. 이깟 풀때기쯤은 아무것도 아니라고. 되레 너무 달콤해 혀가 녹아내릴지도 모른다고. 비수 꽂힌 자리가 곪고 터져, 피와 진물이 섞여 흐르는 자신의 심장에 비하면.

-덥석!

남자는 물도 없이 약초를 입안으로 쑤셔 넣었다. 아랫것들의 낯이 새하얗게 굳었다.

"전하!"

"맙소사!"

기겁하여 만류하는 것을 이번에는 시종 총괄이 막았다. 나머지는 발을 구르며 노인과 남자를 번갈아 보았다. 국서가 독을 먹은 적도 있었지만, 당시엔 모든 것이 느리게 진행됐다. 태의와 치유 신관의 도움이 있었고, 상황은 분명한 통제를 받고 있었다.

그런데 지금의 베르너르는 미친 듯이 주머니를 비웠다. 걸신들린 양, 중독된 양. 뒷일 따위는 조금도 생각하지 않는 사람처럼 약초를 으깨고 짓씹었다. 국서의 품위 역시 신경 쓰지 않았다. 게걸스럽게 우걱대는 모습은 마치 굶주린 짐승 같았다. 그의 손끝이 순식간에 암록暗綠으로 물들었다.

"우욱."

"국서 전하…!"

코에서 검쓴 향이 올라와 헛구역질이 났다. 피를 닮은 맛도 진하게 배어 나왔다. 베르너르는 그 또한 기를 쓰고 목구멍으로 넘겼다. 이 정도는 괜찮았다. 남자는 무엇이든 기쁘게 할 수 있었고, 이는 죽음이 아니라 삶을 대비한 일이었다. 완전한 복수, 완벽한 해방… 그리고 순수한 행복을 위해서라면.

"전, 전하. 저기-"

"쉿!"

"하지, 하지만…"

그 순간, 막내 시동이 안절부절못하며 나섰다. 베르너르는 재깍 옆을 돌아보았다. 가로로 긴 눈매가 뱀의 비늘처럼 번뜩거렸다. 아이의 표정이 왈칵 흐려졌다.

"무슨 일이냐."

남자가 녹색 입술로 물었다. 국서가 기억하기로, 저것은 본디 용감한 성격이 아니었다. 그런데 오늘은 무엇에 홀린 양 꾸역꾸역 행동하고 있었다. 시동은 벌벌거리며 답을 내놓았다.

"그, 사과. 사과 장수가…"

"별일 아니었습니다, 전하."

노복이 즉시 말을 끊어냈다. 그러나 베르너르는 짜릿한 예감을 놓치지 않았다. 평범하고 흔한 기회는 그에게 몹시 드문 것이었다. 그렇기에 하나라도 가까이 다가오면, 남자는 커다란 아가리를 벌려 단숨에 낚아채고 집어삼켰다.

"아니. 말해라."

습관처럼. 예컨대 지금처럼.

"이, 이것을 드리라고… 과일을 전부 사주신, 은혜에 깊이 감사한다고, 하면서…"

아이가 바들바들 더듬으며 시커먼 천 조각을 올렸다. 베르너르는 한눈에 그것을 알아보았다. 그 노파가 뒤집어쓰고 있던 거적때기 로브였다. 가까이서 보니 상태는 더욱 심각했다.

사방이 해져 바람막이도 못 할 성싶었고, 오물이 묻은 군데군데 지독한 악취가 풍겼다. 시동들은 오만상을 쓰며 머리를 떨구었다. 시종 총괄 또한 한숨을 내쉬었다. 저런 쓰레기를 귀하신 분께 바쳤으니, 이제 경을 칠 차례였다. 오늘은 자신에게 손이 날아와도 할 말이…

-스르륵

그때, 국서가 누더기를 집어 들었다. 일동이 경악해서 고개를 들었다.

-사르르르…!

"세상에!"

충격은 거기서 멈추지 않았다. 코앞에서 믿을 수 없는 일이 벌어지고 있었다.

* * *

시간은 쏜살같이 흘러갔다. 아마 너무 즐겁게 보내서 그런 거겠지.

"배불러! 진짜 재밌었다, 오늘."

"그러니까요, 남작님. 장에서 무엇을 그리 잔뜩 사셨습니까?"

"왕자님하고 똑같지, 뭐. 제국에 있는 친구들 선물."

"하하하! 헤릿이 엄청 좋아하겠습니다. 실은 저도 뱅자맹 님하고 가나엘 님 기념품을 하나씩 더 샀는데…"

우리는 우르르 미로 입구로 향하는 중이었다. 단단한 갑주를 차려입은 기사들이 앞뒤로 일행을 호위했다. 신실神室 입장이 허락된 건 황태자와 나뿐이지만, 배웅은 모두가 함께해 주기로 했다.

온종일 먹고 논 친구들이 앞서가며 신나게 재잘거렸다. 뒤편에선 랑부예 자작 부부와 이자벨이 담소를 나누며 따라오고 있었다. 여기에 하난과 티테와 레서판다들까지 한마디씩 보탰다.

들어올 때만 해도 기괴하고 오싹했던 신전이, 이제는 그냥 거대한 수련회장처럼 보였다. 음산한 지하도 더는 겁나지 않았다. 나는 허탈한 웃음을 흘렸다. 모두가 있어서 정말 기쁘고 좋은데, 오늘은 딱 하나 단점이 있었다.

"왕자님, 어디 불편하십니까? 아까부터 좀…"

"아뇨. 아닙니다."

마침 크리스텔이 묻기에 서둘러 머리를 저었다.

'흐음.'

그녀가 눈을 가늘게 떴지만 애써 모른 척했다. 그녀와 단둘이 있을 수 없다는 건, 정말 치명적인 단점이었다. 빙의 초기 같았으면 상상도 못 했을 고민이라 스스로가 우스웠다.

하지만 오늘만큼은 진심이었다. 조용한 데서 분위기를 잡고 싶어도, 모두가 생일 주인공인 크리스텔을 찾았다. 조부모님과 모친이 그렇게 곁에 두고 예뻐하시는데 외간 남자인 내가 빼내기도 죄송스러웠다.

'실례합니다. 크리스텔 드 사르네즈 경 계십니까?'

아까 저녁 먹기 전에는, 교황청 성기사 몇몇이 정중한 태도로 귀빈실을 찾았다. 알고 보니 유명인 크리스텔의 실물을 보고자 걸음한 이들이었다. 그녀는 즉석에서 '안녕하세요. 크리스텔 랑부예라고 해요' 하고 인사함으로써 가족들의 눈물을 자아냈다.

나까지 코끝이 찡해지는 장면이었다. 그래. 전부 좋았다. 카드놀이를 잔뜩 하고, 낮잠도 자고, 간식까지 챙겨 먹었다. 문제는 내가 하루가 다 가도록 크리스텔에게 '고백'을 못 했다는 거다. 그놈의 타이밍 때문에.

'시간을 주시면…'

어쩌면 기다리고 있을지도 모르는데.

'조금만 기다려 주실 수 있습니까?'

'네. 기다릴게요.'

아니, 분명히 기억하고 있을 텐데.

"…크리스텔, 저 말입니다."

"네."

그래서 일단 입을 열었다. 늦은 감이 있더라도 말은 꺼내야 했다. 맑은 눈길이 와닿고, 찰나 신수들마저 잠잠해지는 기분이 들었다. 나는 더욱 숨을 죽이고 목을 굽혀 소곤거렸다. 그녀만 들을 수 있도록, 아주 작게.

"함가인."

그러자 청회색 눈동자가 왕방울만 해졌다. 나는 쓰게 웃으며 속삭였다.

"기억하고 있습니다. 그날 황궁에서 말씀해 주신 거요. 크리스텔의 '흔적'."

"…"

"그래서 저도 한 가지 말씀드리려고-"

-철컹, 척, 척!

흠칫. 그녀와 나는 동시에 고개를 돌렸다. 배경은 어느새 웅장한 지하실 안이었다. 각 잡고 늘어선 기사와 병사들이, 정원正圓의 방을 빙그르 휘돌고 있었다. 나는 본능적으로 스승님의 성장을 움켜쥐었다.

조명 하나 없는 공간이 이토록 밝은 게 기이하고 선뜩했다. 하얀 천장은 끝이 보이지 않을 만큼 높았고, 방의 양옆엔 늘어난 시계처럼 기다란 두 개의 석문石門이 자리했다. 마지막으로 중앙에는,

-빠지지직…!

-우지끈! 우두두둑!

과장 좀 보태 세드리크 태자만큼 굵고 시커먼 나무뿌리들이, 몹시 기괴한 모습으로 벽에서 튀어나와 있었다. 나는 미간을 찌푸리며 한 걸음 다가섰다. 요한 경이 즉시 팔을 들어 앞을 막았다. 익숙한 보호였다.

"요한 경, 저거 움직이는데요…?"

"네. 이빨을 품고 있네요."

그의 목소리가 벽을 타고 울렸다. 매우 적절한 설명이었다. 보아하니 저것도 '문'의 역할을 하는 것 같았다. 다만 현재는, 벌어진 줄기 틈으로 잔가지들이 시계태엽처럼 빽빽이 맞물려 있었다. 설마 저게…

"성전의 미궁, '라비린투스Labyrínthus'입니다."

"깜짝이야!"

식겁한 조안이 요한 경 뒤로 숨었고, 조안의 등엔 산트가 찰싹 달라붙었다. 우리는 놀란 양떼처럼 똘똘 뭉쳐 섰다. 언제부터 있었는지 모를 로날트 뤼퍼르트 총대리가, 이쪽을 향해 무감정한 시선을 보내고 있었다. 핏기 없는 얼굴과 화려한 추기경 정복이 언뜻 공포스러운 조화를 자아냈다. 진짜 무섭다!

"…안녕하십니까, 총대리 전하."

"어서 오십시오."

내가 가까스로 인사를 건넸고, 그는 로봇처럼 반응했다. 이어 차분한 해설이 뒤따랐다.

"라비린투스에 관한 풍문은 우리 교황청도 익히 알고 있습니다. 대부분은 허황하며, 일부는 과장되었고, 조금은 악의적이지요. 굳이 정정하지 않는 까닭은 그것이 성반을 지키는 데 유의미한 도움이 되기 때문입니다."

"…"

"다음은 제가 말씀드릴 수 있는 정보입니다. 첫째. 이곳의 수호령은 방문자의 그릇을 들여다보고, 그가 성반에 접근할 자격이 있는지를 판단할 것입니다. 둘째. 신실을 포함한 미궁 내부에서는 마나와 에테르 사용이 불가능합니다. 셋째. 저 또한 여러분과 같은 조건을 통과하여, 회담 장소인 신실로 이동할 예정입니다. 총대리로 선출되었을 때 이미 한 차례 신실에 든 적이 있지요."

"…"

꿀꺽, 나는 침을 삼키며 곁을 돌아보았다. 주황색 눈동자에 고요한 파도가 일고 있었다. 텔레파시가 통할 리는 없지만 열심히 눈빛을 보내봤다. 전투 신관도 아닌 총대리가 신실에 가봤을 정도면, 우리도 무사히 닿을 수 있지 않을까? 의외로 간단한 인적성 검사 같은 거 아냐? 그러면 넌 형만 믿고 따라와라.

"넷째. 입장은 한 번에 한 분만 가능하며, 미궁의 시험 역시 홀로 치르시게 됩니다. 엘리서 왕세녀 전하께서는 조금 전 제3 대기실에서 먼저 출발하셨습니다."

"예?!"

나와 친구들이 턱을 쩍 벌렸다. 저 무시무시한 구덩이에 혼자 들어간다고요?!

"잘됐군. 내가 먼저 가지."

그랬더니 태자 놈이 기다렸다는 듯 발언했다. 야, 이 배신자야!

* * *

그래서, 미로 앞은 난리가 났다.

"왕자님, 가가방 잘 챙겨오셨죠?"

"그럼요. 아마 사용은 안 되겠지만 성석 구슬도 있습니다. 여기

물, 약, 간식, 손수건…"

친구들이 황태자와 나를 에워싼 채 짐을 점검하고 있었다. 클레망 자작은 급한 대로 내 가방에 금화를 넣어주셨다. 안에서 돈 쓸 일은 없을 것 같지만, 생각해 주시는 마음이 감사해 웃음이 났다.

로날트 뤼퍼르트 총대리는 정물처럼 서서 우리를 기다렸다. 듣자니 그는 마지막으로 미궁에 들 것이라고 했다. 나는 스승님의 성장을 쥐고, 품에는 잠든 뚝심이를 챙겼다. 굴뚝새는 여전히 따뜻하게 숨 쉬고 있었다.

"뚝심인 그냥 두고 갈까요?"

물론 결심은 쉽지 않았다. 아무리 녀석이 신물이래도, 의견조차 구하지 않고 데려가는 건 마음에 걸렸다. 내가 망설이자 마리즈 자작 부인이 양손을 꼭 잡아주셨다.

"데리고 가십시오. 하난 폐하의 말씀대로라면 신물께서 큰 뜻이 있으신 듯합니다. 설령 도움은 못 되더라도, 외로운 길에 의지는 되겠지요."

"…예."

나는 겨우 고개를 끄덕였다. 그래도 무슨 일이 있으면 내가 꼭 지켜줄 거다. 안에선 에테르를 쓸 수 없다니 뾰족한 방법은 모르겠지만, 반드시 그렇게 할 거다.

"남은 분들을 잘 부탁드립니다, 요한 경. 이따 뵙겠습니다."

"네. 함께 들어가지 못하는 게 아쉽네요."

요한 경이 상냥하게 답했다. 어째 다 큰 어른이 투정 부리는 것처럼 들려서 재미있었다. 하난은 '무슨 작별이 이렇게 유난스럽고 기냐'라며 투덜거렸다. 나는 헝겊 인형과 악수하고, 데미와 페리와 레아를 깊게 안아주고, 티테의 턱받이를 고쳐 매주었다. 조안과 산트와도 인사를 나누었다. 그리고…

"크리스텔."

"네, 왕자님."

-어휴…

주머니 속 국왕이 지긋지긋하다는 양 한숨지었다. 우리는 결국 별말을 나누지 않고 파안했다. 이자벨은 세드리크 태자의 손등에 입을 맞추었다. 곧 사내가 먼저 돌아섰다. 총대리는 인공지능처럼 감정 없는 목소리로 말했다.

"세계수의 뿌리에 살갗을 대시면, 미궁이 팔을 벌릴 것입니다."

"…"

설명을 들은 태자가 한쪽 장갑을 벗었다. 나는 뒤늦게 떠오르는 것이 있어 후다닥 그에게 달려갔다. 야, 잠시만!

"태자님!"

-하이고, 나는 안 보련다…

뒤에서 하난의 탄식이 들렸다. 태자 녀석은 묵묵히 나를 내려다보았다. 재빨리 녀석의 팔꿈치에 손을 가져다 대고, 에테르를 쑥쑥 밀어 넣어주었다. 그러자 그가 기품 있게 고개를 기울였다. 잘 받아먹으면서 반응은 또 왜 그러냐.

"안에서 못 쓴다고 해도, 그릇 안정에는 도움이 되잖습니까."

"…"

"천만의 말씀입니다. 발밑 조심하시고요."

씩 웃었더니 놈이 살포시 미간을 찡그렸다. 요즘은 상태가 좋아서 나를 적극적으로 찾는 일이 줄긴 했다. 기운이 넘치는지 운동 시간도 부쩍 늘었다. 오늘도 먼저 팔을 뗀 건 태자였다. 그는 눈인사 한번 없이 몸을 돌려 미궁으로 나아갔다. 커다란 손이 새카만 나무뿌리를 툭 건드렸다. 그러자…

-우드드득! 빠지직!

-와지끈!

"와…"

줄기는 거대한 문어처럼 꿈틀거리더니, 순식간에 잔가지를 거두고 아가리를 쩌억 벌렸다. 마치 하얀 벽에 끔찍한 종양이 자란 듯한 모양새였다. 얼핏 드러난 미궁 내부는 온통 암흑이었다. 어떠한 소리나 빛도 없는 공간 같았다. '아웅!' 겁먹은 신수들이 산트와 자작 부부의 품에 답삭 안겼다.

-뚜벅, 뚜벅, 뚜벅…

사내는 망설임 없이 걸음을 옮겼다. 그러더니 휙! 몸을 날려 미로 속으로 사라졌다. 세계수는 즉시 반응했다.

-쩌저저적!

-오지끈!

숯 같은 뿌리가 삽시에 입구를 봉인했다. 누가 시키지도 않았는데 스스로 판단하고 행동하는 게 어쩐지 오스스했다. 다음은 내 차례였다. 미리 말을 맞춘 대로, 데미가 꼬리에서 밧줄 굵기의 덩굴을 쭉쭉 키워주었다.

미로 안에선 에테르 사용이 불가하지만, 밖에서 쓰는 건 당연히 상관없다고 했다. 끊어지지만 않는다면 이게 나의 길잡이가 되어줄 터였다. 교황청 병사들이 우리의 잔머리에 혀를 내둘렀다. 나는 플라스틱처럼 차가운 세계수를 톡 건드렸다.

"그럼 다녀오겠습니다. 잘 해결되길 빌어주십시오."

"모두 잘될 거랍니다. 너무 심려 마세요."

-드디어 떠나는군. 올 때는 이것보다 빠르겠지?

"힘내십시오, 왕자님!"

"할 말 전부 다 하고 와! 약속도 꼭 받아내고!"

이자벨과 친구들이 환한 얼굴로 손을 흔들었다. 하얀 지느러미발과 까만 앞발도 팔랑댔다. 입꼬리가 자꾸만 꼼질거렸다. 사진으로 찍어 간직하고 싶은 장면이었다. 우두두둑! 어느덧 내 앞엔 시커먼 구멍이 나타나 있었다.

"기다릴게요, 왕자님."

끝으로 눈이 마주친 사람은 크리스텔이었다. 나는 활짝 웃으며 고개를 끄덕였다. 가가방을 한 번 두드리고, 오른손으로 지팡이를 잡고, 왼손엔 넝쿨을 쥐고, 품 안의 뚝심이를 생각하고… 이번 여정으로 얻을 수 있는 평화와 단서를 떠올렸다. 그리고 미지의 공간으로 뛰어들었다.

* * *

덥다.

"어후. 끝도 없네."

몇 시간이나 지났을까. 회중시계를 하나 빌려올 걸 그랬나.

"헉, 허억… 후우…"

나는 잠깐 자리에 서서 호흡을 골랐다. 수통을 꺼내 물을 마시고, 얇은 가운은 벗어서 가가방에 개 넣었다. 태자와 쉽게 합류할 수 있으리란 기대는 안 했지만, 놈은 정말로 흔적조차 없었다.

입장객도 가려서 받는 미로이니 아마 모두에게 다른 길을 안내하고 있는 거겠지. 녀석은 별일 없을 거다. 나는 혼자서 머리를 주억이며 다시 발을 놀렸다. 몇 차례 막다른 골목을 만나긴 했는데 아직까진 괜찮았다. 데미의 넝쿨 덕분에 매번 갈림길로 돌아올 수 있었다.

–저벅, 저벅, 저벅…

"훅. 후욱."

미궁 '라비린투스'는 동굴처럼 서늘했고, 실제로 미로보단 굴의 모습을 하고 있었다. 내부를 뒤덮은 세계수의 잔뿌리가 전체적으로 둥근 형태를 만들어 낸 결과였다. 다만 석회동처럼 기하학적인 종유석이나 석순이 존재하지는 않았다. 그만큼 크지도 않아서, 높이는 아파트 1층 수준에 너비는 친구 원룸만 했다. 문제는 이놈의 껌정 나뭇가지였다.

–툭!

"살살. 정예서, 살살."

세계수는 미궁 곳곳에 굵다란 줄기를 내렸고, 때로는 아주 그럴듯한 나무의 형태를 취하고 있었다. 우람한 기둥을 피하느라 몸을 구긴 적도 여러 번이었다. 바닥은 먹물처럼 꺼먼 사득다리로 뒤덮여

울퉁불퉁하고 험했다. 아까 된통 크게 넘어진 후로는 각별히 조심하는 중이었다. 경사진 구간도 많아서 트레킹하는 기분이 들었다.

“이것 땜에 힘드네, 이것 땜에.”

-나 때문에 힘든 게 아니고?

내가 중얼거리자 ‘그녀’가 기다렸다는 듯 캐물었다. 나는 피식하며 옆을 돌아보았다. 물론, 미궁의 시험도 시험대로 치르고 있었다. 한두 시간은 됐다.

“그쪽은 진짜도 아닌데 왜 힘들겠어요.”

그러자 ‘수호령’이 끈질기게 따라붙었다. 말이 좋아 영靈이지 상대는 그냥 산 사람 같았다. 차움 유적의 유령들처럼 반투명하지 않았고, 둥둥 떠다니지도 않았다. 발소리나 숨소리 역시 진짜였다. 시선을 무시하자 중년인은 대놓고 끙끙거렸다.

대충 예상은 했다. 능력이 아닌 그릇을 들여다보는 시험이라면, 정신 고문일 가능성이 크다고 생각했으니까. 소설뿐 아니라 영화나 드라마에도 자주 등장하는 클리셰 아니던가.

-네가 네 형이랑 짜고 엄마 요양 병원에 밀어 넣었잖아! 그럼 힘들어야지!

“…”

나는 버릇처럼 미소를 만들어 냈다. 그러고는 말없이 앞만 보고 걸었다. 엄마로 변신한 수호령은 포기하지 않고 나쁜 말을 쏟아냈다. 말투, 몸짓, 표정, 음색. 무엇 하나 빠지지 않고 엄마와 똑같아서 신기했다. 영혼을 살핀다는 말이 진짜였구나. 귀퉁이에 밀어 두고, 암막으로 덮어 놓은 부분까지 전부 들추는 걸 보면.

-미안하지도 않아? 내가 너희를 어떻게 키웠는데 이런 짓을 하니? 배은망덕하다, 진짜. 배은망덕해!

"…"

악쓰는 소리가 점점 커졌다.

-너희가 엄마 가둔 거야! 엄마는 은서 대학 입학식, 졸업식 다 보고 싶었는데! 너희가 날 집에서 쫓아낸 거라고. 엄마 말 들어?

"…"

-짐승도 안 이래, 정예서! 짐승도 부모한테 이런 짓은 안 해! 이게 이제 울지도 않네!? 야!

"저기."

내가 멈춰 섰다. 수호령은 눈을 크게 뜨고 나를 바라보았다. 드디어 자신의 괴롭힘이 통했다고 여기는 눈치였다. 나는 손수건으로 얼굴을 닦으며 말했다.

"우리 엄마가 그런 식으로 말한 건… 입원하시기 직전이에요. 많이 아프실 때요."

-너…

"그래서 솔직히 큰 타격이 없어요. 그즈음엔 어느 정도 단련된 상태였거든요. 저희 셋 다요."

-…

"차라리 건강하실 때 엄마 모습이었으면 더 효과적이었을 것 같네요. 아니면 은서도 괜찮겠습니다."

그리고 쓴웃음을 지었다. 수호령은 멍하니 나를 바라보았다. 나는 수건을 챙기고, 지팡이를 짚으며 다시 전진했다. 사아아아… 뒤편에서 무언가 사라지는 듯한 효과음이 들렸으나 돌아보진 않았다. 코끝에 독한 잉크 냄새가 맴돌았다. 잠깐, 잉크?

-화아아아…!

「역시 주신의 의지를 이어받으신 분은 다르네요.」

"헉!"

나는 깜짝 놀라 한 발짝 물러났다. 수호령이 처음 눈앞에 나타났을 때만큼이나 식겁했다. 허공에 웬 글씨가…!

-휘우우우!

순백의 윤곽을 입은 칠흑의 글자들이 떠오르고 있었다. 찰나 전신에 소름이 끼치고 뒷골이 아찔해졌다. 저건 손 글씨가 아니라, 웹 페이지나 인쇄용 폰트였다. 충격받은 입술이 금붕어처럼 뻐끔뻐끔했다. 여기는, 여기는 정말로-

「하기야, 우리가 당신을 시험하는 것은 말이 되지 않겠죠.」

"…"

「경애하는 존재여.」

나는 바들거리는 양손을 꾹 쥐었다. 이어 낡은 지팡이를 보며 스승님을 생각했고, 단단한 녹색 넝쿨을 보며 데미를 떠올렸다. 심장께에선 뚝심이의 작은 온기가 느껴졌다. 눈을 질끈 감았다 뜰 무렵엔, 방주의 안내자가 했던 말이 기억났다.

'-세계는 이미 그대를 의지하고 있습니다.'

"나를…"

침착하게 짚어보자. 제발. 지금 코앞에 나타난 문장들은, 아마 수호령의 또 다른 형태일 터였다. 나의 자격을 판단하고자 하는 일이니 무섭게 생각할 건 없었다. 문제는 나를 부르는 상대의 호칭이었다. '주신의 의지를 이어받으신 분'이라고?

나는 주신이 누구인지 모르고, 그녀가 무엇을 바라는지도 모르는데 어떻게 그걸 계승할 수 있지? '세계가 나를 의지한다'는 까닭도 그것이겠지만(설마 그보다 더한 이유가 있을 것 같진 않았다), 이번 단서는 진심으로 혼란스러웠다. 나는 퇴계공을 읽어본 적도 없는 빙의자라…

"아!"

찰나 날벼락 같은 깨달음이 정수리를 때리고 온몸으로 짜릿짜릿 퍼져나갔다. 턱이 절로 쩍 벌어졌다. 알고 있잖아, 정예서. 네가 빙의한 이유는 여기 온 첫날 이미 짐작했었잖아. 그럼 설마-

-그렇군요. 만연한 죄악감은 숨겨두지도 않았네요. 그러긴 힘들었던 걸까…

흠칫. 익숙하고도 서먹한 목소리가 울렸다. 코밑의 글씨들은 아지랑이처럼 하늘하늘 춤추더니, 이내 하나둘 눈물 젖은 양 번져나갔다. 나는 느릿느릿 뒤를 돌았다. 몹시 불길하고 무서운 예감이 들었지만 피할 수가 없었다. 다시 한번 인간의 형태를 취한 수호령이, 시야를 잠식하고 있었다.

-안녕하세요, 예서 씨.

"…"

보랏빛 눈동자가 근사하게 휘어졌다. 숨이 콱 막혔다.

-저는 예서 페네티안이라고 합니다. 제 몸은 마음에 드시나요?

나는 경악해서 그 자리에 못 박힌 듯 섰다. 그가 서뿐서뿐 걸을 때마다 윤기 나는 금발이 찰랑거렸다. 자세, 발성, 가운을 가누는 방법. 하다못해 눈을 깜빡이는 속도마저 나와는 달랐다. 그래서 시선을 뗄 수가 없었다. 진짜가 아닌 걸 아는데도 상대에게서 눈길을 돌릴 수가 없었다.

"저는…"

'그'를 보는 건 처음이었으니까. 어떤 식으로든.

-많이 놀라신 것 같네요. 죄송합니다. 그저 감사하다는 말씀을 드리고 싶었어요.

"네?"

반응할 필요 없다는 것도 안다. 그런데 입이 제멋대로 움직였다. 미궁은 어느새 감옥처럼 무서운 공간이 되어있었다.

-저의 몸에 들어와서 좋은 일을 많이 해주고 계시니까요.

"…"

-어린아이를 구하시고, 신수들을 돌봐주시고, 못된 짓을 하는 사람도 잡아주셨죠.

"…"

-친구도 많이 사귀셨더군요.

꿀꺽. 침 넘어가는 소리가 요란했다. 그러자 그가, 에서 왕자가 유쾌하게 웃었다. 원래는 저렇게 웃는구나. 저런 인상으로 변하고 저런 방식으로 팔을 쓰는구나.

"죄송합니다."

사과는 불시에 튀어나왔다. 나조차도 인지하지 못한 찰나였다. 그냥, 혀끝에 고여있던 말처럼 그렇게 툭.

"당신에게 빙의할 생각은 없었습니다. 당신의 인생을 복잡하게 만들고 싶지도 않았어요. 사실 저도 이게 어떻게 된 일인지 모르겠습니다. 하지만,"

-변명을 하시는 겁니까?

"…"

미청년의 낯에서 순간적으로 웃음기가 사라졌다. 나는 급하게 숨을 들이쉬었다. 그런 것이 아니었다. 변명하려는 게 아니라, 나는-

-나쁜 일에 활용하지 않으신 건 감사하지만, 이건 도둑질입니다. 스스로도 잘 아시잖아요.

"그게…"

아니라고 해야 하는데.

-눈을 떴으니 움직여야 했고, 움직였으니 먹어야 했겠죠. 이해합니다. 하지만 지금까지의 행적은 명백히 선을 넘은 것 아닌가요?

"…"

차마 아니라고 할 수가 없었다.

-저의 몸, 저의 추억, 저의 대인 관계, 저의 대외적인 평판. 저의…

그가 조곤조곤 말을 이었다. 나는 입술을 깨물었다.

-저의 모든 것. 저의 삶을…

선명한 피 맛이 났다. 이조차도 내 것이 아니었다.

-당신이 통째로 빼앗고 있습니다.

그가 슬프게 선언했다. 그러자 지독한 절망감이 들었다. 죄책감과 섞여 구분되지 않는 감정이었다. 나는 가뭄 난 혓바닥을 비틀어 움직였다. 벌벌 떨리는 목소리가 흘러나왔다.

"…제가 어떻게 하기를 바라십니까?"

-간단합니다.

남자가 내게 손을 뻗었다. 하얀 손끝은 나와 같으면서도 달랐다. 나는 천천히 눈을 감았다. 그에게 최종적인 심판을 맡길 생각이었다. 그래야만 했고, 그게 옳았다. 그러면 더는…

-콰앙!

번쩍! 나는 눈을 휘둥그레 뜨고 사방을 둘러보았다. 순간 착각을 했나 싶었다. 그런데 아니었다.

-콰앙! 쿠웅-!

강렬한 충격과 함께, 미로가 우르르 진동하고 들끓었다. 예서 왕자와 나의 시선이 마주쳤다. 그는 곤란한 표정을 하고 있었다. 그제야 뜨거운 불꽃이 뇌를 일깨우는 느낌이 들었다.

시야가 맑게 트이고, 머릿속은 새하얀 재로 깨끗해졌다. 나는 황급히 진원지에 가까운 방향으로 몸을 던졌다. 그러고는 숨구멍을 찾듯 벽에 이마를 댔다. 이 너머에, 녀석이 있다.

"세드리크!"

* * *

온몸에서 피가 빠져나가는 듯한 기분이 들었다. 미로가 빠른 속도로 진동하기 시작했다. 나는 절박하게 나무뿌리를 쥐었다.

-쿠웅! 콰아앙! 쿠우웅!

"안 돼, 안 돼…"

위기감과 죄의식은 간데없고, 남은 것은 황태자에 대한 걱정뿐이었다. 녀석은 덩치 좋고 힘만 세지 정신적으로는 아직 취약했다. 자세한 사정까진 몰라도 그가 얼마나 힘들게 자랐는지 짐작은 했다.

그러니 지금쯤 무엇을, 누구를 보고 있는지도 알았다. 모습만 똑같은 '니키'를 보고도 크게 동요했었으니, 반대편 상황은 분명 심각할 것이다. 수호령은 그의 그릇을 시험하고자 끔찍한 고통을 가하고 있을 터였다. 내게 했던 것처럼. 죽은 알렉상드르 국서의 모습으로.

–쿠궁!

"차라리 저한테 하세요."

나는 즉시 뒤를 돌아보며 말했다. 눈이 마주친 예서 왕자가 목을 기울였다. 무슨 조화를 부린 건지, 아니면 그사이 내가 변한 건지… 더는 그를 보는 게 힘들지 않았다. 정확히는 그가 전혀 그럴 듯하게 느껴지지 않았다. 그러자 목소리가 힘을 얻었다.

"저를 더 괴롭히시고 저쪽은 놔주십시오. 아직 여물지 못한 친구입니다."

–…

"아픈 사람을 똑같은 기준으로 평가하는 건 너무하잖아요!"

–…

왕자는, 수호령은 대답하지 않았다. 그저 감정 없는 눈으로 나를 빤히 바라볼 뿐이었다. 도와줄 생각은 조금도 없어 보였다. 투웅! 투쾅! 거친 땅울림이 이어졌다. 젠장!

"괜찮아! 진정해. 형 여기 있으니까 기다려!"

나는 목이 터져라 외치고 주변을 둘러보았다. 날카로운 자갈이라도, 아니. 잠깐만. 나한테 무기가 있잖아!

"스승님. 도와주세요."

나는 손에 쥔 성장을 보며 중얼거렸다. 우리 사이를 막고 있는 건 장벽처럼 두꺼운 미궁이었다. 시커멓고 단단한 세계수의 일부였다. 하지만 내가 지닌 것 또한 신전의 뿌리였다. 동일한 재질로 만든, 추기경의 지팡이.

'-반드시 도움이 될 것이다.'

하난의 음성이 예언처럼 귓가를 울렸다. 나는 이를 악물고 성장을 양손으로 움켜쥐었다. 울퉁불퉁한 지팡이 끝의 초승달이 번뜩였다. 뒤편에서 수호령의 당황한 음성이 들렸다.

-무모한 생각입니다. 아무리 당신이라 해도 세계수를 파괴할 수는…

"도와줄 거 아니면 입 다물어!"

-휘이익!

그리고 지팡이를 거칠게 휘둘렀다. 카가강-! 파지직! 까만 나무줄기에서 스파크가 튀었다. 전기가 합선되었을 때처럼 강렬하고 섬찟한 불빛이었다. 그래도 나는 겁먹지 않았다. 미친놈 같지만 정말로 그랬다.

벽 너머의 녀석을 도와야 한다는 생각에 사로잡혀 있었고, 품속에는 뚝심이가 있었다. 잠든 굴뚝새가 나를 지켜주긴 어렵겠지만 니키의 말이 묘한 의지가 됐다.

'-세계는 이미 그대를 의지하고 있습니다.'

…그게 사실이라면, 설마 나를 죽이기야 하겠냐고.

-쿠웅! 쿠우웅!

"좀만 더 버텨!"

-카강! 카가강!

내가 고함을 지르며 지팡이를 곡괭이처럼 내둘렀다. 신전의 뿌리로 만든 성장이 서서히 효과를 드러내고 있었다. 시커먼 벽엔 눈에 띄는 상처가 생겼다. 희망이 보였다. 나는 입술을 감쳐물고 열심히 팔을 내휘둘렀다. 캉! 콰강!

-푹! 푸욱!

박혔다!

-푸슈슈슛!

"으악!"

구멍 뚫린 나무뿌리에서 먹물 같은 것이 튀었다. 뺨과 목덜미, 옷과 부츠까지 까만 물이 들었다. 진한 잉크 내음과 전자기기 냄새가 사방에 진동했다. 나는 대충 눈가를 소매로 비비고 계속해서 세계수를 때렸다.

후폭풍 따위는 고민할 겨를이 없었다. 내가 그런 걸로 시간을 버리는 동안, 세드리크 태자는 내내 괴로워하며 무너지고 있을 테니까. 어쩌면 영영 회복 못 할 상처를 입을지도 모르니까.

-쿵! 퉁! 쾅!

-퍼억! 퍽! 파지지직! 캉!

-맙소사, 당신…

경악한 수호령이 혼잣말했다. 나는 개의치 않았다. 땀인지 잉크인지 모를 것이 이마를 타고 줄줄 흘러내렸다. 역시나 상관없었다. 태자는 아직 이런 아픔에 노출되어선 안 된다. 다 낫지 않았으므로.

"헉, 허억, 후…"

*-두렵지도 않습니까? 세계수는 생명의 원천입니다! 세계선*世界線*을 보호하는 유일한 존재라고요!*

"하아, 하…"

개중 굵다란 줄기가 끊어지기 직전이었다. 검은 액체가 발치를 축축하게 적셨고, 미친 듯이 휘두른 팔이 뎅뎅 울렸다. 성장은 녹이 조금 떨어져 나갔을 뿐 끄떡없었다.

가가방엔 단검도 있었지만, 아마 이만큼 버티긴 힘들었을 것이다. 첫 방에 부러졌을지도 모르지. 나는 마지막 힘을 끌어모으고자 눈을 질끈 감았다 떴다. 그랬더니 보이지 않던 것이 보였다.

"어…?"

절단이 코앞인 나무줄기 너머에, 하얀 벽이 있었다. 홀린 듯 다가가 들여다보았다. 깨끗한 벽면에 무심코 손을 대자 몹시 익숙한 촉감이 들었다. 이건-

-스윽

"…종이잖아."

매끄러운 인쇄용지의 질감이었다. 이곳에서 흔히 볼 수 있는 누런 종이가 아니라, 전형적인 현대식 종이였다. 얼룩덜룩한 손가락이 스치자 종잇장에 검은 물이 들었다. 찰나 온갖 생각이 들고, 팔뚝엔 오소소 닭살이 돋았다. 하지만 당장 급한 건 따로 있었다.

-콰앙! 쿠우웅!

"…"

반대쪽에서도 무언가로 끊임없이 내리치는지, 분벽粉壁이 푹 팼다가 팽팽해지기를 반복했다. 나는 입을 악다물고 성장을 고쳐 쥐었다. 세계관에 무지한 나라고 해서 두려움이나 위기감까지 모르는 건 아니었다.

하지만 이대로 당하고 싶지도, 흐름에 휩쓸리고 싶지도 않았다. 그저 가까운 사람을 구하고 싶었다. 그러니 이것도 찢어발기리라. 저리 두꺼운 뿌리도 베었는데 이깟 종잇장쯤이야.

-쌔애액!

-맙소사! 제발 그만두세요!

"싫어!"

고문당하는 걸 뻔히 아는데 어떻게 가만있겠냐고!

-콰아아앙! 쨍그랑-!

-콰지지직!

"큭!"

종이에선 날 수 없는 소음이었다. 종이에선 터질 수 없는 빛살이었다. 나는 반사적으로 고개를 홱 돌리고 몸을 숙였다. 화드드득! 깨진 조각들이 옷과 피부를 긁고 사방으로 튀어 나갔다. 파직, 파지직! 스파크 튀는 소리가 위협적이었다. 나는 팔로 얼굴 절반을 가린 채 살금살금 눈꺼풀을 들어올렸다. 눈알이 쏟아질 것 같았다.

"태자님!"

목소리가 찍하고 갈라졌다. 그딴 건 신경 쓰지 않고 무릎으로 엉금엉금 기었다. 액정이 깨진 것처럼 뻥 뚫리고 금 간 구멍에서, 상처투성이 손이 뻗어 나오고 있었다. 녀석이 그새 잘못됐을까 봐 철렁했다. 그가 아프면 함께 아파할 사람이 너무 많았다. 그런 모습은 보고 싶지 않았다. 나는 힘껏 목청을 돋웠다. 배후의 수호령이 대경실색하건 말건.

"태자, 커헉!"

그리고 멱살이 잡혀 끌려갔다!

"컥! 이것 좀 놓고-"

"…정신 똑바로 차려."

고막에 문신처럼 새겨진 중저음이었다. 나는 오만상을 쓰며 앞을 바라보았다. 산산조각이 난 균열 너머, 어둠 속에서 활활 타오르는 한 쌍의 봉화가 보였다. 순간 울컥하고 알 수 없는 감정이 치솟았다. 속에선 웃음 비슷한 것도 터져 나왔다. 녀석은 멀쩡했다. 천만다행히.

"괜찮으십니까? 윽!"

근데 숨 막혀!

"누가 할 소리지?"

"그게 무슨-"

"에테르를 쓰지 못한다고 해서 느끼지도 못하는 건 아니야."

"억, 읏."

힘이 바짝 들어간 손아귀 때문에 힘겨웠다. 나는 녀석의 손목을 붙잡고 퍽퍽 때렸다. 이놈아, 이러다간 너 때문에 죽겠다!

"함부로 흔들리지 마."

"아으…! 콜록! 알았다고!"

경고하는 목소리는 낮고 예리했다. 흐린 시야에 엉망으로 찢긴 셔츠와 붉어진 목덜미가… 뭐?

"쿨럭, 쿨럭쿨럭!"

탁! 그 순간 놈이 손을 놨다. 나는 다급히 숨을 몰아쉬며 기침했다. 방금 본 것을 믿을 수 없어 머리를 들이대니, 태자가 기다란 손가락으로 이마를 밀어냈다. 아, 왜!

"목이 왜 그러십니까?"

나는 포기하지 않고 다시 그에게 다가갔다. 피로 물든 오른팔. 걸레짝처럼 변한 셔츠와 울긋불긋한 손자국. 그리고 그 틈바구니에서 눈부시게 빛나는…

–사아아아…

성석 목걸이가 보였다. 나는 잠시 할 말을 잃고 그를 바라보았다. 그가 씨근거리며 시선을 맞받아쳤다. 몸에 힘이 쭉 빠졌다. 뎅그렁! 되는대로 성장을 내려놓고 털썩 주저앉았다. 어처구니가 없어서 헛웃음이 났다.

"뭘 잘했다고."

"뭐?"

"됐습니다…"

말을 덧붙일 기운은커녕 의지도 생기지 않았다. 자신의 팔뚝에 상처까지 낸 걸 보니 고생깨나 한 것 같은데, 그런 와중에도 성석을 쥐고 버틴 모양이었다. 식은땀에 젖은 이마와 흑발이 선명한 현실로 다가왔다.

여태 에테르 한 올 뽑아 먹지 않은 꼴에 속이 터졌다. 그런데 한편으로는, 그렇게라도 버텨주었다는 게 대견했다. 나는 머리 숙여 그의 뒤쪽을 살폈다. 수호령은 고사하고 개미 한 마리도 보이지 않았다.

"저한테만 안 보이는 겁니까, 아니면 사라진 겁니까?"

"…전자."

"그렇군요."

알만했다. 당사자가 아니라면 수호령이 어떤 모습을 취했는지도 확인할 수 없는 거다. 그래도 나름 말짱한 낯을 보자 안심이 됐다. 나는 실소를 흘리며 수통을 꺼내 갈증을 해결했다. 반대편으로 건넸더니 녀석이 고분고분 받아마셨다. 예서 왕자는 그런 우리를 묵묵히 응시했다.

"그대는 누구를 본 거지?"

"얘기하자면 깁니다. 중간에 변신을 한 번 했거든요. 다음에 한꺼번에 말씀해 드리겠습니다."

내가 수통을 돌려받으며 답했다. 태자는 불만스레 미간을 찌푸렸다. 그러다 주름 생길라.

"후우… 시간이 얼마나 흘렀는지 모르겠네요. 슬슬 움직이죠."

'건너편에서 뵙겠습니다.'

나는 성장을 주워 들고, 품 안의 뚝심이를 한 번 쓰다듬은 후 자리에서 일어났다. 아니, 그러려고 했다!

-덥석!

"커헉! 야!"

이게 내 멱살을 아주 손잡이처럼 써먹네!

"황제의 반려 될 자답게 행동해."

녀석의 눈동자가 네 개로 보일 만큼 가까웠다. 맹렬한 시선이 뜨거워 얼굴에 화상을 입을 것만 같았다. 나는 느릿느릿 턱을 벌렸다. 너 설마 진심이냐?

"…프레데리크 폐하 말씀하시는 겁니까?"

진짜 내가 새아버지 될까 봐 그러는,

-털퍼덕!

"어헉!"

태자가 나를 아무렇게나 내동댕이쳤다. 아파! 나는 원망스러운 눈길로 구멍을 쏘아보았다. 놈은 진작 자리에서 일어나 무기를 챙기고 있었다. 짜증스럽고 화도 났지만, 지금은 그보다 앞서 해야 할 말이 있었다. 끙끙거리며 일어나 녀석의 등에 대고 고함을 질렀다.

"성석 제발 쓰십시오! 다시 채워드릴 테니까요!"

"…"

"나중에 검사할 겁니다! 지혈제도 드시고요!"

피가 뚝뚝 떨어지는 오른손을 보니 안쓰러운 마음이 들었다. 태자는 대답 없이 저벅저벅 멀어졌다. 긴 한숨이 절로 나왔다.

"…그러고 보니 고맙단 말을 못 했네."

아무래도 내 에테르 동요를 느끼고, 벽을 두드려 깨워준 것 같은데. 본인 한 몸 가누는 일도 보통이 아니었을 텐데. 후회가 들었지만 이미 늦었다. 미궁을 나가면 치유력부터 써야겠다. 나는 가가방을 여미며 떠날 채비를 했다. 그러다 코앞의 남자와 눈이 마주쳤다.

"…"

-기가 막히네요.

수호령이 허탈한 웃음을 뱉었다. 나는 대충 고개를 주억이며 걸음을 뗐다.

-미궁에 쥐가 들어오지를 않나. 주신의 사랑을 받는 분이 세계를 어지럽히질 않나.

쥐?

"…세계수와 미궁을 훼손한 건 죄송하게 생각합니다. 하지만 어쩔 수가 없었습니다."

-어쩔 수 없다는 말을 참 쉽게 하시는 것 같습니다.

"예. 언젠간 벌을 받겠죠."

나는 그렇게 답하고 자박자박 걸어갔다. 손에 쥔 성장과 데미의 넝쿨이 온기를 뿜어내는 듯한 착각이 들었다. 보라색 눈동자가 위협하듯 나를 겨누었지만, 망설임 없이 발을 놀렸다. 이젠 정말로 괜찮았다. 저것이 진짜가 아님을 알았으니까.

-정예서. 당신은…

내 마음이 만들어 낸 허상임을 알고 있으니까.

-스르륵!

나는 그대로 수호령을 통과했다. 실제 사람이었다면 크게 부딪혀 다쳤겠지만, 그를 상대로는 아무 일도 벌어지지 않았다. 파아아아…! 등 뒤에서 무언가 사라지는 효과음이 들렸다. 돌아보지 않고 전진했다.

쭉 그랬던 것처럼, 발밑에 주의하고 오늘의 목적만을 상기했다.

나머지는 훗날 천천히 생각해도 괜찮았다. 엘리서와 이룩할 평화. 집에 돌아갈 단서. 당장은 그렇게 두 가지만.

-쩌저저적!

그러자 놀라운 일이 벌어졌다.

-와지끈! 우드드득!

"허어…"

컴컴하던 통로 저편이 세로로 길게 쪼개지더니, 끔찍한 이빨을 벌리며 좌우로 갈라지기 시작했다. 잔가지들은 거미 다리처럼 분주히 움직여 길을 냈다. 나는 몇 걸음 떨어진 곳에서 멍하니 그 광경을 바라보았다. 틈새 너머에서 황홀한 금빛이 쏟아져 들어오고 있었다. 누가 설명해 주지 않아도 본능적으로 알았다. 수호령의 시험이 끝났다.

"…다 왔네."

드디어 신실神室이었다. 발이 무엇에 씌기라도 한 것처럼 터덜터덜 움직였다. 사위가 순식간에 밝아져 눈을 뜨기 힘들었다. 나는 눈살을 잔뜩 찌푸린 채 주위를 둘러보았다. 입술이 저절로 커다란 이응을 그렸다. 까마득히 높고 거대한 원형의 방은 온통 금이었다.

여기에 백색광이 깃들어 투명하게 빛나는, 몹시 신비로운 공간이었다. 이음매는 물론 기둥 하나 없는데, 도대체 어떻게 이런 곳을 만든 건지 경이로울 지경이었다. 맑은 하늘과 금반金盤으로 장식한 천장 벽화엔 천사들이 그려져 있었다. 진짜로 나를 내려다보고 있는 것 같아 소름이 돋았다.

"와…"

나는 절뚝거리며 신실을 구경했다. 자세히 보니 벽과 바닥은 민짜가 아니었다. 구석구석이 빼곡하고 섬세하게 음각되어 빈틈이 없었다. 바닥 무늬는 광대한 서클을 그리고 있었는데, 안쪽을 장식한 동서남북의 원이 네 가지 성聖 속성을 상징하는 것 같았다.

오래된 신어로 쓰인 문장도 몇십 줄이나 새겨져 있었다. 화려한 필기체는 물 흐르듯 매끄러웠고, 어제 조각한 것처럼 또렷했다. 전체적으로 절제된 우아미가 넘치는 공간이었다. 그리고 서클의 한가운데…

"…저게 성반이구나."

생각보다 단아하고, 어찌 보면 조촐한. 지극히 평범한 잿빛 쟁반이 금 받침대 위에 올려져 있었다. 크기는 일반 세숫대야 정도였다. 반면 받침대엔 오색찬란한 보석이 박혀있었고, 주신교 신화가 연대기 순으로 세공되어 위엄과 호사를 뽐냈다. 그게 전부였다.

"으음."

나는 감히 다가갈 생각조차 못 하고 자리에 섰다. 아직은 아무도 없었다. 아무래도 내가 처음-

"윽, 크윽…!"

흠칫해서 뒤를 돌았다. 그리고 기겁했다. 저쪽 바닥이 서서히 피에 잠기고 있었다!

"괜찮으세요!?"

"읏, 큭…"

상대는 낡은 로브 차림의 어떤 남자였다. 모르는 사람이었지만 그런 걸 따질 상황이 아니었다. 나는 황급히 그에게 다가갔다. 가까이서 보니 상태는 더욱 심각했다. 그의 배엔 날렵한 단검이 꽂혀 있었다.

너무나 끔찍하고 충격적인 광경이었다. 출혈이 심한 데다 환자의 상태도 매우 나빴다. 그는 벌벌 떨며 고개를 들었다. 후드 아래 창백한 뺨과 푸르게 질린 입술이 보였다. 연보랏빛 머리칼, 날 선 초콜릿색 눈동자…

"어쩌다 이렇게… 이곳에선 치유력을 쓸 수가 없습니다. 일단 지혈제부터-"

그때,

-쑤욱!

남자가 자신의 배에 박힌 검을 단박에 뽑아 들었다. 나는 비명조차 지르지 못하고 굳었다. 화드득! 사방으로 붉은 점이 튀고 피비린내가 진동했다. 쇼크는 거기서 멈추지 않았다. 그는 곧장 칼날을 휘둘렀다.

-휘익!

-푸욱!

그리고 그것을 내 가슴에 꽂았다. 지옥 같은 고통이 밀려왔다.

* * *

-푸욱!

"아아악!"

아프다. 너무나 아팠다. 가슴에 불이 난 것처럼 뜨겁고, 망치로 얻어맞은 것처럼 고통스러웠다. 나는 경악과 충격으로 비틀거렸다. 세상이 갑자기 다섯 배쯤 느리게 움직이는 것 같았다. 눈동자가 떨어질 듯 아래로 굴렀다. 흉부 깊숙이 박힌 칼날과 붉게 물드는 셔츠가 보였다. 이번엔 진짜였다.

"아, 아…"

-쑤욱!

"허억!"

남자가 내 몸에서 칼을 뽑아 들었다. 잔인하고 끔찍한 소리가 났다. 새빨간 핏줄기가 허공에 호선을 그렸다. 믿을 수가 없었다. 믿고 싶지 않았다. 내게 이런 일이 벌어지고 있다는 게 현실 같지 않았다. 광기로 번뜩이는 눈동자가 공포스러웠다.

"헉, 끅-"

아파. 무서워. 아파, 아파…

-휘이익!

그가 거듭 칼을 휘둘렀다. 나는 피를 쏟는 와중에도 본능적으로 팔을 들었다.

-카강!

성장이 단검을 쳐냈다. 운이 좋았다는 걸 알았다. 곧장 뒤를 돌아 달렸다. 숨이 잘 쉬어지지 않았고, 생리적인 눈물이 쏟아져 시야가 흐렸다. 바닥은 누구의 것인지 모를 피로 검붉게 물들고 있었다.

너무 순식간에 벌어진 일이라 뭐가 뭔지 판단할 여유 따윈 없었다. 상대가 아무 말도 하지 않는 게 더 무서웠다. 두려움이 아픔을 압도했다. 나는 절뚝거리며 앞만 보고 나아갔다. 이곳에선 에테르를 쓸 수가 없다. 그래서 성소도, 성지도 열 수 없다. 선명하게 떠오르는 생각은 하나뿐이었다. 뚝심이를 지켜야 해.

“허억, 하아, 윽…”

나는 왼쪽 가슴께의 굴뚝새를 정신없이 감쌌다. 허리춤에 둘린 가가방과 양손이 벌써 피범벅이었다. 그래도 시간만 벌면 살 수 있을 것이다. 적어도 이 아이는 신물이니 무사할 것이다. 곧 황태자와 엘리서가 올 테니까.

“이리 와… 이리 와!”

등 뒤의 남자가 나를 불렀다. 전신에 소름이 끼치고 공포로 헛구역질이 났다. 나는 피가 흐르는 가슴팍을 움키고 내달렸다. 퍼뜩 수호령의 음성이 머릿속에 메아리쳤다.

‘-미궁에 쥐가 들어오지를 않나.’

“헉, 헉.”

그리고 깨달았다. ‘쥐’는 저 사람을 의미한 것이다. 선득한 예감에 숨이 턱턱 막혔다. 어떻게, 대체 어떻게 저런 인간이 여기까지-

“자유로워지고 싶지 않으냐? 이따위 굴레는 벗어던지고 싶지 않아?”

쩍쩍 갈라지는 쇳소리가 끔찍스러웠다. 미궁은 높은 확률로 다시 문을 열지 않을 터였다. 수호령의 시험이 끝난 데다, 그들이 지키는 건 신전과 신물이지 이곳에 드나드는 인간이 아니었다. 나는 멈추지 않고 달렸다. 텅 빈 신실 한가운데, 그래도 나를 도와줄 만한 물건이 하나 있었다.

“윽, 흣…”

'소원의 성반'.

-턱!

나는 성반 받침대를 붙들고 휙 뒤를 돌았다. 이걸 가운데 두고 대치하면, 시간은 끌 수 있을 것-

"다 끝났다."

"허윽."

숨이 멎을 것 같았다. 정체불명의 살인귀가 나와 성반을 마주하고 서있었다. 그가 달려온 길목은 온통 피, 피, 피였다. 금으로 휘황한 공간을 참혹하게 칠하는 광경이었다. 창백한 뺨엔 진심으로 기뻐하는 웃음이 걸려있었다. 직감적으로 알았다. 이성으로 상대할 수 있는 자가 아니다. 저 사람에겐 말이 통하지 않는다.

"우욱."

속에서 울컥 핏물이 올라왔다.

"너도 전부 끝내고 싶을 테지."

"헉. 콜록! 무슨, 큭…"

은혜를 베푸는 표정이었다. 다정하고 자애로운 눈길이었다. 괴롭고 아픈 것은 저쪽도 마찬가지일 텐데, 남자는 조금도 그런 티를 내지 않았다. 배에 구멍이 난 환자라고는 보기 힘든 태도였다. 그가 피로 축축한 손을 들어 로브 후드를 뒤집어썼다. 나는 반사적으로 성장을 바르쥐고 다른 팔로 가가방을 뒤졌다. 단검을 꺼내기 위해서였다. 그때,

"헉, 쿨럭!"

-사르르르…!

피가 흐르는 입술이 멍하니 벌어졌다. 로브 아래의 남자가 코앞에서 투명하게 사라지고 있었다. 불안으로 빚은 충격파가 머리부터 발끝까지 내달렸다. 설마, 아닐 것이다. 말도 안 돼. 안 돼, 안 돼, 안 돼…

"내가 그리 만들어 주마."

마지막 속삭임은 그런 것이었다. 그는 이제 머리카락 한 올도 보이지 않았다. 나는 기함하며 허우적거렸다. 사방으로 성장을 휘두르고 단검을 휘저었다. 서클을 열지 못하는, 크게 다친 몸으로는 할 수 있는 일이 거의 없었다. 게다가 상대는 투명 인간이었다. 그저 미친 듯이 몸부림치는 것 외에는-

-푸욱!

"아아아악!"

나는 그대로 성반에 고꾸라졌다. 입에서 붉은 피가 왈칵 쏟아졌다. 등, 등에…

"헉, 억. 아흑… 왜, 왜…"

전율과 경련이 동시에 온몸을 뒤흔들었다. 고통과 쇼크는 그 뒤였다. 철퇴로 맞은 것처럼 아프고 무서웠다. 피와 체액이 둥근 성반 바닥에 흥건히 고였다. 등 뒤의 남자가 내 뺨을 쓰다듬었다. 속이 메스꺼웠다. 형이 보고 싶었다. 은서가, 엄마가 보고 싶었다.

"너 또한 힘들었을 테니까."

가족에게 돌아가고 싶었다.

"사생아라는 이유로 눈총받고, 손가락질당하고, 구박데기로 지내는 삶에… 진정한 행복 따위는 없었겠지. 잘 안다."

"으흑, 큭, 커헉…"

"내가 잘 알아. 비슷한 인생이었으니."

진심으로 가엾게 여기는 말투였다. 다리에 힘이 풀렸다. 나는 당장이라도 무너질 것 같은 몸을 성반에 가까스로 의지했다. 뗑그렁! 기어코 내 손에서 단검이 떨어졌다.

곁으로 다가온 남자가 스르륵 후드를 벗었다. 바들바들 떨며 고개를 돌리자, 무너지는 눈꺼풀 틈으로 지나치게 아름다운 얼굴이 보였다. 피에 젖은 연보랏빛 머리칼…

"불쌍한 우리 아들."

천사 같은 음성이었다. 순간적으로 눈이 확 뜨였다. 쑤욱! 그가 내게서 검을 빼 드는 순간-

"흐아아악!"

-파아아아아…!

성반에서 강렬한 황금색 빛살이 터져 나왔다. '크읏!' 무슨 일인지 남자의 몸이 홱 하고 튕겨 나갔다. 동시에 중력의 몇십, 몇백 배는 될법한 힘이 나를 끌어당겼다. 나는 저항조차 하지 못하고 그릇에 머리를 처박았다. 눈알이 빠질 것 같았고, 온 내장이 쏟아질 것만 같았다.

"아악, 아아아악…!"

아니, 그 정도가 아니었다. 영혼과 육체가 분리되는 듯 고통스러웠다. 떼어져선 안 되는 무엇이 강제로 떼어지는 느낌이었다. 이대로 가다간 죽는다. 그런 확신이 뇌를 잠식하고 마음을 갉아먹었다. 온 세계가 나를 밀어내는 감각이 선연했다. 거의 백색으로 타오르는 광채에 눈이 멀 것만 같았다.

-쏴아아, 쏴아아, 쏴아아아…!

종국엔 비명을 지를 기운조차 남지 않았다. 싸아아아아…!

"살려줘, 제발…"

나는 피를 쏟으며 중얼거렸다. 크리스텔과 세드리크 태자의 낯이 주마등처럼 눈앞을 스쳐 갔다. 뚝심이를 간절히 보듬은 채 눈을 감았다. 내게 허락된 움직임은 그것뿐이었다.

-우우우웅-!

-콰아아아아…!

이어 거대한 광휘가 몸뚱이를 집어삼켰다.

* * *

-우르르…

-쩌저저적!

시험을 끝낸 미궁이 바쁘게 문을 열었다. 세드리크 리에스테르는 한 발짝도 움직이지 못하고 제자리에 서있었다. 질식할 듯한 적막이 그를 짓눌렀다. 자신마저 괴롭게 하던 에테르 동요가, 재앙처럼 한차례 휩쓸고 간 지하였다.

분명히 미로 바깥의 선생이나 크리스텔 랑부예도 감지했을 터였다. 그런데 건너편에선 이제 '아무것도' 느껴지지 않았다. 있을 수 없는 일이었다. 있어서도 안 되는 일이었다.

"…"

덜컥 겁이 났다. 이는 인정하고 말고의 문제가 아니었다. 그저 압도적 운명 앞에 놓인 자의 볼품없는 당혹이었다. 사내는 굳어버린 머리를 어떻게든 움직이려 노력했다. 그러나 그간의 숱한 그릇 수양도 지금은 아무 소용이 없었다. 코끝에 짙은 피 냄새가 맴돌았다. 불안함과 불길함이 그를 운무처럼 휘감고 있었다.

"…"

침묵.

-저벅, 저벅, 저벅…

세드리크는 검대를 강하게 쥐고 전진했다. 이내 신실의 따뜻한 금광이 그를 반겼다. 그리고…

-뚜벅

피바다였다. 주황색 눈동자가 크게 뜨였다. 삐이이- 귓가에 기분 나쁜 이명이 울렸다.

"…"

고결한 시선이 바삐 상황을 파악했다. 선혈이 낭자한 바닥에, 빨갛게 젖은 덩굴 한 줄기가 나뒹굴고 있었다. 왕자가 쥐고 들어오겠노라 말했던 신수의 힘이었다. 그것을 보니 이상하게 호흡이 가빠왔다. 세드리크는 침착하고자 애썼다.

현재 이곳엔 하나의 인기척이 있었다. 사내는 그를 확인하려고 떨어지지 않는 걸음을 옮겼다. 쩌억, 굳어가는 피 웅덩이에서 불쾌한 소리가 났다. 과거의 어느 기억이 부표처럼 떠올라 그에게 달라붙었다. 턱에 저절로 힘이 들어갔다.

-탁

"…"

그러다 멈춰 섰다. 찰나 숨이 멎었다. 세드리크는 바닥에 쓰러져 있는 자신의 신관에게 달려들었다. 축 늘어진 몸을 수습하고, 황급히 상태를 살폈다. 잡히는 모든 곳이 차디찼다. 거짓말 같았다. 그의 멱살을 잡고 미래를 이야기한 것이 겨우 몇십 분 전이었다.

"일어나."

"…"

끓는 목소리로 명령했다. 돌아오는 답은 없었다. 푸른빛이 돌 만큼 창백한 뺨, 힘없는 금발과 하얀 손이 전부 피에 젖어있었다. 입술 주변은 피투성이였다. 긴 속눈썹이 두 번 다시 올라오지 않을 것처럼 굳게 덮였다. 가슴과 등의 깊은 자상에선 출혈이 이어지지 않았다.

"…"

그는 자신의 양손이 벌벌 떨리고 있음을 뒤늦게 인지했다. 천하의 멍청이처럼 더듬거리며 장갑을 벗었다. 이어 왕자의 목을 짚었다. 맥이 없었다.

"…허튼수작."

부리지 말라는 말이, 목젖에서 콱 막혔다. 귀가 먹먹해지고 시야도 좁아졌다. 그대로 물에 잠겨 죽어가는 기분이 들었다. 그는 또 한심하게 한참을 떨었다.

이 방엔 머리카락 한 올만큼의 순수 에테르도 존재하지 않았다. 그것이 뜻하는 바를 알고 있으나, 인정하기가 힘들었다. 이번에는 신관의 코에 손등을 댔다. 호흡이 없었다.

"하…"

헛숨이 터졌다. 세드리크의 동공이 확장됐다. 숨이 엇박자를 타고, 심박은 불규칙하게 날뛰기 시작했다. 눈 감은 왕자의 얼굴 위로 아버지의 마지막 모습이 겹치고 있었다. 바닥에 나동그라진 몸. 피로 물들어 암적색을 띠던 흑발과, 끝까지 다정하기만 했던 눈빛.

'다음에 또 보자, 세이디. 응? 울지 말고.'

'이리 상처 주려던 게 아니었는데… 착한 우리 아들, 윽.'

"하…"

그는 느릿느릿 허리를 숙였다. 이는 의지대로 되는 일이 아니었다. 전신의 피가 차게 식는 가운데 눈시울이 뜨겁게 달아올랐다. 그날과 정확히 같은 광경이었다.

'건너편에서 뵙겠습니다.'

분명 그리 말했었는데.

"…큿."

세드리크는 회한과 분노로 요동치는 그릇을 다잡고자 이를 악물었다. 심장이 절절 끓어 터질 것만 같았다. 차라리 잡아 뜯고 싶었다. 이따위 고통만 줄 거라면, 몸에서 분리하는 게 나았다. 지옥 같은 현실이었다. 받아들이고 싶지 않았다. 받아들일 수 없었다. 그 때였다.

"하하하하…"

흠칫. 태자는 고개를 들었다. 멀지 않은 곳에 한 남자가 주저앉아 있었다. 기척은 내내 또렷했으나 모습을 본 것은 처음이었다. 낯선 얼굴임에도 묘하게 눈에 익은 분위기였다. 낡은 로브는 피에 찌들어 있었다. 날렵한 갈색 눈이 세드리크를 빤히 바라보았다. 그 역시 중상을 입은 듯했다. 배에 자상이 있었고, 손에는 피 묻은 단검이-

-삐이이이!

다시금 징조 같은 귀울림이 들렸다. 세드리크는 천천히 돌아가는 머릿속 시곗바늘을 헤아렸다. 눈앞에 있는 남자의 입술이 움직이고 있었다. 목소리는 아주 먼 곳에서 울리는 것처럼 아득했다. 째깍, 째깍, 째깍.

"내가 그 딱한 것을 해방해 주었다. 고맙게 여기도록 해라."

"…"

"잘 자는군. 얼마나 편하겠느냐."

째깍, 째깍, 째깍.

"아아, 개운하구나…!"

그가 꿈꾸는 듯한 표정으로 말했다. 눈꼬리가 곱게 휘었고, 핏방울 튄 낯엔 만족감이 가득했다. 태자의 호흡이 정지했다. 시야가 시뻘겋게 달아올랐다.

-삐이이이이이-!

-콰아아앙!

그것은 폭발에 가까운 검기였다.

"아아아악! 끄하아악!"

베르너르의 찢어지는 비명이 실내를 쩌렁쩌렁 울렸다. 섬광 너머로 분수 같은 핏줄기가 솟구쳤다. 신실은 이제 전장을 방불케 하는 아수라장이었다. 이미 죽은 자와 죽음의 사자, 죽음을 앞둔 자가 머무르는 연옥이었다. 새카만 혜검이 허공에 보이지도 않는 사선死線을 그렸다. 사사사삭-!

-콰아아아!

“으아아악! 그만! 그만해!”

국서의 한쪽 팔과 다리가 무참히 허공을 날았다. 그러나 검사에게는 그의 말을 듣고 이해할 생기가 남아있지 않았다. 어쩌면 온기 또한.

-스릉!

그 순간,

“아버지! 안 돼…! 아아악!”

엘리서의 절규가 날카롭게 내리꽂혔다. 세드리크는 멈추지 않고 돌격했다.

* * *

번쩍!

“뚝심아-!”

나는 목이 터져라 고함치며 자리에서 일어났다. 이불이 팔라당 뒤집어지고, 침대에선 ‘끼익’ 하는 소리가 났다. 끔찍했던 직전의 상황과 어울리지 않는 효과음이었다. 절로 눈이 휘둥그레졌다. 아니, 잠깐만… 이불? 침대?

“뭐야, 뭐야…?”

미친 듯이 내 몸부터 더듬었다. 피는 물론이고 긁힌 상처 하나 없었다. 식은땀으로 축축했고, 잔뜩 긴장한 팔다리가 저릿저릿했으나 좌우지간 멀쩡했다. 그런데 문제는 그게 아니었다. 말도 안 되는 소리지만, 내 몸뚱이에 칼이 꽂히지 않은 것보다 훨씬 엄청난 사건이 벌어지고 있었다. 가슴이 철렁했다. 이거, 이건-

"…내 잠옷이잖아."

지금으로부터 1년 전에, 내가 '우리 집'에서 입던 옷이었다. 평범한 21세기의 복식.

"이게 무슨,"

-똑똑똑똑!

움찔! 익숙한 노크 소리에 후다닥 시선을 들었다. 그리고 대경실색했다. 못 알아볼 수가 없었다. 저건 내 방문이었다. 쥘리에트 궁이 아니라, 우리가 살던 아파트 한편의 작은 방. 그곳에 달린 출입문.

"…"

나는 급히 주변을 둘러보았다. 인제 보니 내 것은 잠옷과 방문뿐만이 아니었다. 벽지, 책장, 책상, 의자, 가방, 옷걸이…

"노트북, 핸드폰."

내가 정신 나간 사람처럼 중얼거렸다. 책상에 얌전히 놓인 폰의 존재가 소름 돋을 만큼 어색했다. 이 모든 배경에 지독한 위화감이 들었다. 저것들이 왜 여기 있지? 내 방이 왜 여기 있어? …내가 왜 여기 있는 거야?

-똑똑똑똑!

"작은오빠! 아직 자? 출근쓰 안 해?"

문밖에서 충격적인 목소리가 들렸다. 나는 태어나 가장 얼빠진 표정을 지었다.

7. 초월하는 마음

나는 조심스레 동생의 이름을 불렀다.

"정은서…?"

막 잠에서 깬 목소리가 흘러나왔다. 믿기지 않는 상황이었다. 이렇게 소리 내서 녀석을 찾아본 게 너무 오랜만이라, 코끝이 시큰거리고 절로 가슴이 뻐근해졌다. 나는 익숙한 이불을 그러쥐며 심호흡을 했다. 동시에 이런 생각이 들었다.

혹시 이것도 수호령의 시험일까? 사실 저 방문 너머엔 아무도 없고, 이건 그냥 내 마음을 들여다보고 만든 환상이 아닐까. 내가 칼에 찔린 건 전부 정신 고문이고…

"왜? 어디 아파? 들어간다!"

움찔. 문밖에서 맑은 음성이 울렸다. 온몸에 전율이 일고 털이 주뼛 곤두섰다. 이건 예상치 못한 전개였다. 은서는 답을 기다리지 않고 바로 문을 열었다. 녀석다운 태도였다.

-벌컥!

"…"

아…

"겉보기엔 멀쩡한데?"

정은서였다. 내 동생이었다.

"열나? 표정이 좀 멍하네."

지난 1년 동안 간절히 그리워했던, 다시는 못 볼까 두려웠던 내 가족. 나의 세상.

"왜 이래. 큰오빠 불러?"

내가 아무런 대답을 하지 않자, 꼬맹이의 표정이 심각해졌다. 방문 너머에선 꿈에 그리던 아침 기척이 났다. 탁, 치이익… 형이 프라이팬에 달걀부침을 하는 소리. 갓 지은 밥 냄새와 까치 울음. 희미하게 들리는 TV 속 8시 뉴스. 어느 집 이삿짐 사다리차가 올라가는 소음. 그런 것들이 한데 어우러진 추억 같은 풍경.

"…"

나는 망연히 동생을 바라보았다. 이제야 꽁지를 묶을 수 있게 된 단발머리가 보였다. 즐겨 입는 병아리색 후드티와, 허리에 고무줄이 들어간 청바지도 보였다. 일전에 마트에서 싸게 산 점박이 양말이 꿈틀거렸다. 울다 자서 잔뜩 부은 눈두덩엔 바보처럼 웃음이 샜다. 깊은 물에서 올라오는 바닷속 생명처럼. 아주아주 느리게.

"…봐."

형을 많이 닮은, 올해 겨우 스무 살짜리 꼬마.

"엉?"

"…이리 와봐."

"뭐야, 무섭게. 진짜 몸살임?"

내가 잠긴 목으로 손짓하자 동생이 질색했다. 그러면서도 착하게 다가오는 게 고맙고 기특했다. 나는 머리맡까지 다가온 은서를 두 팔로 천천히 끌어안았다. 혹 부서지거나 사라질까 봐 작은 힘조차 주지 못했다.

'악! 징그럽게 왜 이래!'

동생이 비명을 내질렀다. 그러면서도 뿌리치지는 않고, 내 등을 주먹으로 아프지 않게 두드렸다. 은서가 열 살쯤 되고 나서는 한 번도 내가 먼저 안아본 적이 없었다.

다 큰 오빠들이 불편할까 봐 그랬다. 그런데 지금은 그런 걸 생각할 여유가 없었다. 작고 따뜻한 체온이 온몸으로 퍼져나갔다. 안도감과 함께 눈시울이 뜨거워졌다. 이건 진짜였다. 그런 확신이 들자 목이 콱 막히고 긴장이 무너졌다.

"흐으윽…"

이번엔 꿈이 아니었다. 정말로.

"작은오빠 울어?"

고개가 점점 떨어졌다. 크게 당황한 은서가 내 얼굴을 보려고 했지만, 나는 끝내 머리를 들지 못했다. 동생이 나를 도닥이며 황급히 형을 찾았다.

"큰오빠! 작은오빠 아프대! 막 울어, 지금!"

"운다고?!"

놀란 음성이 들렸다. 이어서 형이 뒤집개를 들고 방으로 뛰어들었다. 나는 허겁지겁 그의 허리춤을 붙들었다. 목청이 활짝 열려 제대로 된 말을 하기가 어려웠다. 자꾸 짐승처럼 꺽꺽거리는 소리만 났다.

"윽, 윽, 끅…"

"정예, 너 어디가 아파서 이래. 119 부를까? 어?"

"아무튼 병원 가야 돼. 이런 적이 없잖아!"

은서와 형이 나를 붙들고 주거니 받거니 했다. 뿌연 시야에 형의 앞치마 무늬가 아른거렸다. 낯익은 분홍색 돼지와 시선이 닿자 너털웃음이 터져 나왔다.

울다가 웃으면 큰일이 난다는데, 둘 다 그칠 수가 없었다. 두 사람은 안절부절못하며 응급실이니 뭐니 하는 걱정을 늘어놓았다. 나는 이후로도 오랫동안 남매를 안고 있었다. 그리고 팔에 쥐가 날 때까지 놔주지 않았다.

"오빠 악몽 꿨어? 그래서 이래?"

"으윽, 흑. 흐윽…"

집에 돌아왔다. 무사하지는 않았다. 1년 만이었다.

* * *

사막의 밤은 홍옥과 황금으로 타오르고 있었다. 멸망의 목전과도 같은 모습이었다.

-우르르르…!

-콰아아아앙!

"아아아악!"

어마어마한 진동이 경계의 신전을 뒤흔들었다. 곳곳에선 공포에 질린 절규와 비명이 쏟아졌다. 쩌저저적! 고대의 견고한 벽면에 금이 가고, 천장의 샹들리에가 위태롭게 흔들렸다.

지하에서 시작된 소동이 지상으로 빠르게 번지는 모양새였다. 교황청 기사들은 사색이 되어 움직였다. 조금만 판단이 흐려져도 대규모 사망자가 나올 상황이었다.

"나가! 모두 신전을 나가라! 서둘러-!"

"흐트러지지 마라! 대열 유지하며 이동해!"

-쿠구구궁…!

"아아악!"

"거기! 건물 밖 주민들을 대피시켜라!"

"너희는 나와 함께 추기경 전하들을 모신다!"

'끄아아악!' 찢어지는 외침 위에 명령과 고함이 정신없이 쌓였다. 병사들은 파랗게 질린 채 여기저기를 뛰어다녔다. 눈물과 충격으로 얼룩덜룩한 현장이었다.

로날트 뤼퍼르트 총대리는 물론, 세드리크 황태자와 엘리서 왕세녀 또한 지하를 빠져나오지 못한 상태였다. 당연히 그 일행도 밑에 갇혔다. 그러나 지금은 높으신 분들을 구출하거나 걱정할 때가 아니었다. 언감생심 그럴 수도 없었다. 작금의 사태를 만든 것이 그 분들이었으므로.

"우리 아이! 우리 아이가 위층에 있어요!"

"안 됩니다, 주교님!"

"제발! 우리 애가 안에 있다고요! 내 딸-!"

"무너질 위험이 크니 들어가실 수 없습니다!"

"안 돼! 안 돼! 제발요!"

어느 주교가 병사들에게 붙잡혀 소리를 질렀다. 이곳에서 그녀의 처절한 마음을 헤아리지 못하는 이는 아무도 없었다. 그러나 들여보내선 안 됐다. 이제 신전은 언제 붕괴할지 모르는 재앙이었다. 무시무시한 시한폭탄이요, 장엄하고 흉포한 마수였다. 이런 시대가 오지 않으리라 믿었던 모두에게는 아프고 경악스러운 시간이었다.

"살려주세요! 우리 딸 도와주세요!"

"주교님, 따님께선 꼭 나오실 겁니다!"

"세 살이에요! 내가 있어야 해요, 세 살이에요!"

'아아악-!' 세 살이라는 말에, 함께 대피한 이들이 입을 가렸다. 차마 당사자 앞에서 한숨지을 순 없어 발만 동동 굴렀다. 콰르르릉! 콰광! 새카만 세계수 가지 아래 하얀 기둥이 과자처럼 부서져 내렸다. 땅 밑에서 치솟는 격렬한 충격파를 견디지 못한 결과였다. 군중이 안타까운 울음을 토했다. 그때였다.

-콰과과과… 콰과아앙!

"흐아아악!"

지붕 한곳에서 커다란 폭발이 일었다. 두꺼운 대리석 지붕이 설탕처럼 깨져 날아갔다. 인파는 양팔로 머리를 가리고 우르르 주저앉았다. 몇몇은 용기를 내어 빼꼼 눈을 내밀었다. 그리고 대경해서 턱을 쩍 벌렸다. 컴컴한 밤하늘을 가로지르는…

-쩌어어억!

"맙소사…!"

집채만 한 끈끈이귀개가 보였다. 꺼멓고 누런 줄기는 흡사 신전 기둥만큼 굵었다. 병사 중 누군가 삿대질을 하며 소리쳤다.

"대장님! 저기 보십시오! 사람들이 붙어있습니다!"

"세상에!"

-쌔애애액-!

거대한 초승달 모양 잎엔, 기다란 샘털이 비죽비죽 솟아있었다. 구름처럼 모인 이들이 자신의 눈을 믿지 못하고 끔뻑거렸다. 무려 수십 명이 끈적끈적한 털에 붙들려 하강하는 중이었다. 신전 사용인부터 카라반 직원들까지, 없는 사람이 없었다. 눈물범벅이 된 주교가 쉰소리로 외쳤다.

"저기! 우리 딸이에요! 우리 애가 저기 있어요!"

"아아…!"

"주신이시여! 성스러운 분께서 도우셨습니다!"

언제 절망했냐는 듯, 놀라운 기적에 박수와 환성이 쏟아졌다. 이어 굵직한 넝쿨이 신전 앞 안전지대로 내려앉았다. 이파리마다 매달린 이들이 가족과 친구에게 팔을 뻗으며 울음을 터뜨렸다. 인파는 얼싸안고 안도했다.

그중 가장 큰 잎사귀에선 노인과 아이들이 와르르 떨어져 나왔다. 딸을 찾던 주교가 모래투성이 맨발로 달려 나갔다. 호위 중이던 병사들은 의외의 얼굴에 눈을 치떴다.

"저분들은…"

제국에서 온 손님이었다. 랑부예 자작 부부와 그분의 딸-

-힘없는 자들을 더욱 물려라. 이만한 거리로는 어림도 없을 것이다.

이자벨의 입에서 위엄 넘치는 목소리가 흘러나왔다. 기사들은 당황한 눈길로 그녀를 바라보았다. 청동색으로 변한 눈동자가 신묘한 빛을 뿜어내고 있었다. 여인은 썩은 줄기를 거두며 덤덤히 말을 이었다.

-신실에서 불의 대주교가 폭주했으니.

"예?!"

모두의 안색이 창백해졌다. 뒤편에선 자작 내외가 신수를 부둥킨 채 눈물을 찍어내고 있었다. 축 늘어진 소동물들은 죽은 듯 미동조차 없었다. 넋이 빠진 사제와 젊은 귀족이 털썩 주저앉았다. 비가 없는 밤이건만 모래밭이 점점이 얼룩졌다. 흐느낌은 강물처럼 고요히 흘렀다. 콰과광! 그런 와중에도 신전 쪽에서는 폭음과 지진이 이어졌다.

-불의 추기경이 그에 맞서고 있으나, 서로 물러날 의사가 없음이야. 여기에 물의 대주교와 공기의 추기경도 개입하였다.

"허억…"

-또한 총대리가 치유력을 쓰더군. 산 자가 있으나 온전치는 못할 것이다.

"그렇다면, 그렇다면 곧-"

-성흔을 사용할 공산이 크겠지.

주민 일부가 숨을 들이켰다. 기사들은 즉시 뒤를 돌아 일사불란하게 흩어졌다. 그리고 모두에게 잘 들릴 만한 거리를 가늠해 줄지어 섰다. 이내 쩌렁쩌렁한 경고가 사막을 울렸다.

"성흔! 성흔! 성흔!"

"성흔! 성흔! 성흔-!"

다른 어떠한 설명도 없이, 그저 '성흔'이라는 말의 반복이었다. 허나 그것으로 충분했다. 흐린 달빛 아래 모인 군중이 다급히 짐을 챙겼다. 우는 아이를 어르고 분주하게 줄을 섰다. 족히 1천은 되어 보이는 숫자였다.

클레망 랑부예 자작이 마차와 수레를 지원하겠다고 나섰다. 마리즈 부인은 그중 가장 빠른 말과 기수를 찾았다. 상황은 시시각각으로 긴박하게 변하고 있었다.

"반드시 폐하께 가야 하네, 알겠는가! 황제궁으로 들어야 해!"

"예, 부인! 이랴!"

-히히히힝!

다그닥, 다그닥, 다그닥! 콰아앙! 말발굽 소리와 끔찍한 폭발음이 한데 섞였다. 신전은 이제 사막 심장부의 횃불처럼 작열하고 있었다. 이자벨, 아니-하난 루마이얀은 모두를 돌아보며 한숨을 삼켰다.

이런 비극을 목격하고자 오랜 잠에서 깨어난 것이 아니었다. 이리 골 아픈 일에 휩쓸리고자 무덤을 나온 것이 아니었다. 그러나 이미 돌이킬 수 없는 현실이었다.

"…폐하."

조안이 물에 잠긴 목소리로 그녀를 불렀다. 하난은 가엾은 것을 내려다보았다. 통통 부은 눈이 안쓰러울 만치 젖어있었다.

"우리 왕자님 시신은요? 수습할 수 있는 거예요?"

"…"

이 땅에서 천년의 세월을 보냈으나, 그녀는 무엇도 확실히 답할 수 없었다.

-콰과과광…!

어린 시대에 전운이 감돌고 있었으므로.

* * *

잠시 후, 나는 어색하게 폰을 쥐었다. 스피커폰이라 소리가 아주 저렁저렁했다. 나를 거실 한가운데 세운 형과 은서가 소파에 앉아 결과를 기다리고 있었다. 쓴웃음이 절로 나오는 광경이었다. 내가 언제부터 이렇게 둘 등쌀에 꼼짝을 못 했더라.

"…네, 팀장님. 그럴게요. 죄송합니다."

나는 고분고분 대답했다. 주위의 모든 게 부자연스럽다 못해 신기하기까지 했다. 겨우 1년을 다른 세상에서 보냈을 뿐인데, 나와 평생을 같이했던 많은 부분이 색달라 보였다.

조금 전 팀장님의 인사를 들었을 때는 반갑고 기뻐서 눈물이 찔끔 났다. 각별한 사이는 아니지만, 내게 늘 잘해주시던 분이라 그곳에서도 종종 생각이 났었다.

-뭐가 죄송해. 또 말만 그러지 말고 힘들면 카톡 해. 쓸 수 있을 때 연차 쓰자고 내가 매번 얘기하잖아. 안 그래도 우리 요즘 여유 있으니까. 옆에서 김 변도 같은 말 하고 있어.

–예 댈! 반차가 뭐예요. 그냥 하루 쉬세요!

“하하하… 감사합니다.”

–그래. 약 챙겨 먹고. 푹 쉬어.

“네. 들어가세요. 이따 뵙겠습니다.”

–쓰읍! 어지간하면 내일 보자니까. 끊을게!

“네에. 점심도 맛있게 드세요.”

–엉. 예 댈도 맛점!

달칵, 왁자지껄한 통화가 끝났다. 대기화면엔 하얀 숫자가 떠올랐다.

‘3월 19일.’

은서가 ‘예서 페네티안’의 죽음으로 펑펑 울던 밤의 다음 날이었다. 그러니까 내가 겪은 그 모든 사건이, 이곳에선 겨우 하룻밤 만에 벌어진 일이었다. 현실감 없는 이론이었다. 나는 무기력하게 웃으며 형과 동생을 바라보았다. 그러자 두 사람이 똑같이 인상을 썼다. 우와, 나 저것도 보고 싶어 했었구나.

“기왕 이렇게 된 거 팀장님 말씀대로 하루 쉬어. 너 오늘 컨디션 너무 별로 같다.”

“…그럴까.”

내가 그렇게 말하자, 은서는 나를 가리키며 대경실색했다. 형을 보는 낯엔 다음과 같은 문장이 대문짝만하게 쓰여있었다.

‘저거 봐, 정상 아니라니까! 아프다니까!’

“저거 봐, 진짜 정상 아니라니까!”

하하하하.

"본인이 괜찮다는데 어떡하겠냐. 열도 없고. 넌 슬슬 학교 가야지. 오늘 2교시라며."

"아냐, 나 작은오빠 걱정돼서 집에 있어야 될 거 같아. 저러다 쓰러지면 어떡해. 오빠는 글 쓰니까 내가 돌봐야지."

"아닌데? 쟤 쓰러지면 내가 PD님한테 연락하고 휴재 때릴 건데? 잔머리 굴리냐?"

"아! 발로 밀지 말라고, 아!"

은서가 웃음과 짜증을 한꺼번에 쏟으며 자리에서 일어났다. 형과 나는 얼간이처럼 킥킥거리고서 막내를 배웅했다. 중문으로 가는 몇 걸음조차 새롭고 기꺼웠다.

동생의 얼굴이 보기 좋아서, 맘 같아선 나도 녀석의 땡땡이를 지지하고 싶었다. 온종일 같이 있고 싶었다. 하지만 그럴 수는 없었다. 여기선 그저 평범한 하루가 흘렀을 뿐이니까.

"다녀와."

"차 조심하고, 사람 조심하고. 걸으면서 퇴계공 읽지 말고. 누가 맛있는 거 사준다고 해도 따라가면 안 돼."

"5성급 호텔 뷔페면 어떡해?"

"그럼 오빠들 불러서 같이 가."

"으하하하학."

형과 동생. 엄마, 친구들, 회사 동료들. 그중 누구도 내가 겪었던 일을 알지 못하니까.

-달칵!

변함없는 두 사람의 아침 콩트를 끝으로, 현관문이 닫혔다. 나는 늦은 아침을 먹기 전 욕실로 들어갔다. 간단히 세안만 하겠다고 하니 형이 '알았어, 왕눈아. 꼭 찬물로 해' 하고 놀렸다.

피식피식 헛숨이 샜다. 불을 켜고 들어서자 큼직한 거울이 나를 반겼다. 찰나 가슴이 철렁했다. 너무나 익숙한, 그러나 최근에는 한 번도 만나지 못했던 남자가 보였다. 나였다.

"…"

툭하면 교문 앞에서 주임 선생님께 잡혔던 갈색 머리. 거기에 갈색 눈. 염색도, 렌즈도 아니라고 1학년 내내 해명했던 기억이 빠르게 머릿속을 스쳤다. 나는 느릿느릿 왼손을 들어 흔들었다. 거울 속의 내가 나란히 오른손으로 인사했다. 이어 손가락으로 뺨을 세게 꼬집었다. 얼얼하기만 해서 이맛살이 찌푸려졌다. 저쪽의 나도 아파 보였다.

"하…"

나는 세면대를 붙들고 고개를 떨궜다. 밖에서 소리가 들릴까 봐 물을 트는 것도 잊지 않았다.

* * *

《퇴사했더니 이계 공녀》.

"…"

나는 침대에 비스듬히 누워 하염없이 폰만 바라보았다. 분홍빛 웹소설 플랫폼이 한참이나 밝게 빛나다가 어두워졌다. 어느덧 까매진 액정엔 내 얼굴이 비쳤다. 심란해 보였다. 소리 없는 한숨이 나왔다. 이게 벌써 몇 번째인지 모르겠다.

-보스락, 보스락

괜히 자세를 틀었다. 실은 은서의 등굣길을 배웅하고, 형과 아침을 먹고, 양치한 뒤에도 폰을 확인했다. 그런데 차마 용기가 나지 않아서 그대로 덮고 설거지를 했다.

손이 자연스럽게 움직여 수납공간을 찾고 인덕션을 닦았다. 1년이나 집을 비웠는데도, 평생 지니고 산 습관과 행동 양식은 여전히 기억에 남아있었다. 어쩌면 육체는 그대로이니 그런 것일지도 모르겠다. 그래서…

"또 딴생각."

내가 불쑥 중얼거렸다. 아까부터 계속 이랬다. '퇴계공'을 생각하면, 그곳에 두고 온 친구들을 떠올리면 가슴이 무겁고 갑갑해졌다. 너무 많은 걱정이 한꺼번에 밀려와 편히 숨쉬기도 힘들었다.

'진짜' 나에 관한 이야기는커녕, 제대로 된 작별 인사도 나누지 못하고 왔으니까. 그런 식으로 집에 돌아올 수 있으리라고는 상상조차 하지 못했으니까. 그저 성반에서 단서나 얻겠다는 마음으로 신실에 들어갔었고, 그곳에서 나는-

'-푸욱!'

'아아악!'

움찔. 빠르게 허리를 세웠다. 절로 눈이 커지고 호흡이 턱 걸렸다. 온통 피로 물든 배경이 스냅숏처럼 머릿속을 스쳤다.

"헉, 후우…"

당시의 생생한 공포감이 전신을 불쾌하게 훑고 지나갔다. 다급히 이불을 바르쥐며 이를 악물었다. 괜찮다. 전부 괜찮아질 것이다. 나는 살아남았고, 귀가해서 가족을 만났고, 오늘 하루는 푹 쉬기로 했다.

연차를 쓰겠다는 연락에 팀장님은 꿀 스틱 선물을 보내주셨다. 감사한 일이었다. 내일부터 다시 출근하면 그때의 끔찍스러운 기억은 서서히 잊을 수 있을 터였다. 일상으로 돌아가서 열심히 일하고, 가끔은 야근하고, 평범한 나날을 보내다 보면…

'함부로 흔들리지 마.'

익숙한 중저음이 귓전을 울렸다. 나는 재빨리 베개에 머리를 처박았다. 아무 소용 없는 짓이었다.

'기다릴게요, 왕자님.'

이번엔 크리스텔의 마지막 말이 들렸다. 입을 악다물었다. 무슨 수도꼭지도 아닌데, 다시금 눈시울이 뜨거워지려는 것 같아서 기를 쓰고 참았다. 나는 원체 눈물이 많지 않았다. 그러니까 이럴 필요는 없었다. 하나 비눗방울처럼 떠오르는 친구들의 얼굴까지 막기는 힘들었다. 아무래도 예서 왕자의 몸에서 나의 영혼만 빠져나온 듯했다. 그렇다면 다들…

"하…"

왕자의 참혹한 시신을 봤겠지. 그랬을 것이다. 나는 폰을 부서뜨릴 듯 쥐었다. 마음이 아프고 미안해서 너무나 괴로웠다. 어떻게 그런 일을 겪게 할 수 있단 말인가. 곱게 눈감아도 호상이 아닌 나이인데, 어떻게 그런 모습을 보일 수가 있지?

다들 얼마나 고통스럽고 힘들까. 그나마 크리스텔은 심지가 곧지만, 황태자는 그렇지 않다는 걸 익히 알았다. 이건 스승님과 폐하께도 절대 못 할 짓이었다. 뱅자맹은 말할 것도 없고… 모두에게 죄송했다. 진심으로.

"…아이들도 있는데."

안타까운 속삭임이 허공에 흩어졌다. 언제나 금색 눈을 빛내며 웃어주던 가나엘은, 결국 나 때문에 울게 될 터였다. 뾰로통한 낯으로 나의 팔을 흔들던 에바도. 해사한 표정으로 내게 안기던 헤릿도.

나만 보고 아장아장 걷던 신수들이 아른거려 천장이 흐리게 번졌다. 사랑스러운 데미, 레아, 페리, 티테. 가끔 놀러 오던 밤톨이. 그 애들에게 얼마나 큰 상처가 될지를 헤아리면…

"뚝심이는 무사할까."

무엇을 말하든 머릿속에선 최악의 장면만 그려졌다. 꼭 바위가 든 것처럼 심장이 묵직해졌다.

"엘리서도 날 봤을 텐데…"

내가 힘없이 소곤거렸다. 그녀는 우리 중 가장 먼저 미궁 '라비린투스'로 출발했다고 했다. 도착 시점은 제각각이었던 것 같지만, 죽은 나를 발견하기란 시간문제였을 것이다. 그러면-

"잠깐."

-부스럭!

나는 화드득 허리를 일으켰다. 이불이 바닥으로 쏟아지고, 몸보다 빠르게 달린 뇌가 찌릿찌릿 번뜩였다. 때늦은 깨달음으로 입이 헤 벌어졌다. 지금까지는 내가 칼에 맞고, 한 번 죽고, 집으로 돌아왔다는 사실이 너무 충격적이라 '그다음'을 상상하지 못했다.

나를 추스르느라 바빠 저쪽 상황을 헤아릴 수가 없었다. 그런데 인제 보니 사태가 너무 심각했다. 예서 페네티안이 죽었다. 그 자리에 엘리서 페네티안이 있었다. 그리고 나를 찌른 범인은…

'불쌍한 우리 아들.'

"헉."

부르르 몸서리가 났다. 자애롭게 웃던 표정과 길고 깊은 눈매가 기억났다. 오싹하리만치 고운 초콜릿색 눈동자와, 꽃잎처럼 흔들리던 연보랏빛 머리칼이 눈앞을 스쳤다. 점점이 핏방울이 튄 하얀 피부. 살인귀라고는 믿을 수 없을 만큼 아름다운 얼굴의 남자. 나는 그의 외형 묘사를 〈격주간 리에스테르〉에서 읽은 적이 있었다.

'사생아라는 이유로 눈총받고, 손가락질당하고, 구박데기로 지내는 삶에… 진정한 행복 따위는 없었겠지.'

국왕의 남편. 두 딸의 아버지. 왕자를 죽이기 위해 세 번이나 모략을 꾸몄던 자. 스네이더르 공작가의 보석이라 불리는 이.

'내가 잘 알아. 비슷한 인생이었으니.'

…베르너르 페네티안. 나는 바들바들 떨리는 눈으로 허공을 헤맸다. 멀리서 해일 같은 위기감이 덮쳐오고 있었다.

"그 사람이 나를 죽였는데, 현장에 태자와 엘리서가 나타났다고 하면."

그러면. 그러면 상황이 좋게 풀릴 가능성이 얼마나 되지?

"풀릴 리가 있겠냐…"

탄식 같은 혼잣말이 흘러나왔다. 왕자는 왕자일 뿐이지만, 나는 제국의 후작이기도 했다. 애초에 프레데리크 황제의 보호를 받고자 얻어낸 작위였다. 내가 국서에게 당했다는 사실이 알려지면, 두 나라의 충돌은 피할 수 없을 것이다. 그건 태자와 엘리서 중 누가 먼저 나를 발견하더라도 달라지지 않는 사실이었다. 설령 엘리서와 신국 측이 아버지의 처분을 제국에 넘긴다고 하더라도-

"아냐. 그래도 일국의 국서인데 그렇게까지 할 리가 없다고. 게다가 그 인간도 다친 상태였잖아."

어쩌면 나와 그자 사이에 다툼이 있었다고 오해할 수도 있었다. 제길! 나는 죄 없는 침대를 주먹으로 내리쳤다. 내가 눈감은 뒤로 사태가 어떻게 흘러가고 있는지 모르니, 이런저런 추리를 하기엔 막히는 곳이 너무 많았다.

다만 한 가지 확실한 건, 그토록 피하고자 했던 '전쟁'이 지금 목전에 닥쳤다는 사실이었다. 황급히 폰에 지문을 댔다. 잠금이 풀린 화면은 다시 웹소설 앱을 보여주었다. 나는 망설임 없이 '로맨스 판타지' 카테고리를 눌렀다. 입안이 바싹바싹 마르고 애가 탔다.

"랭킹, 전체 랭킹… 여기 있다."

'1위(-) 퇴사했더니 이계 공녀'

곧바로 제목을 터치했다. 내심 퇴계공이 존재하지 않을까 봐, 전부 나의 하룻밤 꿈이었을까 봐 무서웠다. 그런데 천만다행히 소설은 실존했다. 낯익은 표지가 보였지만 그것까지 살필 배짱은 없었다. 나는 열심히 눈알을 굴렸다. 작품 소개 페이지엔 다양한 정보가 쓰여있었다. 전무후무한 베스트셀러답게 단위부터 남다른 숫자가 보였다.

'브리지트 지음'

'3,276,692명이 함께 읽고 있어요!'

'웹툰으로 읽기'

'오디오북으로 듣기'

'OST 감상하기'

'후원하기'

'무료로 첫 화 읽기'

"전체 구매를 어떻게 하더라?"

일단 전부 소장하기로 했다. 분명 은서가 더 싸게 보는 방법이 있다고, 날짜를 따져서 이런저런 쿠폰을 적용하면 크게 할인받을 수 있다고 했다. 그러나 당장은 그런 것을 따질 계제가 아니었다. 최신 에피소드까지 몽땅 결제하고, 일괄 다운로드를 걸어둔 뒤 작품 페이지로 돌아왔다. 다음은-

'285,208개의 댓글이 달려있어요!'

"댓글…"

엄지를 움직이다 말고 멈칫했다. 다른 사람들의 감상이 궁금하기는 했다. 하지만 호기심으로 읽기엔 걸리는 부분이 있는 것도 사실이었다. 한참을 망설이다 조심스럽게 댓글 버튼을 눌렀다. 어마어마한 양의 텍스트가 순식간에 눈앞을 가득 채웠다. 깜짝 놀랐다. 나는 잠깐 굳었다가 몇 박자 늦게 내용을 인식했다. 무슨 욕이 이렇게 많…

- 쓰레기 같은 월요일~~!! 쓰레기 같은 남주 보러옴~~~!!! (148화)

  ㄴ미칭ㅋㅋㅋ 근데 나도~~~!

ㄴㄹㅇ 이젠 루틴임 세레기 욕 안 하면 하루 마무리가 안 돼

ㄴ세서방 쎄시봉~~~

ㄴ어남세 사람들 댓창에서 아무말이나 하는 거 왤케 웃기냐ㅋㅋㅋ

ㄴ월요일 출첵

ㄴ세서방 보고 있냐 누나 출근하기 싫어 누나도 함가처럼 퇴사하게 해줘

ㄴ그럼 님이 함가 대신 세서방이랑 결혼 ㄱ?

ㄴ선 넘네 우리 회사 복지 좋거든 밥 맛있고 셔틀버스도 있음

ㄴ느닷없이 넘치는 애사심 ㅅㅂㅋㅋㅋㅋ

ㄴ어남세도 손절하는 세렉ㅋㅋㅋㅋㅋ

- 울 사이다 수인 함가인 지ㄴ짜 사랑해… 똑부러지고 이쁘고 할말 못할말 잘 가려서 다 하는 거 넘 죠음 세레기한테 넘어가지 말고 그냥 나랑 결혼했으면… 아니 아까 감자 먹고 싶어서 샀는데 집에 오니까 붕어빵인 거야… 나를 닮았으면 닮았다고 얘기하면 되는데 요즘도 길거리에서 솜사탕 티슈 나눠주는 사람들 있더라ㅋㅋ울 가이니도 먹어 (232화)

ㄴ조용히 올라가는 좋아요

ㄴ술냄새 오진다 진짜....

ㄴ이거 아직도 자삭 안 됐냐ㅋㅋㅋㅋ

- 아 오늘 대사 진짜.... 첫등장 때부터 예서방 주식 잡긴 했는데 얘 짝사랑하는 거 너무 재밌어서 안 이뤄졌음 좋겠어.... 예서야 할미가 미안하다… (200화)

ㄴ22222

ㄴ3333…ㅜㅠㅠㅠ

└44444

└5555 맘고생은 니가 할게 넌 서럽기만 해...

└ㅅㅂ 왜 애한테 다 시키냐고ㅋㅋㅋㅋㅋㅋ

└예서방 울겠다 울겠어ㅋㅋㅋㅋ

└이게 바로 어남세보다 독하다는 딱예남이냐ㅋㅋㅋ

└딱예남이 뭐임 딱정벌레 예서가 남행 열차를 탄다?

└딱 봐도 예서가 남편이라고 미친 사람아ㅋㅋㅋㅋㅋ남행 열차 왜 타는 데ㅋㅋㅋ

- 저 남잔데 내일 좋아하는 친구한테 세드리크처럼 말하면 고백 성공할까요? 말투 멋있어 보여서요 (55화)

└안 됩니다.

└네 감사합니다

└아 댓보다가 침흘림 시바ㅋㅋㅋㅋ뭔데 대화 간결하냐ㅋㅋㅋ

"..."

나는 입술을 동그랗게 모으며 댓글 창을 벗어났다. 이해하기 힘든 단어가 많아서 절반은 그냥 넘겼다. 그런데도 모르는 이들의 왁자한 애정을 보고 있자니 묘했다. 웃음이 나오기도 했고 표정이 굳기도 했다.

퇴계공 독자들이 말하는 가인 씨나 세드리크 태자가, 내가 아는 사람들이 아닌 건 알았다. 하지만 그렇게 생각하면 기분이 더더욱 이상해졌다. 많은 부분이 원작과 달라졌다고 해도, 본질은 내가 아끼는 그 친구들이었다. 내겐 이렇다 저렇다 쉬이 말할 수 없는 '진짜'였다.

"…아니, 아니지."

나는 서둘러 고개를 내저었다. 이런 건 편견이었다. 저분들도 진정으로 좋아해서 저렇게 말씀하시는 건데, 내가 속상하게 여기면 안 되겠지. 재밌다고 함부로 웃어도 안 되는 거겠지.

평소 댓글 같은 걸 안 보고 SNS도 안 해서, 아무래도 나 혼자 적응을 못 하는 것 같았다. 나는 애써 뒤숭숭한 마음을 가라앉혔다. 만약 모두가 실존 인물인 걸 알면, 더 신중하게 얘기해 주실 테니까. 으음.

"어렵다."

정말 그랬다. 나는 멍하니 작품 페이지를 내려다보았다. 다운로드가 75% 정도 진행되어 있었다. 내가 겁이 많다는 생각은 한 번도 안 해봤는데, 이쯤 되니 인정할 수밖에 없었다.

두려워서 손발이 차가워지고 입술도 잘게 떨렸다. 혹시나 하는 의문이 끊임없이 속을 갉아먹었다. 혹시 친구 중 누가 크게 잘못되었으면 어쩌지. 혹시 내가 이렇게 돌아오는 바람에…

'작품 소개'

"아."

나는 홀린 듯 버튼을 터치했다. 짧고 직관적인 문장들이 조르륵 펼쳐졌다.

'X 같은 회사.

아이스크림도 서른한 가지 맛 중

아무거나 골라 먹을 수 있는 세상에,

만으로 서른하나씩이나 먹고

이따위 집단에 매여있는 게 X 같았다.

그래서 사표를 썼다.

마지막 퇴근길.

X 같은 팀장의 벤츠를 시원하게 걷어찼다.

그랬더니 골 때리는 세계에 떨어졌다.'

"…하하하."

크리스텔다운, 가인 씨다운 소개였다. 입꼬리가 올라가는데 문득 사무치는 기분이 들었다. 그때였다.

'↓ 다운로드가 완료되었습니다.'

평소였다면, 1년 전이었다면 별생각 없이 눌렀을 팝업에 철렁했다. 나는 느릿느릿 메시지를 터치했다. 곧장 구매 목록이 떴다. 계획대로 어제 나온 302화부터 찾았다. 이걸 보면 바로 알 수 있을 터였다. 은서가 읽은 대로 왕자가 전장에서 죽었는지, 아니면… 그사이 뭔가 달라졌는지.

"허아악!"

"깜짝이야!"

나는 식겁해서 폰을 떨어뜨리고 머리를 들었다. 형의 비명이었다. 무슨 일인가 싶어 침대를 박차고 우당탕 달려 나갔다. 정현서!

"형, 왜! 어디 박았어?!"

"아니, 아니…"

똑똑똑! 나는 활짝 열린 형의 방문을 두드리고 들어갔다. 작업

용 데스크톱 앞에 앉은 그가 어떤 창을 빠르게 닫고 있었다. 뭔데 그래?

"막 귀신 화면 같은 거 떴어?"

"넌 언제 적 얘기를 하냐. 후우."

형이 양손으로 마른세수를 하고서 잠시 조용해졌다. 나는 가만히 그를 바라보았다. 형은 워낙 규칙적으로 생활하는 타입이라, 오래 앉아 글을 쓰면서도 지금껏 건강에 큰 문제가 없었다. 정신적으로도 괜찮아 보였다. 하지만 그것도 내게는 1년 전 일이었다. 설마 그간 억눌러 왔던 스트레스가 하룻밤 사이에 뻥 터졌다거나…

"유자차 끓여줘? 많이 힘들어?"

"그런 건 아닌데, 좀 놀랄 일이 있어 가지고."

"왜. 파일 날아갔어? 원래 실시간으로 동기화하잖아."

"파일이 날아가는 게 차라리 나을 것 같다."

"무슨 끔찍한 소리야."

내가 정색했다. 형은 끌끌 웃으며 고개를 들었다. 뺨에 핏기가 하나도 없어 신경 쓰였다. 나의 시선을 읽은 그가 피식했다.

"유자차 좋지… 고마워. 너도 한잔해. 몸은?"

"나는 원래 안 아팠는데, 뭐."

대충 손을 내젓고 주방으로 나왔다. 무슨 일인지는 몰라도, 형이 말하지 않는 덴 그럴 만한 이유가 있을 테니 캐묻지 않기로 했다. 때가 되면 어련히 얘기해 줄 것이다. 일단은 차가 먼저였다.

전기 포트에 물을 올린 후, 예전에 이모가 담가주신 유자청 단지를 꺼냈다. 형과 나의 머그잔에 청을 덜고 물이 끓기를 기다렸다.

막간을 이용해 폰을 들었다.

'302화: 삭朔'

음. 제목만으로는 어떤 내용인지 모르겠네.

* * *

어느덧 봄이 성큼 다가온 3월 하순이었다. 차 시중을 끝낸 꼬마 헤인스는, 황제궁 복도에 서있었다.

"흐흐흥."

오늘은 잘생긴 프랑수아 삼촌과 온종일 놀기로 한 날이었다. 아이는 삼촌의 손을 잡고, 그가 다른 귀족과 이야기를 나누는 동안 사방을 구경했다. 프랑수아는 요즘 아주 바빴지만 헤릿을 후작저에 두고 다니는 일은 없었다.

그곳 식구들도 상냥해서 괜찮은데 말이다. 젊은 후작은 동행하는 소년이 피곤할까 봐 시종을 둘이나 늘렸고, 주머니엔 위험한 마석 대신 직접 만든 장난감을 넣어 다녔다. 마차에는 푹신한 방석을 다섯 개나 추가했다.

"예, 눈이 많이 녹았습니다. 다음 주부터는 굴착이 가능할 겁니다."

"다행입니다! 폐하께 그리 전하겠습니다. 다른 지역에선 이미 시험 가동이 진행 중이니, 막바지에 북부 일정을 잡으면…"

프랑수아가 눈을 빛내며 말을 이어갔다. 헤릿은 그가 좋았다. 물론 세상에서 제일 좋아하는 사람은 아빠고, 그다음은 예서 왕자님이지만, 삼촌도 정말 정말 좋았다. 그는 훌륭한 폴로 선수이자 뛰어난 요리사였다.

헤릿에겐 오페라 가수보다도 반짝거리는 존재였다. 이따 궁을 나서면 삼촌과 같이 맛있는 음식을 먹고, 조랑말 타는 법을 익히기로 했다. 후작저의 거위들에게 이름을 붙여준 뒤에는 다락방을 탐험할 계획이었다. 벌써 가슴이 콩닥콩닥 뛰었다. 크리스텔 고모에게 자랑할 거리가 잔뜩 생길 터였다.

-히히히힝!

"워어, 워어!"

"기사님, 황궁에서 말을 달리시다니요!"

"긴급한 상서上書입니다!"

그때, 밖이 시끄러워졌다. 헤릿은 눈을 동그랗게 뜨며 까치발을 들었다. 아이는 유달리 청력이 좋은 편이었다. 프랑수아와 귀족도 대화를 멈추고 창문 너머를 확인했다.

두 어른의 표정에 충격이 스쳤다. 꼬마는 그게 무슨 뜻인지 알 수 없어 머리를 갸웃했다. 그동안 바깥의 소란은 실내로 옮겨붙었다. 갑자기 온 세상이 너무 바쁘게 움직이는 것 같았다.

-철컹, 철컹, 철컹!

"폐하께 가는 부고입니다!"

"모두 길을 비키십시오!"

복도 끝에 쓱 나타난 갑주 차림의 기사들이, 이쪽을 향해 내달리고 있었다. 헤릿은 놀라서 프랑수아의 뒤로 숨었다. 엘리자베트 고모가 그러셨다. 황궁에서는 무슨 일이 있어도 뛰면 안 된다고…

그런 건 황제 폐하나, 추기경 전하나, 황태자 전하나, 왕자님이 곁에 있을 때만 괜찮다고 하셨다. 그런데 저들은 지금 전속력으로 달리는 중이었다. 등에는 새카만 깃발이 꽂혀있었고, 낯빛은 하나같이 창백했다. 이상했다. '부고'가 뭘까?

"괜찮습니다."

후작이 헤릿의 머리칼을 쓰다듬으며 속삭였다. 아이가 그를 올려다보았다. 남자의 옆모습은 어느 때보다도 심각했다.

-철커덩, 철커덩, 철커덩!

"급보! 폐하께 올리는 급보요!"

"누구의 일인가."

그가 맨 뒤에서 달리던 기사를 침착하게 불러 세웠다. 여성은 그를 보고 즉시 정지했다. 프랑수아 뒤엠은 황제 폐하의 총신이자, 황실의 피가 흐르는 고귀한 대귀족이었다. 작금의 사태에 관해 조속히 알아야 하는 인물이기도 했다. 기사가 가쁜 숨으로 입을 열었다. 찌푸린 미간과 떨리는 목소리에선 비통함이 묻어나왔다.

"예서, 예서 페네티안 왕자님께서…"

부스럭! 프랑수아는 즉시 헤릿의 귀를 양손으로 막았다. 아이가 깜짝 놀라 고개를 들었지만, 삼촌은 표정을 보여주지 않았다. 반쯤 가려진 시야로 황제궁 시종의 얼굴이 비쳤다. 오가던 이들은 전부 파랗게 질렸다. 입을 가리고, 털썩 주저앉고, 턱을 벌려 뭐라고 말했다. 아이는 어른들의 입술을 느릿느릿 읽어냈다.

'말도 안 돼… 아니야!'

'왕자님이? 그분께서 어찌 되셨다고?'

'주신 맙소사! 어떻게 이런 일이!'

"꼬마 도련님."

번쩍! 프랑수아가 아이를 안아 올렸다. 복도는 순식간에 불길한 웅성거림으로 가득 찼다. 헤릿은 어지러운 눈빛으로 삼촌을 바라보았다. 그는 애써 미소 짓더니 작은 이마에 입을 맞추었다. 도닥임은 따뜻했으나 아이는 어른의 손길에서 위급함을 느꼈다.

"미안합니다. 오늘은 먼저 후작저로 돌아가 있는 게 좋겠군요."

"아…"

"자네, 도련님을 데리고 들어가게. 마리아에게 함께 있어달라 말해주겠나? 나는 기다리지 말고."

"예, 주인님."

시종이 깊숙이 절하고 헤릿을 받았다. 아이가 목을 끌어안자마자 노인은 기민하게 복도를 벗어났다. 소년이 소리를 들을 수 없게 옷과 수건으로 귀를 막기도 했다.

그러나 통로는 이미 눈물바다였다. 중간중간 찌르는 듯한 울음이 헤릿의 고막을 파고들었다. 몇몇 어른이 바닥에 풀썩 쓰러졌다. 아이는 황급히 고개를 묻었다. 자신을 안은 할아버지마저도 호흡이 불안했다. 손이 떨렸다. 이제는 정말로 무서웠다.

"으…"

이런 기억이, 아이에겐 이미 있었다. 딱 한 장면뿐이지만 머릿속에 선명했다. 둘둘 말린 들것 앞에서 울던 마을 사람들. 자신을 안고 급히 자리를 뜨던 아빠. 마주한 뺨이 축축해지던 느낌. 헤릿은 그날 이후로 엄마를 본 적이 없었다.

-쨍그랑!

"…안 돼!"

"오렐리!"

움찔! 복도 모퉁이를 돌기 전, 멀리서 찢어지는 절규가 들렸다. 그릇이 깨지는 소리도 났다. 뒤따른 것은 분명 폐하의 음성이었다. 그게 신호라도 되는 양, 일손들이 우르르 다실 방향으로 움직였다. 헤릿은 머릿속에서 나쁜 생각을 밀어내고자 안간힘을 썼다. 하지만 너무 어려웠다. 이런 건 아직 배운 적이 없었다.

"서두르게!"

그동안 시종 할아버지는 빠르게 움직여 후작가의 마차에 올랐다.

'이러! 핫!'

이내 커다란 바퀴가 흙바닥을 굴렀다. 헤릿은 겁에 질려 창밖을 바라보았다. 싸아아아…! 폭풍 같은 바람이 나무를 뒤흔들었다. 푸르게 솟아오르던 봄싹들은 힘없이 찢기고 떨어져 나갔다. 하늘 저편에서 먹구름이 밀려오고 있었다. 아이는 눈을 질끈 감았다. 까맣고 빨간 배경에 왕자님의 얼굴이 아른거렸다. 그러자 서러운 눈물이 뚝뚝 떨어졌다.

"흑, 어엉, 어어어엉…"

"아이고, 도련님."

-우르르릉!

황도의 하늘에 천둥이 쳤다. 후드득, 이어 칼날처럼 예리한 빗방울이 창문을 긁기 시작했다.

* * *

"…이게 끝이야?"

나는 복잡한 얼굴로 폰을 내려놓았다. 까만 글씨가 하얀 액정을 기어다니고 있었다. 지금 내가 무슨 감정을 느끼고 있는지 나조차 모르겠다. 그냥 헛숨만 흘러나왔다.

『…그리고 말을 맺지 못했다.

달이 없는 날이었다.』

《퇴사했더니 이계 공녀》 최신화. 에서 페네티안 왕자가 죽었다. 그러나 이건 내가 겪었던 일과는 아무 관련이 없었다. 그는 리에스테르 제국과 페네티안 신국의 전쟁에 뛰어들었고, 그곳에서 세드리크 태자를 지키기 위해 목숨을 내던졌다.

마지막 순간엔 크리스텔과 동생을 떠올렸다. 그게 다였다. 원작은 조금도 변하지 않았다. 혹시나 해서 1화부터 훑어보았지만, 막 빙의한 가인 씨는 '창해의 축복' 탓에 약혼해야 하는 처지였다.

사르네즈 공작 부부는 '소원의 성반'에 피로써 염원해 딸을 깨어나게 했다. 이건 원작의 물 속성 신물이 멀쩡하다는 뜻이었다. 내가 지냈던 세계와는 아예 시작부터가 달랐다. 마치 나의 경험은 일장춘몽이라는 듯이. 사람 놀리는 것도 아니고.

"왜… 아니, 그대로인 게 맞는 건가? 하나도 안 변해야 정상…인가?"

혼란스러웠다. 그럼 내가 보낸 1년은 뭐가 되는데? 이건 나의 공을 인정받고 싶다거나(애초에 세운 업적도 없다), 어떠한 결실을 바라는 '기분'의 문제가 아니었다. 말 그대로 황당해서 나오는 질문이었다. 도대체 그 시간은 뭐였어? 난 왜 그곳으로 가서 지내야 했던

거야? 친구들과 날벼락같이 이별한 것도 힘든데, 원작하고 관계조차 없을 거면 나는-

"하…"

대관절 무엇을 위해서. 그런 의문이 끊임없이 구타하는 대상은 결국 나였다. 나는 손바닥으로 눈두덩을 꾹꾹 눌렀다. 허탈함이 밀려와 더 읽을 기운도 나지 않았다. 각 잡고 정주행한 게 아니어서 그런지, 왕자보다는 태자에 대한 연민이 더 크기도 했다.

은서에겐 미안하지만 솔직히 그랬다. 보아하니 태자가 내심 왕자에게 정을 붙였던 것 같은데… 자신의 품에서 꺼져가는 숨결을 느끼며 무슨 생각을 했을까. 얼마나 슬프고 아팠을까. 녀석은 아버지를 잃은 상처에서 여전히 피가 흐르는 어린애였다. 이리 잔인하게 친구를 잃을 필요는 없었다. 이놈이든, 그놈이든.

-띵!

흠칫. 폰에서 알림이 울렸다. 분명 내 물건인데, 이런 효과음을 들은 게 너무 오랜만이라 어색했다. 나는 화면에 떠오른 팝업 메시지를 살폈다. 다른 앱에서 온 것이었다.

'낙화검무 - 금일 휴재합니다. 죄송합니다.'

"어…?"

두 눈을 휘둥그레 떴다. 당황해서 폰을 챙길 생각도 못 하고 후다닥 방을 나섰다. 현관으로 향하고 있는 형이 보였다!

"형! 오늘 휴재해? 어디 아파?"

우리 형은, '백건'이란 필명으로 《낙화검무》라는 무협 소설을 연재하고 있었다. 이제 보니 쉬어야 할 사람은 내가 아니라 저쪽이었다. 아까 소리 지를 때부터 이상하긴 했는데, 몇십 분 사이에 핼쑥해진 모습을 보니 마음이 내려앉았다. 형은 지금까지 은서의 졸업식이나 입학식 등을 제외하고는 휴재한 역사가 없었다. 무슨 일이야?

"아픈 것까진 아닌데, 집중이 안 돼서 글이 안 나온다."

"그래서 어디 가는데. 운동?"

"아니, PD님 만나러. 미팅 나오셨는데 마침 우리 집 근처래. 차 한잔하고 얘기 좀 하다가 올게."

"알았어. 혹시 점심 먹고 올 거면 미리 연락해."

"그래."

두툼한 플리스를 걸친 형이 문고리를 잡았다. 그러고는 나를 한참 바라보더니 한숨을 푹 쉬었다. 절로 목이 기울었다. 나를 탓하는 것 같진 않은데. 형이 그럴 사람도 아니고. 뭐지?

"쉬고 있어."

"어."

-달칵!

…그리고 문이 닫혔다. 나는 묘한 기분을 느끼며 돌아섰다. 아무래도 속이 답답해서 이러는 듯싶었다. 유자차 머그잔이나 씻으면 좀 나아지려나.

* * *

그렇게 다음 날이 됐다.

-덜컹, 덜컹, 덜컹

귀가 이틀 차가 되니 본격적으로 정신이 없었다. 친구들이 걱정되고, 생각만 해도 눈 밑이 화끈거리고, 시시각각 초조해지는 것과 별개로…

-이번 역은 역삼, 역삼역입니다. 내리실 문은 오른쪽입니다.

나는 출근을 해야 했으니까.

-치이이익!

"아."

폰으로 보던 창을 후딱 닫으며 고개를 들었다. 문이 열림과 동시에 우르르 떠밀리는 감각이 새삼스러웠다. 차렷 자세도 못 해서 폰을 쥔 자세 그대로 움직여야 했다. 콩나물시루처럼 빽빽한 출근길 서울 지하철. 그것도 2호선.

잠시라도 한눈을 팔면, 내릴 역을 놓치는 건 물론이고 10분쯤 지각하게 될 수도 있었다. 나는 입속으로 끊임없이 할 일을 되새기며 걸었다. 먼저 모니터에 붙여둔 메모 확인하고, 새로 온 메일 확인하고, 내가 검토해야 하는 계약서 다시 확인하고, 사내 공문 확인하고…

무려 1년 전에 마지막으로 소화했던 일상인지라 가물가물했다. 방금까지 계속 지난 메일을 살폈는데, 솔직히 한두 건은 처음 보는 양 새로웠다. 이래서는 곤란했다. 이곳의 인생도 살아야 하니까. 아니지. 원래 이쪽뿐이었잖아.

"하…"

아침부터 처지고 싶지 않은데, 단전에서 한숨이 터져 나왔다. 짝! 양 볼을 가볍게 한 대 치고 계단을 올랐다. 열심히 하자, 정예서. 어디서든 그러겠다며. 특출난 거 없으면 꾸준하기라도 해야지.

"하이고, 이것도 새롭네."

지저분한 계단 끄트머리에 오르자, 수많은 차량과 직장인이 오가는 역삼역 사거리가 펼쳐졌다. 출근길 풍경이 기껍기는 또 처음이었다. 3월 아침의 쨍한 공기, 푸르고 커다란 빌딩, 갈매기처럼 팔을 뻗은 가로등. 바쁘게 점멸하는 신호와 가끔 울리는 경적.

나는 실웃음을 흘리며 회사를 향해 걸었다. 마차나 수레가 아닌 교통수단은 오랜만이었다. 지하철이 빠르긴 해도, 역시 포털이 훨씬 편했다. 딴 동네로 샌 적이 있긴 하지만.

"…"

입꼬리에 힘이 풀렸다. 나는 부지런히 단화를 놀렸다. 아침에 형이랑 은서랑 밥을 먹는데 문득 그런 생각이 스치기는 했다. 진짜 그냥, 아주 생생한 꿈이었다면 어떨까.

그동안 은서에게 들은 이야기를 내가… 멋대로 조합하고 상상해서 만들어 낸 하룻밤의 환상이었다면. 그러면 내가 지금 느끼는 것들은 다 뭐라고 정의해야 할까. 나도 언젠가는 병원에 가봐야 하나.

"후우."

묵묵히 백팩 끈을 추키며 나아갔다. 몸이 기억하는 대로 큰 블록 하나를 지나자, 익숙한 건물이 보였다. 높다란 빌딩 꼭대기엔 '섬백'이라는 글씨가 대문짝만하게 박혀있었다. 내가 다니는 회사였다. 가전으로 알려진 중견 기업인데 나는 이곳 법무팀에서 일했다.

-뚜벅, 뚜벅, 뚜벅…

입구의 화단을 지날 무렵-

–애옹

"어?"

풀숲에서 고양이 울음소리가 났다. 나는 멈칫하며 제자리에 섰다. 그제야 멀리 밀어두었던 기억 중 하나가 백열등처럼 켜졌다. 어떻게 이걸 잊고 있었지. 회사 화단의 고양이 가족. 작은 아씨들!

"라미야?"

–애오옭

라미. 친한 사람이 지나가면 알람처럼 운다고 붙여준 이름이었다. 벅차오르는 마음에 조심스레 다가가자, 얼룩덜룩한 삼색 고양이가 나를 보고 걸어 나왔다. 옥색 눈동자와 호랑이 같은 무늬가 그대로였다.

라미에겐 자신을 꼭 닮은 새끼가 넷이나 있었다. 그래서 나는 녀석들을 '작은 아씨들'이라고 불렀다. 오늘은 뒤에 숨기고 나왔는지 하나도 보이지 않았다. 반가워서 활짝 웃자 라미가 혀를 날름거렸다.

"기다려 봐. 아저씨가…"

항상 앞주머니에 간식을 넣어 다녔으니, 잠깐.

"라미야, 너 앞발이 왜 그래?"

내가 정색했다. 고양이는 한쪽 발을 애매하게 들고 있었다.

"피딱지 아냐? 다쳤네. 어디 끼었어?"

–왜옹

녀석이 대답하듯 울었다. 자세히 보니 녀석의 발엔 피가 엉겨 붙어있었고, 털이 눌린 흔적도 있었다. 아픈 게 확실한지 그쪽으로는 아예 땅을 짚지 않았다. 큰일이었다.

마음 같아서는 당장이라도 팀장님의 양해를 구한 뒤 병원에 데려다주고 싶었다. 반려묘가 있는 분이고 심성도 고우시니, 분명 이해해 주실 터였다. 하지만 내가 알기로 라미네 새끼들이 태어난 지 얼마 안 됐는데. 어미가 갑자기 영역을 비우면 안 될 것 같은데…

"어떡하지. 어디 센터에 전화라도 해볼까? 아니면 팀장님 부를까?"

천천히 손을 뻗었다. 라미는 길게 눈을 깜빡일 뿐 나를 피하지는 않았다. 무척 힘든 듯해서 안쓰러웠다.

"괜찮아. 요즘 길고양이 도와주시는 분 많거든. 팀장님도 길에서 입양-"

그때였다.

-사아아아…

나는 곧장 뻣뻣하게 굳었다. 일어날 수 없는 현상이-불가능하고 불가해한 사건이 발생하고 있었다. 내 손끝에서.

"이거. 이거 뭐, 이게 왜…"

온몸의 털이 쭈뼛 서고 등줄기엔 전율이 일었다. 말도 안 돼. 말도 안 돼, 이건 말도 안 된다고!

-사르르르…!

푸른빛의 치유 에테르 알갱이였다.

'냐옹.'

놀라지 않은 것은 라미뿐이었다.

* * *

-애오옹

"…"

나는 멍하니 라미를 바라보았다. 녀석은 이제 두 앞발을 딛고, 몹시 만족스러운 기색으로 앉아있었다. 그럴 수밖에 없지. 아프던 곳이 말짱해졌는데 누구라도 기분 좋을 거다!

"뭐지? 꿈인가? 〈인셉션〉 같은 거야?"

-사아아아…

에테르 입자들이 치료할 환자를 찾지 못하고 잦아들었다. 나는 천하의 멍청이처럼 우두커니 서있다가, 퍼뜩 생각나는 게 있어 바닥을 살폈다. 으아악, 미친!

-우우웅…

"서클이잖아!"

전속력으로 에테르를 거두자 푸른 원이 탁! 하고 꺼졌다. 본능에 따라 행동했는데 작동 원리는 그대로였다. 누가 목격했을까 두려워 황급히 주변을 둘러보았다. 건너편 흡연실에 사람들이 있긴 하지만, 천만다행히 관목이 나를 가려주고 있었다.

하늘이 도왔는지 회사 입구도 텅 비어있었다. 업무를 복습하려고 일찍 온 덕에 출근 러시를 피한 모양이었다. 하지만 앞으로 10여 분 안에 수백 명이 몰릴 터였다. 평소대로 도착했으면 진짜 큰일 날 뻔했다!

"라미야. 오늘 일은 너랑 나만 아는 비밀이다."

내 당부에 고양이가 입을 쩍 벌리며 하품했다. 그러더니 느릿느릿 몸을 구겨 식빵을 굽기 시작했다. 팔자 늘어져서 좋으시겠습니다, 예!

"…고생했으니까 이것도 먹어."

낱개 포장된 닭가슴살 두 개를 꺼내주고, 녀석이 무는 것까지 확인한 뒤 후다닥 로비로 달렸다. 퇴계공이 담긴 폰을 꼭 쥔 채. 머릿속엔 커다란 물음표가 장맛비처럼 퍼부었다.

대체 뭐야? 에테르가 왜 나한테 있지? 설마 그곳에서 얻은 힘이 여기서도 유지되는 건가? 그러면 그게 다 진짜였던 거네? 내가 겪은 1년이, 하룻밤 꿈이 아니라 어디선가 실제로 벌어진 사건이란 말이잖아. 그럼, 그럼 어쩌면-

"…하하하."

철없는 웃음이 흘러나왔다. 이걸로 뾰족한 수가 생기는 것도 아닌데, 괜히 희망에 부풀어 가슴이 쿵덕거렸다. 어쨌든 실마리 하나는 건졌다는 확신이 들었다. 신나게 회전문을 돌아 들어가자 익숙한 경비 할아버지가 나를 맞아주셨다. 작고 노란 요구르트를 좋아하시는 분. 간만에 뵙는 얼굴이라 입가에 함박웃음이 걸렸다.

"안녕하세요, 선생님."

"어서 와요, 정 대리님. 오늘따라 신수가 훤하네."

'더 잘생겨 보여!'

할아버지가 너스레를 떠셨다. 당신께서도 기분 좋은 일이 있으셨나 보다. 나는 머쓱하게 웃으며 주머니에서 사원증을 꺼냈다. 단말기에 찍고 들어가기 위해서였다. 취업 준비할 때 찍었던 증명사진과 내 이름이 보였다. 정예서鄭睿瑞.

"…"

실낱같은 가능성이지만, 그래도. 나는 사원증을 꼭 쥐었다. 사아아… 손바닥에서 금빛 에테르가 슬쩍 배어 나오다가 꼭꼭 숨었다. 입술이 고사리 꼭대기처럼 말려 들어갔다. 혹시 모르잖아. 미안하다는 말이라도 전할 수 있을지. 다시 만날 수 있을지.

* * *

퇴근을 기다리면 시간이 느리게 가야 정상인데, 오늘은 아주 달랐다. 할 일이 너무 많아서 눈코 뜰 새가 없었다. 메일만 몇 통을 보냈는지 모르겠다!

"예 댈, 약관 1차 검토 마친 거 이따 퇴근 전에 같이 본대요!"

"네. 디자인 외주 건도 조금 전에 rev2 보냈는데 확인 부탁드립니다."

"아, 맞다. 감사합니다! 메일 너무 많이 와서 묻혔나 봐."

"예 댈, 재무에서 문의 온 거 저 cc 빠진 것 같아요. 시간 날 때 전달해 주실 수 있어요?"

"지금 보내드릴게요."

"감사합니다아."

"예서 대리님. 생산에서 이거 리스크 검토 요청한다고 왔는데요. 숫자가 되게 구체적이라, 이럴 때는 어떻게 답변드려야 할지…"

"아. 접때 드린 양식 폴더에 보면 생산팀 엑셀 있을 거예요. 네, 그거 맞습니다. 어지간한 숫자는 분기별로 거기서 다 확인하실 수 있어요. 지난 메일 하나 보내드릴게요. 두 개 참고해서 쓰시면 되고, 마지막에 제가 한 번 봐드리겠습니다."

"감사합니다…!"

"혹시 쓰다가 모르시는 거 있으면 언제든지 말씀해 주세요."

"넵넵!"

"예 댈! 팀장님이 찾으세요. 오는 길에 명 변호사님 방에도 들러 달라셔요."

"아, 네. 감사합니다."

"우리 간식 사다리 하자! 갑자기 떡튀순 당긴다!"

"근데 오늘 박 이사님 오시는 날 아니에요?"

"아익!"

…정신머리가 남아나는 게 용했다. 점심시간엔 꼭 퇴계공을 읽어야지 했는데, 결국 온종일 앱을 켜지 못했다. 그나마 오늘이 금요일이라는 게 위안이 됐다. 주말엔 평소처럼 집에만 틀어박혀서, 가족들하고 맛있는 거 먹고 내내 퇴계공을 연구할 생각이었다.

-덜컹, 덜컹, 덜커덩…

네모난 지하철이 부지런히 어둠 속을 헤집었다. 몸이 우거지가 될 만치 일했더니 어느새 일곱 시였다. 정각이 되자마자 가방을 싸고, 모두에게 인사한 후 허겁지겁 회사를 빠져나왔다.

지하철에 타서 메모장을 열고는, 나의 모든 기억과 지식과 추리를 마구잡이로 때려 넣었다. 보기 좋게 정리하는 건 나중에 노트북으로 해도 됐다. 지금은 하나라도 까먹거나 놓치지 않는 게 중요했다. 또 뭐가 있더라, 또…

—나의 목표

· 친구들 다치지 않게 노력하기 (X)

· 신국 삼 남매가 다시 만날 수 있도록 건강하게 지내기 (X)

· 집에 돌아오기 (O)

우선 목표 쪽은 대차게 망했다. 귀가엔 성공했지만, 왕자가 죽는 바람에 그의 몸으로 엘리서와 코르넬리서를 만날 수 없게 됐다. 죽는 과정도 끔찍했거니와 현장엔 양국의 후계자들이 자리하고 있었다. 최악의 상황을 가정하자면 이는 전쟁의 불씨였다. 친구들이 다치지 않을 리가 없었다. 마음은 이미 상처투성이일 테고-

"하아…"

일단 다음.

—내가 돌아온 원리 추측

· 예서 왕자가 사망해서

· 소원의 성반에 소원 빌어서

· 둘 다

이건 점심때, 꽁치 김치찜에 밥 두 공기 먹으면서 떠올린 내용이었다. 빙의가 막 풀렸을 때는 경황이 없어 깊이 생각을 못 했다. 내가 죽어서, 오직 그 이유로 집에 돌아온 것이라 여겼다. 그런데 곰곰이 되짚어 보니 신물이 있었다. 그것도 이미 한 차례, 내 소원을 들어주려 했던 존재가. 지난가을의 '가장무도회' 때 말이다.

'-지이잉…!'

'헉.'

네 가지 속성의 신물이 천점天點에 선을 그리자, 내 몸이 먼저 반응했다. 첫째로 심장이 크게 한 번 뛰었다. 그다음은 숨이 막혔고, 전신이 뜨거워졌다가 차가워지기를 반복했다. 이어 말로 표현할 수 없는 고통이 들이닥쳤다. 온 세계가 나를 거부하는 듯한 감각이 선연했다. 각혈도 한참이나 이어졌다. 종국엔 내게서 에테르가 폭발했다.

'-콰아아아!'

'콜록콜록! 우윽, 하아.'

'우리 집… 우리 집 베란다잖아.'

그리고 게이트가 열렸다. 한데 이번엔 그런 과정이 없었다. 짐작건대…

'경계의 신전에 있는 신물에, '피의 염원'을 빌면 주신께서 이루어 주신다는 전설을 떠올렸습니다.'

1년 전. 봄 무도회에서 이자벨이 했던 이야기였다. 그러니까 내 가설은 다음과 같았다.

물, 불, 대지, 공기.

네 개의 신성한 힘이 발동하며 일시적으로 성반 본체와 비슷한 역할을 해냈고, 나는 거기에 집에 가고 싶다는 소원을 담았다. 늘 품고 있던 바람이었으니 즉시 반영된 게 이상하진 않았다.

내가 빙의 초기부터 성반의 힘을 지녔던 걸 고려하면, 모르긴 몰라도 효율이 더 높았을 터였다. 요컨대 그쪽 세계는 나를 거부한 것이 아니라, 나를 집으로 돌려보내기 위해 등을 떠밀어 준 거였다. 비록 그게 무시무시한 방식으로 이루어지긴 했지만. 그런데 신실에서는 달랐다.

'-푸욱!'

'아아아악!'

"흡."

…그때 나는, 분명 입에서 피를 쏟았다. 성반 바닥이 시뻘겋게 물들던 게 눈에 선했다. 그리고 얼마 지나지 않아-

'-파아아아아…!'

신물은 어마어마한 광채를 뿜으며 나를 잡아먹었다. 표현이 좀 그렇지만 사실이었다. 어쨌든 귀가 원리는 이렇게 추론할 수 있겠고.

—원작 내용에 변함없는 이유

· 내 경험은 원작과 관계없어서 (?) > 다른 세계 (?)

"…"

으음, 이 부분은 아직 막막했다. 퇴계공을 읽어보면 힌트가 나오려나.

-이번 역은 잠실, 송파구청역입니다. 내리실 문은 오른쪽입니다.

"헉."

나는 흠칫하며 전광판을 올려다보았다. 젠장, 내릴 역 지나쳤다. 저녁때 족발 먹기로 했는데!

* * *

쥘리에트 궁은 검은색이었다. 기실 황궁의 모두가 그랬다.

-쏴아아아…!

지평선까지 잿빛으로 덮인 하늘이 비를 퍼붓고 있었다. 왕자의 부고가 닿은 뒤로 날씨는 줄곧 이러했다. 저 높은 곳에 막지 못하는 구멍이라도 뚫린 것처럼.

"우리 왕자님…"

흐느낌을 닮은 부름이었다. 중년인의 손이 조심스레 뺨을 쓸었다. 감긴 속눈썹이 죽은 듯 고요했지만 그뿐이었다. 시신은 누구의 눈에도 망자로 보이지 않았다. 숨이 끊어진 것은 사실이나 그 밖의 모든 것이 산 사람 같았다.

치유 에테르가 통했으며, 부패가 이루어지지 않았다. 피부는 따뜻하지 않았지만 얼음처럼 차갑지도 않았다. 결정적으로 가슴과 등의 자상이 전부 아물었다. 하얀 얼굴엔 신비로운 핏기가 돌고 있었다. 청년은 그저 긴 잠에 빠진 귀인 같았다.

황궁 사용인의 절반이 입을 모아 기적이라고 했다. 그러나 나머지 반은 오열하며 고개를 저었다. 진정 주신의 기적이라면, 왕자께서 깨어나셔야 하지 않느냐고. 고운 숨을 뱉으며 우리에게 냉큼 돌아오셔야 하지 않겠느냐고 울부짖었다.

그런 말에는 감히 누구도 첨언하지 못했다. 무엇보다 왕자님의 육체엔 이제 혼이 담겨있지 않다고 했다. 추기경 전하의 확인이었다. 그러니 이는 그저 참담한 비극이었다.

"이리 천사처럼 고운데, 어찌 그런 험한 일을 당했을까. 얼마나 무서웠을까…"

젖은 음성이 점점 내려앉았다. 작은 어깨가 끝내 흔들리기 시작했다. 벌써 몇 번째인지 모를 눈물바람이었다. 시종 나탈리는 피투성이 입술을 물어뜯으며 슬픔을 참았다.

그리고 조용히 주인의 곁을 지켰다. 추기경이 줄리에트에 상주하며 왕자의 시신을 돌본 지도 어언 일주일이 지났다. 그녀는 정무 보는 시간을 제외하면 내내 왕자의 침실에 머물렀다. 죽은 이에게 말을 걸거나 책을 읽어주기도 했다.

누군가는 말려야 하는 것 아니냐고 걱정했다. 그러나 지고하신 황제 폐하께서 묵인하시는 일이었다. 황태자 전하께서 국경에 계시니 가까운 로메로 궁조차 텅 비어있었다. 언감생심 누구도 나서서 말을 꺼내지 못했다.

"내 아이, 내 제자…"

–똑똑

비통한 속삭임 너머, 시종 총괄이 문을 두드렸다. 두 뺨이 움푹 패고 눈 밑이 어두워진 뱅자맹이었다. 그는 요 며칠 홀로 궁을 돌보다시피 했다. 가나엘이 울다 지쳐 실신한 뒤로, 웬만한 일손은 전부 본가에 내려보낸 결과였다. 황제는 뱅자맹의 과로를 지적했다. 그러나 중년인은 휴가도, 안식년도 고사했다. 그저 줄리에트를 지키고 싶다는 말만 반복했다.

"황제 폐하께서 드십니다, 전하."

"…"

오렐리는 파르르 떨리는 입술을 악물었다. 기어코 반려를 떠나보내는 날이 오고야 말았다. 누구도 원치 않았던 고난이었다. 제국의 어떤 예언자도 내다보지 못한 시간이었다. 그러나 이제는 실행해야만 했다. 맹주에게 고통이 닥칠 것을 알면서도 전송해 주어야 했다. 위대한 리에스테르 제국을 위하여. 그리고 예서를 위하여.

-뚜벅, 뚜벅, 뚜벅

묵직한 걸음이 융단을 가로질렀다. 오렐리는 천천히 몸을 일으키며 뒤를 돌았다. 어둑한 실내, 체리색 눈동자가 고요히 불타오르고 있었다. 장엄한 제복은 황제가 제위에 오르던 날에나 보았던 것이었다.

그녀의 프레데리크였다. 뒤편엔 시종장 로라와, 이번 원정에 동행하는 엘리자베트가 서있었다. 빨갛게 부어오른 눈가엔 어떠한 감정도 묻어나지 않았다. 왕자를 보고 씰룩이던 입술 또한 금세 고요해졌다. 강인한 아이였다.

-척, 척!

군화 굽을 붙이며 정중한 예를 차린 부근위대장이, 두 걸음 앞으로 나아왔다. 그러고는 오렐리에게 양손으로 물건을 바쳤다. 길고 큼직한 암적색 방석 위에, 황제의 전투용 망토와 검대가 놓여있었다. 보검 뒤랑달도 함께였다.

"…"

"오렐리."

황제가 나직이 독촉했다. 그녀의 목소리는 예전보다 훨씬 잠겨있었다. 추기경이 애써 미소 지었다.

"알아. 무엇부터 매주면 좋을지 고민 중이었어."

그녀의 손이 피처럼 붉은 벨벳 속을 방황했다. 이윽고 망토를 쥔 오렐리가 황제의 어깨에 천을 둘렀다. 펄럭, 부스럭, 부스럭. 찰그랑. 한동안 침실엔 출전을 준비하는 소음만이 가득했다.

검대가 올라가고, 뒤랑달이 자리 잡을 무렵엔 시종들이 소리 죽여 눈물을 쏟았다. 바닥에 납작 엎드린 이도 있었다. 추기경은 굳건하게 버텼다. 두 사람은 과거에도 크나큰 슬픔을 이겨낸 적이 있었다. 다만 이번에는 모든 것이 달랐다.

"다 됐다."

"…끼니 거르지 마."

"노력할게. 세드리크를 지켜줘."

'아이들이 다치지 않게 해줘.'

추기경이 들릴 듯 말 듯 청했다. 두 사람이 사랑하는 아들은, 사막 한가운데서 폭주한 이후 정상적으로 진정하지 못했다고 했다. 엘리서 왕세녀가 아비와 여동생을 살리고자 후퇴한 다음이었다. 신관 아홉이 붙어도 잠재울 수 없던 불꽃을, 결국 크리스텔이 무력으로 진압했다고 들었다.

이 과정에서 신전이 반파되고 어린 물방울이 크게 다쳤다. 그동안 요한은 예서의 시신을 수습해 무너지는 미궁에서 빠져나왔다. 참혹한 일이었다. 제국의 성기사 모두가 깊고 영구한 상처를 입었다.

"우린 견뎌낼 거야. 어린것들도 마찬가지고."

"…"

"세월이 흐르면 더욱 강해지겠지."

"응. 맞아."

추기경이 설핏 웃었다. 프레데리크가 손을 내밀자, 그녀는 차분히 무릎을 꿇었다. 그리고 세상에서 가장 성스러운 것을 대하듯 황제의 손등에 입을 맞추었다.

[…축복하노니, 나의 맹주여. 보검이 나아가는 곳마다 주신의 의지가 함께할 것입니다.]

신탁이 울렸다. 프레데리크는 묵묵히 반려의 젖은 뺨을 쓸어주고 발길을 옮겼다. 억눌린 울음이 들렸지만 뒤돌아보지 않았다. 성력 1614년 4월 1일. 대大리에스테르 제국 황제의 출정이었다.

* * *

사막. 전투가 벌어지는 접경 지역.

-깡! 깡! 깡!

"헛! 헛! 헛!"

페네티안 신국 막사는 소란스러웠다. 훈련병과 숙련병, 부상자를 나르는 들것, 식사를 퍼 담는 일손. 장작을 옮기고 해진 갑옷을 수선하는 이들로 사방이 부산했다. 명령과 대답 사이로 기합과 고함이 오갔다.

"비켜라, 국서 전하께서 행차하신다!"

"길을 비켜라!"

"썩 물러서시오!"

'어이쿠!'

행차는 요란했다. 왕세녀의 신문을 받으러 가는 행렬이라고는 상상하기 힘든 고자세였다. 이는 베르너르가 '그날' 이후 최초로 외부에 모습을 드러내는 행사였다. 바쁘게 움직이던 이들이 자리에 서서 예를 차렸다.

몇몇은 용기 내어 국서의 모습을 훔쳐보기도 했다. 그러고는 하나같이 소스라치며 고개를 숙였다. 바퀴 의자에 앉은 그는 파리한데다 살이 내려 중환자로 보였다. 아니, 중환자는 맞았다.

"전하, 거의 다 왔습니다."

"아아! 으윽…!"

바퀴가 덜컹거릴 때마다 고통스러운 신음이 흘러나왔다. 남자는 경계의 신전에서 오른팔과 오른다리를 잃은 상태였다. 현장에 있던 로날트 뤼퍼르트 총대리가 치유력을 썼으나, 절단면이 성화聖火로 지져져 봉합할 수 없었다고 했다.

막사의 대장장이가 급하게 만든 의수족이 텅 빈 옷자락 아래서 흔들거렸다. 어떠한 장식도 없는 꺼먼 쇳덩이. 평소의 그와는 조금도 어울리지 않는 색깔이며 모양이었다. 희게 질린 시종과 하인들이 줄지어 뒤를 따랐다. 잔뜩 겁먹고 눈물 흘리는 이가 절반이었다. 주인이 저리되었으니 절망하는 것이 당연했다.

"아, 아아아… 아파…!"

고왔던 음성이 쩍쩍 갈라졌다. 연기를 너무 많이 마신 탓에 허파에서 쉰 소리가 났다. 역시 성화로 인한 화상이라 완벽한 치유는 어렵다고 했다.

"어서 왕세녀 전하께 고하게. 침대 밖에 오래 계실 수 없네!"

"예, 예!"

시종 총괄의 재촉에 기사가 황급히 발을 놀렸다. 총대리마저 그의 생존을 기적이라 일컬었다. 신실에서 충격사 하지 않은 것이 놀라운 수준이라고 했다. 많은 사람이 '과연 이레너 성하의 핏줄'이라고 입을 모았다. 이상한 반응은 아니었다.

국서는 본래 신국민들의 미움과 경외, 시기와 애정을 동시에 받는 인물이었다. 여기에 그를 벤 것이 제국의 황태자라는 소문이 파다하게 퍼졌다. 백성들 사이에선 분노가 들불처럼 번져나갔다. 감히 적국의 황손이 국서 전하를 공격했다는 사실에 치를 떨었고, 개중엔 왕성 앞에 모여 우는 자도 있었다.

복수를 원하는 횃불 또한 상당수였다. 이러한 상황에 국서가 귀성歸城하지 않고 막사에서 와병하니, 군사들의 사기는 어느 때보다도 높았다. 어쩔 수 없는 일이었다. 이 모든 것이.

"드시지요."

입구를 지키던 기사들이 깍듯하게 천막을 걷었다. 늙은 시종은 침통한 낯으로 바퀴 의자를 밀고 들어갔다. 화롯불을 중앙에 둔 채, 열두 명의 대주교가 둥글게 서서 국서를 기다리고 있었다.

가장 높은 자리엔 왕세녀 엘리서 페네티안이 자리했다. 그녀는 견고한 은빛 갑옷 차림이었다. 주변에선 희미한 불티와 전장의 흙내가 피어올랐다. 전사의 핏빛 소매를 본 시종들이 움찔하며 목을 수그렸다.

"우리 공주님…"

"확인할 것이 있어 불렀습니다."

"…"

"죄가 있다면 이 자리에서 국왕 대리의 이름으로 심판할 것입니다."

냉랭한 목소리였다. 부녀 사이엔 간단한 안부조차 오가지 않았다. 물 한 잔 권하는 일도 없었다. 엘리서의 사파이어색 눈동자는 시리다 못해 차갑고, 차갑다 못해 뜨거웠다. 그녀는 신전에서의 전투 이후 제대로 잠든 적이 없었다. 오직 추기경의 체력과 그간의 수련으로 모든 압박을 감내했다.

코르넬리서가 무사히 왕성으로 돌아가지 않았더라면, 국정을 돌보러 떠난 로세하르더 궁정백이 없었더라면… 자신은 진작 무너졌으리라는 확신이 들었다. 이런 생각 또한 남에게는 털어놓지 못했다. 그녀는 왕위 후계자였다. 결코 약한 모습을 보여서는 안 됐다.

"묻겠습니다."

"어찌, 어찌 아비에게 이리…"

"아버지께서 예서를 찌르셨습니까."

독침처럼 날카로운 문장이었다. 국서는 세상에서 가장 황당한 말을 들었다는 양 눈을 깜빡였다. 소환된 신관들도 대경하여 왕세녀를 돌아보았다. 엘리서는 흔들리지 않았다. 그저 아버지에게 시선을 못 박은 채 답을 기다릴 뿐이었다.

"엘리서?"

"제가 신실에 들었을 때, 가장 먼저 본 것이 아버지였습니다. 리에스테르의 태자가 아버지를 공격하고 있었습니다. 그를 막을 무렵에야 뒤쪽의… 예서를 발견했습니다."

엘리서의 눈빛이 어두워졌다. 분명, 미궁 너머에서 동생의 에테르를 느꼈다. 짧은 시간이었지만 그녀는 리에스테르에서 보낸 여름날을 또렷이 기억했다. 그 아이의 다정한 기운이 내내 손에 잡힐 듯 싶었다.

그것이 크게 흔들리고 괴로워하기에, 처음에는 미로의 시험 때문이리라 여겼다. 자신 역시 가족들의 환상을 보며 아파했으니 비슷한 시련을 겪고 있으리라 추측했다. 미로를 빠져나와서야, 태자와 손을 섞을 때가 돼서야 제가 잘못 생각했음을 알았다.

'-카가강! 캉, 캉, 콰과광!'

'맙소사, 예서…! 예서!'

죽어가는 아버지를 보고 충격받은 나머지, 판단이 너무 느렸다. 피바다에 잠긴 아이는 미동도 없었다. 더는 에테르가 느껴지지 않았다. 조금도. 그런 공포는 처음이었다.

'아아아! 내 동생이 어찌 저런 꼴을 하고 있느냐!'

'어찌!'

그녀가 비명처럼 악을 질렀다. 놀라서 눈물조차 흐르지 않았다. 폭주한 태자는 이미 이성을 상실한 상태였다. 어떠한 언어도 닿지 않았으며, 주황색 눈동자엔 초점이 없었다. 그는 오직 그녀와 아버지를 죽이기 위해 태어난 짐승처럼 맹공을 퍼부었다. 콰아아앙!

"…칼에 찔린 상처가 보였습니다. 출혈이 심했고 바닥에는 단검이 떨어져 있었습니다."

엘리서는 굳건한 음성을 내고자 최선을 다했다. 문장을 쉴 때는 입 안쪽을 깨물어 호흡을 참아냈다.

"하…"

"아버지께서 해하신 것이 아닙니까. 그게 아니라면 구태여 미로를 통과하신 까닭이 무엇입니까."

그것이 왕세녀의 직감이었다. 피투성이 날붙이와 숨이 멎은 동생. 미쳐 날뛰는 태자를 보며 그녀는 확신에 가까운 깨달음을 얻었다. 아버지는, 기어코 저 아이를 죽이고자 여기까지 들어왔다. 전부 제 탓이었다. 엘리서는 미친 듯이 창을 휘둘렀다.

'-쿠구구궁…! 콰가가강!'

'아아아아! 아아악!'

그를 왕성으로 돌려보내지 못한 자신. 일찍이 그를 끊어내지 못한 자신. 아니, 그보다 옛날. 아버지의 학대를 어렴풋이 알게 된 아홉 살 무렵부터…

'주신이시여-'

'총대리! 아버지를 데리고 나가십시오! 당장!'

'-콰르르르!'

그때부터 무엇도 하지 못한 자신 때문이었다. 아버지에 대한 애정을, 그와 함께한 추억을 포기하지 못한 저의 원죄였다. 어머니는 엘리서가 실수를 해도 너그럽게 보아주는 분이었다. 언제나 자애롭고 이상적인 국왕이었다.

문제는 그녀가 딸의 실수를 발견할 만큼 한가하지 않다는 데 있었다. 그렇다고 나라를 이끄는 분에게 자신을 돌아봐 달라 떼쓸 수는 없었다. 어머니의 광증이 진행된 뒤로는 더욱 사적인 시간을 갖기 힘들었다.

그녀의 숱한 빈자리는 언제나 아버지가 채워주었다. 그래서 버리지 못했다. 어린 엘리서는 온기를 원했다. 뺨에 입을 맞춰주고 칭찬을 베푸는 그를 사랑했다. 마음은 이내 관성이 되었다. 그렇게 22년이 흘렀다. 전부 구차한 변명이었다.

"…왕세녀의 추측은 사실이 아닙니다."

이는 그저 지극히 무능하고, 지독히 어리석었던 자신의 업보였다. 동생의 아픔을 알면서 이기적인 외줄타기를 했던 제 말로였다. 둘 중 누구도 지켜내지 못하고 놓쳐버릴 운명. 제각기 소중했으나, 끝내 살인자와 피해자가 되어버린 가족.

"미로에 든 것은… 오로지 걱정이 되어서였습니다. 그날 왕세녀에게 친위대를 데려가 달라 간청하지 않았습니까."

"…"

"따님의 얼굴이 아른거려 잠들지 못하는 와중에, 마중을 나가도 되겠냐고 물었던 것이 떠올랐습니다."

"…"

"방에서 나오지 말라 당부했던 말도 똑똑히 기억했으나… 저는 아비인 것을요."

국서가 힘없이 웃으며 말했다. 한쪽 팔다리가 잘리고, 눈가에 긴 흉터를 얻고, 오늘 아침에야 겨우 의식을 찾은 그는 몹시 연약해 보였다. 그러나 엘리서는 호응하지 않았다. 남자가 진술을 이어갔다.

"시종의 옷을 빌려 입은 뒤, 낡은 로브를 뒤집어쓰고 제2 대기실에 숨어들었습니다. 그리 헤어진 것이 마음 아파서… 귀한 얼굴이나 보고자 걸음 하였습니다."

"교황청 병사들이 아버지를 그대로 보아 넘겼다는 말씀이십니까?"

"그 부분은… 기억이 잘 나지 않습니다. 송구합니다."

베르너르가 쓴웃음을 지었다. 엘리서는 묘한 불안을 느꼈다. 그는 보통 이렇게 반응하지 않았다. 아버지는 어떠한 질문이든 미리 대답을 준비하고, 핑계를 마련하는 사람이었다. 돌아보면 눈 가리고 아웅일지라도 항상 그랬다. 그러니 선뜻 자신에게 불리한 말을 하는 것은 이상했다. 기억나지 않는다고?

"어디까지 하였더라. 아… 미궁을 통과하여 신실에 드니, 그 아이가 있었습니다. 예서 말입니다."

모두가 숨죽여 귀 기울이는 것이 느껴졌다. 국서는 느릿느릿 눈을 깜빡였다.

"한데 무슨 일인지, 아들이 저를 알아보지 못했습니다. 손에는 단검을 쥐고 있었고, 온몸이 피투성이였지요. 참혹했습니다… 아마 수호령의 시험으로부터 완전히 벗어나지 못한 것 같았습니다."

"맙소사."

"수호령이 사람을 잡아먹는 괴물이라더니."

"그릇을 들여다본다고 하지 않았소? 모두가 시험에 통과하는 것도 아니라면…"

빙 둘러선 대주교들이 불길하게 숙덕거렸다. 엘리서는 입을 악다물며 한 손을 들었다. 순식간에 장내가 숙연해졌다.

"수호령이 제 동생을 공격했다는 뜻입니까."

"모르겠습니다. 허나 그때는 그렇게 생각할 수밖에 없었습니다.

저는 따님이 수호령에게 해를 입을까 심려하고 있었고… 아윽!”

베르너르가 돌연 허리를 숙였다. 잘린 어깨와 허벅지에 환상통이 느껴지는 모양이었다. 노복이 부랴사랴 안주머니에서 진통제를 꺼내 올렸다. 다른 시종은 물을 바쳤다. 다급히 약을 삼키자 창백한 낯이 차츰 안정을 찾아갔다. 좌중은 몹시 긴장하여 다음 문장을 기다렸다.

“예서가… 우리 아들이 나를 찔렀습니다. 이곳에 단검을 꽂았습니다…”

그가 꺼져가는 목소리로 속삭이며 자신의 배를 감쌌다. 크게 충격받은 대주교들이 입을 가렸다. 엘리서는 속으로만 생각했다. 아버지의 복부 자상은 자신도 확인했다. 바닥을 뒹굴던 검이 리에스테르 양식이었다는 점도 알았다. 그러나 저것은 거짓말이다.

“아비를 알아보아서가 아니었습니다. 아직 미로에 있는 것으로 착각하여… 필시 상대가 누구인지도 모른 채 검을 휘두른 것입니다.”

“…”

“심성이 바르고 선한 아이입니다. 알고 그랬을 리 없지요. 하나 공격 직후에는 왕자 또한 의식을 잃어…”

‘그리되었습니다.’

국서가 참담한 표정으로 말을 맺었다. 요컨대 그는, 현장을 보고 ‘오해한’ 태자에게 팔다리를 빼앗겼다. 아름다운 얼굴엔 치유력으로도 고칠 수 없는 흉이 생겼다.

죽을 때까지 정신적 상처와 환상통에 시달리게 되었고, 이로 인해 접경 지역에선 크고 작은 전투가 벌어지기 시작했다. 벌써 수많은 병사가 베르너르보다 심각하게 다쳐 목숨을 잃었다. 엘리서는 치를 떨며 대주교들을 내려다보았다. 눈이 마주친 연장자가 기겁하며 허리를 구부렸다.

"아버지의 말을 시험하시오."

"예. 예, 전하."

노인이 침착하게 성소를 전개했다. 파아아아…! 베르너르의 눈이 커졌다. 그러나 신성한 흐름은 막을 수 없었다. 대주교의 신탁이 울려 퍼졌다.

[자비로우신 주신이시여. 부디 이분의 위언을 용서하여 주십시오.]

"…"

"…"

"…"

그리고 아무런 일도 벌어지지 않았다. 금빛 서클은 고요히 회전했다. 엘리서는 천천히 입을 벌렸다. 아버지의 말이 '진실'이었다. 있을 수 없는 일이었다. 그녀는 곧장 다음 신관을 가리켰다.

"그대가 해보시오."

"명을 받듭니다."

파아아아! 두 번째 성소가 막사 내부를 환히 밝혔다. 결과는 똑같았다. 엘리서는 경악한 표정으로 아버지를 바라보았다. 그는 슬픈 시선을 보낼 뿐 특별한 반응을 보이지 않았다. 왕세녀가 명령을 쏘아댔다.

세 번째, 네 번째, 다섯 번째… 마지막으로 열두 번째 대주교가 국서의 죄를 대신 고해했다. 주신은 어떠한 답도 내놓지 않았다.

아버지의 말엔 거짓이 없었다.

"하, 하…"

엘리서는 떨리는 눈길로 좌중을 돌아보았다. 그렇다면 아버지의 정신이 조작된 것이 확실했다. 아주 강력한 대주교급 이상의 신관이, 그의 믿음을 강력하게 세뇌하여 진실로 여기게 만든 것이 자명했다. 필시 아버지의 밀명이 있었을 터였다. 그가 깨어난 지 여섯 시간은 지났으니, 그사이에 막사를 드나든 자가…

"…"

"…"

흠칫. 왕세녀는, 모두의 시선이 자신을 향하고 있음을 깨달았다. 평생을 겪어온 일이 불현듯 오싹하고 불쾌하게만 느껴졌다. 그녀는 오른편에 놓인 창을 강하게 쥐었다. 이 자리에 모인 대주교들에겐 한 가지 공통점이 있었다.

접경 지역과 교구가 멀지 않고, 아버지와 특별한 인연이 없는 자만을 자신이 직접 선별했다는 것. 한데 아버지가 이들 전부를 매수했다면, 그것은 무엇을 의미하는가?

-덜컹!

…권력에 발 담그지 않은 지방의 성직자조차 쉬이 믿을 수 없다면. 그렇다면 자신은 도대체 누구를 신뢰해야 하는가?

"전하."

"전하?"

"전하!"

엘리서는 성큼성큼 걸어 빠르게 막사를 벗어났다. 당황한 성직자들이 그녀를 불렀으나 어떠한 소리도 와닿지 않았다. 무책임한 행동이었다. 이리 어린애처럼 굴어선 안 된다는 걸 알았다. 하지만 '무서웠다.'

그런 유약한 생각이 왕세녀의 머릿속을 시커멓게 물들이고 있었다. 그녀는 혀를 깨물어 탄식을 삼켜냈다. 이제는 무섭다는 생각을 하는 스스로가 무서웠다. 자신은 진실을 밝혀야 했고, 지켜야 할 동생이 있었다. 그러자면 강해져야 했다. 그런데 이런 곳까지-

"헉, 윽."

접경 지역까지 마수를 뻗치고 있는 아버지가, 처음으로 두려웠다. 저런 모습이 되었는데도 가슴에 독을 품은 그가 끔찍스러워 소름이 끼쳤다. 예서의 시신을 빼앗겨 장례조차 치를 수 없는 현실이 비참했다.

등을 맡길 수 없는 자들과 함께 싸워야 한다는 사실이 절망스러웠다. 그런데 자신은 아버지를 막을 수 없었다. 기어코 제국이 전쟁을 선포하고, 황제가 전진하고 있는 지금 이 순간에도.

"자닌! 자닌 있느냐!"

왕세녀는 모든 병사를 물리고 자신의 막사로 뛰어들었다. 놀란 시종이 그녀에게 달려왔다. 동시에 소나기 같은 눈물이 쏟아졌다. 엘리서는 남동생의 이름을 부르며 오열했다.

* * *

심장을 토해낼 듯하던 절규도, 시간이 흐르니 잠잠해졌다. 엘리서는 평정을 되찾아 갔다. 그래야만 하는 상황이었다.

"…아버지를 저리 두어선 안 돼."

그녀가 떨리는 목소리로 말했다. 자닌은 차가운 물수건으로 주인의 뺨을 닦아주었다. 다행히 왕세녀는 폭주의 전조까지 보이진 않았다. 잠시 치밀어 오르는 분노와 슬픔을 주체하지 못했을 뿐이었다. 머리카락을 넘겨주는 동안에도 비장한 문장은 이어졌다.

"궁정백이라면 믿을 수 있다. 비록 권력 투쟁에 소극적이라고는 하나, 신국의 평안을 위해서라면 무엇이든 해내는 가문이 로세하르더 아니더냐. 그를 따르는 왕도와 지방의 일부 귀족 또한 나를 지지할 것이야. 그들의 세를 빌려서라도 아버지를 끌어내려야 해."

"전하. 신국군은 현재 임전 중입니다."

"지레 불가능하다고 생각하여 물러날 수는 없다."

엘리서가 매섭게 선언했다. 자닌은 침착한 표정으로 그녀를 올려다보았다. 하얀 천막에 바깥 그림자 수십이 어룽거렸다.

"전쟁통이라고 하여 숙청을 미루면, 그다음에는 전후 수습을 핑계로 미루게 되겠지. 어머니와 할아버지 세대에 이미 반복되었던 허물이다. 같은 길을 걸어서야 되겠느냐?"

"…"

"그분의 장악력 원천은 결국 나다."

"…"

"내가 왕위에 오르면, 아버지 밑에서 얻을 수 있는 특혜가 있기에 귀족들이 그분을 따르는 것이야. 그렇다면 저 광기를 끊어낼 수 있는 이도 나뿐이겠지."

엘리서가 속삭였다. 새로운 정보는 아니었다. 그녀는 어린 시절부터 자신이 아버지에게 어떤 존재인지를 알고 있었다. 최근에는 자해로써 그에게 경고한 적도 있었다.

그녀라고 그런 극단적인 수를 쓰고 싶었던 것은 아니었다. 하지만 아버지 인생의 자랑이자 보물은 단언컨대 자신과 코르넬리서였다. 그는 두 딸을 발판 삼아 평생의 기틀을 다졌으니, 바꿔 말하면 그의 유이한 약점이 바로 왕녀들이었다. 아버지는 자신을 다치게 할 수 없다. 절대로.

"괜찮으시겠습니까."

"늦었다는 사실은 안다. 그러나 해보지도 않고 포기하는 것과, 일단 부딪혀 보는 것은 달라. 내 목숨을 걸면 승산이 있어."

그녀의 눈동자에 푸른 불씨가 일었다. 자닌은 엘리서의 이런 순간을 잘 알고 있었다. 오랜 세월 쌓아온 원망, 죄책감, 자기혐오. 모든 것을 뒤로한 채 달아나고 싶다는 욕구…

왕세녀는 언제나 그러한 감정들을 딛고 다시 일어섰다. 질식 직전의 순간을 버티며 힘을 얻었다. 그럴 때마다 어린 1왕녀의 눈빛은 이렇게 타오르곤 했다.

"어머니께도 전갈을 보내야겠다. 가끔 이성을 찾으시니 때맞춰 읽으시게 하면 돼. 시종장이라면 신뢰할 수 있을 것이야. 다른 일손은 안 되고, 반드시 시종장 본인이어야 한다. 그자가 직접 품에 지니고 다니게 하면-"

"시종장도 한 차례 살피셔야 하지 않겠습니까."

자닌이 조심스레 말을 얹었다. 엘리서는 그녀와 눈길을 마주했다.

"그분이 지난 50년간 폐하를 보필한 것은 사실이나, 쉬이 방심하시면 아니 될 것입니다. 그렇지 않아도 폐하께서는 깨진 유리 덮개를 발견하신 이후로 시종에 대한 의존도가 높아지셨다고 들었습니다. 밤에도 불을 켠 채 주무시고, 도중에 깨어나신 날에는 울며 아랫사람을 찾으신다지요."

"…"

"그러한 부분을 노리고, 언제 시종장마저 매수하셨을지 모르는 일입니다."

왕세녀가 이를 악물었다. 참담하지만 맞는 말이었다. 오늘 아버지가 보여준 지방 장악력을 생각하면. 왕성의 일손 대부분이 언제부턴가 그의 사람이 되었음을 고려하면, 지조 있는 시종장이라 하더라도- 잠깐.

"…방금 무어라고 하였느냐?"

그건 무엇이었을까?

"시종장이 매수되었을지도 모른다고 말씀드렸습니다."

어째서 사람은 최악의 순간에, 최악의 발견을 해내고야 마는 걸까.

"아니, 그 전에."

엘리서가 빠르게 물었다. 자닌은 예의 은은한 미소를 지으며 답했다.

"폐하께서 전보다 시종에게 많이 의존하시니,"

"깨진 유리 덮개라고 했느냐?"

"…"

"깨진?"

왕세녀의 목소리에 금이 갔다. 그것은 사실이 아니었다. 엘리서는 자신의 생일 다음 날 아침을 똑똑히 기억했다. 연회장의 모든 부분을 직접 감독했으니 모를 수가 없었다. 거나하게 마신 마르티어가 단상 아래 잠들어 있었고, 맑은 정신이었던 어머니는 코르넬리서와 침상에서 주무시고 계셨다.

두 사람의 머리맡엔 유리 덮개가 놓여있었다. 제국 황실의 후원에서 훔쳐냈다는, 미카엘의 보라색 튤립을 보존한 마도구였다. 이후 자닌이 들어와 예서가 모함당했다는 소식을 알렸다. 마르티어는 그 아이에게 스스로를 변호할 능력이 없다고 말했다. 기억이 온전치 않다는 증언에…

'-쨍그랑!'

'예서, 우리 아이가, 불쌍한 내 아기…'

놀란 어머니가 덮개를 '깨뜨렸다.' 자신이 목격하기로는 분명히 그랬다. 소리가 요란했고, 다급히 침상에 올랐을 때 국왕은 피투성이였다. 엘리서는 한 손으로 자닌의 팔뚝을 덥석 쥐었다. 그녀가 아파했으나 아랑곳하지 않았다. 이어 눈 한 번 깜빡이지 않고 질문을 쏘아댔다.

"제대로 말하거라. 이미 깨져있었다는 뜻이냐? 어머니가 깨뜨리신 게 아니란 게야?"

"오해이십니다, 전하. 제가 말실수를 하여-"

"누가 그따위 실언을 한단 말이냐! 네 입으로 방금 '깨진 유리 덮개를 발견하셨다'라고 하지 않았느냐!"

입술이 벌벌 떨리고, 팔을 잡은 손에 우두둑 힘이 들어갔다. 머리에서부터 피가 빠져나가는 감각이 써늘했다. 이는 아버지가 예서를 찔렀고, 성직자를 매수했다는 사실을 깨달았을 때와는 근본적으로 다른 공포였다. 엘리서는 끊임없이 현실을 부정했다. 아니다. 아닐 것이다. 아니어야만 했다.

"…예, 그리 말씀드렸습니다."

자닌이 힘없이 말했다. 창끝보다 날카로운 예감이 엘리서의 심장을 꿰뚫었다. 아니야.

"그게 사실이라는…"

"맞습니다. 덮개는 진즉 깨져있었습니다. 폐하께서 파손하신 것이 아닙니다."

"그러면 누가 그것을…"

"…"

엘리서는 멍하니 의문을 내뱉었다. 시종은 대답하지 않았다. 그저 세상에서 가장 애틋한 것을 대하는 시선으로 주인을 바라볼 뿐이었다. 그러고는 잡히지 않은 손으로 왕세녀의 뺨을 쓰다듬었다. 온몸이 벌벌 떨리는 청년과 달리 중년인의 손길은 차분하기만 했다. 여인의 입꼬리가 자조하듯 설핏 올라갔다. 왕세녀의 동공이 확장됐다.

-푸욱!

"허억!"

황금색 창날이, 자닌의 옆구리를 관통했다. 주름진 입가에서 피가 울컥 쏟아졌다. 엘리서의 눈이 순식간에 빛을 잃어가고 있었다.

"컥, 커흑."

"무슨 연유로 그랬느냐?"

파란 눈동자에서 눈물 한 방울이 떨어졌다.

"네가 어찌. 어찌 내게 이럴 수 있어."

"헉, 아, 아아…"

치이익… 물방울은 순식간에 기화하여 흔적을 감추었다. 후드득! 막사 바닥은 순식간에 시뻘건 피 웅덩이로 가득 찼다. 자닌은 고통에 신음하고 괴로워할 뿐 또렷한 답을 내놓지 않았다. 엘리서는 멍한 얼굴로 창을 세게 쥐었다. 푸우욱!

"허어억! 끅, 헉!"

"말해."

"폐하의…! 폐하의 정신을 무너뜨리고자,"

"그러니까 그런 짓을 한 까닭이 무엇이냔 말이다!"

화르르륵! 화롯불이 괴물처럼 불타올랐다.

"돈. 돈…"

하얗게 질린 자닌이 소곤거렸다. 엘리서는 느릿느릿 눈꺼풀을 끔뻑였다. 망치로 뒤통수를 얻어맞은 것처럼 머리가 멍했다. 갑자기 온 세상이 자신을 따돌리는 듯한 기분이 들었다. 정신이 하나도 없었다. 거짓말이다.

"돈…? 고작 돈 때문에…?"

이럴 수는 없다. 30년의 믿음이 이토록 허망하게 부서질 수는 없다.

"틀렸다. 다시 말해보거라! 어서! 어서!"

"쿨럭! 어흑! 커헉!"

중년인이 피를 토하며 경련했다. 엘리서는 창을 놓지 않았다. 이윽고 붉게 물든 얼굴이 천천히 그녀를 올려다보았다. 자닌은 웃으며 울고 있었다.

"그분의, 방식은 간단합니다… 돈에는, 쿨룩. 더 큰 돈으로 입을 막고… 힘에는, 더 큰 힘으로, 윽. 사람을 부리지요. 대가는, 일시에. 확실히. 그리하면 결코!"

"…"

"결코 들키지 않습니다…"

'끄흑, 끅.'

그녀는 죽어가고 있었다. 엘리서는 미친 사람처럼 고개를 저었다. 진한 피가 황금 창을 뻘겋게 물들였다.

"헛소리 마라! 아버지는 그리 은밀하게 움직이는 분이 아니야!"

사실이 그러했다. 베르너르 페네티안은, 엘리서가 기억하는 최초의 순간부터 타인의 관심과 애정을 갈구하던 사람이었다. 딸은 아버지의 본질을 꿰뚫어 보았다.

그는 끔찍한 일을 저지르면서도 구태여 꼬리를 감추지 않았고, 자신의 행동이 알려질 때마다 얼핏 자랑스러워했다. 받아들이기 힘든 태도였으나 엘리서의 '보호자'는 그런 인물이었다. 도망칠 곳은 없었다. 뒷수습은 한동안 고모님의 몫-

"아…"

깨달음은 해일처럼, 거대하고 느리게 밀려왔다. '켁!' 자닌의 기도에 피가 걸렸다. 엘리서는 쏜살처럼 그녀를 몰아붙였다.

"고모님은 아버지와 갈라서셨다! 미카엘이 죽은 뒤로 사이가 완전히 틀어졌어! 국서의 본가일지언정 사적으로는 전혀!"

"예… 참으로 편한, 위장이 아닙니까. 콩가루, 집안이라는 것이…"

헉, 헉. 엘리서는 턱턱 막히는 호흡을 간신히 삼켜냈다. 꺼져가는 시종의 눈동자엔 동정과 연민이 그득했다. 지금껏 모든 것이 아버지의 악행이라 여겼다. 실제로 그가 저지르는 일이 많았으니, 배경에 관해서는 깊이 생각해 본 적조차 없었다.

훗날 왕이 될 자신을 방패 삼아, 정신이 온전치 않은 어머니를 대신해. 아버지가 무소불위의 권력을 휘두르고 계신 것이라 믿었다. 그녀뿐만이 아니었다. 왕도의 대부분은 그렇게 생각했다. 그런데 아니었다. 오히려 그를 연막으로 내세운 사람이 있었다. 그의 뒤에서 고요히 왕성을 지배하고, 그가 타인의 시선을 탐하는 사이 이익을 취한 자가 있었다.

"…리에스테르 황제의 친서를 빼돌린 것도 네 짓이냐."

"예…"

"아버지의 국서 자리를 지켜주고자 그리했느냐?"

"…"

"그것이 고모님의 명이었어?"

빌헬미나 스네이더르. 공작가의 가주. 검소와 겸양의 미덕으로 유명한 여인. 세속적인 가문의 '대인'이라 불리는 자. 큰소리 없이 의견을 전하는 정치인. 영지민들의 존경을 한 몸에 받는다는 인물. 아버지가 물러나도, 또 다른 국서를 세울 수 있는 사람. 이런 일을 몇 번이나 반복할 수 있는 사람.

"고모님의 돈 때문에…?"

엘리서가 흐느끼듯 물었다. 자닌은 고개를 푹 숙였다. 그녀의 말에 긍정하듯이.

"얼마였느냐."

"…"

"얼마나 받았느냐? 다음 급여는 얼마를 약속하더냐!"

"…"

"당장 대답해! 당장!"

화르르, 쿠당탕! 에테르 폭발로 탁자며 화로가 바닥을 굴렀다. 샛노란 불꽃이 카펫을 집어삼켰다. 엘리서는 얼룩덜룩해진 옥안으로 자닌을 노려보았다. 피눈물이 흘러내렸다.

"…"

시종은 눈을 뜬 채 죽어있었다.

"우우욱!"

욕지기가 치밀었다. 왕세녀는 창을 뿌리치고 구토를 시작했다.

* * *

-위이이잉!

무선 청소기가 열심히 돌아갔다. 한가로운 토요일이었다. 물론 나는 조금도 한가하지 않았지만.

"빨리 돌리고 퇴계공 읽어야 하는데. 먼지가 끝도 없냐."

내가 거실 바닥을 밀며 꿍얼거렸다. 1년이나 집을 비우다 보니 미처 고려하지 못한 게 있었는데, 그게 바로 청소 당번이었다. 젠장!

"정은, 머리카락 너무 많아. 봄이라고 털갈이해?"

동생의 방에 대고 툴툴거리자, 키보드를 두드리던 녀석이 파리처럼 싹싹 빌었다. 어이가 없어서 그냥 웃고 말았다. 우리 앞에서는 자제하는 것 같지만, '퇴계공' 최신화 이후로 동생은 노트북과 폰을 끼고 살았다.

모르긴 몰라도 다른 독자들과 이런저런 이야기를 하면서 슬픔을 해소하는 것 같았다. 조용하다 싶어서 들여다보면 항상 액정을 보며 울상을 하고 있었다. 우리야 제대로 된 위로를 해주기가 힘드니… 으음. 특히 나는 더 그렇지. 가까스로 한숨을 삼키며 청소에 집중했다.

-위이잉…

우리 삼 남매의 집안일 분담은 제법 명확하게 이루어지는 편이었다. 주로 형이 요리하고 나는 조수 노릇을 한다. 큰방, 욕실 청소는 둘이 돌아가면서 하고, 은서 욕실은 은서가 책임을 진다. 빨래도 은서 것만 은서가 따로 한다. 내 빨래는 형이 개는 것까지 전부 해준다.

음식물 쓰레기, 일반 쓰레기는 내가 출근길에 버린다. 각종 재활용 쓰레기는 은서 담당이다. 방 청소는 각자 알아서 한다. 청소기든 물걸레든 스스로 하는 게 약속인데, 보통은 주말에 이루어졌다. 그렇다면 거실과 주방은?

"그게 바로 접니다."

내가 마지막 구석을 쓱쓱 해치우며 중얼거렸다. 이것도 운동이라고 땀이 좀 났다. 셔츠에 이마를 비비고 방으로 들어왔다. 이왕 하는 거 내 방도 밀어야겠다. 끝나면 샤워하고, 산뜻한 환경에서 깨끗한 몸으로 퇴계공을 읽어야지. 형이랑 은서랑 한라봉도 먹을 거다.

-위이잉!

"어젯밤에 99화까지 읽었던가. 98화였나."

밤새 읽겠다고 의지를 활활 불태웠는데, 평범한 직장인에게 그런 체력이 있을 리 없었다… 평소에도 열두 시면 잠드는 몸뚱이였다. 새벽 한 시쯤 되자 어김없이 꾸벅꾸벅하는 나를 발견할 수 있었다. 친구들을 생각하라고, 지켜야 하는 아이들과 애물단지들을 생각하자고 스스로를 다그쳤다.

잠을 쫓으려 세수를 하고 가글도 했다. 결국, 두 시를 넘기지 못하고 기절했다. 그래도 마음이 급하니 속독은 가능했다. 하룻밤에 99화면 내 기준으로는 어마어마한 속도였다. 정보 위주로 뽑아내며 스크롤을 슥슥 내린 결과였다. 오늘은 시간이 많으니까 더 많이 볼 수,

-위잉, 달캉!

"응?"

청소기에 뭐가 걸렸다. 내 침대 밑이었다. 이쪽엔 보관하는 게 없는데 이상했다. 나는 다시 흡입구를 들이밀었다.

-달캉! 우웅, 우웅, 우우웅!

기계가 냉큼 터보 기능을 작동하기 시작했다. 뭐가 있어서 그러는데, 왜 자꾸 자신을 떠미느냐고 항의라도 하는 것 같았다. 형이 미안하다. 널 괴롭히려는 게 아니고.

"보자, 수건 같은 게 있나…"

-위잉, 위잉, 위잉!

나는 허리를 구부리며 청소기를 쑤욱 꺼냈다. 흡입구 끄트머리에 조그만 갈색 솜뭉치가 딸려 나왔다. 어…?

-삐뽀!

…어어!? 네?!

* * *

-위이이잉!

"말도 안 돼…"

조그만 굴뚝새가 뒤돌아 눈을 마주했다. 순간 가슴이 빠근했다. 너무나 익숙한 모양새였다. 지금까지 잠잠했던 걸 보면, 아무래도 청소기 때문에 잠에서 깬 듯싶었다. 깃이 어수선했고 놀란 콩알 눈이 땡그랬다. 나는 황급히 기계를 껐다. 충격적인 상황에 절로 침이 꿀떡 넘어갔다. 침착해, 정예서. 침착해.

-삐이?

"…"

아냐, 아냐, 아냐. 뚝심이가 건너왔을 리 없잖아. 다른 애일 거야.

-삐르르

이성적으로 생각하라고. 〈순간포착 세상에 이런 일이〉, 〈TV 동물농장〉! 그런 프로 보면 가끔 비슷한 내용 나오잖아. 집에 제비가 들어왔어요. 베란다에 황조롱이가 들어왔어요. 둥지 틀고 알 낳고 행복하게 살아요…

-삐이이!

"아야, 아야야."

콩콩 뛰어온 꼬맹이가 내 발등을 불만스레 쪼았다. 나는 후다닥 쪼그려 앉아 발을 감쌌다. 그리고 녀석을 빤히 바라보았다. 동그란 뱃살이 오르락내리락했다. 손가락 한 마디만 한 머리가 바쁘게 움직였다. 역시 낯익은 광경이었다. 나는 너무 기대하지 않으려고 입술을 악물었다. 괜히 뚝심이라고 생각했다가 실망하고 싶지 않았다.

"너…"

최대한 소리를 낮추고, 녀석에게 소곤소곤 물었다. 못 알아들으면 어쩔 수 없는 거겠지. 다친 게 아니라면 잘 잡아서 밖으로 내보내 주면 되겠지. 형도 있고 은서도 있으니까 괜찮을 거다. 괜찮아.

"정뚝심이야?"

-삐뽀!

녀석은 앙증맞은 부리로 우렁차게 울더니, 포도동 날아선 내 품을 파고들었다. 나는 몇 초 후에야 이게 무슨 상황인지를 깨달았다. 눈이 튀어나올 것만 같았다. 그야말로 기적 같은 일이었다.

"세상에…"

바보처럼 웃음이 흘러나오고, 괜히 눈시울이 뜨거워졌다. 조심조심 양손으로 커피콩 같은 온기를 담았다. 그러자 뚝심이가 손바닥에 마구 몸통을 비볐다. 녀석도 내가 반가운 모양이었다.

울컥해서 목이 막혔다. 나는 일단 문밖으로 고개를 내밀어 주변을 확인했다. 은서는 아직 방에서 나오지 않았고, 주 7일 연재인 형은 오늘도 작업 중이었다. 우리만 조용히 하면 들킬 일은 없었다!

"뚝심, 크흠. 너 어떻게 여기까지 왔어? 응? 나도 힘들었는데 쪼끄만 게 얼마나 고생한 거야."

-삥…

내가 속닥속닥하자, 녀석이 탄식하듯 울었다. 엄청 힘들었나 보다.

"안 아팠어? 다친 데는 없고? 형이랑 같이 왔어?"

-삐삐, 삐삐삐

뚝심이가 열심히 대답했다. 뭐라고 설명을 하는 것 같은데, 미안하게도 내가 신물 언어엔 무지해서 알아들을 수가 없었다. 멍청이처럼 헤실거리고만 있자 굴뚝새가 날개를 두어 번 포드닥거렸다.

누가 봐도 답답하다는 몸짓이라 또 즐거워서 허허댔다. 내내 침대 밑에 있었는지 녀석의 몸엔 먼지가 묻어있었다. 신물이니까 인간 샴푸로 씻어줘도 괜찮으려나…?

-삐릇!

"어어, 그래. 고생했어. 네가 최고다. 잘 잤어?"

-삐르르릇!

녀석이 끝내 폴짝폴짝 뛰었다. 정말로 하고 싶은 말이 있는 눈치라, 키보드라도 갖다줘야 하나 싶었다. 세상에서 제일 똑똑한 새니까 어쩌면 글쓰기도 가능할-

-삣, 킷, 켁!

"애가 왜 이래."

-킷! 킷!

뚝심이가 심상치 않은 기침을 시작했다. 나는 놀라서 자세를 꼿꼿이 세웠다. 전에도 이런 적이 있지만, 그건 '불사조' 변신이 풀리면서 나타났던 일종의 반작용이었다. 뚝심이가 굴뚝새 모습일 때 이랬던 기억은 없었다. 목에 뭐가 걸렸나?

"먼지 먹었어? 퉤해, 퉤."

-킷! 킷!

"형 손에 뱉자. 옳지."

어쩐지 미안했다. 일주일 동안(내게는 1년 하고도 일주일이지만) 방이 많이 더러워졌나 보다. 뚝심이는 한참 캑캑거리며 손바닥을 뛰어다니더니,

-포르르!

못 참겠다는 양 바닥으로 내려갔다. 나는 정말 안절부절못했다. 어디 심각하게 아픈 건가 싶어 걱정스러웠다. 여긴 그곳과 아예 다른 세상이니까. 사람이 시차나 고도 적응을 못 해 앓기도 하는 것처럼, 혹시 뚝심이도-

-켓!

"아이고."

뚝심이가 연보라색으로 빛나는 무언가를 뱉어냈다! 나는 잽싸게 책상 위 물티슈를 한 장 뽑아 녀석의 부리를 닦아주었다. 꼬마 새가 귀찮다는 양 포닥거렸다. 그동안 옆에선 무진장 신비로운 사건이 펼쳐지고 있었다. 잠깐, 저게 뭐야…?

-사아아아…!

바닥에서 은은한 광채를 뿜어내던 뚝심이의 '먼지'가, 가로로 길게 자라나고 있었다. 언젠가 비렴의 방주 안에서 봤던 것과 아주 흡

사한 그림이었다. 뚝심이가 뱅자맹이나 니키로 변신했을 때처럼 말이다. 나는 경악해서 거듭 문밖을 살폈다. 형 이동 없음, 은서 이동 없음. 거실 전선 이상 무. 내 방에서만 긴급 상황 발생이다!

-파아앗…!

"미친."

쑥쑥, 쑥쑥! 끊임없이 늘어나던 빛 덩이가 드디어 변신을 마쳤다. 광휘가 스러진 자리에 본체가 드러났다. 나는 뚝심이를 발견했을 때만큼이나 식겁해서 입을 떡 벌렸다. 진짜 턱 빠지겠다!

"이거. 이거 스승님의 성장이잖아…!"

내가 말해놓고도 아스스 닭살이 돋았다. 도저히 잘못 볼 수가 없는 지팡이였다. 까맣고 우둘투둘하게 녹난 초승달 꼭대기와, 그나마 얼룩덜룩 베이지색이 드러난 막대기. 시커멓게 물들어 본래 형태를 짐작하기 어려운 끄트머리 장식. 그리고…

군데군데 굳은 피. 분명 오렐리 부티에 추기경의 선물이었다. 내가 집에 돌아오기 직전까지 손에 쥐고 있던 물건이었다. 나는 살살 지팡이를 쓸어보았다. 맙소사, 환상이 아니라 진짜다!

"뚝심, 네가 신실에서… 그때 깨어나서 챙긴 거야?"

-삐뽀!

굴뚝새가 다시금 씩씩하게 답했다. 너무 놀라 헛웃음이 터졌다. 칭찬을 바라는 꼬맹이를 잔뜩 문질러 주는데, 문득 하난의 목소리가 머릿속을 울렸다.

'-저것도 데려가고.'

'예?'

'-힘을 비축하는 것이 느껴진다.'

'-심상치 않구나. 필시 이유가 있을 것이니 챙겨서 들어가라.'

"아…"

신실에 들기 전, 왕은 그렇게 조언했다. 깨어나지 않는 뚝심이가 '힘을 비축하고 있으니' 챙겨 가라고. 당시 그게 무슨 뜻인지는 아무도 몰랐다. 나는 그저 용한 어르신 말씀을 잘 듣자는 마음으로 고분고분 따랐다. 그런데 설마하니 일이 이렇게 흐를 줄이야. 뚝심이가 방주에 내 물건을 보관한 것도 모자라, 성반이 개방되던 순간에 나를 따라왔다니.

"이렇게 쓰려고 힘을 모은 거야? 그럼 내가 집에 돌아올 것도 알고 있었어?"

-삐!

내가 속삭거리자, 녀석은 대답하기 곤란하다는 듯 등을 돌렸다. 나는 킥킥거리며 굴뚝새의 머리를 쓸어주었다. 지고한 신물이라 가능했던 걸까. 전에도 한 번 내게 위험을 경고했으니, 이번엔 더 큰 이변을 감지하고 준비했던 걸까. 뭐가 됐든 신통방통하고 경이로웠다. 못 견디게 기특했다.

"고맙다. 진심으로 고마워."

-삐이, 킷! 킷!

"…또 있어?"

굴뚝새가 콜록콜록 들썩들썩했다. 나는 한껏 긴장해서 무릎을 꿇었다. 방주 안에 뭐가 더 있는 거지?

-킷!

-툭!

나왔다! 빛 덩어리!

-사아아아…

뚝심이는 이번에야말로 제 일이 끝났다는 양 허벅지로 뛰어올랐다. 찰나 별별 생각이 다 들었다. 저게 만일 사람으로 변하면 어떡하지? 그 자리에 나와 함께 있었던 건 베르너르 국서뿐인데.

설마 뚝심이가 야무지게 그놈까지 주워 왔을까? 형하고 은서한테는 뭐라고 말해? 바로 경찰에 신고해야 하나? 저 사람이 며칠 전에 저를 찔렀습니다. 그래서 제가 그 몸으로는 죽었는데, 지금 몸은 멀쩡합니다…?

"잠깐만. 저거-"

빛이 사라졌다. 희미한 피 냄새가 났다. 나는 눈을 화등잔만 하게 뜬 채 엉금엉금 기었다.

"세상에, 맞다!"

가가방이잖아! 어떻게 이걸 잊고 있었냐, 정예서!

"와, 여기 다 들어있는데! 수첩이랑 뭐랑 다 들어있는데! 정뚝심!"

'역시 현존하는 최강의 신물이십니다. 뚝심 님 앞에선 봉도 황도 그저 조무래기죠!'

나는 넙죽 굴뚝새 앞에 엎드려 외쳤다. 물론, 형과 은서가 들으면 곤란하니 목소리 대신 숨소리만 높여 칭송했다. 이게 예서 왕자의 몸에 남았다면 꼼짝없이 내 기록이 드러났을 텐데, 소지품을 챙겨준 뚝심이 덕에 그런 결말은 간신히 면했다.

녀석은 거만한 태도로 쫑쫑거렸다. 날개를 흔들고 고개를 빳빳이 들기도 했다. 그게 새삼스레 몹시 귀엽고 위대해 보였다. 아직 뭐가 해결된 것도 아닌데 자꾸 기분 좋은 실소가 터졌다.

"하하하."

어제까지만 해도 꽃가루처럼 미세했던 희망이, 이제는 제법 부푼 송이 같았다.

-삐삐이?

"그래, 같이 공부해 보자."

…잘하면 정말로 닿을 수 있을지도 몰라. 나는 뚝심이의 목덜미를 긁어주며 활짝 웃었다.

* * *

"작은오빠! 건조기에 돌아가는 거 뭐야?"

나는 다용도실을 뒤지다 말고 움찔했다. 뭐겠는가, 아까 큰방 욕실에서 몰래 손으로 빤 가가방이었다. 피가 많이 나와서 거의 30분을 쭈물거렸더니 형이 의미심장한 눈빛을 보냈다. 그런데 동생마저 너무 예리한 질문을 한다!

"어, 그, 가방."

"가방? 회사 백팩?"

"아니… 다른 거."

"오키."

그리 쉽게 물러날 거면서 왜 물어보는 거냐. 무서워 죽겠다! 나는 거실 소파에 앉아 넷플릭스를 켜는 동생을 흘끔했다. 기분 전환을 할 참인지 예능 위주로 찾는 것 같았다. 주방에선 형이 당근 케이크를 만들고 있었다. 저기에 루이보스 한잔 곁들이면 진짜 맛있지…

-삐

흠칫.

"알아, 미안."

주머니 속 뚝심이에게 사과하며 허겁지겁 스팀청소기를 꺼내 들었다. 형이 한때 신나게 밀고 다닌 물건인데, 얼마 후 걸레 빨기 힘들다고 내팽개쳐서 요즘은 내가 사용했다. 베란다 청소용으로.

"작은오빠 오늘 필 받았네."

"음. 그렇다고 볼 수 있지."

스르륵. 대충 얼버무리고 베란다 문을 열었다. 실은 이곳이 줄곧 마음에 걸렸다. 집에 돌아온 첫날부터 여길 제대로 들여다봐야겠다고 생각했다. 리에스테르의 어느 가을날, 게이트는 분명 우리 집 '베란다'를 향해 열렸으니까. 심장이 조여오고 피를 쏟는 와중에도 내가 두 눈으로 똑똑히 확인했으니까.

"…대체 여기 뭐가 있길래. 뚝심, 느껴지는 거 있어?"

내가 청소기에 걸레를 끼우며 물었다. 원래 계획은 내 방까지만 치우고 씻는 거였지만, 뚝심이가 나타났으니 청소를 핑계로 이쪽도 훑기로 했다. 나 혼자선 알 수 없는 부분도 신물이라면 포착할지 몰랐다. 굴뚝새가 고개를 빼꼼 내밀었다.

-삐르르르!

그러더니 건강하게 울었다. 긍정적 반응은 좋지만 소리가 너무

켰다! 나는 기겁해서 유리창 너머를 돌아보았다. 은서가 이쪽을 향해 목을 갸웃하고 있었다.

"방금 새였어?"

"어어. 밖에 하나 지나가더라. 우리 단지에 새들 많이 사니까."

절반은 사실이다.

"깜짝했네. 집에 들어온 줄."

녀석이 방석을 끌어안고 TV로 시선을 돌렸다. 십년감수했네!

"후우. 아무튼 뭐가 있긴 있다는 건데…"

나는 구석구석 닦으며 주변을 유심히 관찰했다. 우리 가족은 집에서 고기 구워 먹고, 밥 볶아 먹는 걸 되게 좋아했다. 내 기억으로는 아빠가 살아계실 때부터 그랬다. 주방에서 기름진 요리를 하면 사방에 냄새가 배고 바닥도 미끄러워져서, 언제부턴가 베란다에 식탁을 추가했다. 비 오는 날엔 여기서 넷이 방앗잎 전을 부쳐 먹곤 했다.

셋이 된 이후에도 달라진 건 없었다. 굴과 대하를 구워 먹기도 하고, 가끔은 형이 커피콩을 볶았다. 저쪽에 있는 낚시 의자도 형이 쓰는 거였다. 주로 소설 전개가 막힐 때 앉아서 비눗방울을 부는 용도였다. 그 앞엔 은서의 잔디 인형 화분과 엄마가 키우던 화분들이 조르르 놓여있었다.

"특별한 공간이긴 한데… 왜 굳이 여기였는지는 모르겠다. 나는 당장 '집' 하면 거실이나 내 방을 떠올리거든."

내가 중얼거리며 청소를 이어갔다. 그사이 뚝심이는 주머니를 벗어나고 싶어 안달복달했다. 끊임없이 뽀스락거리고, 옷자락을 물고 칭얼거리기까지 했다. 평소 이러는 애가 아닌데 이상했다. 낯선 실내가 갑갑해서 그런가? 아니면- 아. 정전기처럼 찌릿한 깨달음이 뇌리를 스쳤다!

"에테르야? 여기 에테르가 있어?"

내가 다급히 물었다. 뚝심이가 정답이라는 양 신나서 포딱였다. 나는 드디어 얻어낸 유의미한 성과에 전율했다. 과연, 생각해 보면 그럴 수밖에 없었다. 이곳은 네 개의 신물이 빛을 뿜은 지점이었다. 내게 깃든 성반의 힘이 기어코 게이트를 열어젖힌 곳이기도 했다.

지구 시간으로는 겨우 며칠밖에 안 된 일이었다. 다소 지워지기야 했겠지만, 무려 다섯 개의 신물이 에테르를 쏟아냈다면 흔적이 남는 건 당연했다. 대박!

"좋아… 그럼 우리 집 베란다는 지금 에테르 창고네. 그것도 뚝심이 네가 아주 강력하게 느낄 정도의 에테르. 게다가 나한테도 있고, 너한테도 있고. 스승님의 지팡이도 있고. 또."

나는 미친놈처럼 중얼대며 가가방 속 내용물을 헤아렸다. 아까 책상 서랍에 꼭꼭 숨겨두고 나온 것들…

"수첩. 수통. 단검. 성석-미친, 성석 폭탄이 있어!"

헙! 나는 후딱 입을 가리며 뒤를 확인했다. 다행히 은서는 망한 요리 프로그램을 보며 웃고 있었다. 안도의 한숨 너머 함박웃음이 걸렸다. 두 개의 구슬. 황태자의 불꽃과 요한 경의 바람꽃.

크리스텔의 물꽃은 예전에 써버려서 없지만, 아무튼 이 정도면 에테르 보유량은 짱짱했다. 나는 기쁜 마음에 청소기를 꾹 쥐었다. 그러면 문제는 이걸 어떻게 써먹느냐는 건데…

-삣삣

그때, 뚝심이가 짧고 작게 울었다. 나는 눈을 깜빡이며 녀석을 내려다보았다. 굴뚝새는 한쪽 날개를 주머니 밖으로 꺼낸 채 파닥이고 있었다. 마치 저쪽을 가리키는 것처럼.

“저기? 밖이야. 아파트 단지.”

-삣

“내다보자고? 딱히 구경할 건 없는데.”

‘하긴 너한테는 신기하겠다.’

나는 엉거주춤 청소기를 붙들고 움직였다. 형과 은서의 낌새도 틈틈이 살폈다. 하지만 뚝심이는 내가 창문에 다가선 뒤에도 날개를 접지 않았다. 오히려 더욱 활발하게 파딱대고 꼼질거렸다. 도대체 무슨- 헉. 갑자기 베란다가 너무 추웠다.

“…뛰어내리라고? 설마 그건 아니지?”

내가 헛숨을 뱉으며 속삭였다. 그러거나 말거나, 똥그란 눈은 초롱초롱 빛나고 있었다.

-삐-뽀!

삐뽀는 무슨! 그러면 형은 삐뽀삐뽀 구급차 타는 거예요!

* * *

베란다에서 뛰어내리라는 뚝심이의 제안은 못 들은 걸로 했다. 이유는? 이런 걸 설명해야 한다는 게 놀랍다. 그야 난 지극히 이성적인 인간이니까! 아무리 대단한 신물이 함께한대도, 사람이 12층에서 줄 없이 번지 점프하긴 아주 힘들다. 게다가 형이랑 은서가 알면 얼마나 충격받겠냐고! 정확한 사정을 알기 전까진 베란다 근처에도 안 갈 거다. …물론 청소는 깨끗하게 마쳤다.

"하나의 신물엔 세 가지 고유 능력이 있대. 이건 퇴계공 공식 설정이야."

-삐이

아침 후식으로 한라봉을 먹고, 점심으로 오므라이스를 먹고, 후식으로는 당근케이크 한 판을 셋이 해치웠다. 저녁밥으론 청국장찌개에 보리비빔밥을 뚝딱했다. 후식은 이따 거실 나가서 먹을 예정이었다.

"너를 예로 들어보자. 넌 공기를 부릴 수 있고, 가공간을 열 수 있고, 변신도 할 수 있어. 자유로운 새와 같은 존재니까."

-삐뽀!

뚝심이가 자기만 한 마우스 옆에 앉아 대답했다. 조금 전 물비누로 목욕한 녀석에게선 나와 똑같은 냄새가 났다. 피식 웃고서 조그만 이마를 문질러 주었다. 그러고는 열심히 폰 스크롤을 내리며 노트북을 두드렸다.

보통 방주 같은 장소는 '아공간'이라고 하는 줄 알았는데, 《퇴사했더니 이계 공녀》에선 '가공간假空間'이라고 불렀다. 토요일 저녁, 퇴계공에서 뽑아낸 정보를 본격적으로 정리하는 시간이었다.

그동안 나는 최대한 덤덤히 소설을 읽고자 노력했다. 친구들의 삶을 쉬이 소비하지 않으려 기를 썼다. 주로 가인 씨 시점에서 전개되다 보니 이입하지 않기 힘들었지만… 그래도. 내내 마음이 불편했다.

"초반엔 흐름이 너무 달라서 당황했는데. 은근히 정보가 많아."

'물론 충분하진 않지.'

내가 차분하게 중얼거렸다. 그도 그럴 것이, 퇴계공은 결국 두 남녀의 '사랑 이야기'였다. 비록 서로의 마음을 깨닫기까진 아주 긴 시간이 걸리지만 말이다.

그러다 보니 작중 에테르에 관한 지식은 거의 나오지 않았다. 예서 왕자가 쌍둥이 시종에게 죽임을 당할 뻔했다는 설명이 있었으나, 이후 그가 신관으로 활동하는 일은 없었다. 주인공들은 성기사가 아니니 모시는 스승도 없었다.

즉 요한 경이 아예 등장하지 않았다. 적어도 내가 읽은 곳까지, 에테르는 작품의 판타지적 느낌을 강화하는 요소로만 쓰였다. 주인공이 '마수 대토벌'에 불참하니 프랑수아와 동선이 겹치는 일 또한 없었다.

가끔 에르베 경이 등장하긴 했지만, 어디까지나 황제가 나올 때만이었다. 왕자 시점 서술은 드물어서 그의 사연도 알기 힘들었다. 이부 남매, 특히 코르넬리서를 무척 사랑하는 건 알겠지만 디테일이 부족했다. 심지어 로메로와 쥘리에트 궁에 얽힌 비화는 내가 더 많이 알고 있었다. 다만 원작에선…

'「사르네즈 공작은 비극의 씨앗이었다. 그러나 누구도 그가 품속에 독초를 키우고 있다는 사실을 알지 못했다. 남자를 가장 가까운 곳에서 지켜보는 이자벨 공작 부인마저도.」'

시몽 드 사르네즈에 관한 복선이 초장부터 등장했다. 급하게 훑느라 자세한 흐름은 건너뛰었지만, 여하튼 그가 전쟁의 실마리가 된다는 건 명확했다. 하긴 제국에서 가장 잘나가는 대귀족이 적국의 세작이라는 설정이니…

"우리랑 진짜 많이 달라. 시작부터 딴판이니까 환경이 바뀌고, 그러면서 인물들 성격도 바뀌었어. 원작은 그냥… 별세계야. 참고서로는 훌륭하지만 딱 그 정도."

-삐르르

이것이 온종일 퇴계공을 붙들고 연구한 결론이었다. 재미나 감동 같은 건 느낄 여유도, 그러고 싶은 마음도 없었다. 아직 다 읽진 못했지만 이쯤 되니 파일이 바뀌지 않은 게 되레 감사했다.

내가 보낸 1년은 분명 실재하는 시간이었고, 친구들은 어딘가에 살아 숨 쉬고 있었다. 내 에테르와 뚝심이의 존재가 이를 증명했다. 나는 퍼뜩 미궁에서 들었던 말을 떠올렸다.

'-두렵지도 않습니까? 세계수는 생명의 원천입니다! 세계선世界線을 보호하는 유일한 존재라고요!'

수호령의 경고. '세계선.'

「역시 주신의 의지를 이어받으신 분은 다르네요.」

「하기야, 우리가 당신을 시험하는 것은 말이 되지 않겠죠. 경애하는 존재여.」

허공에 떠오른 까만 글자들. 웹소설의 일부 같았던 폰트.

'-세계는 이미 그대를 의지하고 있습니다.'

그리고 방주의 안내자가 해주었던 말. 뚝심이를 빤히 바라보자 녀석이 고개를 갸웃갸웃했다. 나는 닫힌 방문을 힐끔하고 조심스레 입을 뗐다.

“미로에서 그런 생각을 하긴 했거든. 수호령하고 대화할 때.”

–빳

“네가 어디까지 아는진 모르겠지만, 음… 나는 처음부터 내가 빙의한 게 죽은 왕자를 살리기 위해서라고 생각했어.”

–빳?

“어. 그 사람을 전쟁 끝날 때까지 살려놓으면 다 될 줄 알았어. 나는 어련히 집에 돌려보내 주겠지 싶었어. 그렇게 믿는 거 외엔 뾰족한 방법도 없었고.”

–빳빳

“그런데 그게 끝이 아니었던 거지. 단순 빙의가 아니라… 하나의 ‘세계선’이 새롭게 만들어진 거라고 보면 어때? 수호령이 말했던 단어야.”

–…

그러자 뚝심이가 부리를 딱 다물었다. 이에 관해선 내게 말할 수가 없는 모양이었다. 오히려 그런 반응을 보니 더욱 확신이 들었다. 세계선, 그것도 다른 매체에서 종종 나오는 개념이거든. 흔히 시간선[timeline]이나 평행 우주라고 하지.

“나도 그게 정확히 뭔지는 몰라. 근데 대충 느낌이 와. 내 가설은 이래.”

나는 굴러다니는 이면지에 볼펜을 그었다. 스스슥, 지이이익. 손끝에선 하나의 점과 선이 태어났다. 뚝심이는 작은 눈망울을 또랑또랑 빛내며 그림을 구경했다.

"원작에서 왕자가 죽었어. 그래서 누군가 소원의 성반에 그를 살려달라고 빌었어. 그런데 성반은 죽은 사람을 살려내는 대신… 새로운 시공간을 창조해 낸 거야."

주우우욱. 시작점에서 다른 선이 뻗어져 나왔다.

-삐삐이?

"알아, 유기적인 세계를 만드는 것보단 죽은 사람 하나 살리는 게 훨씬 쉬워 보이지. 왜 그렇게까지 했을까 싶지. 하지만 이렇게 생각해 보면 어떨까? 퇴계공은 결국 '작가'의 세계잖아. 저자 브리지트가 아니라면 누구도 전개에 개입할 수 없어. 장렬하게 사망한 캐릭터가 도로 살아나는 건 작품의 개연성을 크게 해치기도 해. 제아무리 성반이라도, 창조주인 작가의 뜻에 반할 순 없었을 거야."

-…

"그렇지만 퇴계공의 모든 설정을 이어받은 다른 세계라면? 그건 성반의 힘으로 가능했을지 몰라. 베끼기만 하면 되니까. 완성된 세상이 있으니 모방만 하면 되잖아."

-…

"물론 거기서도 왕자를 살리진 못했지. 결국 내가 빙의해야만 했고, 그건…"

말이 점점 느려졌다. 올통볼통 나아가던 곡선도 뚝 멈췄다. 뚝심이는 날개를 한 차례 포드닥거렸다.

"거기까진 나도 잘 모르겠다. 본뜰 영혼이 이미 죽고 없어서 그랬나? 왜 하필 나였을까."

'알쏭달쏭하네.'

목덜미를 문지르며 중얼거렸다. 그날 은서가 정말 많이 슬퍼했지만. 여전히 퇴계공 얘기는 피하는 데다 종종 우울해 보이지만… 동생과 연관 지어 생각해 보려고 해도 의문은 한둘이 아니었다.

퇴계공의 독자는 무려 300만 명이 넘는다. 그중 왕자의 죽음을 슬퍼한 이가 은서뿐이었을까? 백번 양보해서 성반에 소원을 빈 사람이 은서라고 치자. 정작 당사자는 두 번째 '세계선'이 존재한다는 사실도 모르는 눈치다. 그걸 알았다면 저리 처져있을 리가 없다. 그럼 성반의 활약이 다 무슨 소용이란 말인가? 어쩌다 나만 아는 이야기가 된 건데?

"하… 일단 넘어가. 정신력 소모 줄이자. 그쪽으로 넘어갈 때를 대비해서 아껴놔야 해."

-삐삐삐

한숨을 푹 내쉬고 펜을 움직이자, 굴뚝새가 동의한다는 듯 실룩거렸다. 딸깍! 나는 빨간색으로 동그라미를 그렸다.

"다음, '주신의 의지를 이어받으신 분.' 그리고 네가 했던 말. 세계가 나를 의지한다는 거."

-삐?

"이쪽도 내 가설에 끼워 맞추면 얼추 이해돼."

내가 왕자 살리기 프로젝트에 참여하게 되었다고 가정하면, 세계가 나를 의지하는 건 당연한 일이었다. 왕자 본인의 몸에 들어가기도 했고, 바깥 사정을 조금이나마 알고 있는 사람이니 말이다. 다른 친구들은 퇴계공의 존재조차 몰랐다.

"주신의 의지… 주신이 작가라고 생각하면 말은 되네. 왕자를 살리고자 하는 마음은 작가도 품을 수 있는 거잖아. 다만 본인이 집필 중인 작품에선 못 쓰니까, 다른 세계선에서 실현하겠다고 결심한 거지. 헉.”

‘그럼 그 사람이 소원을 빌었나?’

한참을 혼잣말하던 내가 지레 놀라 눈을 끔뻑였다. 그러다 또다시 허점을 발견하고는 푸시식 가라앉았다. 한 세계의 비밀을 파헤치는 일이 그리 쉽겠냐, 정예서.

“아니네, ‘주신의 의지’는 딴소리일 수도 있겠다. 그게 100퍼센트에서 왕자 살리기라는 보장이 없어… 그랬다면 내가 그렇게 끔찍이 죽게 됐겠냐고. 신씩이나 되는 양반이.”

-삐잉…

뚝심이도 섭섭하다는 양 비죽거렸다. 요컨대 작가와 주신이 동일인물일 가능성은 커도, 소원을 빈 사람까지 같은 사람으로 묶기엔 무리가 있었다. 불확실한 게 너무 많았다. 브리지트와 소통이 가능하다면 좋을 텐데… 이젠 그것도 안 된다.

-톡, 톡톡

나는 바지런히 웹소설 앱을 터치했다. 공지 사항에 들어가자 다음과 같은 안내가 보였다.

‘3월 19일 0시, 쪽지 서비스가 종료됩니다.’

…젠장. 하필이면 내가 집에 돌아온 날부터 쪽지가 닫혔다. ‘최애’가 죽었다며 울고불고, 작가에게 직접 따지겠노라 난동을 피우던 은서의 모습이 여태 선했다. 왕자가 죽은 회차가 3월 18일 자였는데, 다음 날 기능이 사라졌으니 녀석은 끝내 쪽지를 못 보냈을 것

이다. 나도 영원히 못 쓰게 생겼고!

"후우… 아냐, 출판사가 있으니까. 그쪽을 통하면 작가님한테 얘기를… 안 전해주려나."

역시 미친놈 같으려나. 한 줄도 안 믿어주고 바로 스팸 차단하겠지. 눈이 마주친 뚝심이가 삐삐댔지만 출판사 메일이라도 찾아놓기로 했다. 형도 알아, 부질없는 거.

"그래도 예의 바르게 쓰면 혹시 모르, 어?"

나는 폰을 두드리다 말고 당혹했다. 눈을 질끈 감았다 떠봤으나 현실은 그대로였다. 갑작스레 닥친 소식에 입이 다물어지지 않았다. 뭐야?

"아니… 나만 몰랐어? 이거 언제 뜬 거냐?"

'《퇴사했더니 이계 공녀》 1부 완결 안내 ▽

안녕하세요. 로맨스의 파도, 출판사 연파랑입니다.

브리지트 작가님의 《퇴사했더니 이계 공녀》가 302화로 1부 완결을 맞았습니다.

그간 많은 사랑과 성원을 보내주신 독자 여러분께 감사드립니다.

2부 연재는 작가님께서 충분한 재충전의 시간을 보내신 후,

2개월 뒤인 5월 18일부터 재개될 예정입니다…'

나는 혼란스러운 얼굴로 고개를 들었다. 원작의 왕자가 죽고, 이어서 휴재 공지가 올라왔다. 어쩐지 은서가 소파에서 꿍얼꿍얼 욕을 하더라니 이런 사연이 있었나 보다. 이걸 우연이라고 봐야 할

까? 동시에 내가 있던 곳에서도 왕자가 살해당하고, 나는 반강제로 귀가하고, 곧장 퇴계공이 쉬어가는 게- 이게 그곳엔 어떤 영향을 미치게 되는 거지?

"미치겠네."

급하게 마른세수를 했다. '작은오빠! 딸기찹쌀떡 먹자!' 은서가 밖에서 나를 불렀다. 불안하고 초조해서 입맛이 돌지 않았다.

* * *

멀리서 하늘이 검게 부서져 내렸다. 거대한 조각들이 추락하고 있었다. 거짓도, 과장도 아니었다.

"어이쿠!"

"서두르게. 추기경 전하께서 직접 보실 문서들이니."

"예, 예."

거리가 상당해 소리까지 들리진 않았다. 실은 보이는 것도 거의 없었다. 그러나 황궁 일손들은 재깍 이변을 눈치채고 걸음을 빨리 했다. 그들을 지키는 성기사가 높은 허공에서 동쪽을 응시하고 있기 때문이었다.

소문으로는 대륙 건너편의 하늘이 찢어졌다고 했다. 신국의 낮이 파괴되고, 그 자리엔 새카만 공허가 열렸다고 들었다. 검보다 날카로운 파편이 지상을 공격했다는 흉문이 돌았다. 과거 블랑케르 공작령에 열렸던 천공과는 비교도 되지 않는 규모라고 했다.

"..."

그러나 '균열'은 아직 제국까지 닿지 않았다. 플뢰르 드 리스는 그것이 주신의 축복이라고 선언했다. 백성들의 생각도 비슷했다. 이는 제국의 승리를 돕는 신성한 손길이 틀림없었다. 경애하는 왕자께서, 상냥한 후작님께서 그들을 지켜주시는 것이라 믿었다. 그의 영혼이 리에스테르와 함께하고 있노라 여겼다. 요한은 그것이 사실이 아님을 알았다.

'전하.'

'…'

'…전하!'

그날, 신실에서 남자는 두 번 주인을 불렀다. 답이 돌아오지 않으니 세 번째는 없었다. 그게 마지막이었다. 경직된 피부와 감긴 눈꺼풀. 피투성이 머리칼과 옷자락. 거짓말처럼 멈춘 숨. 텅 빈 육체.

"상황은 어떻습니까?"

깊은 울림이 들렸다. 요한은 눈알만 굴려 지상을 확인했다. 황제궁에서 걸어 나온 근위대장이 보였다. 에르베 뒤엠은 황명으로 이곳에 남아있었다. 오렐리 부티에 추기경과 궁을 지키기 위해서. 성기사와 더불어 '군주의 집'을 수호하기 위하여.

"여전해요. 붕괴 속도에도 변화는 없는 것 같네요."

이는 요한의 영혼도 비슷했다. 그는 차츰 무너지고 있었다. 다만 겉으로 티를 내는 법은 없었다. 이미 프레데리크 리에스테르에게 바친 삶이었고, 헤릿을 사랑하며 버티는 시간이었다. 아이의 상처를 보듬으며 강해지는 나날이었다.

자신의 세계를 재건한 이를 한순간에 잃었다고 해도, 살아나가야 했다. 밤낮으로 연약한 존재들을 보살피며 견뎌내야 했다. 대륙의 반대편을 도려내고, 살육하고 싶은 충동 따위는 가뿐히 억눌러야 했다. 그의 주인이 그것을 원할 터였다. 세계가 스러지는 마지막 순간에도.

"…제국이 언제까지 안전할 수 있을지 걱정입니다."

에르베가 침통하게 말했다. 혼잣소리였으나 요한은 쉬이 그의 음성을 포착해 냈다. 그리고 느릿느릿 입술을 움직였다. 그분이 염려할 만한 부분을 짚어내고자.

"신수님들께서는 어떠신가요?"

답을 알면서도 물었다. 그분은 질문이 많았으니까. 이것저것 챙기는 데 이력이 난 사람이었으니까.

"아직 주무십니다. 누구도 깨어나지 않으십니다."

"그렇군요."

생기 없는 민트색 눈동자가 머나먼 동쪽을 향했다. 요한은 여상하게 대답하며 생각했다. 신수들은 눈 뜨지 않을 것이다. 주신은 대륙을 버렸다. 그분이 떠난 땅에 아무런 의미도 없음을 알기에.

* * *

일요일이 됐다. 주말이 흐르는 동안에도 퇴계공 연구는 끊임없이 이어졌다. 그래야만 했다. 대충 읽더라도 끝까지 살펴야 했고, 모르는 게 있다면 반드시 짚고 넘어가야 했다. 손이 피로할 때까지 수첩에 필기하고 클라우드 메모장에 따로 저장했다.

이러면 암기가 쉬워지고 파일을 잃어버릴 위험도 없었다. 친구들 생각에 가슴이 턱턱 막힐 때마다, 창문을 열고 뚝심이와 바깥 공기를 들이마셨다. 3월 말의 서울 낮은 선선했다. 안개 때문에 태양은 흐렸지만. …그곳 시간은 얼마나 흘렀을까.

"내가 거기서 1년을 보냈는데, 여기 기준으론 겨우 하룻밤이었어. 잠든 게 3월 18일이었고 깨어난 건 19일 아침이었으니까."

-삐이

"근데 벌써 22일이잖아. 사흘이면…"

'그쪽에선 3년이 지났다는 거야?'

나는 차마 뒷말을 잇지 못하고 펜을 조몰락거렸다. 책상 한편에 둥지를 튼 뚝심이가 심각하게 삐삐거렸다. 역시나 알아듣기는 어려웠다. 내 계산은 맞을 수도 있고 틀릴 수도 있었다. 사례가 하나밖에 없으니 말이다. 어쩌면 건너편은 시간이 그대로 멈췄을 가능성도 있다. 반대로- 수십 년이 흘렀을 가능성도 있고.

"…그래도 가야 돼."

-삐르르!

뚝심이가 놀란 표정으로 나를 바라보았다. 나는 쓰게 웃으며 녀석의 배를 간지럽혀 주었다.

"왜, 형하고 은서 때문에 못 떠날 것 같아?"

-삐…

"그건 그래. 다시 돌아올 수 있었으면 좋겠다. 난 가족들을 많이 좋아하거든."

내가 아주 작은 목소리로 말했다. 그러자 굴뚝새의 눈망울이 촉

촉해졌다. 왜 네가 울려고 하냐.

"내가 얻은 에테르를 엄마한테 써보고 싶기도 해. 물론 그렇게 어려운 병은… 힘들겠지만. 시도는 해볼 수 있는 거니까. 이모, 고모도 뵙고 싶다. 여기 친구들한텐 아직 카톡도 제대로 못 했어. 아, 군 후임들도 밥 한 끼 사줘야 하는데."

-…

"형이랑 은서랑 가보고 싶은 곳도 많아. 전엔 집에서 노는 게 제일 편했는데, 대륙에 다녀오고 나선 여행도 제법 즐겁다는 걸 깨달았어. 원래 알긴 했지만 그간 사정이-"

말꼬리가 뚝 잘렸다. 나는 열없이 코끝을 긁었다. 꼬마 앞에서 이런 이야기를 할 필요는 없었다.

"은서 방학하면 휴가 맞춰서 바닷가 펜션 잡을까. 그런 생각도 들더라, 어제는."

-…

"근데. 그래도."

목소리가 조금 떨리는 것도 같았다. 나는 입 안쪽 살을 슬쩍 깨물며 미소 지었다.

"이렇게 살 수는 없잖아."

-…

"진짜 소설이었다고 해도 평생 못 잊을 경험인데, 소설이 아닌 거잖아. 네가 여기 있잖아."

굴뚝새가 쫑쫑 뛰어와 내 손바닥에 몸을 묻었다. 작은 온기는 큰 위로가 됐다. 털을 골라주는 손가락이 볼품없이 벌벌거렸다. 나는 입꼬리를 올리며 속삭였다.

"다시 건너가고 싶어."

–…

"걱정돼. 미안하고. 사과하고 싶어. 무슨 일이 있다면 같이 해결하고 싶어. 많이 늦더라도 그러고 싶다."

–삐삐이…

"모른 척하고 지내긴 싫어. 나는 못 그래."

나를 의지한다는 세계에, 내가 없다. 원작인 퇴계공은 기나긴 휴재에 들어갔다. 집으로 튕겨 나온 나는 이제 그곳의 사정을 알지 못한다. 마음 한구석에선 두려움과 죄책감이 착실히 쌓여가고 있었다.

애가 타고 불안해 하루하루 잠을 설쳤다. 불길은 분명 걷잡을 수 없이 커지고 있거나, 이미 커졌을 것이다. 최악의 경우 전쟁이 발발했을 테고, 크리스텔과 황태자를 비롯한 모두가 휩쓸렸겠지.

다들 얼마나 힘들까. 마음의 상처에다 참혹한 전투까지. 수많은 사람이 고통스레 죽고 다치는 비극. 전쟁은 결코 눈감을 수 없는 재난이었다. 그게 나로 인해 발발했다면 외면하기는 더욱 힘들었다.

"형이나 은서도 나처럼 생각했을걸. 우리 가족 전부."

–…

"그러니까 이해해 줄 거야. 설령…"

'내가 돌아오지 못하더라도.'

그런 문장은 소리 내지 않기로 했다. 말이 씨가 된다고, 괜히 나쁜 결말부터 생각하고 싶지는 않았다. 나는 애써 표정 관리를 하며 폰 화면으로 시선을 돌렸다.

이제는 익숙한 퇴계공의 글자들이 보였다. 시원한 오미자차 잔을 뺨에 대니 정신이 좀 맑아지는 것 같았다. 문장을 꼼꼼히 소화하려고 부러 입 모양을 움직였다.

'「…무테 백작가 살롱엔 이미 수많은 귀족이 모여있었다. 연금술사의 재주를 보기 위해 황도 밖에서 원정을 온 이들도 보였다. 와인이 한 바퀴 돈 탓에 전체적으로 들뜬 분위기였다.

소파 여기저기 늘어진 청년들은 부채 너머로 은근한 눈길을 주고받았다. 크리스텔로 말할 것 같으면, 그녀는 당장 세드리크의 조인트를 깐 뒤 자리를 벗어나고 싶었다. 황태자가 마차에서 했던 소리를 곱씹을 때마다 혈압이 뻗쳤다.

'그대라면 천한 사기꾼의 본질을 꿰뚫어 볼 수 있겠군.'

그건 절대로 칭찬이 아니었다. 외려 황궁 예절에 깜깜하고 교양도 부족한 자신을 돌려 까는 발언이었다. 사회생활 짬밥이 몇 년인데 그걸 모르겠는가. 복수하고 싶어 피가 펄펄 끓었다. 하지만 그녀가 마지막으로 무언가를 걷어찼을 때 벌어진 사건은, 느닷없이 별세상에 떨어져 이놈의 약혼자가 되는 일이었다.

그러니 참아야 했다. 그녀가 머릿속으로 인忍 자를 세 번 쓰는 동안, 살롱 한복판엔 실험대가 차려졌다. 이윽고 뒷문이 열렸다. 붉고 동그란 모자를 눌러쓴 노인이 꼿꼿한 자세로 걸어 나왔다. 목깃에는 비싸 보이는 짐승의 털이 둘려있었다. 황도 사교계를 발칵 뒤집은 사기꾼, '연금술사'였다.

"아주 강력한 에테르가 한데 고이면, 놀라운 일이 생긴다고 합니다. 여기에 절박한 마음이 깃들면 기적 같은 현상이 벌어진다고 하지요."

그녀가 뮤지컬 사회자처럼 입을 열었다. 신비로운 목소리였다. 젊은 귀족들이 신나서 새새덕거리고 눈을 빛냈다.

"또한 몹시 사악한 마나가 한곳에 모이면, 끔찍한 불행이 발생합니다. 여기에 못난 악심이 배어들면 골렘이 태어난다는 전설이 있지요. '주신의 심판자!'"

연금술사가 겁주듯 양팔을 들어올렸다.

'꺄아!'

놀란 소공자와 소공녀들이 비명을 내질렀다. 어른들은 잔잔한 웃음을 흘렸다. 크리스텔과 태자만 무표정이었다. 연인은 닮는다고 하던가.

"하지만 저는, 완전히 새로운 이적을 보여드리고자 이 자리에-"」'

"어?"

정신없이 읽어 내리던 입술이 딱 멎었다. 방금, 지나치게 중요한 정보가 지나갔다. 깜빡깜빡 졸던 뚝심이가 눈을 똥그랗게 떴다. 나는 잽싸게 스크롤을 올렸다.

"잠깐만, 여기."

'「아주 강력한 에테르가 한데 고이면, 놀라운 일이 생긴다고 합니다. 여기에 절박한 마음이 깃들면 기적 같은 일이 벌어진다고 하지요.」'

"아주 강력한 에테르가 한데 고이면, 아주 강력한 에테르가…"

나는 미친 사람처럼 그 줄을 반복해서 읽었다. 때맞춰 귓가엔 계시 같은 목소리가 울려 퍼졌다.

'-짐의 무덤은 오랜 세월 고도로 응축된 에테르의 늪이었다. 너희가 말한 공간의 뒤틀림 또한 에테르의 작용이었을 터.'

…하난 루마이얀과 그녀의 고분. 느릿느릿 입이 벌어졌다. 눈이 크게 뜨이고 손등부터 발등까지 오스스 소름이 돋았다. 다음으로는 고개가 삐걱삐걱 고장 난 것처럼 돌아갔다. 시선을 받은 뚝심이는 움찔하고 날개를 파드닥거렸다.

그때, 하난이 분명 그런 말을 했다. 우리가 왕의 무덤에서 헤맨 건, 무덤 안팎의 시간이 달랐던 건 에테르가 '시공간을 비튼' 결과였다고. 일정 수준을 뛰어넘은 주신의 권능은 신비한 열매를 맺기도 한다고. 그런데 원작의 사기꾼이라는 작자는 여기에 또 다른 말을 얹었다.

「절박한 마음이 깃들면 기적 같은 일이 벌어진다고 하지요.」

"그래서… 그래서 뛰어내리라고 한 거야? 12층 아파트 베란다에서?"

-삐뽀오-

뚝심이가 툴툴거리듯 울었다. 어안이 벙벙했다. 녀석은 처음부터 내게 이 방법밖에 없단 사실을 알고 있었던 거다. 베란다 자체에 남은 다섯 신물의 에테르에, 나와 굴뚝새가 지닌 에테르.

거기다 추기경과 대주교의 성석 구슬을 깨뜨리면 실로 어마어마한 에테르 폭발이 일어날 터였다. 하지만 힘으로만 밀어붙여선 죽도 밥도 안 될 게 뻔했다. 완벽히 통제하기 위해서는-

'지팡이가 왕자님을 인정하는 순간, 놀라운 에테르 통제력을 얻게 될 거야. 그렇지 않아도 조정이 뛰어난데 더욱 손쉬워지겠지.'

화다닥! 나는 잽싸게 허리 숙여 침대 밑을 살폈다.

어둠 속의 성장이 은은한 빛을 뿜고 있었다. 저거다. 스승님이 주신 지팡이라면, 평범한 폭발도 무지막지하고 특별한 것으로 만들 수 있을 터였다. 해본 적은 없지만 확신이 들었다. 그분은 지극히 존경받는 추기경이자, 대륙을 통틀어 손꼽히게 강한 신관이시니까.

"게다가 저건 '신전의 뿌리'로 만든 거잖아. 세계수."

수호령이 그랬다. 세계수는 생명의 원천이고, 세계선世界線을 보호하는 유일한 존재라고. 바꿔 말하면, 세계선에 구멍을 낼 수 있는 유일한 존재 역시 세계수일지도 모른다.

"지금 내가 동원할 수 있는 모든 에테르를 모아. 그걸 성장聖杖으로 증폭시키고 융합해. 물론 성장이 나를 인정해 주지 않으면 말짱꽝이지만, 일단 인정을 받는다 치자. 동시에 절박한 마음을 깃들게 하려면?"

-삐삐삐!

하…

"…말 그대로 극단적인 환경이 필요하다는 소리네. 성공하지 못하면 죽는다. 넘어가지 못하면 난 끝장이다. 그런 심정으로 임하라는 거 아냐."

-삐르르르!

"쉿, 쉿."

나는 서둘러 뚝심이를 진정시켰다. 행여 문밖에서 은서나 형이 소리를 들었을까 봐 긴장이 됐다. 몇 초간 방문을 바라봤지만 다행히 기척은 없었다. 후유.

“하나만 묻자, 정뚝심.”

-삣?

내가 속닥거렸다. 커피콩이 쪼끄만 머리를 기울였다.

“형이 저쪽으로 넘어가면 몸은 어떻게 되는 건데?”

-삣삣

“못 들은 척하지 말고. 어쭈. 어떻게 되냐니까?”

녀석이 갑자기 바쁘게 깃을 정리했다. 상황에 맞지 않게 귀여웠지만, 나는 기를 쓰고 정색했다. 이건 정말 확실히 해둬야 하는 문제였으니까.

“몸이 무사해야 해. 형하고 은서한테는 어떤 상처도 주면 안 돼. 절대로. 둘은 그런 거 어릴 때부터 숱하게 겪었어.”

-…

“내가 언제든 건강히 돌아올 수 있어야 한다고. 응? 네가 도와주라. 뚝심이 너라면 할 수 있어. 이쪽으로 넘어올 때 가가방에 성장까지 챙겼잖아. 이렇게 빌게.”

나는 녀석의 고개를 따라가며 간절하게 부탁했다. 이내 눈이 마주친 굴뚝새가 나를 빤히 바라보았다. 제발!

-…*삐이이뽀오오*

“감사합니다!”

벌써 몇 번째인지 모를 큰절이었다. 꼬마 새는 한껏 우쭐해져선 마얄마얄 걸어 다녔다. 그 모습을 보니 바보처럼 함박웃음이 걸렸다. 하지만 시간은 촉박했다.

일분일초라도 서둘러야 베란다에 남은 에테르를 최대한 활용할 수 있었다. 모르긴 몰라도 조금씩 사라지고 있을 테니까. 어제보다 오늘, 오늘보단 내일이 더 약할 테니까. 젠장. 이제야 머리가 좀 돌아가네!

-똑똑!

흠칫!

"작은오빠! 주말인데 바빠? 허니콤보 먹으면서 영화 보자!"

"어어, 나갈게! 맛있겠네."

나는 허둥지둥 뚝심이를 양손으로 받쳐, 이불 밑에 넣어주고 문을 열었다. 코앞에서 배달 앱을 만지작거리고 있는 동생이 보였다. 순간 가슴이 욱신거렸다. 약해지려는 마음을 꾹 붙들었다. 자국이 남을 정도로 세게.

* * *

-콰아아앙!

"아하하학! 미쳤나 봐!"

소파 아래 앉은 은서가 닭 다리를 뜯다 말고 깔깔댔다. 유머에 까다로운 형도 제법 즐거워했다. 영화는 넷플릭스가 동생의 취향대로 추천한 코미디였다. 드레스와 무도회가 나오는 시대극은 녀석이 꺼리는 것 같아, 일부러 가벼운 걸 보자고 권했는데 그러길 잘한 듯싶었다. 간접 조명만 켜서 어둑한 거실은 꼭 작은 영화관 같았다. 나는 매주 일요일 이맘때를 참 좋아했다.

"연기를 쓸데없이 잘해서 너무 웃겨어헉."

"어, 진짜 영혼 갈아 넣었네. 그냥 본인 얘기 아니냐?"

"으하하학."

셋이 옹기종기 앉아 배달 음식을 먹고, 킬링타임용 영화를 보며 시시콜콜 수다를 떠는 밤. 화면에 학교가 나오면 은서 학교 이야기를 하고, 회사가 나오면 우리 회사 이야길 하고, 프리랜서가 나오면 형 이야기를 하는 단순한 가족. 내일의 일은 잠시 잊고 편안해지는 시간. 평소라면 나도 그랬을 텐데.

"아, 콜라 다 먹었다."

"내가 가져올게. 계속 보고 있어."

나는 즉시 자리에서 일어났다. 어차피 집중하지 못하던 참이었다.

"짱!"

정은서가 엄지를 치켜세우며 눈을 빛냈다. 돼지. 조금만 마시라고 타박한 뒤, 주방으로 가서 녀석과 내가 쓰는 냉장고를 열었다. 마음이 어지러워서인지 콜라가 후딱후딱 눈에 들어오지 않았다. 실은 집에 온 지 사흘이나 됐는데도 냉장고가 어색했다.

"내 냉장고에 작은 거 있어."

"깜짝이야!"

소리 없이 다가온 형이 바로 옆 냉장고를 열었다. 나는 식겁한 심장을 붙잡고 차디찬 문짝에 머리를 기댔다. 형이 나를 보며 유난스럽다는 듯 혀를 찼다.

'재 요즘 술자리 많으니까 탄산 줄여야 돼.'

속 편하게 그런 말이나 했다. 무슨 성기사도 아니고, 인기척 좀 내라!

"수명 1년은 준 것 같다고."

"그래도 120까진 살 듯."

내가 궁얼거리자 형이 곧장 맞받아쳤다. 어이가 없어서 헛웃음이 났다. 찬장에서 은서 전용 머그를 꺼내고, 정현서가 건네준 콜라를 꼴꼴 따르는데-

"정예."

"왜."

"너 이상한 생각 하는 거 아니지?"

"어…?"

묘한 기분을 느끼며 눈을 들었다. 형은 몹시 진지한 표정으로 나를 보고 있었다. 무테안경 아래 눈빛이 언뜻 날카로웠다. 왜 이래?

"무슨 생각?"

괜히 철렁했다. 설마 이따가 뛰어내린다는 계획이 들켰을 리 없는데. 긴장한 게 티 났나?

"…회사 관두지 말라고. 성실하게 다녀. 프리랜서 쉽지 않아."

"아, 내가 형인 줄 알아. 난 소심해서 사직서 못 써."

작게 핀잔하자, 형이 실없이 낄낄거리며 은서의 잔을 챙겨갔다. 아일랜드 앞에 서니 거실이 훤히 보였다. 소파에 앉은 형이 은서에게 잔을 내밀었고, 막내는 고맙다며 닭 날개 하나를 건넸다.

'다리는?', '이번엔 작은오빠 차례야.', '기억력도 좋다.'

시답잖은 대화와 흘김이 오갔다. 나는 소품처럼 우두커니 서서 두 사람을 바라보았다. 이제는 쉽게 사진이나 영상을 찍을 수 있는데, 어쩐지 이 순간만큼은 직접 기억 서랍에 담고 싶었다. 폰 카메라가 아닌 내 눈으로 간직하고 싶었다.

"…과일 좀 씻어 갈게. 후식으로!"

"짱! 짱!"

정은서가 또 성의 없이 엄지를 보냈다. 나는 황급히 냉장고 문을 열고 뒤에 숨었다.

* * *

일요일 밤 11시 55분. 모두가 내일을 위해 잠든 시간이었다. 나와 뚝심이만 빼고.

"…"

나는 굴뚝새를 주머니에 넣은 채 숨죽여 움직였다. 그리고 컴컴한 거실 구석에 서서 눈이 어둠에 익기를 기다렸다. 처음엔 잠옷 입은 채로 뛰어내리려다가, 그래도 이건 아니다 싶어서 출근 복장을 했다. 이러면 아침에 돌아오더라도 '일찍 일어나서 출근 준비했지' 하고 별일 없는 척할 수 있었다.

양말을 신고, 현관에 들러 편한 운동화도 집었다. 깨끗하게 손빨래한 가가방엔 온갖 물건을 집어넣었다. 뚝심이가 있으니 안심하고 뻔뻔하게 굴었다. 기존에 가져온 짐은 당연히 챙겼다. 여기에 볼펜, 핸드폰, 물티슈, 사탕, 초콜릿, 에너지바… 형이랑 은서랑 찍은 스티커 사진. 엄마 사진도.

"가자."

이내 익숙한 풍경이 망막에 새겨졌다. 나는 속삭이고서 걸음을 옮겼다. 베란다 문을 열 때는 이를 악물고 느릿느릿 밀었다. 집이 춥진 않지만, 그렇다고 더운 날씨도 아닌데 긴장해서 식은땀이 났다.

자꾸 무섭고 불길한 생각이 들었다. 괜히 일이 안 풀릴 것만 같았다. 불쑥불쑥 가족 곁에 남고 싶단 욕망이 솟구쳤다. 오만 핑곗거리가 밤안개처럼 머릿속을 부유했다.

'가지 말자.'

'넌 거기서 한 번 죽었잖아. 그것도 참혹하게.'

하지만 이곳은 안전하니까. 가족이 있으니까. 우리 남매에겐 서로가 필요하니까. 세상 누구보다 우릴 든든히 지켜줄 수 있는 건, 우리니까.

"괜찮아. 괜찮아, 괜찮아…"

나는 끊임없이 스스로를 격려했다. 착한 뚝심이가 조용히 있으니 나를 북돋울 사람은 나뿐이었다. 베란다로 나오자 서늘한 초봄 공기가 몸을 끌어안았다. 그제야 정신이 좀 났다.

이어 시커먼 바깥 정경이 시야에 들어왔다. 아직 군데군데 불 켜진 가구가 있지만, 맞은편 동은 베란다가 아니라 조그만 주방 창으로 이쪽을 보고 있었다. 내가 목격될 가능성은 거의 없었다. 아마도.

"빨리 끝내면 돼. 할 수 있어."

바보같이 목소리가 부들거렸다. 나는 거실로 통하는 문을 닫고, 손에 쥔 성장을 뚫어져라 바라보았다. 스승님의 온기는 남아있지 않지만 그분을 생각하면 마음이 단단해졌다. 전부 해낼 수 있을 것만 같았다. 나를 믿어주시고, 아껴주시고, 언제나 지지해 주시는 어른.

-드르르륵…

용기를 내서 베란다 바깥 창을 열었다. 휘이이…! 써늘한 밤바람이 머리카락과 뺨을 마구 때렸다. 차갑고 무서운 현실에 직면했다는 실감이 났다. 하지만 여기서 물러날 순 없었다. 쇠뿔도 단김에 빼랬다고, 방충망까지 깨끗하게 열어젖혔다. 난간을 부술 듯 쥐고 아래를 내려다보았다.

-휘우우우!

"와, 미친."

너무 높았다. 드문드문 가로등이 켜진 지상은 그야말로 까마득했다. 아무리 고소 공포증이 없다지만, 줄 없이 점프하려니 절로 뒷덜미가 싸늘해지고 닭살이 돋았다. 침착하게 경비 할아버지가 계시는지 확인했다. 초소가 비어있는 걸로 봐선 순찰을 나가신 것 같았다. 목격자를 최소화하려면 그분이 돌아오시기 전에 모든 걸 끝내야 했다.

"후…"

해. 지금 행동하지 않으면 평생 후회하며 살 거야. 네 성격 네가 알잖냐, 정예서. 마음먹었을 때 진짜 해야 해. 나는 눈을 세게 감았다 떴다.

"…하자."

'웃차.'

순식간에 난간을 뛰어넘어 바깥쪽으로 매달렸다. 휘우우웅! 겁을 먹은 탓인지 바람이 돌풍처럼 강하게 느껴졌다. 주머니 속 뚝심이가 포르르 날아 어깨에 앉았다. 녀석이 있어 덜 무서웠다. 군에서 유격을 두 번이나 했으니 이 정도야 감당 가능했다. 나는 정신

놓은 사람처럼 허허 웃었다. 밤사이 집에 모기가 들까 걱정하는 스스로가 우스웠다.

"작전 잘 기억하고 있지? 까먹은 거 아니지?"

-삐르르

"그래, 형만 잘하면 되겠지. 넌 천재니까."

나는 침을 꿀떡 삼키며 뚝심이를 들여다보았다. 녀석도 나를 고요히 응시했다. 굴뚝새의 작은 솜털이 흩날렸다. 꼬마를 보고 있노라면 친구들 생각이 더욱 선명해졌다.

"…"

지난 1년 동안, 내가 참 수다쟁이였지 싶었다. 언제 허언이 될지 모르는 말을 겁도 없이 떠벌떠벌하고 다녔다. 헤릿에게 맛있는 걸 사다 주자고, 바카리 군의 기념품도 잊으면 안 된다고. 아녜스와 함께 에이츠 마을에 놀러 가자고.

에바네 살롱에 매일 들러도 괜찮냐고. 거기서 조안의 전시회를 열어도 좋을 것 같다며. 하난과 그녀의 친구들에게 했던 약속. 여기 멋있다, 애물단지들이 좋아하니까 다음번에 또 오자. 언젠가 산트의 강론도 들어보고 싶다.

'몸 건강히 다녀오겠습니다.'

'또 뵐게요.'…

'건너편에서 뵙겠습니다.'

내가 미로에서 황태자에게 했던 말.

'기다릴게요, 왕자님.'

크리스텔이 마지막으로 내게 해준 말. 그녀는 모자라고 느린 나를 항상 기다려 주었다. 재촉하지도, 다그치지도 않고. 주인공답고 어른스럽게.

"…나중에 누나라고 부르면 혼나려나."

그런 농담을 했더니 기분이 조금은 가벼워졌다. 나는 이제 퇴계공에 관해 제법 많은 걸 알고 있었다. 그러니 친구들에게 예전보단 큰 도움이 될 터였다. 그곳 상황은 분명 심각하겠지만, 나도 며칠간 열심히 공부하고 암기했다.

이미 원작과 크게 달라진 이야기라고 해도 무용지물까진 아닐 것이다. 잘될 거다. 진짜, 정말로. 전부 다. 한 번 돌아오는 데 성공했으니, 두 번째는 훨씬 쉬울 거다.

"…금방 다녀올게. 하나도 안 다치고 멀쩡히."

'좋은 꿈 꾸고 있어.'

내가 텅 빈 거실을 향해 중얼거렸다. 은서랑 형한테 끝으로 무슨 말을 했는지 기억나지 않아 아쉬웠다. 눈시울이 뜨거워져서 황급히 위를 보았다. 진한 남빛 하늘에 하얀 별이 다문다문 박혀있었다. 빗물이 떨어지는 것 같기도 했다. 좋은 문장으로 기억했으면 좋겠는데.

-탓!

예고 없이 발을 구르며 난간을 넘었다. 쌔애애액-! 아찔한 추락감이 전신을 휘감고 끌어내렸다. 쏴아아아…! 빠른 낙하, 요란한 바람, 터질 듯 쿵쾅거리는 심장. 나는 즉시 왼손에 쥐고 있던 구슬을 허공으로 던졌다.

그리고 무엇을 더 확인할 새도 없이 양손으로 성장을 휘둘렀다.

손끝이 하얗게 질릴 만큼 꾹 움키고, 강렬하게 내리쳤다. 뺨에선 투명한 물방울이 허공으로 솟구쳤다. 제발 힘을 줘. 유적에서 그랬던 것처럼, 제발, 제발, 제발- 내가 다시 도울 수 있게 해줘.

-콰아아아…!

성장의 날카로운 초승달 끄트머리가, 정확히 불꽃의 구슬을 깨뜨렸다. 벌새처럼 쏘아진 뚝심이는 동시에 바람꽃 구슬을 파괴했다. 쨍-! 그리고 거짓말 같은 적막이 우리를 감쌌다. 추락이 멎었다. 순간적인 진공과 무중력의 순간이었다. 이어 토성의 고리를 닮은 기파가-

-우우웅, 파아아아아!

터져 나왔다!

"커흑!"

화르르륵! 쇄애애액-! 강렬한 폭풍과 광염의 에테르가 한데 고이기 시작했다. 전율과 경이의 향연이었다. 아파트 단지 전체를 밝히는 이변이었다. 나는 곧장 온 그릇을 성장에 쏟아부었다. 버벅거릴 틈이 없었다!

-쏴아아아…!

"읏, 큭! 우욱!"

속이 울렁거리고, 현기증이 나고, 온몸이 말라비틀어질 것 같은 감각이 들 때까지. 입안에 울컥 피가 차오를 때까지. 그냥 죽으려고 작정한 사람처럼 에테르를 방출했다.

싸아아아…! 뚝심이 부리 끝에 맺힌 연보랏빛 구체가 매섭게 성장해 갔다. 굴뚝새가 균열의 구심점을 잡아준 것이다. 나는 어금니를 악물었다. 입가에선 빨간 액체가 뚝뚝 떨어졌다.

베란다에 남아있던 다섯 신물의 신성한 힘. 거기에 추기경의 바람과 대주교의 불꽃. 거듭 때려 붓는 공기 속성의 기운. 그리고 사흘 내내 수련한 대륙 최고의 순수 에테르. 그 모든 에너지가 한데 모여 쑥쑥 커지고 환해졌다. 순백의 소용돌이가 탄생하고 있었다.

-우우우웅!

하지만 이것만으론 부족했다.

[깨어나. 대답해. 어서!]

나는 성장에 대고 목이 찢어져라 신탁을 외쳤다. 이것이 우리를 돕지 않으면, 지팡이가 협조하지 않으면 말짱 도루묵이다. 주인 없이 방전된 뚝심이는 끝내 아스팔트 바닥으로 떨어질 것이다.

나도 마찬가지다. 그런 결말은 누구도 바라지 않았다. 계획은 반드시 성공해야 했다. 이렇게 끝날 수는 없었다. 웃는 얼굴로, 모두를 다시 만나고 싶었다.

[당장! 명령이다!]

-쩌저저적!

성장의 시커먼 표면에 금이 갔다. 아니, 이걸로는 턱도 없었다. 악을 써서 통한다면 더 크게 질러주리라. 나는 극심한 어지럼증을 느끼며 성장을 틀어쥐었다. 진정 부러뜨릴 각오로. 세계선을 열지 못할 바엔 차라리 먼지로 화하라는 심정으로.

[내가 너의 새로운 주인이라고!]

-쩌적, 쩌저저적-!

눈부신 베이지색 균열이 지팡이의 양끝으로 퍼져나갔다. 숯처럼 까만 허물이 조각조각 벗겨져 날아가고 있었다. 하지만 이대로는 정말 기절할 것 같았다. 나는 벌벌 떨리는 양팔에 어떻게든 힘을 주고자 애썼다.

우우우우…! 백색 소용돌이는 더 성장하지 못하고 정체 중이었다. 뚝심이의 날개 끝이 파들거리는 게 보였다. 내가 토해낸 핏방울이 역방향으로 솟아올랐다. 이대로는 안 된다. 꺾여선 안 된다. 마지막으로 전력을 쏟아야 해.

-뿌드득!

손바닥 피부가 벌겋게 벗겨졌다. 가시처럼 날카로운 고통이 머릿속을 보라색으로 물들였다. 그 순간-

[보아라! 네가 섬기는 달이 천도를 운행한다. 옵테스타티오Obtestátio!]

태어나 처음 듣는 문장이 나의 입술을 타고 영혼을 연주했다.

-쨍그랑, 쨍그랑쨍그랑!

성장의 겉면이 모조리 깨져나갔다. 화아아아! 황홀하게 아름다운 청백색 초승달이 모습을 드러냈다. 더 생각할 것도 없었다. 나는 망설임 없이, 젖 먹던 여력까지 아득바득 긁어모아-

-콰아아아앙!

그것을 소용돌이 중심에 내리찍었다. 반응은 즉각적이었다. 콰콰콰콰콰…! 새하얀 광채가 해일처럼 몸집을 불렸다. 그리고 온 아파트를, 온 동네를, 온 세상을- 우리를 집어삼켰다.

* * *

핫. 크리스텔은 번뜩 눈을 떴다. 신비한 꿈이었다. 내용은 조금도 기억나지 않는다는 점이 더욱 묘했다. 하지만 아주 오랜만에, 그녀는 깊은 잠을 잤다. 간밤에 교전이나 비상사태는 없었던 모양이었다.

이상하게 몸도 가벼웠다. 선실 침대가 그새 익숙해진 걸까. 악몽이었다면 생생히 기억했을 테니 꿈속에서 좋은 시간을 보낸 듯했다. 그 또한 간만의 사치였다. 픽, 맥없는 웃음이 흘렀다.

"…봐, 저기 봐! 하늘에!"

"맘마 미아! 이게 무슨 조화람!"

갑판에서 쩌렁쩌렁 시끄러운 외침이 들렸다. 우당탕퉁탕! 난데없이 바깥이 소란스러워지고, 군홧발 소리가 사방을 난타했다. 가인은 설핏 미간을 찌푸렸다. 리에스테르 해군의 절반 이상은 코를레오네 출신이었다.

그들은 기쁘거나 슬프거나 항상 드라마틱했고, 작은 말도 부풀려 표현할 줄 알았다. 무슨 일이든 열정적으로 임했으며 전장에서도 풍류와 연애를 즐겼다. 그녀는 그런 제후국 사람들을 자못 좋아했다. 슬픔을 잊게 해주는 데다, 대부분 밝고 긍정적이어서 자신의 믿음을 지키는 데 도움이 됐다. 하지만 지금 이건,

-와당탕퉁탕!

"제독님을 뱃머리로 모셔라! 당장!"

"예!"

"기적이야, 이건 기적이라고!"

"각하를 모셔 와!"

…심상치 않았다. 평소처럼 그저 그런 일을 과장하는 태도가 아니었다. 크리스텔은 빠르게 겉옷을 걸치고 채찍을 챙겨 밖으로 나왔다. 쏴아아아! 진한 해풍이 그녀를 끌어안았다. 갑판을 지키던 병사들은 우르르 선수에 몰려있었다.

뒤편에 있던 자들도 요란하게 달려와 난간에 매달렸다. 있을 수 없는 일이었다. 제독은 이러한 무질서를 용납하는 위인이 아니었다. 해군은 본디 기강이 확실했다. 크리스텔은 모두의 시선이 향하는 곳으로 눈길을 돌렸다.

"뭐야…"

그리고 경악했다.

-우르르릉…!

멀리, 신국의 하늘이 신음하고 있었다. 우레는 이곳 '고요의 바다'까지 들릴 만큼 깊고 우렁찼다. 거대한 지진이 하늘을 덮친 듯한 소리였다. 그러나 중요한 것은 따로 있었다. 대륙의 3분의 1에 드리운 거대한 암흑. 날카롭고 새카만 운석을 쏘아대던 조각난 창공이, 이제는 그들의 일상 같던 저주의 풍광이-

-콰아아아앙…!

느릿느릿, 본래의 푸른 형태를 되찾고 있었다. 가인은 멍하니 입을 벌렸다. 그건 꼭, 누군가 세계 밖에서 퍼즐을 맞추는 모습 같았다. 한 조각 한 조각 완성될 때마다 온 바다와 대륙에 벼락같은 굉음이 떨어졌다.

쿠우우우웅…! 콰아아아아…! 거리가 지나치게 멀어, 보이는 것과 들리는 것의 속도가 일치하지 않았다. 그래서 더욱 비현실적으로 느껴졌다. 언뜻 하늘에 새살이 돋는 과정 같기도 했다. 크리스텔은 벌렁이는 가슴께를 붙들었다. 저건 무슨 의미일까? 이곳엔 또 무슨 일이 벌어지고 있는 걸까?

"하늘이 봉합되고 있다! 회복되고 있어!"

"대단해! 내가 살면서 이런 광경을 다 보다니!"

"허어엉! 어허엉, 엉엉엉…!"

"어이, 자네 울어? 왜? 무서워서?"

왕자님이 떠난 날부터 무너지기 시작한 하늘이… 제 모습을 되찾는다는 건 무슨 뜻일까. 숨이 잘 쉬어지지 않았다. 그녀가 내내 품고 있던 희망이 자기를 좀 봐달라는 양 몸부림쳤다. 크리스텔은 속절없이 다시금 귀를 기울였다. 그래. 혹시, 어쩌면-

-뚜벅

"흉조로군."

걸걸한 목소리가 울려 퍼졌다. 척, 척척! 삽시에 모든 해군이 파랗게 질려 정자세로 섰다. 가인은 화드득 뒤를 돌았다. 여느 때처럼 반쯤 감긴 회녹색 눈동자와 오른뺨의 흉터가 보였다. 굵다란 레게머리, 희미한 담배 냄새. 그녀와 함께 제국 영해를 수비하는 엠마 코를레오네 제독이었다.

"그게 무슨 뜻인가요?"

"말 그대로."

제독이 어깨에 걸친 제복을 추키며 대답했다. 그녀는 자신의 인어에게만은 썩 상냥한 구석이 있었다. 입에 시가를 문 탓에 발음은 정확하지 않았지만.

"하늘이 저리 회복되면 신국군의 사기가 올라가기엔 딱 좋아. 이유가 무엇이든 신의 은총으로 포장하겠지."

"…"

"국교가 있는 나라를 우습게 보지 말도록. 전열 재정비한다. 호포號砲 준비."

"예, 예! 제독님!"

"알겠습니다!"

"명 받들겠습니다!"

우르르르! 거친 발소리가 일사불란하게 갑판을 휩쓸었다. 탁, 치이익…! 시가에 불붙는 소음이 크리스텔의 귓가를 휘감았다. 그를 신호로 높은 파도 소리와 기합이 밀물처럼 들이닥쳤다. 퍼뜩, 현실이었다. 몇 분 전까지 그녀는 아주 달콤한 '만약'에 빠져있었다. 거듭 고개를 돌려 머나먼 하늘을 바라보았다.

"…"

-쿠르르르릉…!

저절로 수복되는 그곳에, 금빛이나 보랏빛은 없었다. 당연하게도.

8. 신관, 다시 살다 上

천장도, 바닥도, 벽도 없이 새하얀 공간이었다.

"여기가 어디야…"

나 또 불시착한 건가? 수많은 사람이 바쁘게 주변을 지나다니고 있었다. 그들은 아주 느린 셔터 속도로 촬영한 피사체처럼 잔상을 남기며 움직였다. 길은커녕 방향도 알 수 없는 곳이건만 모두 확고한 목적지가 있어 보였다.

그러나 언뜻 들여다본 눈엔 초점이 없었고, 어떠한 의욕도 느껴지지 않았다. 다들 빛이 바랜 것 같기도 했다. 외양은 전부 《퇴사했더니 이게 공녀》에 나올법해 으스스했다.

그중엔 어린아이도 있었고, 허리가 구부정한 어르신도 있었다. 나는 소름 돋는 팔뚝을 문지르고서 사방을 둘러보았다. 명백히, 나만 지나치게 높은 프레임으로 움직이고 있었다. 뭐지…?

"뚝심아?"

목청 높여 불러보았지만, 돌아오는 답은 없었다.

'뚝심아? 심아? 심아?'

메아리가 울리는데 나를 돌아보는 사람도 없었다. 모두 발소리 없이 부지런히 걷고 있었다. 동서남북으로, 상하좌우로. 숱한 물리 법칙을 깨뜨려 가며.

"실례합니다. 말씀 좀 여쭙겠습니다."

결국 두려움을 무릅쓰고 행인에게 말을 걸었다. 그러나 상대는 이쪽으로 시선조차 주지 않은 채 스쳐 갔다. 스르륵…

"이게 무슨."

여인이 나를 통과해 유유히 걸어갔다. 나는 큰 충격을 받아 제자리에 못 박혔다. 대체 뭐야? 이 사람들은 유령인가? 여긴 저승이고? …설마 나 그대로 떨어져 죽은 거야?

"말도 안 돼. 그럴 리가…"

지독한 당혹과 절망이 밀려들었다. 너무 놀라 눈물조차 흐르지 않았고, 머릿속은 하얗게 질렸다. 나는 한참 입만 벙끗거리고 있었다. 아니- 진짜로? 내가 죽었어? 왜?

"아."

그때, 눈앞에 아름다운 금발이 흩날렸다. 나는 흠칫하며 시선을 돌렸다. 몹시 익숙한 얼굴이 보였다. 다시 한번 대경해서 턱이 벌어졌다.

"왕자…"

다정한 보랏빛 눈동자와 그림 같은 미소. 내가 매일같이 거울 속에서 만났던 예서 페네티안 왕자였다. 청년은 길게 끌리는 가운을 걸친 채, 양손을 곱게 모으고 서있었다.

다른 사람보다 확실히 채도와 명도가 높았다. 나는 본능적으로 그가 수호령이나 환상 따위가 아님을 알았다. 남자는 언뜻 슬퍼 보였고, 한편으론 죄스러운 기색이었다. 그럼에도 나를 보는 눈길엔 또렷한 온기가 맴돌았다. 이번엔 '진짜'였다.

"제발 도와주세요. 여긴 사후세계입니까?"

내가 절박하게 물었다. 그에게 해야 하는 무수한 질문이 있었지만, 당장은 그것밖에 떠오르지 않았다. 너무나 끔찍한 현실이라 누군가의 도움이 절실했다. 안부를 물을 정신머리는 남아있지 않았다. 천만다행히 왕자는 나를 인식하는 듯했다. 목소리도 들은 눈치였다. 이내 아름다운 입술이 달싹였다.

「걱정 마세요, 예서 씨.」

목소리는 없었다. 그런데 나는 그의 입 모양을 분명히 읽어낼 수 있었다. 이런 기술은 배운 적도 없는데, 어떻게 된 걸까. 어째서 그의 한마디에 안심이 되는 걸까.

「당신에겐 큰 신세를 졌습니다.」

「진심으로 고맙고 미안해요.」

"아니… 아닙니다. 죄송한 건 저죠. 왕자 전하의 몸을 함부로 썼는데요."

'어쩌면 또… 쓰게 될 것 같습니다.'

내가 더듬거리며 고백했다. 그는 우아하게 눈꼬리를 접더니, 한동안 나를 들여다보았다. 그리고 어쩐지 울 것 같은 표정으로 말했다.

「선택지가 없었다는 걸 압니다.」

「하지만 다음에는… 꼭 당신의 행복을 선택해 주세요. 그래도 괜찮습니다.」

"네?"

무슨 뜻인지 알 수 없었다. 그래서 대답할 말도 재깍 찾지 못했다. 그사이 왕자는 천천히 멀어지기 시작했다. 그가 움직이는 것도 아니고, 내가 뒷걸음질하는 것도 아닌데 이상하게 거리가 벌어지고 있었다. 꼭 우리가 반대 방향의 무빙워크라도 탄 듯했다. 나는 당황해서 눈을 깜빡였다.

아직 묻지 못한 말이, 전하지 못한 사과가 너무 많았다. 그러나 속도는 점점 빨라졌다. 쓱, 쓱, 쓱! 주위를 지나던 인파는 이내 새카만 점과 선으로 번져나갔다. 나 혼자 어딘가로 빨려 나가는 기분이었다. 절로 마음이 급해졌다.

"전하!"

「누님과 동생을 부탁드립니다.」

그는 이제 얼굴도 보이지 않을 만큼 멀어져 있었다. 나는 애타게 팔을 뻗었다.

"잠깐만요!"

톡, 작은 물방울이 손끝에 와 닿았다.

-파아아앗-!

그것이 왕자의 눈물이라는 사실을 깨닫는 순간, 눈앞이 암전했다.

* * *

꿈을 꿨다.

'왕자님, 그 연금술사는 사기꾼이잖아요. 그놈 말을 믿으셨습니까?'

테이블 너머의 크리스텔이 낄낄거리며 말했다. 그러고 보니 그랬다. 뒤늦게 내가 무슨 짓을 한 건가 싶어 머릿속이 멍해졌다.

『아주 강력한 에테르가 한데 고이면, 놀라운 일이 생긴다고 합니다. 여기에 절박한 마음이 깃들면 기적 같은 일이 벌어진다고 하지요.』

원작의 연금술사라는 작자는 분명 그런 이야기를 했다. 나는 그의 말이 금 동아줄이라도 되는 양 매달렸더랬다. 하지만 뚝심이도 반대하지 않고 밀어줬는데. …실수였나? 내가 오판한 거야?

'그래도 이렇게 만났는걸요.'

내가 곤란하게 웃으며 말했다. 아니, 그러려고 했다. 그런데 목소리가 나오지 않았다. 나는 홀로 음 소거된 사람처럼 입만 벙긋거렸다. 어쩔 줄 몰라 하고 있는데, 곁에 앉은 사람이 불쑥 끼어들었다.

'그러게 그냥 집에 있지. 왜 고생을 사서 하냐, 작은오빠는.'

정은서였다! 나는 기겁해서 녀석을 한 번 보고, 크리스텔을 돌아보았다. 두 사람은 천연덕스레 웃고 있었다. 소리를 잃기도 했지만 이번에는 자연히 말문이 막혔다. 서로 지인이야? 언제부터? 정은서야 크리스텔을 알겠다만- 아. 이거 꿈이지.

'밥 먹자.'

흠칫 고개를 돌렸다. 설상가상으로 익숙한 수레를 끌고 들어온 형이, 테이블에 온갖 진수성찬을 차려주었다. 덤덤한 낯빛은 평소와 똑같았다. 나는 어안이 벙벙한 와중에도 그를 도와 접시를 놓았다.

꿈속 식사답게 메뉴는 참 오락가락하고 다채로웠다. 펄펄 끓는 닭발과 시원한 복숭아 무스. 신선한 스테이크 타르타르에 청하. 달큰한 리 오 레와 씁쓸한 쌍화차. 도대체 이게 뭐…? 괜찮은 조합 같기도 하고?

'많이 드세요, 전하.'

정신없이 시선을 옮기다, 퍼뜩 맞은편에 앉은 남자를 바라보았다. 요한 경이 특유의 처진 눈을 휘며 웃고 있었다. 언제부터 와있었는지 모르겠다. 어쩐 일로 헤릿은 보이지 않았다. 그가 상냥하게 말했다.

'만남이 요원하니 열량을 비축해 두셔야죠.'

…예?

'-화르르륵!'

그 순간, 테이블보에 불이 붙었다. 식겁해서 일어난 나와 달리 가족과 친구들은 무반응이었다. 음성이 나오지 않으니 대피하라는 말도 할 수 없었다. 재빨리 코와 입을 틀어막고 물을 찾는데-

'-화르르, 화르르르!'

불길이 순식간에 사방으로 퍼져나갔다. 따뜻한 조명은 간데없고, 사위는 시커먼 암흑과 재로 물들었다. 집채만 한 주홍빛 불꽃이 식기와 음식을 활활 살라먹고 있었다.

쨍! 쩍! 나름대로 잘 어울리던 접시들이 삽시에 유골처럼 바스러졌다. 어느새 테이블에 남은 것은 나뿐이었다. 갑자기 짙은 외로움과 절망감이 들었다. 심장이 욱신거리고 속이 갑갑했다. 아무도 나를 이해하지 못해…

'아무도 나를 이해하지 못한다.'

‘평안 따위는 사치에 불과해.’

‘다시 홀로 남았다.’

‘과연, 주신의 저주는 실존하는군.’

…세상에. 이건 나의 감정이 아니었다. 깨달음을 얻은 즉시 뒤를 돌았다. 검은 부츠가 보였-

‘컥!’

사내의 새카만 장갑이 멱살을 틀어쥐었다. 나는 저항조차 하지 못하고 그에게 딸려 올라갔다. 질질질, 발끝이 바닥에 닿을 둥 말 둥 했다. 호흡이 힘들어 몸부림쳤으나 녀석은 꼼짝도 하지 않았다. 야, 좀!

‘큭! 크흣.’

화염이 산소를 모두 불사른 탓인지, 아니면 이놈의 멱살잡이 탓인지… 의식이 가물가물 흐려지기 시작했다. 나는 더듬더듬 그의 손목을 쥐었다. 그리고 가까스로 눈을 마주했다. 동시에 벼락같은 쇼크가 뒤통수를 때렸다.

‘아…’

눈물로 달아오른 커다란 주황색 눈동자. 꼬마 세이디였다.

【*허어억!*】

-후드득!

나는 온통 땀에 젖은 채로 일어났다. 동시에 조그만 모카빵이 몸에서 떨어져 내렸다. 으악! 반사적으로 팔을 움직여 굴뚝새를 받아냈다. 어쩌다 가위에 눌렸나 했더니, 정뚝심이 가슴팍에 누워 자고 있었다!

【헉, 헉, 후우…】

가쁜 숨은 쉬이 가라앉지 않았다. 나는 심호흡하며 손안의 뚝심이부터 살폈다. 다행히 다친 곳은 없어 보였다. 부리는 멀쩡했고 털이 빠지지도 않았다. 작은 몸통이 보일락 말락 움직였다. 녀석은 그저 깊이 잠들어 있을 뿐이었다. 생각해 보면 그럴 수밖에 없었다. 야밤에 허공에서 그렇게나 힘을 써댔으니-

【허억!】

미친, 여기가 어디냐! 나는 후다닥 눈에 불을 켜고 주위를 둘러보았다. 고개를 빳빳이 쳐들었다가, 선풍기처럼 양옆으로 움직이며 실내를 관찰했다. 가가방은 머리맡에 있었다. 삐걱빼각하는 침대 발치엔 휘황한 성장이 누였다. 일단 입관入棺된 건 아니다. 병원도 아니고. 이건…

【오두막이잖아.】

그것도 몹시 낡은 통나무집이었다. 한 번도 와본 적 없는 곳이었으나 내가 살던 세계가 아니라는 건 확실했다. 실내에선 쿰쿰한 흙냄새와 약초 내음이 났다. 군데군데 벌어진 나무 틈으로 빛과 바람이 샜고, 썩은 들보가 떠받친 천장은 높지 않았다.

수납공간이 부족했는지 지붕까지 목제 선반이 빽빽했다. 시렁엔 이 빠진 그릇과 휘어진 숟가락 등이 부산하게 놓여있었다. 침대 바로 옆엔 울퉁불퉁한 대야와 피에 젖은 물수건이 자리했다. 오두막 한편을 차지한 벽난로에선 건더기 없이 말간 수프가 끓었다. 엉덩이가 푹 팬 냄비는 한눈에 봐도 오래된 물건이었다. 침대도 내가 누운 것 하나뿐이었고, 이불엔 구멍이 나서-

【…어?】

나는 문득 손등을 덮는 소매에 기함했다. 이거 내 출근용 카디건 아니냐. 정은서가 아웃렛에서 집어 온 거. 내가 왜 이걸 입고 있어?

【뭐야. 뭔데.】

그제야 미친놈처럼 얼굴을 더듬고 뺨을 꼬집었다. 이걸로는 확실하지 않았다. 이마를 덮은 앞머리를 죽 당기고 눈을 한껏 치켜떴다.

【갈색?】

돌아버린 세상아! 이게 어떻게 된 건데, 정뚝심!

【내 몸으로 와버렸잖아!】

"흐아앙."

깜짝아! 나는 화들짝 뒤를 돌았다. 오두막 문간에, 어른 하나와 아이 하나가 벌벌 떨며 엎드려 있었다. 벽난로나 창가와 멀어 빛이 들지 않는 공간이었다. 두 사람은 잔뜩 해진 로브를 걸치고 있었는데, 그중 어린아이는 겁먹고 울음을 억누르는 모양새였다. 바닥엔 풀을 엮어 만든 바구니가 떨어져 있었다. 나무딸기 한 줌이 오르르 쏟아져 굴러다녔다. 나 때문에 놀라서…

【죄송합니다. 계시는지 모르고,】

"으아악!"

내가 조심스레 손을 뻗자, 보호자는 대경실색하며 아이를 끌어안았다. 둘은 고슴도치처럼 몸을 만 채 얼굴조차 보여주지 않았다. 나는 입술을 감쳐물었다. 아무래도 저분들이 나와 뚝심이를… 구해서 돌봐주신 것 같은데. 피도 닦아주시고 침대까지 양보해 주신 듯한데. 너무 두려워하시니 죄책감이 들었다. 내가 잘못했다.

【저기… 저와 제 친구가 신세를 졌습니다. 살려주셔서 정말 감사합니다. 해치지 않으니 안심하세요. 약속드리겠습니다.】

"…"

【그럴 힘도 없는 평범한 사람입니다.】

나는 최대한 느릿느릿, 부드럽게 말을 전했다. 마지막 문장엔 설핏 웃음도 섞였다. 둘은 어떠한 반응도 보이지 않고 바들바들했다. 나는 그들이 안심할 수 있을 때까지 소리 내지 않고 가만히 앉아있었다.

몇 분이나 흘렀을까. 아이가 보호자의 품에서 조심스레 고개를 들었다. 인제 보니 두 사람은 코밑 얼굴 절반을 하얀 천으로 가리고 있었다. 얼룩덜룩 젖은 눈시울이 안쓰러웠다. 어디가 아픈 걸까?

【안녕.】

속삭이듯 인사하자 어린이가 흠칫했다. 그래도 아까처럼 무서워하는 것 같지는 않았다. 작게 입꼬리를 끌어올릴 무렵엔 아이의 보호자도 이쪽을 바라보았다. 나는 길게 눈을 맞춘 뒤, 입술만 움직여 말을 걸었다.

-꼬르르르…

실패! 젠장, 텅 빈 뱃속이 먼저 나댔다. 요란한 소리에 두 사람이 눈을 회동그래 떴다. 뺨이 벌겋게 달아올랐다.

【제가 너무 오래 잤나 봅니다. 얼마나 의식이 없었는지 알 수 있을까요?】

"…"

【괜찮으시다면 오늘이 성력으로 몇 월 며칠인지도 여쭈고 싶습니

다. 여기가 정확히 어디인지도 궁금합니다.】

또박또박 찬찬히 물었는데도, 두 사람의 안색은 혼란스럽기만 했다. 나는 기묘한 위화감을 느꼈다. 꼭 배낭여행 온 외국에서 말이 전혀 안 통하는 상황처럼-

"소, 송구합니다, 천사님. 무슨 말씀이신지…"

…어?

"저, 저희는 천하고 무식하여, 하, 하늘에서 쓰시는 말은 알아들을 수가… 그, 그렇지만. 그렇지만 천사님께서 자비로우신 것은 알겠습니다…"

예? 나는 충격적인 상황에 입을 떡 벌렸다. 저분이 나를 '천사'라고 부르는 건 중요한 문제도 아니었다. 그러니까 지금, 언어가 안 통한다고? 나는 이곳 말을 알아들을 수 있는데 저분들은 내 말을 못 알아듣는다고?!

【*아니… 와… 뭐냐?*】

어이가 없어서 문장이 제대로 뭉쳐지질 않았다. 솔직히 말해, 내 몸으로 건너올지 모른다는 예상은 어느 정도 했다. 딱히 근거가 있었던 건 아니고 그냥 그럴 수도 있겠다는 생각이 들었다. 그래서 일부러 편한 운동화를 신고 나왔다. 하지만 이런 흐름은 에바 아닌가? 아무리 '정석적인' 빙의가 아니라지만 언어 장벽까지 생긴다고?

【*속은 똑같은데 이렇게 불친절해져? 집에 가면 무조건 별점 1점 남긴다.*】

"저어…"

내가 복수를 다짐하는 사이, 주뼛주뼛 다가온 복면 꼬마가 고사리손을 내밀었다. 뭉개지고 터진 나무딸기 중 그나마 예쁜 것만 모은 모양이었다. 아무리 화가 나고 황당해도 아이를 불안하게 해서는 안 됐다. 나는 급히 표정 관리를 했다.

【*너무 맛있겠다. 진짜 이쁘네. 직접 딴 거야?*】

"으으음…"

이해하지 못한 아이가 난감하게 웃었다. 하… 일단 먹어서 고마움을 표하자. 말로 안 되면 몸짓으로 대화를 해보자. 힘들게 왔는데 벌써 좌절하지 말자. 윗집 할머니도 독일인 사위와 잘만 소통하시지 않던가.

【*고마워, 잘 먹을게.*】

나는 토실토실 빨갛게 익은 나무딸기를 입에 쏙 넣었다. 톡톡 터지는 식감과 달콤한 과즙에 절로 표정이 풀렸다. 이거라면 두 바구니도 쓱싹 비울 수 있을 것 같았다. 아이와 보호자는 나를 보고 크게 안심하는 눈치였다. 꿀꺽!

"와. 진짜 맛있다. 가져다 팔아도 되겠는데?"

그렇게 말했더니 두 사람이 노루처럼 펄쩍 뛰었다. 왜 그러세요!

"마, 맙소사! 천사께서 페네티안 말을 하신다! 아이고!"

"우와아!"

예? 갑자기요!?

* * *

그로부터 10여 분이 흘러서야 사태가 진정됐다.

"세상에, 세상에. 호닝에 이런 기적이…!"

"우와아아."

사실 완전히 가라앉진 않았다. 젠장, 제국 시골이어도 눈앞이 캄캄할 마당에 신국이라니! 주신아!

"주신의 은총인가 봐요, 아저씨!"

아니에요!

"그러게나 말이다. 어휴… 살다 살다 하늘에서 천사님이 떨어지는 걸 다 보고… 기도하자. 어서 기도하자."

"네에."

두 사람은 나를 보고 폴짝폴짝하다가, 양손으로 복면 아래 얼굴을 가렸다가, 이제는 납작 엎드려 주신에게 감사했다.

"후우…"

나는 그동안 침착하게 짱돌을 굴렸다. 아무래도 이곳 음식(나무딸기)을 먹은 덕에 언어 패치가 이루어진 것 같았다. 되짚어 보면 조금 전의 소통 장애는 제법 논리적이었다.

나는 퇴계공을 읽었기에 이들의 언어를 이해할 수 있었지만, 둘은 내가 사는 세계를 접한 적이 없었다. 결국 쌍방통행이 되려면 내가 여기 녹아들어야 하고… 그러자면 이곳의 생명을 섭취하는 것만큼 확실한 방법이 없는 거다. 은근히 직관적이란 말이지.

"아차. 저, 저는 휘노라고 합니다, 천사님. 이쪽, 이쪽은 제가 돌보는, 동네 꼬마이고…"

"쿤이에요."

휘노가 급히 자신을 소개하자, 소년이 오물오물 덧붙이고는 그의 뒤에 숨었다. 이제 여섯 살쯤 된 듯했다. 나는 최대한 부드러운 미소를 지어 보였다. 그랬더니 아이가 눈을 휘둥그레 뜨고 나를 구경했다. 신기하겠지. 옷차림은 유별나고, 지팡이도 특이하고, 같이 다니는 새도 있고, 아까는 알아들을 수 없는 언어를 말했을 테니까.

"저는…"

나는 거기까지 말하고서 잠깐 굳었다. 생각해 보니 내 이름을 그대로 알릴 수는 없었다. 사흘간 열심히 퇴계공을 공부하며 알게 된 건데, 페네티안 신국에선 모두가 네덜란드어 외래어표기법을 따랐다. 먹는 것도 대체로 네덜란드 음식이었다. 그런데 나는 '정예서'라는 석 자를 썼다. 이들이 한국식 이름에 익숙할 리 없는 데다, 문제는…

"음."

내 이름이 왕자의 이름과 똑같다는 거다, 제길. 제국도 아닌 신국에서 그런 식으로 주목받을 필요는 없었다. 내 몸으로 온 게 당황스럽지만, 이렇게 되어 유리한 점도 있기는 했다.

첫째는 베르너르 국서의 공격이 없으리라는 것. 그는 아마 왕자가 죽었다고 알고 있을 터였다. 게다가 이곳의 나는 출신이 불분명하고 직업도 없는 하층민이었다. 그자의 눈에 띌 확률은 0에 가까웠다.

둘째는, 왕자처럼 튀는 외모가 아니니 어디 가서 이목 끌 일은 없다는 거다. 그렇다면 이름도 평범해야 할 텐데. …끙. 이건 좀 더 고민해 보자.

"몇 가지 여쭈어도 되겠습니까?"

내가 조심스레 말머리를 돌리자, 휘노가 고개를 끄덕끄덕했다.

'편히 계셔도 됩니다. 저는 정말 괜찮습니다.'

나는 먼저 여러 차례 두 사람을 어르고 달랬다. 의자에 앉히는 데는 끝내 실패했지만, 둘은 그래도 쭈뼛쭈뼛 다가와 창가 근처에 서 주었다. 빛을 받은 이마가 볼그레했다.

"오늘이…"

그래. 기왕 이렇게 된 거 차근차근하자. 한 걸음 한 걸음 친구들한테 가자. 비록 거리는 멀지만, 지금의 나는 처음 빙의했던 날보다 훨씬 아는 게 많다. 요컨대 경력 있는 신입이다. 잘할 수 있어. 괜찮아.

"성력으로 몇 월 며칠입니까?"

"7월, 7월 23일입니다, 천사님. 금요일이지요."

"여름이군요. 연도는요?"

제발 1614년이어라. 제발 1614년. 1614, 1614, 1614…

"그게, 1624년이던가?"

네!?

"1614년이에요! 저번에 카르메가 와서 그렇게 말했어요."

쿤이 잽싸게 정정해 주었다.

"와, 고마워! 만만다행이다!"

나는 양팔을 번쩍 들며 환호했다. 벌떡 일어나 만세를 외치고, '주신이시여, 감사합니다!'를 몇 번이나 읊었다. 누가 보면 반응이 과하다고 생각할지 모르겠다. 하지만 계산해 보라!

7월 말이라면 내가 '죽은' 시점부터 4개월밖에 지나지 않은 셈이었다. 나흘이면 더 좋았겠으나 아무튼 절망적으로 긴 시간은 아니었다. 집에서 사흘 보냈다고 3년이나 흐르지 않았다는 사실에 눈시울이 짠해졌다. 첫 단추는 일단 잘 끼웠다.

"하, 진짜 살았다…"

나는 마른세수를 하며 침대에 털썩 앉았다. 어떻게 하면 이런 시간 계산이 나오는 건진 모르겠지만, 좌우간 한고비 넘겼다. 고맙습니다, 브리지트 작가님. 앞으로도 승승장구하세요.

"천사님, 우세요?"

"아니야. 너무 좋아서 그래. 여기서 쿤도 만나고."

내가 머리를 쓸어 넘기며 파안했다. 그러자 꼬마의 복면 밑이 실룩샐룩했다. 휘노는 여전히 나 때문에 놀란 눈치였다. 나는 잽싸게 표정을 가다듬었다. 중요한 질문이 한참 더 있었다. 정신 줄 야무지게 잡아야 한다.

"큼, 흠. 아까 제가 하늘에서 떨어졌다고 하셨는데요."

"예에, 천사님. 그랬습니다."

"괜찮으시다면 당시 상황을 좀 들을 수 있을까요? 제가 며칠이나 누워있었는지도 궁금합니다."

그러자 휘노와 쿤이 서로를 돌아보았다. 약속이나 한 듯 숨을 크게 들이마시기도 했다. 그때를 생각하면 가슴이 벌렁벌렁하는 모양이었다. 남자는 양손을 꼭 맞잡은 채 더듬더듬 입을 열었다.

"그것이… 사흘, 사흘 전입니다. 하늘 구멍에서 갑자기 우르릉! 하고,"

나는 슬그머니 손을 들었다.

"죄송합니다. 하늘 구멍이 뭔가요?"

"하늘에 난 구멍요. 까맣고 커다랬어요! 이이만큼!"

쿤이 까치발을 들고 두 팔을 크게 벌렸다. 그러고는 부끄러운지 화다닥 휘노의 뒤로 숨었다. 똥강아지 같아서 귀여웠지만 이해가 되진 않았다. 내가 아는 하늘 구멍은, 이곳 기준으로 작년 가을에 열렸던 '게이트'밖에 없었다.

게다가 그건 블랑케르 공작령의 일이었고 얼마 지나지 않아 자연히 사라졌다. 개방 당사자인 내가 기절해 버렸으니, 목적 잃은 출구가 소멸하는 건 당연한 이치였다. 그런데 구멍이 하나 더 뚫렸다고? 어쩌다가?

"휘노 님, 그게 언제 생긴 겁니까? 규모는 정확히 어느 정도였나요?"

"아, 아마, 3월 하순이었던 것 같습니다…"

휘노가 주섬주섬 기억을 끄집어냈다. 나는 한 문장도 놓치지 않으려 귀를 기울였다. 휘노와 쿤의 고향인 호닝 마을은, 페네티안 국경 지역에 있는 두멧골이었다. 정확히는 대륙을 가로지르는 위니테강과 무척 가깝다고 했다.

하지만 취락은 작은 데 반해 뒤편에 있는 산골짝이 높고 험해서, 자연히 영주의 관심에서 멀어지게 되었다. 있는 듯 없는 듯 존재하는 빈촌. 자랑할 만한 특산품도, 뛰어난 재주도 없는 자들이 서로를 의지하며 사는 동네. 그곳이 바로 호닝이었다.

"그런데 지난봄에, 난데없이 공중에서 찢어지는 소리가 났습니다. 정말, 정말로 누가 책이나 종이를 찢어발기는 것 같았습니다.

다만 그것이… 아주 요란했지요. 예. 깜짝 놀라 밖으로 나와 보니, 멀쩡했던 하늘에 시커먼 금이 가있는데… 제가 왕도에 가본 적은 없지만, 필시 그곳을 전부 덮고도 남을 만치 커다란 금이었습니다. 꼭, 꼭 주신께서 잡아 찢어놓은 것처럼…"

"…그게 3월이었다고요?"

"그렇습니다, 천사님."

휘노는 마른침을 꿀꺽 삼키고 이야기를 이어갔다. 하늘을 길게 가로지른 균열은, 순식간에 벌어져 칠흑의 천공이 되었다. 구멍 너머로는 별도 달도 뜨지 않았다. 그 암흑을 들여다본 주민 여럿이 까무러쳤다. 충격으로 사경을 헤맨 이들도 있다고 했다.

이는 저주라고, 무슨 까닭인지 몰라도 주신께서 단단히 노하신 거라고. 그런 믿음으로 주민들은 온종일 울고 기도했다. 호닝에는 흔한 부제副祭 한 명도 없어서, 이웃끼리 모여 밤을 지새우는 일이 많았다고 했다.

예서 왕자의 사망 소식이 전해진 뒤로… 믿음은 더욱 공고해졌다. 사람들은 주신이 그의 죽음에 진노한 게 분명하다고 여겼다. 그런데 재앙은 거기서 끝나지 않았다.

"콰앙, 콰아앙! 하고. 크고 새카만 조각들이 지상으로 떨어지기 시작했습니다. 부서진 그릇이나, 찻잔처럼 말이지요. 저희, 저희 마을은 천만다행히 큰 피해가 없었지만… 바로 옆 마을에선 많이 죽고, 많이 다쳤다고…"

남자가 말끝을 흐렸다. 쿤이 그의 허리춤에 매달려 바들바들 떨었다. 두 사람은 지독한 피부병을 앓고 있는데, 이것 역시 '주신의 도검'을 만진 결과라고 했다. 언제 어디서 쏟아질지 모르는 신성神性 공습. 그를 피해 살아남고자 내내 긴장하는 삶.

그런 공포가 무려 넉 달이나 이어져 온 것이다. 나는 조용히 입술을 깨물었다. 사태의 이유를 모르기 어려웠다. 나 때문이다. 아니, 정확히는 베르너르 페네티안 때문이다. 그가 나를… 세계가 의지하는 대상을 살해하는 바람에, 이곳은 말 그대로 붕괴하기 시작했다.

죄 없는 사람들이 희생되고 크나큰 고통을 겪었다. 긴 시간 일상과 이별하고, 줄곧 두려움에 떨어야만 했다. 오직 나의 영혼이 세계선을 떠났다는 이유만으로. …역시 나 때문이다.

"그런데, 그런데 사흘 전에 기적 같은 일이 벌어졌습니다. 하늘에서 우르릉! 하고 천둥소리가 나기에, 아이코! 또 그것이 떨어지는구나 하고 땅굴 속에 숨어있는데…"

"퍼어엉! 하고, 쌔애애애! 했어요. 그런 소리는 첨이라서 제가 내다봤어요!"

쿤이 머리를 빼꼼 내밀고 거들었다. 그렇게 호닝 마을 주민들은 나를 발견했다. 큼직한 날개 한쪽을 달고, 전속력으로 추락하는 외계인을.

"그랬군요."

나는 문제의 '하늘 구멍'을 통해 들어왔다. 어쩌면 그래서 시공간의 비틀림이 적었을지도 모른다. 지름길을 통한 덕에 4개월밖에 지나지 않은 것일지도.

"콰아앙! 했지요. 저희는 기겁해서 우르르 달려 나왔습니다. 대피소 앞이 크게 패있었습니다. 어른 하나 들어가면 보이지도 않을 만큼 깊은 구덩이가… 분명 사람이었는데, 하늘에서 사람이 떨어졌는데 말이지요…"

"먼지가 많이 났어요. 제가 천사님한테 맨 먼저 말 걸었어요!"

"그랬어? 아저씨 움직이고 있었어?"

전혀 기억이 없다. 하긴, 그만한 쇼크를 입었는데 의식이 있는 게 이상하지. 힘은 힘대로 다 뺐고.

"네! 이이이만큼 커단 날개가 차르르… 걷히니까 안에서 천사님이 사르르… 고개도 이렇게 스르르…"

쿤이 구연동화 하듯 실감 나게 설명해 주었다. 통통한 손가락이 깜찍했다. 나는 심각한 상황에서 결국 뱅시레 웃어버렸다. 천사는 무슨, 내년이면 세는나이로 서른인 동네 아재다.

"그리고 보라색 눈이 반짝반짝, 반짝반짝…"

…예?

"잘 못 들었습니다?"

장렬한 삑사리가 났다. 무슨 색 뭐라고?!

* * *

"…"

–똑똑

뱅자맹이 침실 문을 두드렸다. 대답이 돌아오지 않을 것을 알면서도 그는 언제나 그렇게 했다. 몇 초가 흐르고, 중년인이 점잖게 입구를 열어주었다. 얌전히 기다리던 에바는 헤릿의 손을 잡고 방으로 들어섰다.

소공작은 지난달에 열일곱이 되었다. 그토록 고대하던 생일에 왕자님은 없었다. 좋아하는 친구들도 많이 모이지 못했다. 대신 황도 공작저에서 케이크를 먹고, 아버지와 일손들의 축하를 받았다.

오렐리 전하께선 그녀의 이마에 입을 맞춰주셨다. 오후엔 조안과 산트가 살롱에 머물러 주었다. 아녜스와 헤릿도 함께였다. …실은, 생일 파티를 열지 못했다. 리에스테르는 전쟁 중이었으니까.

"제국이 승전하면 성대한 잔치가 열릴 거야. 그때 우리 생일도 같이 챙기자."

에바가 성큼성큼 걸으며 말했다. 헤릿은 좋다는 양 방실거렸다. 소공작은 이제 열한 살이 된 소년을 돌아보며 생각했다. 이 아이는 자신보다 훨씬 어린데, 훨씬 강한 것 같다고. 이런 점은 진정 헤인스 경과 똑같다고.

"자. 나는 왕자님 꽃을 맡을게. 넌 신수님들 꽃을 맡아."

"응…"

소년이 작게 소리 냈다. 그러고는 보라색 튤립을 한 아름 안고 총총 움직였다. 두 아이는 주기적으로 이곳을 방문했다. 왕자님을 보며 이런저런 이야기를 하고, 손을 쓰다듬고, 침대 사방을 장식한 꽃을 갈아주기도 했다.

물론 처음에는 어른들의 반대가 심했다. 어린 마음이 상처 입을까 줄리에트 근처에도 오지 못하게 하셨다. 어지간한 말썽은 눈감아 주는 뒤엠 후작님조차 고개를 저었다.

-부스럭, 부스럭…

에바는 참기 싫었다. 그래서 예전처럼 굴었다. 못되고, 철없고, 미움받는 공녀처럼 행동했다. 무려 전장에 나가 계신 황제 폐하께 서신을 보내 조른 것이다. '왕자님의 침실에 드나들게 해주십시오' 하고. 소공작은 번지지 않은 편지를 띄우고자 비싼 종이를 수십 장이나 버려야 했다. 답장은 의외로 빠르게 날아왔다.

'튤립 후원의 꽃을 꺾어도 좋다.

오렐리와 자주 식사하도록 해라.

-F. R.'

내용은 간결했다. 하지만 그것으로 에바는 쥘리에트 궁의 실세가 되었다. 뱅자맹이 흐뭇해하는 것 같아 기분이 좋았다. 첫날엔 헤인스 경이 여기까지 같이 들어왔었다. 헤릿은 의외로 많이 울지 않았다. 에바는 며칠 뒤에야 깨달았다. 아무래도 자신이 너무 펑펑 울어서, 저 애가 참았던 것 같다고. 흥.

"헤릿, 내가 너보다 여섯 살이나 많아."

소공작이 왕자님의 귀에 꽃꽂이하며 꽁알거렸다. 그사이 헤릿은 깨어나지 않는 신수들을 새 꽃으로 장식하고 있었다. 한동안 둘 사이엔 시선이 오가지 않았다.

"으응…?"

"난 누나란 말이야. 내가 너를 배려해야지, 네가 날 배려하면 누나의 '간지'가 안 살잖아. 간지가 뭔지 알아?"

"아…!"

"너도 크리스텔 경한테 배웠구나? 알면 좀 배려하라고. 아니, 배려가 아니라. 눈치껏 행동하라는 거지. 아니, 눈치 보지 말고 하고 싶은 대로 해."

-아웅

"넌 너무 어른스럽단 말이야. 헤인스 경을 닮으면 안 돼."

-끄릇

"네 아버지를 나쁘게 말하는 건 아냐. 하지만, 알잖아. 무슨 뜻인지 이해하지?"

-끼이

"아까부터 왜 대답이…"

에바는 고운 눈매를 찌푸리며 머리를 홱 돌렸다. 그리고 황급히 양손으로 입을 틀어막았다. 헤릿이 자신을 향해 함박웃음을 짓고 있었다. 코앞에서, 기적이 일어나는 중이었다.

-끼아!

"…데미 님!"

소녀는 눈물을 터뜨리며 신수에게 달려갔다. 와락, 작은 온기를 품은 몸에선 환희의 에테르가 쏟아져 나왔다. 데미는 기쁜 몸짓으로 에바의 뺨을 핥아주었다. 헤릿은 얇은 팔로 티테, 레아, 페리를 동시에 끌어안고 까르르 웃었다. 달칵! 소동을 감지한 뱅자맹이 서둘러 문을 열고 들어왔다.

"주신 맙소사…!"

잠든 지 넉 달 만에, 신수들이 깨어났다. 아주 오랜만에 찾아온 행복이었다.

-《서브 남주가 파업하면 생기는 일》 8권에 계속

서브 남주가 파업하면 생기는 일 7

초판 1쇄 인쇄 2025년 12월 17일
초판 1쇄 발행 2025년 12월 31일

지은이 | 숙임
발행인 | 강봉자, 김은경

펴낸곳 | (주)문학수첩
주소 | 경기도 파주시 회동길 503-1(문발동633-4) 출판문화단지
전화 | 031-955-9088(대표번호), 9534(편집부)
팩스 | 031-955-9066
등록 | 1991년 11월 27일 제16-482호

ISBN 979-11-7383-028-0 04810
(세트) 979-11-93790-92-2